GINA L. MAXWELL

Flames of Love

Erik & Olivia

GINA L. MAXWELL

FLAMES OF LOVE

Erik & Olivia

Roman

Ins Deutsche übertragen von
Ralf Schmitz

LYX

LYX in der Bastei Lübbe AG
Dieser Titel ist auch als E-Book erschienen.

FSC
www.fsc.org
MIX
Papier aus verantwortungsvollen Quellen
FSC® C083411

Für die deutschsprachige Ausgabe:

Textredaktion: Jutta Schneider
Umschlaggestaltung: © Birgit Gitschier, Augsburg, unter Verwendung mehrerer Motive von Shutterstock (Eugene Partyzan)
Satz: Greiner & Reichel, Köln
Gesetzt aus der New Caledonia LT
Druck und Einband: CPI books GmbH, Leck – Germany
Printed in Germany
ISBN 978-3-7363-0223-5

1 3 5 7 6 4 2

Sie finden uns im Internet unter: lyx-verlag.de
Bitte beachten Sie auch: www.luebbe.de und www.lesejury.de

Für alle tapferen Männer und Frauen bei der Feuerwehr

1

»Himmel, Wolf, wir sind in einem Nachtklub und nicht auf einer Beerdigung. Mach mal ein anderes Gesicht, okay? Kein Mädchen hat Lust, einen scheiß Totengräber zu vögeln!«

Erik »Wolf« Grady warf Gavin »Dozer« Greer, der seit siebzehn Jahren sein bester Kumpel war, einen finsteren Blick zu und formulierte ein lautloses *Fick dich, aber so was von, Arschloch*, bevor er am Tresen für jeden von ihnen ein Sam Adams und einen Jameson Highball orderte. »Das ist doch Bockmist, und das weißt du auch«, knurrte er. »Ich brauche keinen verdammten Seelenklempner, damit ich meinen Job richtig mache.«

Dozer zuckte mit den breiten Schultern, um zu signalisieren, dass Eriks Zorn den Riesen nicht mehr juckte als der Anruf eines »Vielfliegers« bei der Feuerwehr – eines paranoiden oder einsamen Zivilisten (im Regelfall beides), der zum wiederholten Male den Einsatz eines Ersthelfers verlangte, ohne dass ein echter Notfall vorlag. »Nichts zu machen, Mann. Der Chief hat gesprochen. Je schneller du es hinter dich bringst, desto eher bist du wieder dabei.«

Erik knirschte mit den Zähnen, um sich das gute Dutzend sarkastischer Bemerkungen zu verkneifen, das ihm durch den Kopf schoss. Schließlich war Dozer nicht für Eriks momentane Lage verantwortlich. Also brauchte er sich auch nicht wie ein Arsch aufführen und seinen Freund gegen sich aufbringen. Gebaut wie ein alter, solider Sherman-Panzer und auf robuste Art gut aussehend, taugte Dozer als Urbild des typischen amerikanischen Helden auf den Plakaten der Army – allerdings mit einem unüberhörbaren Bostoner Akzent. Zudem war er ein rotzfrecher, kompromissloser Scheißkerl, aber wenn es hart auf hart kam, wollte Erik keinen Mann lieber in seinem Team haben als ihn.

Erik kippte seinen Schnaps weg und orderte auf der Stelle den nächsten.

Vor zwei Stunden hatte er im Büro des Mannes gestanden, von dem er seit sieben Jahren im Distrikt 9 der Feuerwehr von Boston Befehle entgegennahm. Er respektierte Bill Marshall auf ganzer Linie, sowohl als Freund als auch als Vorbild – und Erik respektierte so schnell niemanden.

Andererseits war Erik der Respekt vor seinem Brandmeister als Berufssoldat, der zur Feuerwehr gewechselt war, seit mehr als fünfzehn Jahren gewissermaßen in die mentale DNS eingeprägt. Klar, manchmal hatte er sich seinen Vorgesetzten auch widersetzt oder ihnen hier und da widersprochen. Schließlich war man als Soldat nicht automatisch ein ahnungslos blökendes Schaf. Aber wenn es darauf ankam, befolgte er seine Befehle und erwartete dasselbe von jedem Mann, der seinem Kommando unterstand, sei es in der Army oder nun als Lieutenant der Spezialeinheit des BFD, Rettungswagen 2.

Aber jetzt ... *Scheiße!* Noch keinem Befehl hätte er sich so gerne widersetzt wie diesem.

Er schüttelte die Erinnerung an das Gespräch ab und ließ den Blick durch den Phoenix Club schweifen. Es war ein typischer Freitagabend. Die Bässe der Housemusic drangen von allen Seiten auf Erik ein und wummerten in seiner Brust wie ein zweiter Herzschlag. Farbige Laser an der Decke über der Tanzfläche durchschnitten die Dunkelheit im Schnellfeuermodus und verwandelten den Club in den Albtraum eines jeden Epileptikers. Das Flackern erhellte die berauschten, einander auf die Pelle rückenden Menschen in ihren Zwanzigern und sorgte an den Tischen und in den Nischen ringsum für das nötige Zwielicht. Dort hingen für gewöhnlich die Dreißiger ab, nippten an ihren besseren Drinks und begutachteten die jüngeren Tänzer.

Wenn es nach Erik gegangen wäre, säßen sie jetzt in einem Pub wie Charley's bei Fassbier und muffigen Brezeln, und würden Sport gucken oder gemeinsam Billard spielen. Er fühlte sich mit fünfunddreißig zu alt für die Klubszene, einer der Gründe, warum er nicht mehr so häufig ausging. Doch die anderen vier in seinem Team – eigentlich seine Brüder – mochten die Rave-Stimmung noch immer, die sie alles andere für ein paar Stunden vergessen und sie schlicht *sie selbst* sein ließ. Außerdem mochten sie die Frauen, und die Frauen mochten sie. Die fünf hatten sich mit den Jahren unter den Stammgästen einen gewissen Ruf erworben.

Während sie sich einen Weg durch die Menge zu ihrem Tisch bahnten, den die anderen schon vor seinem und Dozers Erscheinen reserviert hatten, gelang es Erik, sich nicht von der Handvoll Frauen aufhalten zu lassen, die ihn, wie er feststellte, aufs Korn genommen hatten. Wobei »aufs Korn genommen« hieß, dass sie ihn mit ihren Blicken auszogen. Die Mädchen, die im Phoenix feierten, waren gewöhnlich nicht gerade schüchtern und er konnte sich nicht erinnern, dass es mal eine Zeit gegeben hatte, in der er mehr hatte unternehmen müssen, als den Frauen gegenüber sein bloßes Interesse anzudeuten.

Heute jedoch wollte er nur eines: sich betrinken. Er wusste, dass er äußerlich normal wirkte, doch in seinem massigen, ein Meter dreiundneunzig großen Körper tobten die Gefühle und seine Gedanken rasten.

Erik stieß einen resignierten Seufzer aus und zwang sich, an etwas anderes zu denken, während er einen der Sessel für sich beanspruchte. Er hatte seit dem Einsatz bei einem Kraftwerk, das in die Luft gegangen war, noch keine Nacht durchgeschlafen – und das sah man ihm an.

»Noch mal«, sagte Erik nach einem Schluck Bier, »ich brauche keinen verdammten Seelenklempner, um meinen Job richtig zu machen.«

»Dein psychologisches Gutachten sagt offenbar etwas anderes. Und das nicht ohne Grund, Wolf, und glaub bloß nicht, ich hätte deine Panikattacken im Dienst in letzter Zeit nicht mitbekommen.«

Erik ballte die Fäuste und bemühte sich, seine Zunge im Zaum zu halten. »Du hast ja keine Ahnung, wovon du redest. Wenn ich keine Luft mehr kriege, dann, weil wir die halbe Zeit keine Atemschutzmasken tragen, weshalb ich in letzter Zeit echt angefressen bin. Ich wäre nicht der Erste, der sich beim BFD eine Lungenerkrankung holt. Und ganz sicher auch nicht der Letzte.«

»Da hast du recht.« Dozer trank einen Schluck Sam Adams und schaute Erik dann in die Augen. »Aber *du* bist derjenige, dessen Psychogutachten dick und breit mit dem Vermerk Posttraumatische Belastungsstörung abgestempelt wurde.«

Erik fluchte. Am liebsten hätte er jetzt auf irgendwas eingedroschen, etwas Unnachgiebiges, damit ihn ein scharfer Schmerz durchführe, der ihn davon überzeugte, dass er noch unter den Lebenden weilte.

Aber er würde es lassen. Noch hatte er die Fähigkeit, Herr seiner Handlungen zu sein, nicht verloren, und das würde er auch nicht zulassen. Sein Kopf war allerdings eine andere Geschichte. Mit jedem Tag schien er mehr die Kontrolle über das zu verlieren, was darin vorging. Die Explosion in dem Kraftwerk hatte den mentalen Panzer durchlöchert, hinter dem er schon vor Jahren seinen ganzen Mist geparkt hatte. Aus Haarrissen waren in den letzten Wochen klaffende Lecks geworden, aus denen nun seine inneren Dämonen entwichen und sein Leben in ein beschissenes Chaos verwandelten.

Was nicht hieß, dass er total am Rad drehte. Jedenfalls *noch* nicht. Noch entschied er, wann und wo er wie viel Finsternis auf einmal zuließ. Das war seine Methode, und sie funktionierte. Konnte ja sein, dass die Anspannung in letzter Zeit ein bisschen größer war als sonst, aber das war noch lange nichts, womit er nicht klarkommen konnte.

Er würde sich ums Verrecken nicht einfach abservieren lassen. Er liebte seinen Job, und noch mehr liebte er die Männer und Frauen, mit denen er beim BFD diente. Er würde lieber sterben, als sie im Stich zu lassen, und er müsste schon gelähmt sein, um Dienst am Schreibtisch zu versehen, Papier zu stapeln und den Politiker zu spielen.

So viel war ihm klar gewesen, als er vorhin vor seinem Häuptling gestanden hatte. Er hatte Bill unverwandt angesehen und gefragt: »Wo muss ich hingehen?«

Bill hatte einen Schwall Luft ausgestoßen, als hätte er, während er auf Eriks Antwort wartete, die ganze Zeit den Atem angehalten, dann hatte er nach einem Aktenordner gegriffen und ihn Erik über den Schreibtisch gereicht.

Erik schlug den Ordner auf und sah in seinem Namen ausgefüllte Formulare sowie Informationen über einen Seelenklempner, dessen Name sich wie die Kreuzung aus einem Frühstücksgetränk und einer Figur aus *Jäger des verlorenen Schatzes* las. Und da ihm nichts Besseres einfiel, platzte es aus ihm heraus: »Soll der Name ein Witz sein?«

»Seelenklempner dürfen ziemlich sicher keinen Sinn für Humor besitzen«, gab Bill trocken zurück. »Sie melden sich da Punkt acht am Montag. Kommen Sie nicht zu spät, und vermasseln Sie es nicht. Es geht um Ihren Arsch.«

Erik schloss den Ordner und verkniff sich die passenden Bemerkungen, die ihm durch den Kopf schossen. »Ja, Sir.«

»Schön, dann raus mit Ihnen, mein Junge. Sie haben sicher noch was mit Ihrer Crew vor. Gehen Sie Dampf ablassen, ich melde mich dann nächste Woche bei Ihnen.«

Er antwortete dem Chief mit einem knappen Nicken und fuhr nach Hause, um sich für seine Verabredung mit den Jungs im Phoenix fertig zu machen. *Zuhause.* Mit Verachtung dachte Erik an das dürftige Apartment, das seinen gesamten weltlichen Besitz enthielt. *Das hier* war sein Zuhause, die Feuerwache Roxbury an der Columbus Avenue, und die Leute des Rettungswagens 2 sowie die Mannschaft des Löschzuges 42 waren seine Familie. Er war lieber in dem alten einstöckigen Gebäude, wo sie sich gegenseitig verarschten oder sich bei einem Einsatz den Hintern aufrissen, als irgendwo sonst auf der Welt.

Erik hatte schon als Ranger in der Army nur für seine Arbeit gelebt, genauso wie vom ersten Tag an als Feuerwehrmann. Der Job befriedigte seine Sucht nach Adrenalin und seine Kampfeslust, nur dass er nun nicht mehr gegen bewaffnete Terroristen kämpfte, sondern gegen Feuersbrünste und andere mitunter tödliche Gefahren. Außerdem bekam er so die Gelegenheit, den Menschen seiner Wahlheimat zu helfen. Sein Job hielt ihn außerdem zu sehr auf Trab, um Gedanken an die Vergangenheit aufkommen zu lassen.

Zumindest *bisher*. »Fuck«, brummte er bei sich. »Ich brauche ein verdammtes Hobby.«

»Hör mal, wieso greifst du dir keine von den heißen Fegern aus der Junggesellinnenparty da drüben und kommst mal auf andere Gedanken? Aber halt lieber die Klappe, sonst könnte die Stimmung kippen.«

Dozer, der seit seiner ersten Zeit in der Army so gerufen wurde, hielt sich nicht damit auf, ein Blatt vor den Mund zu nehmen. Ob er es mit menschlichen Gefühlen zu tun hatte oder damit, dem Feind den Arsch zu versohlen, der Ausdruck »leisetreten« kam in seinem Wortschatz nicht vor. Worum es auch ging, Gavin walzte durchs Leben, ohne jemals einen Blick zurück auf das Gemetzel zu werfen, das er angerichtet hatte. Nicht dass er ein unsensibler Arsch gewesen wäre – jedenfalls nicht immer –, er ging bloß davon aus, dass es einen verdammt guten Grund dafür gab, wenn er jemanden mit seinen Äußerungen aus der Bahn warf. Es gab auf der Welt nur zwei Menschen, bei denen der Typ weich wurde: seine Mom und seine kleine Schwester Gabrielle.

»Beim letzten Mal habe ich noch keine Tipps von dir gebraucht, um mich flachlegen zu lassen, Doze. Erik leerte sein Sam Adams, bevor er sich dem Glas Jameson, seinem Lieblingsdrink, zuwandte. »Und verzeih mir, wenn ich nur grenzwertig gut gelaunt bin, nachdem ich meinen Scheißjob verloren habe.«

»Hey, was habe ich dir gesagt?«, erinnerte Dozer ihn. »Es geht nur um eine längere Beurlaubung, nur so lange, bis du deinen Scheiß wieder auf die Reihe kriegst.«

»Und ich habe *dir* gesagt, dass es keinen Scheiß gibt, den ich auf die Reihe kriegen müsste.« *Nicht sehr viel Scheiß zumindest.*

Dozer ließ den Blick schweifen, wahrscheinlich auf der Suche nach seiner nächsten ätzenden Bemerkung, als sein Blick an etwas hängen blieb. Erik musterte die gut besuchte Bar, weil er sehen wollte, was die Aufmerksamkeit seines Freundes erregt hatte, und blieb bei einer drallen Bedienung hängen, die an einem Ecktisch auf der anderen Seite des Raumes Drinks servierte. Als einer der Typen in der Nische eine Hand auf ihrer nackten Taille platzierte, schlug Dozer mit der Faust auf den Tisch.

Womit Erik klar war, dass Dozer mehr als nur ein flüchtiges

Interesse an dieser heißen Frau hatte, die sich nun ihren Weg zurück an die Bar bahnte.

Dozer behielt sie im Auge, bis sie aus seiner Sichtweite verschwunden war, dann öffnete er die Faust auf dem Tisch und beugte sich zu Erik, als hätte es gerade zwischen ihnen keine Gesprächspause gegeben. »Hör mal, ich verstehe dich ja. Wirklich –«

Klar, sein Freund verstand ihn. Genau wie die drei anderen in ihrem Team. Sie hatten alle ihre Dienstzeiten im Irak oder in Afghanistan abgerissen, bevor sie beim BFD angefangen hatten. Und jeder von ihnen hatte mehr als nur einen Albtraum aus dem Krieg mitgebracht.

»– aber du weißt genau, dass sie in der Sache nicht nachgeben werden. Geh zu den Sitzungen, sieh zu, dass du die Unterschrift von dem Psychofritzen kriegst, und schaff deinen Arsch dahin zurück, wo er hingehört.«

Erik nickte ihm knapp zu. So sah es aus. Das war der Plan. »Schon erledigt.«

»Gut«, sagte Dozer. »Aber zackig, ja? Der Captain will, dass ich ihm solange den LT mache, besonders glücklich bin ich über die Beförderung nicht. Zu viel Papierkram, zu viel Verantwortung. Kannst den Mist gerne behalten.«

Erik schüttelte den Kopf. »Das werde ich nie kapieren, Mann. Du warst ein verflucht guter Ranger, zum Teufel, du hättest sogar ein verflucht guter Regimentskommandeur sein können, wenn du nicht jede Beförderung abgelehnt hättest, bloß um bei der Einheit bleiben zu können. Und jetzt gibst du dich wieder damit zufrieden, meine Nummer zwei zu sein, obwohl du leicht selbst Lieutenant werden könntest.«

»Und wer wäre dann da, um dir ständig deinen Arsch zu retten? Du kannst von Glück sagen, dass ich dich gut genug leiden kann, um bei dir zu bleiben.«

Erik zog eine Augenbraue hoch. »Oder stehst du drauf, mein Laufbursche zu sein?«

»Ja, alles klar, Großmaul, wie wäre es, wenn wir uns morgen auf ein nettes, kleines Spontanspiel auf dem Platz treffen? Dann werden wir ja sehen, wer hier der Laufbursche ist.«

»Abgemacht. Aber denk an deinen Tampon. Den musst du dir schon aus dem Hintern ziehen, wenn du eine Chance haben willst, mich zu schlagen.« Dozer zeigte ihm den Stinkefinger, und Erik spürte zum ersten Mal, seit er in Bills Büro zitiert worden war, das Heranziehen eines Lächelns im Gesicht. Er wies mit einem Nicken auf die drei leeren Stühle an ihrem Tisch und fragte: »Wo bleiben die Kids?«

Die übrigen drei Mitglieder ihres Teams – Ashton »Smoke« Donovan, Sean »Bowie« Evans und Tyler »Preacher« Connelly – hatten die Angewohnheit, sich wie wirkliche Brüder zu zanken und zu balgen. Dozer und Erik hatten irgendwann angefangen, sie zum Scherz die Kids zu nennen. Dann waren sie dabei geblieben, weil die drei es nicht ausstehen konnten.

Dozer deutete auf eine Nische in der Ecke. »Smoke sitzt da drüben, mit einer hübschen Rothaarigen auf dem Schoß, die ihm am Gesicht klebt wie ein Staubsauger. Die denkt sicher, sie hat heute Abend das große Los gezogen.« Smoke war der ausgewiesene Lady-Killer ihrer Gruppe. Die Jungs witzelten darüber, dass sein Bettpfosten, wenn er für jede Frau, mit der Smoke Sex gehabt hatte, eine Kerbe reinritzen würde, wie ein Tummelplatz für Termiten aussehen würde. »Bowie und Preacher sind irgendwo auf der Tanzfläche und lassen Dampf ab.«

Erik hätte fast seinen Whiskey durch die Nase geprustet. »Ich glaube, den Ausdruck benutzt heute kein Mensch mehr. Du solltest hin und wieder mal einen Blick ins Urban Dictionary werfen.«

Dozer machte ein Gesicht, das keinen Zweifel daran ließ,

dass ihm das *total schnuppe* war, und erstarrte, als dieselbe dunkelhaarige Bedienung vorbeikam, um einen Tisch in der Nähe mit Getränken zu versorgen. Ohne den Blick von ihr zu wenden, sagte er: »Was ist jetzt mit der Junggesellinnenparty?«

Erik kippte seinen Drink runter und genoss das flüssige Feuer in seiner Kehle. Abermals sah er zu, wie sein Freund den Rest der Welt ignorierte, bis seine neueste Obsession sich aus seinem Blickfeld entfernt hatte. Falls er unauffällig hatte sein wollen, so versagte er auf ganzer Linie. »Na, mach schon«, forderte Erik seinen Freund auf, in der Hoffnung, Dozer würde mehr unternehmen, als das Mädchen nur anzustarren. Diese Zurückhaltung war so gar nicht seine Art. »Ich bin jedenfalls nicht in Stimmung«, antwortete er auf Dozers Frage.

Dozers Alarmsirene schrillte wie ein Feueralarm der Kategorie fünf. »Scheiße, Wolf, hast du Herpes oder was?«

Erik lächelte und schüttelte den Kopf. »Hat dir schon mal jemand gesteckt, was für ein Arschloch du bist, D?«

»Tagtäglich und sonntags sogar zweimal, mein Freund.«

»Zu Recht.« Erik knallte sein leeres Glas hart auf den Holztisch. »Ich brauch noch einen Drink«, sagte er, indem er aufstand und sich der Bar zuwandte. Während er sich durch das Gewühl der Körper drängte, überlegte er, ob er Dozers Rat nicht einfach annehmen und sich eine willige Frau suchen sollte, die ihn auf andere Gedanken bringen würde.

Früher war er wie die anderen hinter jedem Rock her gewesen, hatte aber in letzter Zeit nicht mehr so viel Lust gehabt, Zufallsbekanntschaften aufzureißen. Er hätte dafür keinen bestimmten Grund nennen können, doch die One-Night-Stands hatten mit der Zeit irgendwie an Reiz verloren. Die Frauen verschmolzen in seiner Erinnerung bis zur Gesichtslosigkeit, ohne besondere Kennzeichen oder Unterscheidungsmerkmale. Als ihm irgendwann aufgegangen war, dass er sich ihre

Namen nicht mal für die Dauer ihrer Zusammenkunft merken konnte, warf er einen langen, tiefen Blick in den sprichwörtlichen Spiegel und erkannte, dass er nicht viel von dem Mann hielt, der ihn daraus anstarrte. Seitdem neigte er dazu, das während der Arbeit angestaute Adrenalin lieber mit mörderischen Trainingseinheiten abzubauen.

Aber manchmal genügten die Übungen nicht. Sie erschöpften den Körper, nicht jedoch seinen Geist. An den Tagen, an denen es der Rettungswagen 2 mit knallharten Einsätzen zu tun bekam, die alles Üble aus den Tiefen seiner Seele heraufzubeschwören drohten, verließ er sich auf die einzige Methode, seine Gedanken so lange zu betäuben, dass er die Neustarttaste drücken konnte. Sex. Schnellen, harten, schmutzigen Sex mit Frauen, denen es gefiel, wenn seine dunkle Seite die Oberhand gewann. Doch unternahm er alles, damit das nur selten und in großen Abständen vorkam.

Als er endlich vor der Bar stand, trat er in eine gerade entstandene Lücke und winkte Tommie zu, einem der Barkeeper und außerdem Frischling auf dem Löschzug 42. Nachdem Tommie ihm zugenickt hatte, wandte Erik sich ab und legte, um seinen Platz zu behaupten, den Ellbogen auf den Tresen. Die Erfahrung lehrte ihn, dass der Junge sich zuerst um die zum Flirten bereiten Mädchen kümmern würde, bevor er die übrigen Gäste bediente. Die Mädels gaben Trinkgeld extra und steckten ihm ihre Nummern zu. Erik konnte dem jungen Mann seine Prioritäten unmöglich ankreiden.

In dem Versuch, an nichts Besonderes zu denken, betrachtete er müßig, was sich um ihm herum abspielte. Die Tanzfläche bildete das Zentrum des Klubs. Sie lag ein paar Zentimeter tiefer, war von einer halbhohen Mauer und breiten Treppenstufen auf jeder der vier Seiten eingefasst, die beide Ebenen miteinander verbanden. Die Hauptebene bot auf einer Seite die Bar und auf den drei übrigen Gruppen von Tischen und Nischen Platz. Leicht erhöht konnte man von dort, wenn die bunte Bühnenbeleuchtung es zuließ, die Tanzenden ebenso gut beobachten wie die Zaungäste am Rand der Tanzfläche.

Auch wenn Erik sicher davon ausging, dass der Architekt den Raum ausschließlich aus ästhetischen Gründen so eingerichtet hatte, waren ihm und den anderen die taktischen Vorzüge des Grundrisses sofort ins Auge gesprungen. Man würde hier jemanden, den man im Auge behalten musste, nicht so schnell verlieren, und da sich der Haupteingang ebenfalls auf der Hauptebene befand, war es auch kein Problem, das ständige Kommen und Gehen zu beobachten.

Als Erik sich nun dem Eingang zuwandte, blieb sein Blick an einer umwerfenden Blondine hängen, die er hier noch nie gesehen hatte. Sie war stark geschminkt – dicker Eyeliner und Lippen rot wie die Sünde –, was im Widerspruch zu ihrem unschuldigen Gesicht stand. Ihr ärmelloses, rotes Kleid war über den großen Brüsten tief ausgeschnitten und schmiegte sich so eng an ihre Kurven, dass es um ein Haar offenbart hätte, was sie darunter trug. Falls sie überhaupt Unterwäsche trug. *Himmel!* Erik sah plötzlich vor seinem inneren Auge, wie er ihr langes, gewelltes Haar um eine seiner Hände wickelte und daran zog, bis er ihren Mund verschlingen konnte, ihren Hals …

»Das macht zwölf Dollar, Wolf!«, verschaffte Tommie sich über dem Lärm Gehör.

Mist. Wenn er weiter solchen Vorstellungen nachhing, würde sein Schwanz auf ewig vom Abdruck seines Reißverschlusses verunstaltet sein.

Erik nickte knapp, um zu bekunden, dass er verstanden hatte, ließ die Frau in Rot jedoch keinen Moment aus den Augen. Er wusste, dass er nur Zwanziger dabei hatte, kramte einen aus seiner Brieftasche und warf den Schein auf den Tresen. Dann nahm er seinen Drink und lehnte sich gegen eine gewaltige Säule in der Nähe, um die Frau weiter zu beobachten. Etwas an ihr, das über ihren unglaublichen Sex-Appeal hinausging, machte ihn irrsinnig an.

Er nippte an seinem Whiskey und sah zu, wie ihre mit schwarzem Kohlestift umrandeten Augen über die Tanzfläche schweiften, während sie so selbstsicher wie ein verwundetes Reh in einem Wolfsgehege tiefer in den Raum kam. Sie war nervös. Schultern und Hals angespannt, der Rücken kerzengerade, hielt sie ihre winzige Clutch, als würde ihr Leben davon abhängen.

Doch trotz dieser unterschwelligen Signale wirkte sie nicht sanftmütig, und so wie sie sich zurechtgemacht hatte, wollte sie entweder Aufmerksamkeit erregen oder Eindruck schinden. Da sie alleine hier war, war sie vielleicht mit jemandem verabredet, den sie noch nicht kannte. Das mochte auch ihre Nervosität erklären, dachte Erik.

Dennoch wäre es eine Schande, denn aus Gründen, über die Erik lieber nicht nachdenken wollte, wünschte er sich in diesem Augenblick nichts sehnlicher, als ihre Anspannung in eine ferne Erinnerung zu verwandeln – ganz zu schweigen von seiner eigenen. Und das am liebsten die ganze Nacht.

Doch er beschloss, den Rest seines Drinks zu genießen und sie währenddessen zwanglos zu beobachten. Falls sich herausstellte, dass hier niemand auf sie wartete, würde er einspringen.

Womöglich war in dieser Nacht doch noch nicht alles verloren.

2

Ich kann das. Ich kann das. Ich kann das.

Olivia Jones hatte dieses Mantra in Gedanken heute schon so oft wiederholt, dass es praktisch als Endlosschleife im Hintergrund ihres Bewusstseins immer weiterdudelte. Außer sie hörte eine Stimme im Kopf (die Stimme der *Vernunft*), die ihr riet, ihren Prachthintern in die Gegenrichtung zu bewegen, nach Hause zu fahren und es sich mit einem Buch und ihren Katzen gemütlich zu machen.

Wie an jedem anderen Abend in den letzten zwei Jahren.

Als sie versuchte, sich in dem Krach des Zentrums für Lärmbelästigung – auch bekannt als Phoenix Club – zu orientieren, zupfte sie unauffällig am Saum ihres roten Kleides. Ihr Outfit fühlte sich zwei Nummern zu klein an. Doch ihre beste Freundin hatte darauf bestanden, dass andere für ihre Figur in diesem Kleid »sterben würden«, was Olivia zusammenzucken ließ. Angie hatte die Augen aufgerissen und sich sofort für ihre unpassende Wortwahl entschuldigt, doch das hatte Olivia nur umso mehr aufgebracht.

Niemand sollte sich in ihrer Gegenwart zensieren müssen. Und sie sollte nicht immer noch automatisch auf etwas so Albernes wie eine Redensart anspringen, die von aller Welt einschließlich ihrer Mutter verwendet wurde. Es war höchste Zeit, die Vergangenheit hinter sich zu lassen und ihr Leben wieder in die Hand zu nehmen.

Noch vor zwei Jahren hatte Olivia das Leben geführt, das sie sich immer erträumt hatte, seit sie ein kleines Mädchen gewesen war. Sie hatte ihren besten Freund und gleichzeitig ihre College-Jugendliebe geheiratet, erfolgreich an einer Karriere gestrickt, die sie liebte, und sie hatte wunderbare Freunde, zwei liebenswerte Katzen und eine tolle Wohnung mit Blick auf den Hafen gehabt. Alles war perfekt und so, wie sie es sich vorgestellt und in ihrem Lebensplan festgelegt hatte ... bis auf eine bemerkenswerte Ausnahme.

Olivia hätte nie damit gerechnet, mit fünfundzwanzig Jahren Witwe zu werden.

Oh Gott ... Brett. Was mache ich nur?

Wie gerne hätte sie sich ihm jetzt anvertraut und ihn um seinen Rat gebeten. Andererseits hätte sie, würde er noch leben, seinen Rat in dieser Lage gar nicht gebraucht. Seit seinem Tod hatte ihr Leben aus Sechzigstundenwochen bestanden, darüber hinaus war sie, von gelegentlichen Ausbrüchen mit ihren weniger zwangsgestörten Freundinnen abgesehen, so gut es eben ging ihrer täglichen Routine gefolgt.

Im letzten Monat hatte sie beschlossen, einen Neuanfang zu starten. Sie hatte sich vorgenommen, endlich wieder zu leben, und heute tat sie den ersten Schritt in diese Richtung – besser gesagt, sie wagte den *Sprung ins kalte Wasser*. Olivia wollte heute Abend einen Fremden aufreißen und ihn in ein Hotel abschleppen, nur um Sex mit ihm zu haben. Anonymen Sex ohne Verpflichtungen. Sie wollte sich mit diesem ersten vorsichtig tastenden Versuch dazu zwingen, wieder in den Sattel zu steigen, und sich damit beweisen, dass es für sie noch ein Morgen gab.

Sie spürte ein Kribbeln, als sie vor der halbhohen Absperrung der Tanzfläche stand, und ihr Nacken prickelte. Irritiert blickte sie sich um. Einige männliche wie weibliche Augenpaare hatten sich an ihr festgehakt, was allerdings keine Überraschung war, da ihr Kleid geradezu danach schrie, dass man sie angaffte. Was also verursachte –

Ihr stockte der Atem, und ihre Gedanken standen still, als ihr Blick auf einen Riesen von einem Mann in einem weit offenen schwarzen Hemd fiel, das so gut saß, als hätte man es ihm direkt auf den unglaublichen Leib geschneidert.

Ein Wahnsinnstyp, wenn auch nicht so perfekt wie ein männliches Model. Eher so wie jemand, der in der Wildnis groß geworden war. Der um alles, was er besaß, mit Zähnen und Klauen gekämpft hatte und nicht zögern würde, das und mehr wieder zu tun, um daran festzuhalten. Das kurz geschorene rabenschwarze Haar passte zu dem Bartschatten, der nur da zu sein schien, um der Gesellschaft zu signalisieren, dass er sich zwar zivilisiert gab, aber nicht daran dachte, sich ihren Launen zu fügen oder vollständig anzupassen.

Er lehnte lässig an einem Pfeiler und nippte an einer dunklen Flüssigkeit in einem Highball-Glas. Seine Augenfarbe konnte sie aus der Entfernung und im Flackerlicht nicht erkennen, was der Intensität seines Blickes, der ihren Körper abtastete, jedoch keinen Abbruch tat. Als er zu ihren Augen zurückkehrte, zuckte träge ein halbes schiefes Grinsen an seinem Mundwinkel, bevor er ihr kaum merklich mit seinem Glas zuprostete. Er schaffte es, dass sie sich in einem Raum voller Menschen vollkommen allein fühlte – mit *ihm*.

»Hey, *mija*.«

Olivia, die von dem Fremden so hypnotisiert war, als hielte er eine schwingende Taschenuhr zwischen den Fingern, erschrak, als ihre beste Freundin sie ansprach. Angelina de la Vega trug ihr knappes Kellnerinnen-Outfit, balancierte ein volles Tablett und sah sie sichtlich besorgt an. Olivia atmete langsam aus und kehrte dem Mann den Rücken, sah ihre Freundin an und widerstand dem Drang, dem Typen mit der dicken Hose heimliche Blicke zuzuwerfen.

Oh, mein Gott, hab ich ihn gerade echt so *genannt? Dabei habe ich seine dicke Hose gar nicht bemerkt, will sagen, ich hab nicht einmal bemerkt, ob er* überhaupt was *in der Hose hat*. Sie zuckte innerlich zusammen. *Mist! Hör sofort auf, an so was zu denken!*

»Hey, *chica*.« Sie zwang sich zu lächeln. »Danke noch mal, dass du deine Schicht getauscht hast und heute hier bist.«

»Du weißt doch, dass ich immer für dich da bin. Ich wäre sowieso hier gewesen, aber so habe ich eine Entschuldigung, in deiner Nähe zu bleiben und notfalls die Reißleine zu ziehen.«

Jetzt schenkte Olivia ihrer Freundin ein ehrliches Lächeln. Sie war so dankbar, dass sie Angie hatte. Sie hatte sie von dem Moment an geliebt, als sie in der Mensa des Boston College während des Mittagessens beobachtet hatte, wie die feurige Latina auf einen Typen losging, der doppelt so groß war wie sie, weil er eine anzügliche Bemerkung über ihren wohlgeformten Hintern gemacht hatte. Der Kerl war schneller geschrumpft als seine Eier in Eiswasser, und nachdem er sich dafür entschuldigt hatte, ein »frauenfeindliches Schwein« gewesen zu sein (die Vorlage dafür hatte Angie höchstpersönlich zur Verfügung gestellt), hatte er sich stumm davongeschlichen, um zukünftig einen weiten Bogen um sie zu machen.

Olivia war dermaßen beeindruckt gewesen, dass sie langsam aufgestanden und zu klatschen begonnen hatte, worauf Angie mit einem tiefen Knicks geantwortet und sich anschließend vorgestellt hatte. Seitdem waren sie Busenfreundinnen, und Olivia hörte nicht auf, Angies ausgeprägtes Selbstbewusstsein und die Furchtlosigkeit zu bewundern, mit der sie ihr Leben in die Hand nahm.

Außerdem war sie heute dankbar dafür, dass Angie an manchen Abenden in diesem Club kellnerte. Olivia mochte etwas untypisch Verrücktes vorhaben, leichtsinnig wollte sie dabei auf keinen Fall sein. Angie würde sie im Auge behalten und darauf achtgeben, mit wem Olivia sich einließ. Außerdem würde sie, als besondere Vorsichtsmaßnahme, ein Bild des Kandidaten erhalten. Man konnte heutzutage nicht vorsichtig genug sein.

Olivia ließ den Blick schweifen und nahm alles in sich auf, während sie tief ein- und ausatmete und ihren Herzschlag zu beruhigen versuchte. Doch ihr Herz schien entschlossen, mit den wummernden Bässen mitzuhalten, deren Widerhall durch ihre Adern pulsierte.

»Hier«, sagte Angie und drückte Olivia einen Jack mit Cola in die Hand. »Der Erste geht aufs Haus. Damit du runterkommst.«

»Danke.« Olivia vergeudete keine Zeit. Sie hob das Glas an die Lippen und kippte die Hälfte des Inhalts in einem Zug herunter. Angie sah sie dabei mit nachdenklich glänzenden Augen an. »Du hast mich doch schon die ganze Zeit darin unterstützt, Angie. Lass mich jetzt bloß nicht im Stich. Ohne dich schaffe ich das nicht, und du weißt, dass das hier irgendwie Sinn macht.«

»Ja, weiß ich, aber vielleicht solltest du es nicht so auf die Spitze treiben. Wieso fängst du nicht mit ein paar harmlosen Verabredungen an?«

Olivia schüttelte den Kopf. »Hab ich schon. Das liegt bereits hinter mir.« Sie war in den vergangenen sechs Monaten häufig ausgegangen. Auf manche Verabredungen waren sogar ein oder zwei Fortsetzungen gefolgt. Sie war emotional so weit. Doch sobald ihr jemand an die Wäsche ging … na ja, zeigte es sich, dass sie doch nicht so weit war, wie sie dachte. Sie hatte viel über Alternativen nachgedacht, doch schließlich war ihr nichts anderes eingefallen als eine Art Konfrontationstherapie. »Nein, ich kann nicht zuerst die Zehen ausstrecken und darauf hoffen, dass ich mich an das kalte Wasser gewöhne. Sobald ich Zeit zum Nachdenken habe, bekomme ich nur wieder das Gefühl, untreu zu sein, und komme am Ende nie darüber hinweg. Ich muss mich *kopfüber* da reinstürzen. Anders geht es nicht!«

Sekunden später nickte ihre Freundin ihr mit einem zuversichtlichen, wenn auch etwas wackeligen Lächeln zu. »Hast du schon einen Kandidaten im Auge?«

Olivia nahm noch einen großen Schluck und dachte an den Mann am Pfeiler. Ins kalte Wasser springen war eine Sache, aber wirklich und wahrhaftig INS KALTE WASSER SPRINGEN war etwas ganz anderes. Besser, sie suchte sich jemanden aus, der ein bisschen mehr ihre Kragenweite war.

»Ich hatte noch keine Gelegenheit, mich umzusehen«, wich sie aus und ließ den Blick schweifen. »Aber es ist rappelvoll hier. Es dauert bestimmt nicht lange. Und ich suche ja nicht nach einem Supermann. Ein Mann für alle Fälle tut's auch.«

»Gut, aber denk daran«, gab Angie zurück, während sie die Leute ringsum betrachtete. »Es gibt nicht viele Typen, die so anständig sind wie …« Olivia kannte das Ende des Satzes. *So anständig wie Brett*. Anständig war genau das richtige Wort, um ihren Mann zu beschreiben. Er mochte nicht *vollkommen* gewesen sein, nicht einmal *wundervoll* hätte es genau getroffen. Aber er war ohne Zweifel anständig gewesen. »Hör einfach auf dein Bauchgefühl. Und wenn ich du wäre, würde ich die Playboys meiden und mich an Typen halten, die wie Streber rausgeputzt sind.«

Mit anderen Worten: keine dicke Hose. »Alles klar.« Genug geredet. Je eher sie es anging, desto schneller hatte sie es hinter sich. *Als würde man ein Pflaster abreißen*. Olivia hob ihr Glas und stärkte sich mit einem weiteren Schluck. »Kannst du meine Tasche bei dir einschließen? Sonst lasse ich sie noch irgendwo stehen oder verliere sie. Und mach dir keine Sorgen mehr, alles wird gut.«

»Wenn du mich brauchst, ich bin in der Nähe«, versicherte

Angie ihr und nahm die kleine rote Clutch an sich. Sie schenkte Olivia noch ein zuversichtliches Lächeln und überließ sie vorerst sich selbst.

Olivia wandte sich der Tanzfläche zu und konzentrierte sich auf die wogenden Körper und die tiefen, in ihrer Brust wummernden Bässe. Sie spürte, wie der Alkohol seine Wirkung entfaltete, die Knoten in ihren Schultern löste und ihre Hüften dazu verführte, sich leicht im Rhythmus der Musik zu wiegen.

»Und ich dachte schon, Ihre Freundin würde nie mehr von Ihrer Seite weichen.«

Das tiefe Timbre *seiner* Stimme – sie konnte nicht sagen, wieso, doch sie wusste sofort, dass *er* es war – traf sie bis ins Mark, setzte sich von dort durch sämtliche Wirbel fort und machte das bisschen Entspannung gleich wieder zunichte.

In der Hoffnung, dass ihr Pokerface besser saß, als sie vermutete, drehte sie sich um … und vergaß auf der Stelle, wie man sprach.

Sie maß knapp eins siebzig und stand auf sieben Zentimeter hohen Absätzen, trotzdem überragte er sie noch um gut fünfzehn Zentimeter, womit er fast so groß war wie der Jolly Green Giant oder – »Paul Bunyan«.

»Haben Sie mich gerade Paul Bunyan genannt?«

Klar war es zu viel verlangt, dass ihr alberner Schnitzer – *ihr unwillkürliches Selbstgespräch* – von der Musik verschluckt werden würde. Sie schlug sich innerlich gegen die Stirn. Zweimal.

Olivias Hirn beeilte sich, eine Antwort zu finden. Doch alles, was es lieferte, waren Halbsätze, die sich aneinandergereiht angehört hätten, als wäre sie Schweinchen Dick. Also atmete sie tief durch die Nase ein, tarnte das Ausatmen mit einem weiteren Schluck aus ihrem Glas und zapfte dann die Erinnerung an das unternehmungslustige Mädchen an, das sie früher einmal gewesen war, bevor das Leben sie vor ihrer Zeit hatte altern lassen.

Sie senkte das Glas, zuckte die Achseln und sagte: »Sie sehen so aus, als kämen Sie gerade aus der Wildnis. Und da Ihre Größe Sie zu einem halben Riesen macht, würde ich sagen, Sie sind mindestens um ein paar Ecken mit ihm verwandt.«

Paul Bunyans Grinsen ließ ein zuvor verstecktes Grübchen in der rechten Wange erkennen. Ihr Inneres gab nach, und wenn das Grübchen nicht wieder verschwand, würde auch ihr Verstand nicht mehr lange standhalten. Und diese Augen … *Herr im Himmel, seine Augen* … sie hatten dieselbe Bernsteinfarbe wie sein Drink und waren absolut umwerfend. Und dann noch diese dunklen Wimpern, für die sie bereitwillig ihre Seele verkaufen und womöglich auch noch ihre Vagina mit dreingeben würde.

Dann mal los. Ich bin mir ziemlich sicher, dass es jetzt sowieso mit keinem anderen mehr klappen würde, also kann ich es auch gleich drauf ankommen lassen.

»Und welche erfundene Figur sind dann Sie?«

Sie schaute an ihrem roten Kleid hinunter und überlegte. Sie dachte an Julia Roberts in *Pretty Woman* und wie jedermann sie nur nach ihrem Äußeren beurteilte, ohne an ihr als Mensch interessiert zu sein. »Paul« hatte jedenfalls nicht gezögert, sie anzusprechen, und sie zweifelte nicht daran, dass er sie ähnlich eingeschätzt hatte. Normalerweise wäre sie entsetzt gewesen, doch unter den gegebenen Umständen war es genau das, was sie wollte. Schließlich war sie nicht hier, um irgendwen mit ihrer Bildung oder nutzlosem Wissen zu beeindrucken, was sie höchstens zu einem willigen Opfer für eine Partie Trivial Pursuit gemacht hätte.

»Wahrscheinlich eine Mischung aus Vivian Ward und Dance Club Barbie.«

Er schob eine Hand in die Hosentasche, dass nur noch der Daumen herausschaute. »Nein, Sie gehören in eine andere Liga.«

Sie hob eine Braue. »Mir war nicht klar, dass es darauf eine falsche Antwort gibt.«

»Vielleicht nicht«, sagte er, »aber dass Sie sich mit einer Prostituierten oder einem von den Klubhäschen hier vergleichen, ist Quatsch.«

In Olivias Magen stülpte sich etwas um. Etwas, das nach Olivias Meinung unmöglich aus dem Gleichgewicht geraten und sich schon gar nicht umstülpen durfte, während sie plötzlich einen Geschmack im Mund hatte, als würde sie an Baumwolle lutschen.

Sie versuchte, mit aller Kraft zu verhindern, dass ihr Äußeres die Feuersbrunst widerspiegelte, die in ihrem Inneren tobte, und nippte beiläufig an ihrem Drink, um den Kleister wegzuspülen, der ihr die Zunge an den Gaumen pappte.

»Vermutlich fällt Ihnen ein besserer Vergleich ein.«

Er trat einen Schritt vor, bis ihre Körper nur mehr Zentimeter voneinander entfernt waren. Nun musste sie den Kopf in den Nacken legen, wenn sie Blickkontakt halten wollte. So nah wirkte sein Gesicht, als würde sie ihn in HD betrachten. Auf robuste Weise schön. Anders ließ es sich nicht in Worte fassen. Allein sein Aussehen verdiente eine klare Zehn. Nahm man noch seine angeborene Alpha-Anziehung hinzu, ging seine Bewertung glatt durch die Decke.

Er senkte den Blick auf ihre Lippen, bevor er ihn wieder hob. Dann streckte er den Zeigefinger der Hand aus, mit der er das Glas hielt, und fuhr damit am Ansatz ihrer Haare entlang, kam dabei ihrem Gesicht sehr nah und setzte seinen Weg schließlich bis zum Ende fort. Obwohl er lediglich ihr Haar berührt hatte, folgte der Spur seines Fingers eine Welle von Schauern.

»Sie sind eine Sirene.«

Olivia blinzelte mehrmals. »Ich bin … ein ohrenbetäubendes Warnsignal?«

Eine Seite seines sexy Mundes zuckte. »Nein, ein mythologisches Geschöpf, dessen Schönheit und liebreizender Gesang Männer dazu bringt, auf der Suche danach mit ihren Schiffen an felsigen Gestaden zu zerschellen.«

Wow! Dieser Kerl spielte so was von in einer anderen Liga. Es war nun fast zehn Jahre her, seit sie das letzte Mal so geflirtet hatte. Die vorherigen Dates zählten nicht. Waren das die allerneuesten Anmachsprüche? Die dann auch noch *funktionierten*? Was sollte man überhaupt auf so etwas antworten? »Ich kann nicht singen. Ich bin extrem unmusikalisch.«

Und wieder schlug sie sich innerlich die Hand vor die Stirn und stöhnte. *So antwortete man auf so etwas* ganz bestimmt *nicht. Mach nur weiter so, du Genie!* Doch er belohnte sie ungeachtet ihres Jammers mit einem breiten Lächeln und herzlichem Glucksen. *Gnade mir Gott!*

»Also keine Karaoke-Bars. Ich präge mir das für später ein.«

»Für später?«, fragte sie und wölbte eine Braue. »Finden Sie nicht, Sie sind ein wenig voreilig?«

»Schon möglich.« Er beugte sich vor, bis sie seinen warmen Atem an ihrem Ohr spürte. Seine Stimme klang jetzt tiefer, schroff und kaum noch gezügelt. Von Kopf bis Fuß die Verkörperung eines wilden, ungezügelten Mannes. »Vielleicht hoffe ich auch nur, dass die Macht der Verführung auf meiner Seite ist.«

Ein Schauer rieselte über ihren Rücken. Fast hätte sie ihm gesagt, dass die Chancen dafür günstig standen, doch in letzter Sekunde fiel ihr wieder ein, warum sie hier war. »Ich bin nicht auf eine Verabredung aus.«

Ihre Knie drohten nachzugeben, als er weit genug zurückwich, um ihr in die Augen sehen zu können. Wieso sah er sie an, als könnte er sie glatt durchschauen? Und wieso zum Teufel durchschaute sie *ihn* überhaupt nicht? Immerhin war es ihr *Job*, Menschen zu durchschauen. Sie konnte sie durch bloße Beobachtung klassifizieren. Es genügte, wenn sie sich ein paar Minuten mit einem Menschen unterhielt, und schon konnte sie einen ziemlich exakten Bericht darüber verfassen, wer oder was dieser Mensch war.

Aber den Mann, der da vor ihr aufragte, bekam sie ums Verrecken nicht scharf gestellt. Er war so … geheimnisvoll. Ein Mysterium, ein Rätsel. In der einen Sekunde lustig und zum Flirten aufgelegt, in der nächsten eindringlich und erotisch.

»Nein«, sagte er. »Offenbar nicht. Sie sind auf etwas Bestimmtes aus. *Jemand* Bestimmten. Richtig?«

Das hätte wie eine Frage klingen müssen, tat es aber nicht. Sein Tonfall und sein Blick zwangen sie beinahe zuzugeben, dass er recht hatte. Und, Gott möge ihr beistehen, sie zögerte keinen Augenblick.

»Ja.«

»Jemanden, der ihnen gibt, wonach Sie sich sehnen, was Sie brauchen«, setzte er nach.

»Und was, glauben Sie, ist das?«

»Sex«, antwortete er mit äußerstem Selbstvertrauen und null Scham. »So sinnlich und elektrisierend, dass Sie sich wieder lebendig fühlen. Weil die Männer in Ihrem Leben Sie mit ihren glatt gebügelten Anzügen und schlaffen Schwänzen zu Tode langweilen. Die wissen, was man an der Börse macht, aber nicht, was man mit einer Frau macht, damit sie vor Lust schreit.« Er machte eine Pause und beobachtete sie.

»Also kamen Sie hierher, um sich einen Mann zu suchen, der Ihnen das geben kann«, fuhr er fort. »Der Ihnen die Verantwortung abnimmt und Dinge mit Ihnen tut, die Sie in die Umlaufbahn katapultieren und alles andere vergessen lassen. Aber vor allem wollen Sie etwas *fühlen*, Süße. Sie wollen, ganz einfach ausgedrückt, dass Ihnen einer den Verstand rausvögelt.« Er hob sein Glas und leerte es, ohne sie aus den Augen zu lassen, während er darauf wartete, dass seine Worte Wirkung zeigten. Und, bei allen Heiligen und Teufeln, das taten sie. »Wie dicht dran bin ich?«

Erik hatte keinen Schimmer, was zum Henker über ihn gekommen war. Es war ganz schön gewagt, so mit ihr zu reden. Abgesehen von ihrem Versuch, so zu tun, als wäre sie nicht anders als die anderen Vergnügungssüchtigen hier, war alles Übrige totaler Blödsinn. Zunächst hatte er sie zwar nicht direkt durchschaut, aber als er beobachtete, wie sie mit ihrer Freundin sprach – die interessanterweise die Bedienung war, die Dozer schon den ganzen Abend im Auge hatte –, erkannte er, was er wissen musste.

»Antworten Sie mir, Schönheit«, soufflierte er, als sie sich die Lippen leckte. »Wie dicht dran?«

Sie blinzelte, und er konnte fast sehen, wie sie im selben Moment ihre Gedanken zurückverfolgte. »Sehr dicht«, flüsterte sie.

Erik gestattete sich ein selbstzufriedenes Grinsen.

Sie schüttelte den Kopf, als könnte sie es nicht glauben, ihre Haare schwangen über ihren Brüsten hin und her. »Das war verdammt gut geraten.«

»Nicht geraten«, erwiderte er. »Beobachtet.«

»Beobachtet. Könnten Sie das ein bisschen genauer erläutern?«

»Klar, kann ich.«

Doch Erik schwieg und gab ihr die Gelegenheit, sich darüber klar zu werden, ob sie wirklich alles wissen wollte. Denn wenn

Erik etwas sagte, dann war es kein Blödsinn. Er hatte nie den Luxus derartiger Spielereien genossen. Als Offizier im Kampfeinsatz redete man nicht um den heißen Brei herum oder verbog Tatsachen, um die Gefühle anderer zu schonen. Man vergeudete dadurch nur kostbare Zeit, und jemandem eine bittere Wahrheit zu versüßen, war eine Übung in Nutzlosigkeit, weil die Medizin, wenn sie verabreicht werden musste, kein bisschen weniger bitter schmeckte.

Als sie merkte, dass er nichts weiter sagen würde, verdrehte sie die Augen. »Und *würden* Sie es denn auch erläutern?« Dann setzte sie leise hinzu: »Bitte?«

Sein Magen zog sich zusammen. Der Gedanke, dass sie ihn mit ihrem »Bitte« möglicherweise um etwas weitaus Sinnlicheres als eine bloße Erklärung bat, fachte das Feuer in ihm an, und er musste sich doppelt zusammenreißen, wollte er sich auf das Gespräch mit ihr konzentrieren.

»Da wäre schon mal Ihre Körpersprache«, sagte er. »Sie fühlen sich in Klamotten, die wie eine zweite Haut an Ihnen kleben, offensichtlich nicht besonders wohl. Dauernd fummeln Sie am Saum Ihres Kleides herum oder zupfen an Ihrem Ausschnitt. Auf den hohen Hacken bewegen Sie sich allerdings problemlos, was mir verrät, dass Sie daran gewöhnt sind, sich in Schale zu werfen, Ihre Kleidung sonst aber wesentlich konservativer ausfällt. Sie halten sich gerade, übertreiben es aber nicht, als wollten Sie Ihrer Auslegeware einen Platz an der Sonne gönnen. Ihre Haltung ist zu steif für eine Frau, die sich gehen lassen und mal richtig amüsieren will. Und dass Ihre Freundin Ihnen, kaum dass Sie hier waren, den Weg gebahnt und Ihnen dann, als Sie Ihr Glas halb hinunterstürzten, einen Einlauf verpasst hat, verkündete hell wie eine Neonreklame, wie nervös Sie sind.«

Erik hob eine Hand und zählte vom kleinen Finger bis zum

Mittelfinger ab. Einen für jeden wiederholten Punkt. »Eine tolle Frau, allein, aufgetakelt. Bekämpft ihre Nervosität mit Alkohol, und will sich offenbar nicht nur unter die Leute mischen und tanzen.«

»Wow … jetzt weiß ich nicht, soll ich beeindruckt sein oder flippe ich besser aus.«

»Beeindruckt, würde ich meinen«, entgegnete er augenzwinkernd.

Als der DJ von der elektronischen Tanzmusik zu einem langsamen, sinnlichen Song überblendete, bildeten sich sofort Paare, die sich eng und vertraut miteinander bewegten. Erik hatte die Tanzfläche, seit er in diesem Club verkehrte, noch niemals betreten. Er war zwar häufig aufgefordert worden, hatte aber immer abgelehnt. Auf die schnellen Nummern konnte er nicht tanzen, und an der Intimität während der langsamen Songs war er nicht interessiert.

Bis jetzt.

Mit einem Nicken deutete er auf die Tanzfläche. »Tanzen Sie mit mir.«

Sie kaute auf ihrer Unterlippe und sah ihn prüfend an, ihre sämtlichen Zahnräder klickten.

»Ein Tanz kann nicht schaden«, meinte er, bevor sie ihn abservieren konnte, »und Ihre Freundin kann Sie dabei die ganze Zeit im Auge behalten.«

Sie machte große Augen. »Warum glauben Sie, dass sie mich im Auge behält?«

»Weil sie sich, seit ich hier aufgekreuzt bin, noch keine fünf Meter von Ihnen entfernt hat. Außerdem schießt sie heimlich Fotos von mir.«

Erik sah sich über seine Schulter nach der Kellnerin um, die unauffällig ihre Handykamera in seine Richtung hielt. Als ihr auffiel, dass ihr Opfer sie bemerkt hatte, sah sie ihn überrascht an. Sein Mundwinkel zuckte amüsiert, weil er ihr die Tour vermasselt hatte, dann nickte er ihr kurz zu. Sie deutete darauf mit zwei Fingern einer Hand auf ihre zusammengekniffenen Augen und zeigte dann auf ihn – *Ich behalte dich im Auge, Freundchen* –, bevor sie in der Menge verschwand.

»Ich gehe mal davon aus, das heißt, dass sie sich um Sie sorgt, und nicht, dass Sie eine Sammlung heimlich geschossener Fotos Ihrer Eroberungen anlegt.«

Sie lachte leichthin und schüttelte ungläubig den Kopf. »Wer *sind* Sie?«

»Jetzt gerade?« Grinsend stellte er ihre Gläser auf dem Tablett einer vorbeikommenden Kellnerin ab. »Ihr Tanzpartner.« Er nutzte ihre Verwirrung aus und führte sie auf die Tanzfläche hinunter. Da er wusste, dass sie sich am Rand wohler fühlen würde, hielt er an einer Ecke an und zog sie in seine Arme.

Seine Hände glitten abwärts und blieben in ihrem Kreuz liegen. Irgendwie fand er genug Willenskraft, um sich zu entspannen, anstatt den verdammten Abstand zwischen ihnen ganz zu schließen. Sie blieb stocksteif, ihre Hände berührten kaum seine Schulter. Doch er war ein geduldiger Mann und konnte, wenn es sein musste, den ganzen Abend warten.

Schließlich holte sie tief Luft und entließ damit einen Teil ihrer Anspannung.

Himmel, roch die Frau gut! Nach von der Sonne getränkten Rosenblüten. Dezent und natürlich. Das totale Gegenteil der Parfüms, mit denen die meisten Frauen sich übergossen. Erik hätte am liebsten sein Gesicht an ihrem Hals vergraben und seine Lungen mit ihrem Duft gefüllt, bis sie der Grund dafür wäre, dass er überhaupt noch atmete.

»Also«, begann sie, »ich nehme an, die Vorspiegelung falscher Tatsachen kann ich mir sparen. Was sind Sie? Hellseher? Können Sie Gedanken lesen?«

Wieder zuckten seine Lippen. »Ich sagte doch schon, ich bin ein guter Beobachter.«

»Ein guter Beobachter merkt, dass man bei der Pediküre war oder dass jemand Rechtshänder ist. Sie sind ein *unheimlich* guter Beobachter – wie ein Serienkiller –, während Sie selbst total undurchschaubar bleiben.«

Erik musste über *ihre* Beobachtungsgabe schmunzeln. »Ich verspreche Ihnen, ich bin kein Serienkiller.«

Fast hätte er gesagt, er sei kein »Killer«, aber das wäre gelogen gewesen. Er *war* ein Killer. Er hatte häufiger getötet, als er nachzählen konnte. Die Tatsache, dass er nur im Gefecht getötet hatte, sprach ihn nicht frei. Jedenfalls nicht in allen Punkten. Wenn man zurückblickte, war man angeschissen. Wenn er daran dachte, wie er manches Mal, ohne zu zögern, ein Leben genommen hatte, fragte er sich oft, ob er zu schnell abgedrückt hatte. Wenn womöglich …

Nein. Lass es sein.

Nicht, wenn er diese phänomenale Frau im Arm hielt, die ihn faszinierte und sein Blut so in Wallung brachte, wie er es schon verdammt lange nicht mehr erlebt hatte.

»Na schön«, sagte sie und neigte den Kopf zur Seite, »wenn Sie kein Serienkiller sind, was sind Sie dann?«

Ihre Augen verrieten ihm, dass sie ihn nicht nach seinem Beruf oder seinem Sternzeichen fragte. Ihre Frage zielte auf etwas, das tiefer lag und ihr helfen mochte, ihn zu verstehen. Ihre Bemerkung darüber, ihn nicht durchschauen zu können, bedeutete, dass sie auf dem Gebiet sonst keine Schwierigkeiten hatte. Vielleicht nutzte ihr diese Gabe im Job, oder sie gehörte bloß zu den Menschen, die sich etwas auf ihre Menschenkenntnis einbildeten.

»Ich bin nur ein Mann, der eine schöne Frau zu beeindrucken versucht.« Was nicht ganz falsch war. Weil er sie gerne schockierte – wie die meisten Männer hatte er kein Problem damit, hin und wieder ein wenig sein Ego aufzuplustern –, sah er sie unverwandt an und sagte: »Und meiner unmaßgeblichen Meinung nach sind Sie tatsächlich Linkshänderin, Ihre Pediküre ist im French-Stil – was mir zufälligerweise weitaus besser gefällt als knallige Zehennägel – und ich finde Ihren silbernen Zehenring höllisch sexy.«

Ihr fiel die Kinnlade runter, doch sie schloss den Mund rasch, um die Reaktion zu vertuschen. »Jetzt weiß ich es«, sagte sie dann. »Sie sind von der CIA und haben mein Dossier gelesen, wahrscheinlich haben Sie mich wochenlang beobachtet, bevor Sie mich angesprochen haben, um als angeblicher Verehrer nun mein Leben zu infiltrieren.«

»Erwischt.« Erik grinste so breit wie schon lange nicht mehr. »Haben Sie Mitleid mit einem kleinen Spion und lassen Sie mich nicht auffliegen, damit meine Vorgesetzten mich nicht zur Schnecke machen.«

»Hm, das muss ich mir noch überlegen. Ich gebe Ihnen dann Bescheid«, antwortete sie und grinste ein bisschen.

Er machte Fortschritte.

Erik stellte einen Fuß zwischen ihre Füße und trat näher, bis ihr Geschlecht sich gegen seinen harten Oberschenkelmuskel drückte. Er senkte den Kopf und schnupperte an ihrem Ohr. Ihr seidiges Haar strich über sein Gesicht, und ihr Duft berauschte seine Sinne.

Sie hatte etwas, das seinen inneren Höhlenmenschen nach dem Knüppel greifen und um ihre Zuneigung wetteifern ließ. Sein Schwanz stand in Habachtstellung, drängte gegen seinen Hosenstall und pochte im Takt mit seinem Herzschlag.

Ihre Hände tasteten versuchsweise über seine Schultern, auch das ein kleiner Sieg. Eine Hand verharrte zwischen seinen Schulterblättern, die andere strich über seinen Nacken.

Er ließ die Hände weitere fünfzehn Zentimeter tiefer gleiten, sodass seine Finger sich nun über der Rundung ihrer Pobacken spreizten.

»Verraten Sie mir Ihren Namen, Süße?«

Sie schüttelte den Kopf. »Keine Namen.«

Erik zog sich so weit zurück, dass er ihr in die Augen schauen konnte. Nein, sie kokettierte nicht, sie meinte es ernst.

»Sie müssen sich keine Sorgen machen, dass ich in Ihrem Büro auftauche und damit drohe, Ihnen eine Szene zu machen, falls es das ist, was Ihnen Kopfzerbrechen bereitet. Ich weiß, worum es hier geht, und ich habe nicht vor, mehr daraus zu machen als Sie.«

»Ich glaube Ihnen.«

Und warum auch nicht? Schließlich wusste jeder, dass Typen wie er nichts wollten, was auch nur von fern an eine Beziehung erinnerte, und er würde ihr bestimmt keinen Grund liefern, was ihn anbetraf, an diesen Klischees zu zweifeln. Was völlig in Ordnung war, da er *echt nicht* auf eine Beziehung aus war.

Wieso bist du dann enttäuscht, dass sie dich für diese Art Mann hält?

Weil ich es satt habe, diese Art Mann zu sein?

Herrgott, was stimmte bloß nicht mit ihm? Diese Art von Selbstgespräch ging echt gar nicht! Anscheinend nagte der Scheiß in seinem Beruf doch mehr an ihm, als er gedacht hatte. *Schlag dir das aus dem Kopf, Grady!* »Und warum dann keine Namen?«

Sie zuckte halbherzig mit den schmalen Schultern. »Das Risiko kann ich in meinem Beruf nicht eingehen.«

Das sah er ein. »Wir könnten falsche Namen verwenden.«

Sie antwortete nicht sofort, anscheinend dachte sie über seinen Vorschlag nach. Ihre Stirn legte sich in Falten, ein Anzeichen ihrer Unschuld, sodass er sich einen Augenblick lang fragte, ob sie sich mit ihrem Ausflug nicht vielleicht überhoben hatte.

Doch er tat den Gedanken ab. Sie war eine erwachsene Frau, die sich fest vorgenommen hatte, heute Nacht mit einem Mann zu schlafen. Warum also nicht mit ihm? Außerdem war ihm das Universum wegen der Scheiße, die es im Job über ihn ausgeschüttet hatte, etwas schuldig. *Entschuldigung angenommen, Universum!*

Als sie sich entschieden hatte, schüttelte sie den Kopf. »Ich brauche für Sie keinen Namen.«

»Brauchen vielleicht nicht, Schönste, aber ich will absolut, dass Sie mich beim Namen nennen.«

»Wieso? Was soll das bringen?«

Erik zog sie näher an sich und flüsterte ihr ins Ohr: »Weil ich will, dass Sie meinen *Namen* schreien, wenn ich Sie zum Orgasmus bringe, und keinen anderen.« Sie schnappte nach Luft, als er Sie ins Ohrläppchen zwickte. »Nicht mal Gottes Namen.«

Ihr flatternder Atem streifte seine Wange, und das Gefühl schoss ihm direkt in die Eier. Ihre Nippel waren zu harten Spitzen angeschwollen, die über seine Brust strichen, und die Finger in seinem Nacken zuckten haltlos. Es fühlte sich ganz so an, als hätten ihre Fingernägel jetzt schon die ersten Zeichen der Nacht in seine Haut geritzt, und die Vorstellung, wie sie mit ihren scharfen Krallen weitere Stellen seines Körpers markierte, ließ ihn bretthart werden.

»Und wenn ich Glück habe«, sagte er, »geben Sie mir Ihre Nummer, damit wir das irgendwann mal wiederholen können.«

Auf einmal versteifte sie sich und wich zurück. »Tut mir leid, aber ich kann das nicht.« Dann drehte sie sich auf dem Absatz um und lief davon, als stünde ihr Hintern in Flammen.

Was zum Henker? Erik rührte sich vor Verblüffung ganze zwei Sekunden lang nicht von der Stelle – was für einen Soldaten, der darauf trainiert war, auf alles Unerwartete unverzüglich zu reagieren, eine Lebensspanne bedeutete – und folgte ihr dann mit großen Schritten, als sie die Stufen zur Hauptebene hinaufeilte.

»Hey!«, rief er. Gottverdammt, er hasste es, dass er ihren Namen nicht kannte. Irgendwas stimmte nicht, auch wenn er sich sicher war, ihre Signale nicht missdeutet zu haben. Ihr Körper wollte ihn, und auch wenn sie nicht selbst mit einer klaren Ansage herausgerückt war, so hatte sie doch zugegeben, dass sie auf einer Wellenlänge lagen.

Ja, aber nur, bis du ihr mitten zwischen all den Leuten deinen Dreck ins Ohr geblasen hast. Verflucht, er hatte seinem Schwanz das Reden überlassen und es zu weit getrieben. Er hatte ihr Angst gemacht oder doch wenigstens bewirkt, dass sie sich unwohl fühlte, was absolut unverzeihlich war. Er konnte unmöglich zulassen, dass sie so außer sich war, weil er sich wie ein Arschloch aufgeführt hatte.

Erik schloss mit ausholenden Schritten rasch zu ihr auf, auch weil die Leute ihm schon wegen seiner schieren Größe bereitwillig Platz machten. Er war im Nu bei ihr und griff nach einer ihrer Hände, um sie zurückzuhalten. »Hey, tut mir leid, das war unangebracht.«

Dann sah er aus dem Augenwinkel, wie ihre Freundin schnurstracks auf sie zuhielt. Ihrer Miene nach war sie eindeutig auf Krawall gebürstet. Der ganze ein Meter sechzig.

»Schon gut, Angie«, sagte seine Lady in Red. »Ich komm schon klar.«

Nun, da Erik dicht vor dem kleinen Hitzkopf stand, fiel ihm auf, dass ihre Augen nicht dunkelbraun waren, wie er angenommen hatte, sondern ein ziemlich umwerfendes Hellgrün hatten. Dann nahmen sie ihn ohne erkennbar freundliche Absichten aufs Korn.

»Das *weiß* ich, Mädchen«, sagte Angie. »Er ist derjenige, um den ich mich sorge.«

Ehe Erik Gelegenheit bekam, sich zu verteidigen, tauchte seine rechte Hand neben ihm auf. »Das ist jetzt kein guter Zeitpunkt, Dozer, um dich den Damen bekannt zu machen.«

Als würde ein Zeichner ein Daumenkino zum Leben erwecken, durchlief Angies Gesicht in weniger als einer Sekunde hundert verschiedene Gefühlsstadien – von Entsetzen über Panik bis zu etwas, das eine seltsame Mischung aus Wut und Abscheu zu sein schien. »Ja, *Dozer*, hau ab! Du hast bestimmt was Besseres vor.«

»Süße«, erwiderte Dozer, die tiefe Stimme und der gebieterische Blick auf die Bedienung gerichtet, »ich muss mit dir reden.« Dozer griff nach ihrem Arm, um sie wegzuziehen, doch sie riss sich los und schoss einen flammenden Blick auf ihn ab.

»Was fällt dir ein, mich rumzukommandieren? Und nenn mich nicht Süße, *Dozer*!«

Dozer verschränkte die bulligen Arme vor der Brust und betrachtete sie aus zusammengekniffenen Augen. »Dann nenn du mich nicht Dozer, *Süße*!«

Was zur Hölle? Erik kannte seinen besten Freund seit siebzehn langen Jahren, und in all der Zeit hatte er noch nie jemandem untersagt, ihn bei seinem Funknamen zu rufen. Wahrscheinlich hätte er den Namen sogar offiziell angenommen, aber den dazu nötigen Papierkram vermied er schon aus Prinzip. Er und diese Angie schienen sich zu kennen, wovon Erik bisher überhaupt nichts gewusst hatte. Nicht, dass Dozer dazu verpflichtet war, seinem Kumpel jede Einzelheit seines Lebens mitzuteilen, aber dass er es nicht trotzdem tat, passte irgendwie nicht zu ihm. Der Mann hatte normalerweise ein zu großes Mitteilungsbedürfnis.

Dozer und Angie starrten einander sekundenlang an, ein stummer, mit Blicken ausgetragener Schusswechsel, bis Angie schließlich mit einem unzufriedenen Knurren die Waffen streckte. Sie versicherte ihrer Freundin noch, in der Nähe zu bleiben, dann stolzierte sie, eine spanische Schimpfkanonade abfeuernd, davon. Dozer nickte Erik zu, als wolle er sagen *nur zu, alles im Griff!*, und folgte der temperamentvollen Schönheit, mit der er offensichtlich noch ein Hühnchen zu rupfen hatte.

Erik wandte seine Aufmerksamkeit wieder der Frau neben ihm zu und fragte: »Wissen Sie, was das zu bedeuten hatte?«

Sie runzelte die Stirn. »Mit den beiden?« Sie schüttelte den Kopf, während sie ihren Freunden irritiert nachblickte. Dozer hatte die Arme verschränkt und einen angepissten Gesichtsausdruck aufgesetzt, während Angie ihn weiter beschimpfte und mit den Armen wedelte, als würde sie die Düsenjäger auf einem Flugzeugträger dirigieren. »Sie hat nie jemandem mit dem Namen Dozer erwähnt, was komisch ist, weil ich geglaubt habe, wir würden uns alles erzählen.«

»Anscheinend kennen sie sich.«

»Und Sie beide sind offensichtlich ebenfalls Bekannte.«

Erik warf ihr einen Seitenblick zu, um den Schaden abzuschätzen, den sein Freund angerichtet hatte, als er ihre Freundin so auf die Palme gebracht hatte. »Spielt das eine Rolle?«

Sie fluchte unterdrückt. »Ich muss jetzt gehen.«

»Warten Sie.« Ihm war klar, dass er ihrer beider Vorhaben, heute Nacht wilden Sex zu haben, vereitelt hatte, trotzdem wollte er nicht, dass sie ging. »Ich verstehe ja, dass sich Ihre Pläne für heute Abend geändert haben, aber deshalb können wir doch immer noch was trinken und den Abend gemeinsam verbringen.«

Ihre Besorgnis wich strikter Ablehnung. »Ich habe immer noch vor, heute Nacht Sex zu haben«, erklärte sie. »Allerdings nicht mit Ihnen.«

3

Scheiße, wie jetzt?

Erik machte den Mund auf, wusste aber nichts zu sagen. Er war sich sicher gewesen, sie so in Rage versetzt zu haben, dass sie deshalb den Gedanken an eine Bettgeschichte fallen gelassen hatte. Auf den Gedanken, dass sie nur *ihn* hatte fallen lassen, war er überhaupt nicht gekommen. Tja, auf jeden Fall benötigte sein Ego jetzt einen Eisbeutel und eine Handvoll Aspirin.

Zwei betrunken torkelnde Mädchen, die sich vor Lachen kaum halten konnten, stießen mit ihnen zusammen und fielen unter dem Gejohle der Gäste ringsum hin. Aber obwohl sie ihre Drinks verschütteten und eine ihren Schuh verlor, kreischten die beiden weiter vor Lachen, während sie vergeblich aufzustehen versuchten, bis sich ein paar Typen endlich erbarmten und ihnen aufhalfen.

In solchen Momenten, in denen sich Zivilisten aufführten wie unreife Teenager, hatte Erik alle Mühe, sie nicht zu hassen. Die hatten ja keine Ahnung, was Menschen wie er durchgemacht hatten, damit sie sorglos sturzbetrunken hinfallen konnten, als gäbe es kein Morgen mehr.

Er wollte mit ihr reden … *verdammt*, erst mal musste er rauskriegen, wie sie hieß. »Gehen wir irgendwo hin, wo wir uns in Ruhe unterhalten können?« Sie biss sich von innen auf die Lippe und legte schützend eine Hand auf ihren Bauch. »Ich meine, hier, im Club, bloß nicht in dem ganzen Lärm. Wenn Sie nach ein paar Minuten genug haben, lasse ich Sie garantiert in Ruhe.«

Als sie schließlich nickte, löste sich der Knoten in seiner

Brust, und er vergeudete keine Sekunde, sondern schob sie durch eine Doppeltür auf einen langen Gang, der zu den getrennten Toiletten führte. Sie waren auch hier nicht allein, weil die Gäste zwischen der Hauptebene und den Toiletten hin und her liefen, aber es war längst nicht so voll, und die Housemusic pulsierte nicht mal halb so laut wie auf der anderen Seite der massiven Doppeltür.

Sie legten etwa die halbe Ganglänge zurück und blieben unter einem in die Wand eingelassenen, abstrakt gemalten Phönix stehen. Es gab Dutzende solcher Gemälde im ganzen Club, keines wie das andere, aber alle stellten den fabelhaften Vogel dar, der sich alle hundert Jahre aus der eigenen Asche neu erhob.

»Damit das klar ist«, begann er. »Sie sind fest entschlossen, heute Nacht mit einem Wildfremden ins Bett zu gehen, aber ich bin nicht der Richtige dafür?«

Sie räusperte sich, straffte die Schultern und reckte das Kinn. Sie gab sich Mühe, selbstsicherer zu wirken, als sie sich fühlte, was seinen Frust etwas milderte und ihn umso mehr bedauern ließ, dass er sie so hart angegangen war. Nicht dass er ihre Absichten missverstanden hatte, ihre Reaktion auf ihn hatte das zweifelsfrei bewiesen. Allerdings wusste er jetzt, dass bei ihr mehr dahintersteckte als der Wunsch, sich zu amüsieren. Sie brauchte es. Genau wie er. Sie brauchten *einander*. Das musste er ihr jetzt nur noch klarmachen.

»Das trifft es ziemlich genau, ja«, antwortete sie.

»Würden Sie mir verraten, wieso?«

Sie zögerte. »Eigentlich nicht, nein.«

Erik blieb stumm, da er wusste, dass sie irgendwann das Bedürfnis haben würde, die Stille zu beenden. Klassische Verhörtechnik.

Sie enttäuschte ihn nicht. »Hören Sie, nehmen Sie es nicht persönlich.«

»Süße, nichts ist persönlicher als Sex.«

»Dann suchen Sie sich eine andere, wenn Sie persönlich werden wollen. Ich bin mir ziemlich sicher, Sie können jede Frau hier haben.«

»Außer Ihnen.«

»Ja«, antwortete sie, ihre Worte kamen atemlos hervor. »Alle Frauen außer mir.«

»Dann haben wir ein Problem, Schönste, weil Sie die einzige Frau hier sind, die ich will.« Er überwand die geringe Distanz, missachtete ihren Diskretionsabstand und fixierte sie mit seinem Blick. »Ich sehe doch, wie ich auf Sie wirke, und Sie wissen längst, wie sehr Sie auf mich wirken.«

Als sie tief Luft holte, berührte ihn ihre Brust zwar kaum, doch es war mehr als genug, und er spürte, dass ihre Brustwarzen ihm recht gaben. Jede Wette, schöbe er seine Finger jetzt in ihr Höschen, er würde sie heiß und nass vorfinden.

Trotzdem gab sie vor, ihn nicht zu wollen.

Sein Ego mochte angekratzt sein, aber viel wichtiger war, dass es auf unterschiedliche Weise übel für sie ausgehen könnte, wenn sie ihren Plan entschlossen weiterverfolgte. Also war es eine Frage der Ehre, sie davon zu überzeugen, dass sie ihre Bedürfnisse am besten von ihm befriedigen ließ.

Himmel, was für ein Haufen Mist. Er konnte ja nicht mal *sich selbst* davon überzeugen, dass sein Wunsch, mit dieser Frau zu schlafen, irgendwas mit Ehre zu tun hatte. Ihre Sicherheit wäre lediglich ein willkommenes Extra für sein Pflichtgefühl anderen gegenüber.

Er hatte ihr von Anfang mit einem einzigen Ziel nachgestellt: sie ins Bett zu kriegen. Er hatte noch nie im Leben so für Sex kämpfen müssen. Verdammt, er hatte sich dafür noch nie auch nur anstrengen müssen!

»Also«, fuhr er langsam fort, »da wir jetzt wissen, dass Ihr

Körper nichts gegen meinen einzuwenden hat, warum laufen Sie vor mir davon?«

Sie verdrehte die Augen. »Werden Ihre Arme nicht müde davon, die ganze Zeit ihr Riesenego herumtragen zu müssen? Weil ich *Sie* nicht erwählt habe, laufe ich vor etwas davon. Könnte doch sein, dass ich Sie einfach nicht für geeignetes One-Night-Stand-Material halte.«

»Ah, jetzt kommt es raus.« Erik ließ innerlich die Knöchel knacken. »Und wodurch bin ich ungeeignet?«

»Soll ich Ihnen eine Liste machen?« Eine perfekte Augenbraue wölbte sich, und es juckte ihn in den Fingern, die Wölbung entlangzufahren und die Finger anschließend in ihren Haaren zu vergraben.

Er baute sich mit schulterbreit gespreizten Füßen vor ihr auf und verschränkte die Arme vor der Brust. »Ich bitte darum!«

In ihrem Blick sammelten sich Gewitterwolken, und ihre Wangen färbten sich rot. »Sie sind arrogant, und auch wenn ich nicht daran zweifle, dass Sie das Scharen von Frauen zu verdanken haben –«

»Scharen?«

»Ja, *Scharen* von Frauen, die über Ihre Potenz Lobgesänge angestimmt haben. Ich suche allerdings nicht nach einem modernen Don Juan. Ich will weder einen verträumten Vorspielmarathon, bei dem Sie mich millimeterweise erkunden, noch einen selbst ernannten Vagina-Virtuosen, der es darauf anlegt, mir die äußerst unwahrscheinliche Erfahrung eines multiplen Orgasmus zu verschaffen. Aber vor allem will ich keine Wiederauflagen, und dass die andere Partei weiß, wer ich bin, will ich schon gar nicht.«

Er grinste sie an. Er konnte nicht anders. Sie war in kürzerer Zeit, als man benötigte, um einen Lichtschalter umzulegen, von nervösem Interesse zu offenkundiger Ablehnung gewechselt. »Hat Ihnen schon mal jemand gesagt, dass Sie extrem deutlich sprechen, wenn Sie verärgert sind?«

»Oh Mann, ich bin hier fertig.«

Erik hob flehend die Hand. »Sorry, das hätte ich besser für mich behalten. Ich schwöre, ich habe Ihnen zugehört.«

Sie lehnte sich mit einem resignierten Seufzen wieder gegen die Wand. In diesem Moment sagte ihm sein Bauchgefühl deutlicher als je, dass sie keineswegs die unnahbare und gleichgültige Frau war, als die sie rüberkommen wollte. Sie spielte in aller Unschuld eine gefährliche Partie Russisches Roulette mit ihrem Körper. Wäre er nicht gewesen, hätte sie von irgendeinem x-beliebigen Arschloch aufgerissen werden können, und dass sie dieses Risiko eingegangen war, kotzte ihn an. Sie sollte zu Hause sein und tun, womit auch immer eine anständige Frau ihre Zeit verbrachte. Anstatt hier einem One-Night-Stand hinterherzujagen, um Himmels willen.

»Ich habe mich geirrt«, sagte er. Fragend schaute sie ihn an. »Was meinen ersten Eindruck von Ihnen angeht. Sie sind kein Flittchen aus der Oberschicht auf der Suche nach einer heimlichen Liebschaft. Die Sorte kenne ich gut, Sie sind kein bisschen so. Aber es macht mich wahnsinnig, dass ich nicht dahinterkomme, wer Sie wirklich sind.«

Ein mattes Lächeln deutete sich an ihren Mundwinkeln an. »Wir können nie wissen, wer der andere *wirklich* ist. Anonymität gehört zu den Vorzügen derartiger Arrangements. Was ein Hauptgrund dafür ist, dass ich nichts mit Ihnen anfangen kann. Unsere Freunde kennen sich, und während es Ihnen egal sein mag, ist es für mich unerlässlich, dass niemand meine Identität kennt.«

In Erik braute sich Enttäuschung zusammen. Mit jedem weiteren Wort ließ sie ihm mehr Leine. Wenn es so weiterging wie bisher, würde er sich bald daran aufhängen können. Und dann wäre sie für immer auf und davon.

»Würden Sie mir wenigstens verraten, warum Sie so scharf darauf sind, das hier durchzuziehen?« Sie leckte sich die Lippen, ihr Blick flackerte unstet. Erik schüttelte den Kopf. »Suchen Sie nicht nach einer Ausrede, Süße. Ich gehöre nicht zu denen, die andere wegen ihrer Handlungen verdammen, weil ich so sicher wie das Amen in der Kirche nicht will, dass man mich wegen meinen verdammt. Außerdem haben Sie mich ja schon abgeschossen, es macht also gar nichts, wenn Sie es mir verraten.«

Sie entließ einen zittrigen Atemzug und starrte unverwandt auf den Halsausschnitt seines Hemdes. »Ich versuche über etwas hinwegzukommen. Ich bin jetzt bereit, es hinter mir zu lassen. Ich *will* es hinter mir lassen. Trotzdem denke ich ständig –« Sie verstummte, schluckte schwer und blinzelte gegen die Tränen in ihren Augen an. »Ich brauche einfach etwas anderes, wissen Sie? Etwas, das mir hilft, ein Kapitel zu schließen und ein neues aufzuschlagen.«

Verdammt. Erik fuhr sich über die Bartstoppeln, während er die Puzzleteile zusammensetzte. Plötzlich ergab alles einen Sinn. Jemand hatte sie verletzt, und sie hatte beschlossen, dass der einzige Weg, den Kerl zu vergessen, darin bestand, mit einem anderen ins Bett zu steigen. Nicht gerade eine seltene Schlussfolgerung. Viele lebten nach dem Motto *Man beendet eine Beziehung am besten, indem man eine neue beginnt*, allerdings hielt er sie nicht für derart leichtfertig. Sie hatte sich ihre Entscheidung offensichtlich nicht leicht gemacht, was indes bedeutete, dass sie an ihrem Vorhaben festhalten würde.

Mit ihm oder ohne ihn.

»Ja, verstehe«, sagte er und stützte sich mit der Rechten neben ihr an der Wand ab. »Also, ich sehe das so: Wir haben bereits eine Beziehung zueinander aufgebaut, und es lässt sich nicht leugnen, dass die Chemie zwischen uns stimmt.« Sie öffnete den Mund, um zu widersprechen, doch er kam ihr zuvor. »Hören Sie erst mal zu. Sie meinen, es ist ein Problem, dass unsere Freunde sich kennen, ich glaube vielmehr, das ist ein Vorteil. Wenn Sie mit einem anderen mitgehen, können Sie unmöglich wissen, ob Sie an einen Perversen geraten sind. Gehen Sie mit mir, können Sie sicher sein, dass Ihnen nichts zustößt. Würde man Angie dazu bewegen können, etwas zu verraten, wenn Sie ihr sagen, sie soll ein Geheimnis für sich behalten?«

Entrüstet reckte sie ihr Kinn. »Angie würde mich niemals hintergehen.«

Er nickte. »Eben. Wenn Sie sie also bitten, Dozer nicht zu verraten, wer Sie sind, ist Ihre Identität in guten Händen.«

Sie kniff die Augen zusammen und dachte angestrengt nach. »Aber vielleicht haben sie längst über uns gesprochen, und Dozer weiß Bescheid.«

»Egal. Ich habe so ein Gefühl, als würde Dozer auf Angie hören, wenn sie ihn bäte, nichts zu sagen. Und falls nicht, täte er es für Sie, weil er Sie dadurch schützen würde.«

»Wieso sollte er mich schützen wollen? Er kennt mich ja nicht einmal.«

»Weil Dozer genau wie ich einem Ehrenkodex folgt. In dem Punkt müssen Sie mir einfach vertrauen.«

»Großer Gott, was mache ich hier überhaupt?« Sie deutete auf das Kleid, das sich an ihre tolle Figur schmiegte. »Sie hatten ja recht, das hier bin nicht ich. Ich weiß, wie blöd ich bin, aber ich weiß nicht, wie ich weiterleben soll.«

»Hey«, sagte er leise und senkte den Kopf, um ihr in die Augen schauen zu können. »Sie sind *nicht* blöd, und was Sie wollen, ist nicht verkehrt.« Erik umfasste mit der Linken ihr Kinn und strich mit dem Daumen über ihren Mundwinkel. Dabei stellte er sich vor, wie es wohl wäre, diese Stelle mit seinen Lippen zu berühren. »Ich kann Ihre Wünsche heute Nacht wahr werden lassen. Sie müssen mir nur sagen, was Sie sich wünschen. Was immer es ist, ich kann es Ihnen geben.«

Ihre Lippen teilten sich, ihr Kopf sank gegen die Wand, wobei ihr Gesicht sich ihm so weit entgegenstreckte, dass er unter ihrem Kinn eine kleine, blasse Narbe entdeckte. Ein kaum sichtbares winziges Detail, von dem nur jene wussten, die ihr nahestanden. Und nun auch er. Erik konnte nicht anders, er neigte den Kopf und drückte einen Kuss auf die verblasste Narbe. Verflucht, selbst ihre Narben waren sexy. Wenn er sie noch mehr begehrte als jetzt schon, würde er komplett durchdrehen.

»Ich …« Der Kloß in seinem Hals wurde mit jeder Sekunde, die sie noch zögerte, immer größer. Wäre seine eiserne Selbstbeherrschung nicht gewesen, er hätte längst ihren Mund erobert und das Denken ihrem Körper überantwortet. Doch ihr Begehren gewissermaßen gegen sie zu verwenden wäre Manipulation gewesen, und auf ein derart niedriges Niveau würde er sich nicht herablassen.

Sie musste sich für ihn entscheiden.

»Ich will das Gegenteil von dem, was ich … vorher hatte. Ich will nichts Langsames, Behutsames, Zärtliches, das nur Erinnerungen wachrufen würde. Was Sie vorhin sagten, dass ich die Kontrolle abgeben muss … genau das will ich. Ich will fühlen. Einfach … fühlen.«

Erik wusste weder, was sich zwischen ihr und ihrem Ex abgespielt hatte, dass sie dermaßen verletzt war, noch hatte er vor, sie danach zu fragen. Es ging ihn nichts an, und sie brauchte keinen Vertrauten. Sie benötigte einen Liebhaber, wenn auch nur für eine Nacht, und dafür war er genau der Richtige.

»Das kriege ich hin. In jeder Hinsicht.« Sie wölbte die Brauen, ihre Augen spiegelten die Hoffnung wider, die er ihr gemacht hatte. Wenn es einen Gott gab, würde er es mit dem, was ihm noch auf der Zunge lag, nicht vermasseln. »Aber bevor irgendwas passiert, muss ich mich davon überzeugen, dass wir uns einig sind.«

Es war höchste Zeit, ihr reinen Wein einzuschenken. Wenn sie jetzt zurückschreckte, würde sie, wenn es drauf ankam, keine fünf Minuten mithalten, und dieses Risiko wollte er nicht eingehen.

Er übertrat ihre rote Linie, bis er sich mit den Hüften gegen sie drängte. Die aufreizende Berührung erweckte seinen bereits halb steifen Schwanz vollends zum Leben. Er versicherte sich, dass sein Körper sie vor unerwünschten Blicken verbarg, packte ihre Handgelenke und hielt sie hinter ihrem Rücken fest. Er biss die Zähne zusammen, zügelte sich und sprach schließlich mit tiefer, harscher Stimme.

»Was Sie brauchen, worum Sie *bitten*, ist ein guter, harter Fick.« Sie schnappte hörbar nach Luft, doch er ließ sich nicht bremsen. »Was bedeutet, dass ich das Sagen habe, Schönste. Sagen Sie mir also lieber vorher, ob es etwas gibt, das Sie auf keinen Fall tun wollen. Denn danach tun Sie, was ich will, wann ich es will. Ich werde Ihnen keine Zärtlichkeiten ins Ohr flüstern oder Sie wegen irgendwas, das ich mit Ihnen machen will, um Erlaubnis fragen. Sobald wir das Zimmer betreten, geben Sie die Kontrolle an mich ab.«

»Oh Gott«, flüsterte sie.

Er bewegte die Hüften, um seinen steinharten Schwanz an ihr zu reiben, und entlockte ihren vollen Lippen damit ein süßes Seufzen. Dann sagte er rau: »Ganz im Gegenteil.«

Ihr üppiger Busen hob sich unter schnellen Atemzügen, und ihre Pupillen verschlangen die haselnussbraunen Iriden. Große Hoffnungen hatte er sich ja nicht mehr gemacht, aber seine Lady in Red war scharf wie eine Chilischote. Was ihn, solange er nicht mit ihr allein war, ziemlich auf die Folter spannte. Sie hatte wahrscheinlich keine Ahnung, wie sehr sie ihn anmachte. Wenn sie jetzt noch einen Rückzieher machte, bekäme er es mit einem dermaßen ernsten Fall von geschwollenen Eiern zu tun, dass er noch als Eunuch enden würde.

Beim Sex stand Erik auf jede nur denkbare Spielart, aber im Grunde war sein Geschmack ein wenig neben der Spur. Er liebte es rau. Kratzen, beißen, an den Haaren ziehen … zum Teufel, ja, er wurde schon bei dem Gedanken daran hart. Der Schmerz erinnerte ihn daran, dass er noch lebte. Und an manchen Tagen brauchte er dieses Gefühl mehr als an anderen.

»Immer noch mutig? Ihre Entscheidung.«

Sie nickte, ein wenig benommen zwar, blinzelte und erholte sich, als er die Arme um sie legte. »Ja.«

Eriks Blick ließ sie nicht los.

Er nahm eines ihrer Handgelenke und massierte es behutsam, während er mit immer noch fester Stimme sprach, aber sanfter als zuvor, als er sie festgehalten hatte. »Ich stelle drei nicht verhandelbare Bedingungen.«

Sie starrte auf seine Hände und zog die Stirn kraus, als könne sie nicht verstehen, wieso er ihre weiche Haut rieb. Offenbar würde sie noch sehr viel lernen, bevor die Nacht zu Ende war.

»Erstens: Sie teilen Angie mit, in welchem Hotel wir sind, und bitten Sie, Dozer nichts zu verraten. Zumindest nicht mehr, als sie ihm längst gesagt hat. Zweitens: Sie geben mir einen falschen Namen, weil es tierisch frustrierend ist, Sie nicht irgendwie nennen zu können, und sei es in Gedanken. Sie können mich Wolf nennen. Wie Dozer. Das ist so eine Art Spitzname.«

»Wie sind Sie an den Namen Wolf gekommen?«

Er beäugte sie durch seinen Wimpernvorhang und hob herausfordernd eine Augenbraue. »Das ist eine Kennenlernfrage, Süße. Ich antworte gerne, bloß …«

Sie schüttelte den Kopf, als wolle sie darin Ordnung schaffen. »Nein. Sie haben recht. Nicht antworten. Wolf ist okay.«

Erik nahm jetzt das andere Handgelenk und massierte es, beschrieb mit den Daumen kleine Kreise. »Sie sind dran«, sagte er dann. »Geben Sie mir einen Namen.«

Er sah, wie die Zahnräder in ihrem Kopf ineinandergriffen, als sie ihre Möglichkeiten erwog, ob sie lieber nachgeben oder widersprechen sollte. Er mäßigte seinen Ton, hob ihr Kinn und sagte: »Machen Sie schon, Schönste. Es wäre mir lieber, Sie geben mir einen Namen, aber wenn es sein muss, nenne ich Sie eben Goldlöckchen.« *Ein bisschen übertrieben.*

Sie seufzte und schloss für einen Moment die Augen. »Livvie. Nennen Sie mich Livvie.«

»Gefällt mir.« Er hob ihre Hand und drückte einen Kuss auf die Finger. »Vielen Dank, Livvie.« Ihr zögerliches Lächeln und das angedeutete Nicken verzauberten ihn. Kleine Gesten des Einverständnisses, die für sie, das wusste er, ungleich größere Bedeutung hatten.

»Fahren wir mit Bedingung Nummer drei fort: Während der Fahrt mit dem Taxi besprechen wir, ob Sie irgendwelche unverrückbaren Grenzen haben – was Sie auf keinen Fall zulassen wollen –, denn sobald wir das Hotelzimmer betreten, wird es keine Diskussionen mehr geben. Ich werde tun, was ich will, so lange ich es will. Sie können mich dann nur noch mit einem vorher festgelegten Safeword aufhalten.«

Livvie klappte die Kinnlade hinunter. »Ein Safeword. Wow, Augenblick mal, ich sagte, ich will das Gegenteil von dem, was ich bisher hatte, von Schlagen und Auspeitschen war keine Rede –«

»Entspannen Sie sich, Livvie, nichts davon wird passieren. Vergessen Sie die Vorstellungen von Sex-Verließen, die ich gerade durch Ihren hübschen Kopf wirbeln sehe. Es geht darum,

Ihnen völlige Freiheit zu geben, Sie müssen nichts entscheiden oder sich mit irgendwelchen Erwartungen herumschlagen.«

Sie fuhr sich mit der Zunge über die Unterlippe, die gleich darauf zwischen ihren Vorderzähnen verschwand. Himmel, sie stellte ihn auf die Probe wie noch niemand zuvor. Wenn er sich nicht bald in sie versenken durfte, würde er für nichts garantieren können.

Erik redete weiter. »Es geht also um die Abtretung von Macht. Sie geben mir innerhalb der von Ihnen bestimmten Grenzen Macht über Ihren Körper und Ihr Vergnügen. Safewords sind eine gute Sache, wenn Menschen sich nicht gut oder, wie in unserem Fall, noch gar nicht kennen, vor allem, wenn es hart zur Sache gehen soll. Eine zusätzliche Vorsichtsmaßnahme, damit man weiß, man kann, wenn man will, von einer Sekunde auf die andere aussteigen.«

Ihre Zunge kam zum Vorschein und befeuchtete ihre Lippen, während sie sich seine Ausführungen durch den Kopf gehen ließ. Erik hielt derweil die Luft an, wartete und … hoffte.

Endlich formte ihr üppiger Mund ein süßes Lächeln, und sie antwortete heiser flüsternd: »Gut.«

4

Olivia wartete in der Halle des erstklassigen Hotels, während Wolf – sie hätte noch immer gerne gewusst, wie er zu seinem Spitznamen gekommen war – ein Zimmer für die verabredete eine Nacht gegenseitiger anonymer sexueller Hingabe mietete. Sie blickte ziellos umher, ließ ihren Gedanken freien Lauf und überlegte, wann genau ihr Vorhaben aus dem Ruder gelaufen war.

Wenn sie ehrlich war, so war ihr die Kontrolle über den Abend bereits in dem Moment entglitten, als Wolf sie angesprochen hatte. Wie zum Teufel sollte eine Frau angesichts solcher *Männlichkeit* ihre fünf Sinne zusammenhalten?

Sie hatte einen Mann gewollt, der anders aussah als Brett, um ihm eine schnelle, unpersönliche Nummer vorzuschlagen. Und obwohl sie mit dem ersten Teil Glück hatte – Wolf war groß, dunkel, hatte gebräunte Haut und bernsteinfarbene Augen, während Brett den schlanken Körper eines Läufers, blonde Haare und braune Augen gehabt hatte –, war Teil zwei gründlich danebengegangen. Der Abend würde alles andere als schnell und unpersönlich verlaufen, was die vielen verrückten Gefühle erklärte, die in ihrem Magen rumorten.

Olivia zuckte zusammen, als er ihr die Hand ins Kreuz legte. »Ich wollte dich nicht erschrecken«, sagte er mit seiner hypnotisch tiefen Stimme. Er zeigte ihr einen Plastikschlüssel. »Alles klar?«

Dankbar, dass er ihre Nervosität unerwähnt ließ, schenkte sie ihm ein schmales Lächeln. Sie schlenderten zu den Aufzügen, warteten schweigend, betraten dann die Kabine und lehnten sich, als die Türen sich schlossen, an gegenüberliegende Wände. Während sie nach oben fuhren, betrachtete er sie, als wäre sie das achte Weltwunder.

»Du bist nervös. Woran denkst du?«

Da geht sie hin, meine Dankbarkeit. »Daran, wie sehr du dich von … von meinem Ex unterscheidest.«

Wolf kam auf ihre Seite und bedrängte sie auf die wunderbarste Weise. Sie blickte auf das glorreiche Dreieck nackter Haut, wo er den obersten Hemdknopf von seiner Aufgabe entbunden hatte.

»Wie sehr?«, fragte er mit rauer Stimme. Sie war versucht, mit der Zunge über seinen erregenden Adamsapfel zu fahren.

»Wie der Südpol vom Nordpol.«

Er legte eine Hand hoch über ihrem Kopf an die Kabinenwand, mit der anderen umfasste er ihr Gesicht. Olivia konnte sich nicht rühren und bekam kaum Luft, so als hätte er die Nervenbahnen zu ihrem Gehirn unterbrochen. »Ist das gut?«

Wie gerne hätte sie das gewusst. »Ich habe echt keine Ahnung.«

Er ließ den breiten Daumen von ihrer Wange gleiten, hakte ihn unter ihr Kinn und hob es so weit an, dass ihre Blicke sich trafen. Es müsste echt verboten sein, dass ein Mann – vor allem ein so kräftiger, wilder und riesiger Mann – dermaßen schöne Augen hatte. Jede Wette, wenn sie ihn fotografieren und anschließend alles außer seinen Augen löschen würde, würden die meisten sie für die Augen einer Frau halten. Wenn man sie jedoch mit dem Rest des Mannes betrachtete, sahen sie nicht im Geringsten weiblich aus. Des Rätsels Lösung? Paul Bunyan besaß magische Augen.

Mit dem Daumen strich er über ihr Kinn und zeichnete mit

berückender Zärtlichkeit den Bogen ihrer Unterlippe nach. »Sag mir dein Safeword, Livvie.«

»Feuer.« *Weil ich das Gefühl habe, mit dem Feuer zu spielen, und weil du mich, wenn ich nicht aufpasse, mit Haut und Haaren verbrennst.*

In seinen Augen blitzte etwas, dann zeigte ein Klingeln ihr Stockwerk an, und er wich zurück. Er bedeutete ihr mit einem Nicken, dass er verstanden hatte, und führte sie, eine Hand immer in ihrem Kreuz, hinaus und den Flur entlang. Sie wusste nicht, ob er ihr so den Weg weisen oder sie ermutigen wollte, oder ob er es mit allen Frauen so machte, die neben ihm gingen. Aber warum auch immer, die Gegenwart seiner Hand beruhigte sie ein wenig, und sie hätte sich in diesem Augenblick auf alles gestützt, was sie kriegen konnte.

Er blieb vor Zimmer 1610 stehen und sah sie unverwandt an.

Sie hatte keine Ahnung, wie lange sie dort standen, Sekunden, bevor sie eine völlig andere Welt betreten würde, so wie sie es vorher besprochen hatten.

»Wenn du noch abspringen willst, sag es mir jetzt, Livvie.«

Olivia hatte sich an den »Auswegen«, die er ihr gewiesen hatte, innerlich festgehalten. Grund genug für sie, ihn für vertrauenswürdig zu halten. Sie konnte sich nicht vorstellen, dass viele Männer ihre One-Night-Stands lange fragten, ob sie sich ihrer Sache auch sicher waren. Nach ihrer Zählung hatte Wolf ihr, das Gespräch im Taxi eingerechnet, vier Gelegenheiten gegeben, ihre Meinung noch zu ändern.

Nun stand er da, gespannt und reglos wie ein Raubtier, bereit, sie gleich anzuspringen oder auf die nächste Gelegenheit zu warten. Schauer der Vorfreude und der Furcht überliefen sie. »Ich will nicht abspringen.«

Seine Nüstern blähten sich auf wie bei einem Stier vor dem Angriff. Dann zog er, ohne sie aus den Augen zu lassen, die

Schlüsselkarte durch den Schlitz, öffnete die Tür und hielt sie ihr auf.

Olivia betrat einen kurzen Flur, der rechts zum Badezimmer und links zu einem Wandschrank führte. Geradeaus entdeckte Olivia links das Fußende des Bettes sowie große, vom Boden bis zur Decke reichende Fenster.

Mehr Zeit, um ihre Umgebung wahrzunehmen, bekam sie nicht.

Sie hatte kaum das Bad passiert, als kräftige Hände nach ihrer Taille griffen und sie, Brust voran, gegen die Wand stießen. Sein mächtiger Körper warf sich gegen sie und ließ keinen Zweifel daran aufkommen, wie erregt er war.

Großer Gott, worauf ließ sie sich hier bloß ein? Sie hätte wissen müssen, dass ein Mann, der davon sprach, es würde »hart zur Sache« gehen, und der Begriffe wie »Safeword« verwendete, eine Nummer zu groß für sie war. Doch abgesehen von ihren hörbaren, flachen Atemzügen und dem rasenden Puls hatte Olivia längst nicht so viel Angst, wie sie erwartet hatte. Im Gegenteil, als er ihr die Arme über den Kopf streckte und ihre Handgelenke festhielt, spürte sie ihren Herzschlag bis in ihr Geschlecht.

Weshalb erregt mich das so? Eigentlich dürfte ihr dergleichen überhaupt nicht gefallen. Sie hatte sich noch nie auf etwas so Derbes eingelassen – und hier ging es nur um ein Mittel zum Zweck.

»Du denkst zu viel«, knurrte er an ihrem Ohr. »Ich will nicht, dass du an etwas denkst, während ich dich nehme. Behalte die Hände da oben. *Keine Bewegung!* Verstanden?«

Da sie ihre Stimme nicht fand, nickte sie nur. Ihm schien das egal zu sein.

Mit den Händen fuhr er über ihre nackten Arme. Sie spürte seine Schwielen, sie strichen über ihre Haut und hinterließen eine Gänsehaut. Sie drückte die Stirn gegen die Wand, hielt die Augen geschlossen und biss sich auf die Unterlippe. Mit den Händen umfasste er ihre Brüste.

»Ich kann es nicht abwarten, sie zu sehen. Sie sind bestimmt umwerfend.«

Wirklich? Sie hatte sich ihre Brüste bisher eigentlich noch nie genau angesehen. Aber für *umwerfend* hielt sie sie ganz sicher nicht. Die Warzenvorhöfe waren etwas größer, als es allgemein für wünschenswert galt … Nun meldeten sich Olivias Nerven. Wenn seine Erwartungen so groß waren, dass er nur enttäuscht sein konnte, wenn er sie schließlich sah? *Oh Gott, wie erniedrigend!* Brett hatte ihr immer Komplimente wegen ihrer Beine gemacht. Er war ein Mann gewesen, der auf Beine abfuhr. Sie erinnerte sich nicht, dass er jemals etwas über ihre Brüste gesagt hatte. Verflucht, sie dachte schon wieder zu viel, dennoch musste sie seine Erwartungen dämpfen, für alle Fälle.

»Sie sind nicht besonders«, erklärte sie leise.

Er hörte auf, ihre Brüste zu kneten. »Wie war das? Sag das noch mal.«

»Ich sagte, sie sind nicht besonders.« Sie vernahm den gefährlichen Unterton und wusste, dass sie sich rückversichern musste. Und zwar schnell. »Ich will bloß nicht, dass du dir falsche Hoffnungen machst. Das ist alles.«

Ihr Wolf knurrte. Bevor ihr Gehirn begriff, was geschah, riss er ihr den elastischen runden Ausschnitt und die Körbchen ihres BHs vom Leib, kniff in ihre Brustwarzen und verdrehte sie, hielt sie dann fest, ohne den Druck zu verändern, so als wären seine Finger Klammern. Sie keuchte, als der Schmerz sie wie ein Speer durchbohrte, und hielt die Luft an. Sie wagte nicht, sich zu bewegen, nicht einmal ihre Lungen mit Luft zu füllen, da sie fürchtete, er könnte sie dann umso härter bestrafen.

Stattdessen drückte er die Lippen gegen ihre Ohrmuschel

und flüsterte: »Niemand wird dich schlechtmachen. Nicht mal du selbst. Verstanden?«

Ihre Fähigkeit, seine Worte zu verarbeiten, war durch den anhaltenden Druck auf ihre Nippel fast völlig blockiert. Doch nicht, weil es noch wehtat. Im Gegenteil. Der erste Schmerz war einer straff gespannten elektrisierenden Wonne gewichen, die sich von ihren Brustspitzen bis in die Tiefen ihres Geschlechts fortsetzte. Die rohe Sinnlichkeit all dessen – wie sein Körper sie festnagelte, dass er von ihrer Schmerzlust wusste, die knurrige Aufforderung, sich selbst höher zu schätzen – glich einem Feuer, das sie langsam von innen nach außen erhitzte.

»Antworte mir«, verlangte er, wobei er den Druck so weit erhöhte, dass eine erneute Welle lustvollen Schmerzes ihm ihre Aufmerksamkeit verschaffte. »Versprich mir, dass du dich nie wieder selbst erniedrigst.«

»Ich … ich werde mich nicht selbst erniedrigen.«

»Nie wieder«, beharrte er mit Nachdruck.

»Nie wieder.«

»Braves Mädchen.« Während gerade noch Strenge aus seiner Stimme gesprochen hatte, klang sie nun in ihrer Freundlichkeit milder und beruhigend.

Olivia war der Ausdruck »braves Mädchen«, wenn es um eine erwachsene Frau ging, immer herablassend und gönnerhaft vorgekommen. Doch nun wuchs in ihrer Brust anstelle redlicher Entrüstung ein Gefühl der Genugtuung und des Stolzes. Eine Reaktion, die sie niemals für möglich gehalten hätte, die sich aber trotzdem vollkommen richtig anfühlte.

»Halt jetzt still«, ermahnte er sie. »Das könnte jetzt etwas heftig werden.«

Sie wollte ihn schon fragen, was er damit meinte, als er ihre Brustwarzen plötzlich losließ. Olivia glaubte, gleich umzukippen, als bebende Wellen sie durchliefen und ihre empfindlichen Knospen bis zum Überlaufen mit Schmerz fluteten. Nur gut, dass seine untere Körperhälfte ihre festhielt, sonst hätten ihre Beine sie um nichts auf der Welt weiter getragen.

Vage war ihr bewusst, dass dieses Gefühl von dem Blut herrührte, das nun wieder durch die Körperteile zu zirkulieren begann, die er zuvor davon abgeschnitten hatte. *Von wegen etwas heftig*, dachte sie. Sie hätte ihm das nur zu gerne gesagt, doch als er ihre Nippel jetzt massierte und aufs Neue mit seinen Fingerspitzen reizte, sah sie sich außerstande, sich ausreichend sarkastisch auszudrücken. Wenn es ihrem Hirn genauso erging wie ihrem Körper, würde sie kaum mehr von sich geben als puren Unsinn.

»Besser?«

Irgendwie gelang es ihm, dieses eine Wort weniger besorgt als vielmehr verhängnisvoll klingen zu lassen. Egal. Ihr wurde in diesem Moment nicht mehr als ein Ja oder Nein abverlangt, was so schlicht und ergreifend war, dass es ein wenig mehr in ihr löste, als sie beim Betreten des Klubs heute Abend zu wagen gehofft hätte.

Noch immer wankend, nickte sie und lehnte den Kopf an seine Schulter.

»Perfekt«, sagte er. »Ich werde deine Brüste später weiter erkunden, aber eines nach dem anderen, jetzt will ich wissen, wie feucht du für mich bist.«

Er schob die Finger unter den Saum ihres engen Kleides, zog es über ihre Hüften und entblößte so ihren roten Seidenstring. Während er ihr die rechte Hand weiter ins Kreuz drückte, rieb und knetete er mit der anderen ihre runden Pobacken.

»Himmel.« Sein Fluch kam leise und unterdrückt, sodass sie sich fragte, ob er ihn eigentlich gar nicht laut hatte aussprechen wollen. Er hatte nicht den gleichen Biss wie seine übrigen –

KLATSCH!

Olivia schrie überrascht auf. Er hatte sie auf die linke Backe geschlagen. *Fest*. So fest, dass ihr Schambein von der Wand abgeprallt war und sich ein Beben durch ihr empfindliches Fleisch fortgepflanzt hatte und zwischen ihren Beinen neue Wärme aufgeflammt war. *Heilige Scheiße!*

Wolf fuhr nun über die malträtierte Stelle, als wolle er eine Brailleschrift entziffern. »Mein Abdruck auf dir sieht verflucht gut aus. Leicht geschwollen und rot. Fühl selbst!« Er nahm ihre Hände von der Wand und ließ ihre Rechte an ihrer Brust ausruhen, während er die Linke dorthin führte, wo er sie gezeichnet hatte. Der Striemen fühlte sich heiß an und definitiv geschwollen. Erschauernd stellte sie sich den roten Umriss seiner Hand auf ihrer weißen Haut vor.

»Spürst du das?« Er trat abermals an sie heran und flüsterte ihr mit rauer, befehlender Stimme leise ins Ohr: »Ich habe noch nie etwas gesehen, das so sexy ist wie mein Handabdruck auf deinem süßen Hintern. Als hätte ich deinen Körper markiert. Damit du *mir* gehörst.«

Mit seiner großen Hand fuhr er zwischen ihrem Körper und der Wand hinauf über ihren Bauch, zwischen den Brüsten hindurch und über ihre Schlüsselbeine. Sie versuchte, regelmäßig zu atmen, um sich so zu beweisen, dass er sie nicht bis zum Verlust der Kontrolle über ihren Körper beeinflusste, und fast wäre es ihr gelungen … bis seine Hand sich locker um ihren Hals schloss, gerade so fest, dass er sie damit an seine Kraft und seine Macht über sie erinnerte.

An dieser Stelle hätte sie ausrasten und wieder zur Besinnung kommen müssen.

Stattdessen gab sie ein bebendes Seufzen von sich und lehnte den Kopf nach hinten gegen seine harten Schultermuskeln. Sie hörte sein tiefes Stöhnen nicht nur, sondern fühlte, wie es durch ihren Körper vibrierte.

»So ist es richtig, Baby, überlass dich ganz mir.« Er drückte leicht ihren Hals, bevor seine Hand sich wieder ihrem Körper zuwandte. »Du gehörst heute Nacht mir und machst alles, was ich will. Richtig?«

»Ja«, hauchte sie.

»*Sag es*.«

»Ich gehöre dir.«

Darauf zog er ihr mit einer schnellen Bewegung das Kleid über den Kopf. Dann war ihr roter Spitzen-BH an der Reihe, den er achtlos irgendwohin warf. Gott sei Dank zerriss er ihn dabei nicht. Denn was ihre Unterwäsche betraf – sie hatte eine Vorliebe für teure. Während sie sich im Alltag im Zweifel konservativ kleidete, gefiel es ihr, darunter provokante Dessous zu tragen. Sie fühlte sich dadurch sexy und fand es ein bisschen erregend, dass nur sie ihr Geheimnis kannte.

»Zieh die Schuhe aus!«

Gehorsam streifte sie einen nach dem anderen mit den Zehen ab. Obwohl sie noch von ihm abgewendet dastand, fühlte Olivia, wie sie nun noch weiter schrumpfte – gemessen an dem hinter ihr stehenden Riesen. Hätte sie raten müssen, sie hätte vermutet, dass sie ihm höchstens bis an die Brust reichte.

Wolf zog ihr nun ohne weitere Befehle oder Bemerkungen den String aus und ließ ihn verschwinden. Sie beugte den Kopf, um an ihrem Körper hinunterzuschauen und erhaschte einen Blick auf seine forschenden Hände. Er kauerte weiter hinter ihr und glitt über ihre Waden, die empfindliche Haut in ihren Kniekehlen, dann ihre Schenkel hinauf, um aufs Neue ihre Pobacken zu massieren.

Er ging dabei nicht zärtlich vor. Seine Finger gruben sich in ihr Fleisch, seine Hände kneteten, um den Griff im nächsten Moment ein wenig zu verlagern und sich eine andere Stelle vorzunehmen. Sie fühlte ihre längst erhitzte Haut in seinem heißen Atem gebadet, als er hinter ihr sein Gesicht bewegte. Eine Myriade von Empfindungen verdrehte ihr den Kopf, und ihr wurde schwindelig, während sie jede Berührung einzeln wahrzunehmen versuchte. Die weichen Lippen, die feuchte Zunge, der kratzige Bart, schonungslos scharfe Zähne … und dann gab er jede Zurückhaltung auf.

Ohne Vorwarnung. Ein brennender Schlag auf die rechte Pobacke, dann ein Biss in die linke. Sie schrie, ein bestürzter Schrei, der schnell zu einem Stöhnen verebbte. Wolf packte ihre Hüften und drehte sie um, sodass sie ihm ins Gesicht blickte. Er befand sich nun auf Augenhöhe mit ihrem Geschlecht. Sie wollte mit der Wand verschmelzen, um den Abstand zu ihm möglichst zu vergrößern, doch es hatte keinen Zweck.

»Du stehst auf den Schmerz.« Seine tiefe Stimme ließ ihren empfindlichen Leib vibrieren. Doch sie presste in der Hoffnung, den Schmerz zu lindern, die Schenkel zusammen. »Den Beweis habe ich hier.« Er zog einen Finger durch ihre seidigen Falten und achtete darauf, den Druck zu verstärken, als er über ihren Kitzler fuhr. Ihren Lippen entfuhr ein Wimmern, und fast hätten ihre Knie nachgegeben.

Wolf erhob sich nun zu seiner vollen Größe. Er war noch vollständig angezogen, wodurch alles um einiges schmutziger wurde … und sich gleichzeitig die Klammer, die ihre Brust umschloss, ein wenig löste. Weil sie es schmutzig brauchte. Zumindest heute Nacht.

Wolf knurrte. »Du verdienst eine Belohnung. Gehen wir.« Er führte sie ins Zimmer, in dem es drei mögliche Unterlagen gab: das Bett, das Sofa, der Schreibtisch. »Setz dich auf deine Hände.«

Sie sah ihn an. Vermutlich stand ihr die Verwirrung ins Gesicht geschrieben. Er hob eine Augenbraue, um ihr zu bedeuten, dass sie nur eine Chance bekam zu gehorchen, sonst …

Sonst was? Als sie sich, die Hände unterm Hintern, in das Kissen in der Mitte sinken ließ, rieselte die Furcht, was er tun mochte, falls sie nicht gehorchte, und was er nun, da sie es tat, mit ihr machen würde, durch ihren Leib.

Sein selbstzufriedenes Grinsen verriet ihr, dass er keine Sekunde an ihrer Willfährigkeit gezweifelt hatte. Vielleicht gab sie besser nicht so schnell nach. Ein kleiner Teil von ihr hätte ihm den selbstgefälligen Blick am liebsten mit einer Ohrfeige aus dem Gesicht gewischt. Wer zuletzt lacht, lacht am besten.

Im Taxi hatte er gesagt, »je härter, desto besser«, und sie solle sich nicht zurückhalten, falls es sie überkäme. Sie hatte sein Angebot in dem Moment zurückgewiesen, da sie sich sicher gewesen war, dass ihr so etwas im Leben nicht einfallen würde. Und nun sehe sie sich einer an. Wenn es so weiterging, würde sie, noch ehe der Morgen graute, eine SM-Novizin sein.

Sie blickte zu ihm auf und sah zu, wie er in Zeitlupe sein Hemd aufknöpfte. Stück für Stück gewährte er Einblicke auf seine sonnengebräunte Haut, während der Stoff mit jeder Bewegung vor- und zurückglitt. Als er zum letzten Knopf kam, hielt sie die Luft an. Sie spürte, wie seine Blicke sich in ihre Haut brannten, doch sie wollte ihre Augen unter keinen Umständen von ihm abwenden.

Endlich schälte er sich aus dem Hemd, schüttelte es sich von den breiten Schultern und offenbarte einen perfekten, mit einem Paar Hundemarken zwischen den Brustmuskeln verzierten Oberkörper. Mann, waren die Dinger sexy. Ein Junge vom Militär also. Was bedeutete, dass Wolf nicht bloß ein Spitzname war, sondern sein Funkname und damit ebenso sehr sein Name wie der, den seine Eltern ihm gegeben hatten. Der Mann faszinierte sie von Minute zu Minute mehr.

Wolf hatte, von ein paar Narben abgesehen, einen der schönsten Körper, die ihr je untergekommen waren. Sei es in

Filmen, Magazinen oder anderen Medien. Auf jeden Fall einen der schönsten, die sie seit … einer Ewigkeit, ja eine Ewigkeit schien es ziemlich genau zu treffen, mit eigenen Augen gesehen hatte.

Der Mann hatte mehr Muskeln, als der menschliche Oberkörper nach ihrer Kenntnis besaß. Pralle Schultern, Brustmuskeln wie gemeißelt, dunkle Brustwarzen, gestaffelte Bauchmuskeln und tiefe, zu einem V zugespitzte Schrägstriche, die unter der tief sitzenden schwarzen Jeans verschwanden. Und das sexy Sahnehäubchen auf der männlichen Torte war der Klecks dunkler Haare auf der Brust, der sich unter dem Bauchnabel in einer höllisch appetitlichen Fährte fortsetzte.

Das Klirren von Metall lenkte ihre Aufmerksamkeit auf seine Finger, die zuerst seine Gürtelschnalle öffneten und dann den Hosenknopf und den Reißverschluss. Sie wappnete sich, weil sie damit rechnete, dass er sein Glied herausholen und es ihr in den Mund stecken würde. Furcht und Begehren wechselten sich ab, da sie diese Vorstellung ebenso sehr fürchtete wie ersehnte. *Was für ein Mist!* Sie wusste nicht mal mehr, was sie wollte.

Jetzt ließ er den Hosenstall offen, anscheinend, um sich ein wenig Luft zu verschaffen, nahm seinen Schwanz ungeniert über der Unterhose in die Hand und bewegte ihn auf und ab wie einen Pumpenschwengel. Heilige Scheiße, wer hätte gedacht, dass es dermaßen erregend war, einem Mann *dabei* zuzuschauen.

»Mach die Beine breit«, befahl er ruppig.

Als sie die Beine spreizte, stellte sie sich vor, wie er andere in voller Montur herumkommandierte so wie jetzt sie. Befehle kamen ihm ganz natürlich über die Lippen, und sein Blick verriet ihr, dass er an Gehorsam gewöhnt war, sei es im Schlafzimmer oder sonst wo. Diese Vorstellung setzte eine neue Welle feuchter Hitze zwischen ihren Schenkeln frei, die ihr unwillkürlich die Schamesröte ins Gesicht trieb. Hoffentlich merkte er nichts.

Er schob ihr mit dem Fuß leichthin die Beine auseinander, dann sank er auf die Knie und zog ihren Hintern näher an die Sofakante heran – die Reibung erhitzte ihre Striemen in Sekundenschnelle aufs Neue –, sodass Rücken und Schultern gegen die Sitzfläche gepresst wurden. Als er sie mit gegen die Innenseiten ihrer Schenkel gedrückten Händen öffnete, verschlang die helle Bernsteinfarbe seiner Augen die Pupillen fast vollständig.

»Wahnsinn«, krächzte er, während er sie auffaltete. Er zog den Daumen durch ihre Feuchtigkeit, die er über ihr ganzes entblößtes Geschlecht verteilte. »Du flehst mich an, jeden vergossenen Tropfen aufzulecken. Du kannst von Glück sagen, dass ich nichts lieber tun würde, als dich in meinen Mund kommen zu lassen.«

Du meine Güte! Jedes Mal, wenn er schmutzige Sachen sagte, brachte er ihren Kitzler ebenso zuverlässig zum Klingen, als hätte er seine Finger benutzt. Noch nie hatte ein Mann so mit ihr gesprochen.

Als ihr klar wurde, dass er den Kopf senkte, um seine Ankündigung wahr zu machen, geriet sie in Panik. Ihre Hände schossen unter ihrem Hintern hervor und stemmten sich gegen seinen Schädel, um ihn aufzuhalten. »Tu das nicht!«

Wolf kauerte sich wieder auf die Absätze, starrte zunächst finster ihre Hände an, als wolle er sie stumm dafür rügen, nicht an ihrem Platz geblieben zu sein, um seinen festen Blick dann auf sie zu richten. »Nicht dass ich dir eine Wahl ließe, nur so aus Neugier: Warum nicht?«

Sie rang mit den Worten. Obwohl Angie ihr stets eingebläut hatte, dass eine Frau nichts Törichteres zu sagen vermochte, konnte sie nicht anders: »Ich habe das nie besonders … gemocht.«

»Hast du schon mal zugelassen, dass jemand dich eines Besseren belehrt?«

Sie biss sich auf die Lippe und schüttelte den Kopf.

Sein Mund verzog sich zu einem boshaften Grinsen. »Dann darfst du mir später danken.«

Als er wieder in Stellung gehen wollte, hielt sie ihn abermals davon ab. Irgendwo in ihrem Kopf schrie eine Stimme und nannte sie auf jede erdenkliche Art verrückt. Dass sie eine Närrin war, wenn sie ihm jedes Quäntchen Lust abpresste, das er ihr glaubte verschaffen zu können.

Wolf knurrte wieder, packte ihre Handgelenke, bog ihre Arme zurück und beugte sich vor, bis sich ihre Atemzüge vermischten. »Du kannst das hier nur *auf eine Art* verhindern, Baby, und ich will, dass du es dir gründlich überlegst, bevor du mir antwortest.« Sein erregter Blick senkte sich auf ihren Mund, ehe er sie wieder voll ansah und ihre ungeteilte Aufmerksamkeit verlangte. »Ziehst du die Reißleine, Livvie?«

5

Während er auf ihre Antwort wartete, überschlugen sich die Gedanken in Eriks Kopf. Er sah in ihren Augen zwei widerstreitende Seiten ihrer selbst miteinander ringen. Ein Teil wollte nachgeben und genießen, was er ihr geben konnte. Der andere Teil jedoch schien hin- und hergerissen zu sein und Schuldgefühle zu haben, wenn sie sich dem Genuss mit ihm hingab. Hatte man ihr beigebracht, dass alles außer der Missionarsstellung falsch und schändlich war?

Zorn auf jeden, der diese schöne Frau jemals gekränkt oder unterdrückt hatte, stieg aus seiner Magengrube in die Brust. Er wollte sie beschützen und dafür sorgen, dass sie bekam, was sie brauchte, selbst dann, wenn sie keine Ahnung hatte, was das sein mochte. Aber er sah keinen Sinn darin, sie ins Bett zu legen und jeden Millimeter ihrer Haut anzubeten, wie sie es verdiente – und er es aus unerfindlichen Gründen auch selbst wollte. Sie würde alles beenden und verschwinden, bevor er auch nur ihren falschen Namen rufen konnte.

Doch er wollte verdammt sein, wenn er sie gehen ließ, ohne dass sie wenigstens einen Hauch dessen erlebte, was sie sich von ihren Liebhabern erhofft hatte. Wenn sie also danach verlangte, dass er sie zu Orgasmen trieb, damit sie zukünftig damit klarkam, dann würde er genau das tun.

Sie atmete schnell und flach, auf dem besten Weg zu hyperventilieren. Dabei hatte sie nicht einmal seine Frage beantwortet.

»Livvie, ich will, dass du erst mal langsamer atmest.« Erik

sprach mit tiefer, beruhigender Stimme. »Ja, genau so, braves Mädchen. Schön tief durchatmen.«

Er würde ihr Vertrauen nicht missbrauchen, doch solange sie das Zauberwort nicht aussprach, musste er die Oberhand behalten und den Istzustand aufrechterhalten.

Feuer.

Warum ausgerechnet dieses Wort? Was für ein teuflischer Zufall! Nur dass er nicht an Zufälle glaubte, aber darüber konnte er auch ein andermal nachgrübeln.

»Schon viel besser«, sagte er, als ihre Atmung gleichmäßiger wurde und sie nicht mehr so aussah, als würde sie jeden Moment in Ohnmacht fallen. »Ich sag dir noch mal, dass ich vorhabe, meinen Mund in dir zu vergraben, ob du willst oder nicht …« *Weil du mich brauchst, um dir die Entscheidung abzunehmen. Das musst du doch einsehen, Schönste.* »Es sei denn, du ziehst die Reißleine und sagst das Safeword. Sag es, was absolut okay wäre, und es ist vorbei. Ich setze dich ins Taxi, und Schwamm drüber.« *Außer für meinen Schwanz*. Aber damit würde er klarkommen. Hauptsache, es ginge ihr gut.

»Also, Livvie«, verlangte er. »Willst du das Safeword sagen?«

»Nein«, krächzte sie endlich.

Die Erleichterung erfasste ihn mit der Wucht einer Sturmbö. Himmel, ihm war gar nicht bewusst gewesen, wie sehr er sich gewünscht hatte, dass sie das sagte. Unglaublich, was er heute Abend alles über sich selbst herausfand.

Erik nickte leicht, um ihr zu zeigen, dass ihre Entscheidung angekommen war. Dann beugte er sich vor und flüsterte ihr ins Ohr: »Wenn du dich wehren willst, Livvie, dann mach nur.« Sie stieß einen Seufzer der Erleichterung aus, schmiegte ihre Wange an seine und löste damit in seiner Brust eine Hitzewelle aus. »Halt die Stellung, bestrafe mich für meine Gemeinheiten. Hörst du, was ich dir sage, Süße?«

Ihr sollte klar sein, dass nichts, was sie sagte oder tat, ihm etwas ausmachen würde. Solange sie das Safeword nicht benutzte, würde er willig einstecken, was sie austeilte.

Als sie endlich nickte, entströmte die Erleichterung seiner Lunge.

Erik wusste, dass er ihre Abmachung brach, die »Zärtlichkeit« zwischen ihnen untersagte, doch er konnte nicht umhin, ihr einen zarten Kuss auf eine Halsseite zu drücken. Er hörte sie Luft holen und spürte, wie sie sich anspannte, als würde sie abwarten, ob er die Regeln eigenmächtig änderte. Ein kleiner Teil von ihm fragte sich, wie es wohl wäre, eine so leidenschaftliche Frau wie Livvie zu lieben. Sich Zeit zu nehmen, um die Geheimnisse ihres Körpers aufzudecken und sie sich zunutze zu machen, um ihr so Stunde um Stunde köstliche Lust zu bereiten.

Aber deshalb waren sie nicht hier, daher begrub er den Gedanken und sammelte sich, um wieder ganz bei Livvie zu sein. Er schaltete zu dem Mann um, in den er sich beim Betreten dieses Zimmers verwandelt hatte, und fuhr mit der ganzen Breite der Zunge langsam ihren Hals hinauf. Sie erbebte, und sein Mund verzog sich zu einem boshaften, zufriedenen Grinsen. Wie er es liebte, dass ihr Körper auf ihn reagierte, was immer ihr Kopf gebieten mochte. In diesem Moment wollte er nur noch, dass sie sich über seine Zunge ergoss, bis ihr innerer Kampf zugunsten reinen sexuellen Entzückens entschieden war.

»Halt still, Baby, sonst sorge ich dafür, dass du es tust.«

Sie saß wie erstarrt, ihre Brust hob und senkte sich und lenkte ihn höllisch ab. Ihre Brüste waren absolut vollkommen. Wenn man ihn aufgefordert hätte, sein Lieblingspaar Titten aus einem Katalog auszuwählen, so hätte er sich jederzeit für ihre entschieden. Sie waren etwas größer als eine Handvoll, aber was hieß das schon, schließlich konnte er wie ein NBA-Spieler einen Basketball in der Hand verschwinden lassen. Er umfasste ihre Brüste, prüfte ihr Gewicht. Verdammt, sie waren phänomenal. Hübsch, schwer, mit kleinen rosa Nippeln, die sich rot färbten, sobald man ihnen die rechte Aufmerksamkeit angedeihen ließ.

Er dockte zuerst an die eine, dann an die andere an, saugte und zog sie tief in seinen Mund, schnalzte mit der Zungenspitze über die strammen Knospen und zupfte schließlich mit den Zähnen daran. Livvie hielt dabei seinen Hinterkopf. Zuerst sanft, dann fester. Sie hatte sich beruhigt und lernte nun loszulassen.

Er nahm das als sein Stichwort, drückte aufs Neue ihre Schenkel auseinander und beeilte sich, mit der Zunge durch ihre feuchte Spalte zu fahren. Ihre Hüften zuckten im Rhythmus ihres Keuchens, während Erik nicht genug von ihr bekommen konnte.

Er leckte und züngelte über ihren geschwollenen Kitzler, auch wenn sie sich wand und inzwischen nicht bloß gegen seine Schulter, sondern auch seinen Kopf drückte. Diese Reaktion rührte von dem beschädigten Teil ihrer selbst her. Ihre gesunde Libido hingegen näherte sich mit Riesenschritten dem Höhepunkt und verlangte wimmernd nach der Befriedigung, die nur er ihr verschaffen konnte.

Sie wölbte den Rücken, und ihre Nägel gruben sich zwischen seine Schulterblätter. Lustvoller Schmerz blitzte sein Rückgrat hinab und legte sich um seine Hoden wie ein elektrisch geladener Cockring, der ihn darauf vorbereitete, in dem Moment zu explodieren, in dem er loslassen wollte. Aber das würde noch eine Weile dauern – nicht bevor sie ihren Höhepunkt und mehr erlebt hatte.

Erik hatte im Leben noch keine so verflucht schöne Frau gesehen. Ihre Haut war schweißnass, auch die Löckchen, die ihr Gesicht einrahmten, waren feucht und klebten an Wangen und Hals. Er bearbeitete sie weiter mit dem Mund, während er zugleich mit dem Daumen über ihre Klitoris rieb.

Doch sie drückte wieder gegen seinen Kopf, wand sich noch heftiger als zuvor und erhob diesmal lautstark Einspruch: »Oh mein Gott, es ist zu viel! Wolf, ich kann das nicht!«

»Doch, du kannst.« Er zwang mit den breiten Schultern ihre Beine auseinander, schob die Arme unter ihre Knie, packte ihre Hände und drückte sie gegen den Sofarücken, ehe er wieder über sie herfiel.

Sie warf mit fest geschlossenen Augen den Kopf hin und her. »Nein, bitte … ich kann nicht!«

Erik knurrte an ihrem geschwollenen Fleisch und legte sich doppelt ins Zeug, doch ehe er sein Vorhaben in die Tat umgesetzt hatte, hob sie ihre Füße und rammte ihm die Fersen ins Kreuz. Der stechende Schmerz entriss ihm ein Stöhnen, auch sein Schwanz reagierte und bäumte sich auf. *Fuck, war das geil!*

Er legte sie hin, sah sie drohend an, wischte mit der Hand über seinen Mund und stand auf. »Ich habe nichts dagegen, wenn du nicht mit meiner Nase zwischen deinen Beinen kommen willst, Schönste. Ich kann es sowieso nicht abwarten, mich in dir zu versenken.«

Er legte sie über die Schulter, hielt dabei ihre Beine aber gut fest, damit sie ihn nicht treten konnte. Sie versuchte sich zwar nicht zu wehren, hörte aber auch nicht auf, sich in seinem Griff zu winden. Ein kurzer Schlag auf den Hintern, und sie fuhr mit einem Aufschrei hoch, bei dem sich seine Hoden zusammenzogen.

Erik warf sie aufs Bett und zog sich, während sie aufhörte, auf und ab zu federn und zum Kopfende des Bettes zurückwich, seine restliche Kleidung aus. Dann nahm er ein Kondom aus seiner Brieftasche, kickte den Haufen achtlos abgelegter Klamotten aus dem Weg und erhob sich am Fußende der Matratze zu seiner vollen Größe.

Er umfasste seinen Schwanz und atmete, als er die Faust zusammendrückte, fauchend aus, ein vergeblicher Versuch, seine Lust zu bezähmen, die sich bereits Bahn zu brechen drohte, bevor er sich Livvie überhaupt nähern konnte. Als ihre strahlenden Augen sich auf seine Erektion richteten, blieb ihr buchstäblich die Luft weg. Der Schock angesichts seiner Größe half seinem Ego mächtig auf die Sprünge, auch wenn ihm die damit einhergehende unterschwellige Verunsicherung ganz und gar nicht gefiel.

»Stimmt was nicht, Baby?«

Sie schüttelte langsam den Kopf. »Wolf, das … ich meine, du wirst nicht …«

»… hineinpassen?«, beendete er ihren Satz. Als sie nickte, ließ er ein selbst in seinen Ohren etwas abartig klingendes Lachen vom Stapel. Dann strich er von der Wurzel bis zur rötlichen Spitze über seine ganze Länge und sagte: »Oh, ich werde schon hineinpassen. Und nun komm her, bevor ich ungeduldig werde!«

»Nein.«

Seine Hand hielt mitten in der Bewegung inne, und seine Augenbrauen wanderten in Richtung Haaransatz. »Nein?«

Livvie biss sich auf die Lippe, während sie mit größerem Nachdruck den Kopf schüttelte. Erik nahm sie in Augenschein und ließ sich keinen Hinweis in ihrer Körpersprache entgehen, um sich davon zu überzeugen, dass er die Lage immer noch richtig einschätzte. Sie spielten mit Fantasien sexueller Gewalt, und »Nein« war nicht das vereinbarte Safeword. Andererseits war ihm klar, dass all das für sie vollkommenes Neuland war, und er musste deshalb herausfinden, ob sie ihr Spiel nicht vielleicht doch lieber beenden wollte.

Nachdenklich riss er die Kondomverpackung mit den Zähnen auf und rollte das Kondom über seiner Erektion ab. Ihr Blick ließ ihn dabei nicht los, und er sah mit Entzücken, wie ihre Pupillen sich weiteten, bis nur mehr ein winziger Ring ihrer Augenfarbe zu erkennen war. Ihre Halsschlagader pulsierte wie wild, und ihre Atmung wurde unregelmäßig. Sie leckte sich die Lippen und lenkte seine Aufmerksamkeit so auf ihren fantastischen Mund, den er sehnlichst um seinen Schwanz geschlossen sehen wollte. Wofür ihm momentan jedoch die Geduld fehlte, weil das Verlangen, sich in ihrer feuchten Hitze zu versenken, ihn beinahe verschlang.

Sein Instinkt übernahm das Ruder und entzündete sein Inneres, als stünden seine sämtlichen Synapsen in Flammen. Ihr Spiel erregte das Raubtier in ihm. *Jagen. Ergreifen. Überwältigen.* All das und dann der Genuss des Sieges, während sie nach mehr verlangte.

Er beugte sich vor, packte ihre Fußknöchel und zog sie über das Bett nach vorne. Ihr entwich ein Schrei der Überraschung, den er mit einem fordernden Kuss erstickte, der nicht erst um Erlaubnis bat oder um ihre Teilnahme warb. Stattdessen stieß er ihr die Zunge zwischen die Lippen und vögelte ihren Mund, leckte, saugte, biss, mit dem alleinigen Ziel, sie ganz zu verschlingen. Die Zaghafte, deren Lippen eben noch ein *Nein* formuliert hatten, gab nun jeder seiner Bewegungen nach und klammerte sich an seinen Rücken, um ihn in sich hineinzuziehen.

Genug. Er konnte keine Sekunde länger warten. Er löste ihre Arme von seinem Rücken und drückte sie über ihrem Kopf in die Matratze. Mit der einen Hand hielt er ihre Handgelenke dort fest, während er sie mit den Fingern der anderen

Hand vorbereitete und ihre Klitoris umkreiste, bis sie fast so weit war.

Livvie wand sich, wimmerte, wollte mehr, doch Erik hielt sie am Rand des Höhepunkts fest, um die Spannung immer weiter aufzubauen. Doch schließlich hielt er es nicht mehr länger aus. Mit einer einzigen geschmeidigen Bewegung drang er in sie ein und vergrub sich bis zum Anschlag in der engsten, heißesten Frau, die er je gekannt hatte. Sie schrie mit zurückgeworfenem Kopf und einem verzückten Gesichtsausdruck auf, bei dessen Anblick er sich wie der König der Welt vorkam.

»Jesus«, ächzte er, als sie ihm ihr Becken entgegenhob. »Rühr dich jetzt bloß nicht von der Stelle, sonst ist es vorbei, ehe es überhaupt angefangen hat.«

Sie versuchte es noch einmal und sagte: »Aber –«

Er grollte über ihren Ungehorsam, senkte den Kopf, schnappte sich mit den Zähnen eine Brustwarze, biss hinein und saugte sie dann tief in seinen Mund. Ihren Lippen entrang sich ein Klagelaut, während sie den Rücken wölbte. Begierig schwelgte er in der Fülle ihrer Brüste, und als er sich sicher war, dass er nicht auf der Stelle kommen würde, sobald er sich rührte, stützte er sich auf, um sie besser sehen zu können und tat das, wovon er schon den ganzen Abend träumte.

Zuerst zog er sich fast ganz zurück und versenkte sich anschließend vollständig in ihr, sodass sie tief in die Matratze gepresst wurde. Dann dasselbe noch einmal. Und noch einmal. Und *noch mal*. Ihr Rhythmus beschleunigte sich. Fieberhaft. Unkontrolliert. Sie zog die Knie an die Brust, öffnete sich damit noch weiter und ließ ihn so tiefer hinein, als er es für möglich gehalten hätte. Sie fühlte sich wie für ihn geschaffen an – Perfektion!

Konzentriert biss er die Zähne zusammen und steigerte seinen Rhythmus. Er hakte ihre Beine unter und schob sie ganz aufs Bett. Das halbe Dutzend oder mehr Kissen, das dabei im Weg war, schleuderte Olivia geistesgegenwärtig zu Boden. Dabei ging eine der Nachttischlampen zu Bruch, doch das Geräusch berstenden Glases entlockte beiden wenig mehr als einen flüchtigen Blick. Erik war sich sicher, dass sie auch nicht hätten aufhören können, wenn sie das Zimmer in Brand gesetzt hätten.

Erik stieß weiter in ihren Körper und genoss die Laute, die sie von sich gab, wie sie sich auf die Lippen biss, die Stirn kraus zog und ihn unverwandt ohne Scheu oder Scham anblickte.

Er wollte ihr sagen, wie umwerfend schön sie war und dass sie es verdiente, wie die Göttin behandelt zu werden, die sie war. Aber das war nicht das, was sie wollte. Zumindest nicht heute Nacht. Also hielt er sich an ihr Drehbuch und ließ jeden schmutzigen Gedanken laut werden, der ihm einfiel. Schließlich waren sie nicht weniger wahr als romantische Komplimente.

»Heilige Scheiße, du fühlst dich so gut an.« Inzwischen glänzte seine Haut vor Schweiß und seine Stimme klang heiser.

»So, so gut«, japste sie. »So groß und … *ausgefüllt*. Du …« Sie stöhnte.

Ihre unvollständigen Sätze verhießen ihren kurz bevorstehenden Höhepunkt. Jedoch nicht schnell genug für seinen Seelenfrieden. Wenn sie nicht bald kam, würde er vollends die Selbstbeherrschung verlieren. Ganz zu schweigen von seiner Lizenz, jede Frau, mit der er zusammen war, nicht wenigstens einmal zum Höhepunkt zu bringen, bevor er selbst so weit war.

»Ich kann mich nicht entscheiden, wie es besser war«, sagte er, »mit meiner Zunge oder meinem Schwanz.« Er lehnte sich zurück und blickte nach unten, wo ihre Körper miteinander verbunden waren. »Verflucht, ich liebe es zuzuschauen, wie ich in dich reingleite.«

Eine Hand krallte er in ihre Hüfte – so fest, dass er wahrscheinlich Spuren hinterließ. Der Höhlenmensch in ihm grunzte zufrieden. Dann legte er die andere Hand auf ihre Scham. Perfekt, um mit dem Daumen ihre Klitoris zu stimulieren, während die übrigen Finger über dem Schambein so fest auf ihren Bauch drückten, dass sein Schwanz sich innen umso heftiger an ihrem G-Punkt rieb.

Seine Bemühungen hatten den erwünschten Effekt. Ihr Stöhnen wurde zu einem Schrei, ihr Körper ruckte plötzlich, als hätte er ihn an ein Starthilfekabel angeschlossen. Doch als er schon damit rechnete, dass nun der ersehnte Höhepunkt kommen würde, runzelte sie die Stirn, ihr Stöhnen erstarb zu einem Wimmern, das sich bekümmert anhörte und nicht wie das verzückte Maunzen, das er von ihr hören wollte. Ob bewusst oder nicht, sie kämpfte offenbar gegen den Orgasmus an.

»Komm für mich, Baby! Ich spüre, wie du dich um mich schließt wie eine Faust und mich in deiner Feuchtigkeit badest.«

»Ich … ich kann nicht.« Haselnussaugen flehten ihn durch einen Schleier nicht vergossener Tränen an. Aus ihren Worten klang Enttäuschung – nicht Zurückweisung. »Ich weiß nicht, warum, aber ich kann nicht.«

Erik nahm an, dass sie sich schuldig fühlte, weil sie so großes Vergnügen daran fand, dominiert zu werden, und dass sie dadurch blockiert war. Es mochte aber auch etwas sein, das tiefer ging und an ihr Wesen rührte. Er wusste nichts über die Gründe für diese Art von Schuld. Wie er sie ihr schlechtes Gewissen überwinden lassen konnte, wusste er indes sehr genau. Sie musste wissen, dass so etwas erlaubt war, dass es okay war, weil sie gar keine andere Wahl hatte.

»Doch, du kannst, und du *wirst*. Hörst du? Ich will, dass du in den nächsten fünf Sekunden kommst, sonst sorge ich dafür, dass du dir wünschst, es wäre passiert.«

Seine Strenge schubste sie in die richtige Richtung. Er sah dem Drahtseilakt zu, als der Kampf darum, welche ihrer Seiten die Oberhand behielt, sich fortsetzte – eine Seite wollte nicht einlenken, während die andere zur Entfesselung drängte.

Er beugte sich vor und flüsterte ihr ins Ohr: »Lass los, Livvie! Lass dich fallen. Ich werde dich schon auffangen.«

»Oh, mein – *Wolf*.«

Männlicher Stolz erfasste ihn, als er hörte, wie sein Name ihrem Mund entwich, und sie endlich unter ihm explodierte, während er seiner eigenen brennenden Erlösung entgegenraste. Erik verschränkte die Arme unter ihr und hielt sie fest, während er weiter langsam in sie hineinstieß, ihr entzückende Ermutigungen zuraunte – *Vergiss die Regeln!* – und mit ihr die letzten Wellen der Lust ritt.

»Braves Mädchen«, sagte er und küsste sie auf die Schläfe.

»Das war …« Sie seufzte und ergänzte: »Perfekt.«

Ihr Körper glänzte schweißnass, das letzte bisschen Anspannung war verflogen. Nun sah die Frau, die gerade eben seine Welt aus den Angeln gehoben hatte, mit einem scheuen Lächeln und schweren Lidern, die an sein Bauchgefühl rührten, zu ihm auf. Er nannte es vorläufig Bauchgefühl, obwohl das Gefühl sich eigentlich weiter oben bemerkbar machte. Aber für solche Gedanken war später noch Zeit – wenn überhaupt.

Erik schlug die Bettdecke um und wickelte sie bis zu den Schultern darin ein. Im Bad entsorgte er das Kondom und wusch sich. Dann drehte er das Thermostat ein paar Grad höher, zog sich wieder an, ordnete ihre Kleider und Schuhe auf dem Sofa und kehrte zu ihr zurück.

Sie schlief bereits fest und atmete tief und gleichmäßig. Er legte sich neben sie, deckte sich jedoch nicht zu, um der Versuchung zu widerstehen, sie mit der Aufforderung zu einer Wiederholung zu wecken. Doch wie nicht anders zu erwarten, musste er seine innere M16 zehnmal zerlegen und wieder zusammensetzen, ehe das Blut endgültig aus seinem selbstsüchtigen Schwanz wich.

Er lag auf der Seite und versuchte sich die Einzelheiten ihres Gesichts einzuprägen. Sie sah aus wie ein friedlich schlafender Engel, und in seiner Brust regte sich etwas, das er seit Langem für abgestorben gehalten hatte. Er mochte nichts über sie wissen, doch diese Regung drängte ihn, sie nicht wieder ziehen zu lassen – und das nach nur einer Nacht.

Vielleicht würde sie ja eine Einladung zum Frühstück annehmen. Dann würde er sie nach einer unverbindlichen, freundlichen Unterhaltung um ihre Telefonnummer bitten, damit er sie wiedersehen konnte. Wenn er bedachte, wie sehr sie sich dergleichen von Anfang an widersetzt hatte, würde er sein Glück vermutlich herausfordern, doch vielleicht überlegte sie es sich ja noch anders. Ganz unmöglich war so etwas schließlich nicht.

Erik wollte für den Fall, dass Livvie mitten in der Nacht aufwachte, wach bleiben.

Leider hatte sein Körper andere Pläne. Und als ihn das auf seinen Augenlidern brennende Sonnenlicht weckte, war der Engel namens Livvie spurlos verschwunden.

»Scheiße«, brummte er und rieb sich das Gesicht, um seinem Blutkreislauf auf die Sprünge zu helfen.

Offenbar wollte sie es so. Wenn sie gewollt hätte, dass er sie kontaktierte, hätte sie gewiss eine Nachricht, eine Visitenkarte oder wenigstens ihre mit Lippenstift auf den Badezimmerspiegel geschmierte Telefonnummer dagelassen. Hatte sie aber nicht. Also würde es wohl bei einem One-Night-Stand bleiben.

Er redete sich ein, dass er statt Enttäuschung lediglich Hunger verspürte, zog sich an und ging zu den Aufzügen. Ein Blick auf die Uhr verriet ihm, dass es zu spät war, um noch rechtzeitig auszuchecken, und das Hotel hatte ihn deshalb vermutlich bereits für eine zweite Übernachtung gebucht. Aber vielleicht konnte er sich noch irgendwie rausreden. Nicht dass er nicht genug Geld für eine weitere Nacht gehabt hätte, doch er hätte die Summe lieber seinen jährlichen Spenden für das Kriegsversehrtenprojekt sowie der Stiftung Gefallene Feuerwehrleute hinzugefügt, als sie für eine weitere unnötige Übernachtung zu verschwenden.

Als er das Telefon in seine Tasche zurückschob, streiften seine Finger einen seidigen Stoff. *Ihr roter String.* Er hatte vergessen, dass er das Höschen gestern eingesteckt hatte, anstatt es zu ihrem BH und dem Kleid zu legen. Hoffentlich hatte sie sich nicht allzu sehr aufgeregt, als sie es heute Morgen nicht hatte finden können. So oder so bedauerte er nicht, dass er es jetzt hatte. Der String war der einzige Beweis dafür, dass sie nicht nur sein Hirngespinst, ein Produkt seiner gestörten Psyche war. Ganz so durchgeknallt war er also noch nicht. Sein zukünftiger Seelenklempner wäre begeistert.

Erik ging zur Rezeption in der Hotelhalle und bat das Mädchen hinter dem Tresen, in ihrem Computer nachzusehen, ob er bereits für eine weitere Übernachtung gebucht war.

»Ah ja, Sie hatten das Zimmer mit Dr. Jones«, sagte sie, ihr Gesicht hellte sich auf. »Nein, alles okay, sie hat darum gebeten, dass Sie später auschecken können, es ist also alles in Ordnung.«

Dr. Jones? Meinte sie Livvie? »Gut. Ach, ich bin neugierig, wieso Sie ihren Namen kennen – weil *ich* das Zimmer gebucht hatte.«

Das Mädchen, allenfalls Anfang zwanzig, errötete leicht und schob dann eine Visitenkarte über den Tresen. »Meine Schicht hatte gerade erst angefangen, als sie herunterkam, und davor hatte ich einen Riesenkrach mit meinem Freund. Sie sah wohl, dass ich mit den Tränen kämpfte, und als sie fragte, ob alles gut wäre, habe ich irgendwie die Nerven verloren und zu schwallen angefangen. Egal, sie hat mir jedenfalls ihre Karte gegeben und gesagt, falls ich mal mit jemandem reden wollte, würde sie es kostenlos machen. Sie war so nett. Danken Sie ihr bitte noch mal für mich.«

Erik nahm die Karte, starrte auf den Namen und fragte sich, warum er ihm so bekannt vorkam. Dr. O. J. Jones, Diplompsychologin. Dann fiel es ihm wieder ein: *ein Name wie die Kreuzung aus einem Frühstücksgetränk und einer Figur aus »Jäger des verlorenen Schatzes«.*

Heilige Scheiße! Er hatte letzte Nacht seine Therapeutin gevögelt.

6

»Verflixt! Ist das heiß!« Olivia stellte den dampfenden Latte macchiato auf ihren Schreibtisch und betupfte vorsichtig ihre verbrühte Oberlippe.

»Oh, ja, klar«, versetzte Cindi spöttisch. »Damit musst du rechnen, wenn ich dir eine frische Tasse mache. Hallo …?« Ihre Kunstpause triefte vor scherzhaftem Sarkasmus. »So wie jeden Morgen?«

Olivia verehrte ihre Assistentin, die gerade mal zweiundzwanzig Jahre alt war, obwohl sie ihr freches Mundwerk nicht mal bei der Arbeit im Boston Behavioral Health zügeln konnte. Zum Glück war sie wenigstens in Gegenwart von Klienten ein Muster an Professionalität und Diskretion.

Dr. Edward Marion, Leiter der Klinik, führend auf dem Gebiet der Psychologie und US-Marine alter Schule, war nicht gerade ein Fan der rosa Strähnchen in Cindis schulterlangem, platinblondem Haar oder ihrer bunten, gewagten Klamotten. Trotzdem erkannte er, dass Cindi, auch wenn sie für die Assistentin einer Diplompsychologin ein wenig unorthodox sein mochte, ihren Job verdammt gut machte und einfach toll mit den Klienten umging.

Olivia schätzte die junge Frau zudem als Freundin und frische Brise in einem Metier, das ansonsten von steifen alten Männern dominiert wurde.

»Ha, ha, sehr komisch«, nuschelte sie. »Hol mir mal einen Eiswürfel. Eine dicke Lippe hat mir an diesem Wahnsinnsmontagmorgen gerade noch gefehlt.«

»Wird gemacht, Boss. Aber während ich weg bin, solltest du darüber nachdenken, warum du heute früh so verflucht zerstreut bist.«

Olivia wollte widersprechen, aber da war Cindi schon zur Tür hinaus.

Was sicher ganz gut so war. Denn Olivia war tatsächlich zerstreut, seit sie sich Samstagmorgen aus dem Hotelzimmer geschlichen und den umwerfenden Mann dort zurückgelassen hatte, der ihre Welt auf den Kopf gestellt hatte. Sie hätte so etwas nie für möglich gehalten. Diese Leidenschaft. Diese Wildheit. Er hatte ihre Mauern zum Einsturz gebracht, ihre Verteidigung durchbrochen und sie mit seiner groben Sprache und harten Hand bis auf die Knochen entblößt.

Trotzdem hatte sie keine Sekunde Angst gehabt, sich unsicher gefühlt oder geglaubt, das Ganze nicht mit einem einzigen Wort beenden zu können. In Wahrheit war es genau umgekehrt gewesen. Obwohl er sie mit seinem Selbstvertrauen und seinem durchdringenden Blick eingeschüchtert hatte, wusste sie doch vom ersten Augenblick an, dass er im Grunde seines Herzens auf der richtigen Seite stand.

Ein guter Kerl, der auf den Spitznamen Wolf hörte, aktiver oder ehemaliger Soldat und mit ziemlicher Sicherheit Hellseher oder besonders empathisch war.

Olivia schlug sich die Hand vor die Stirn und schnaubte verärgert. *Hellseher? Emphatisch? Echt jetzt?* Sie hatte sich auf dem College doch nicht den Hintern aufgerissen, um sich jetzt mit dermaßen absurden Erklärungen abzuspeisen. Andererseits, wie sollte sie sich sonst erklären, dass er genau gewusst hatte, was sie wann brauchte? Und wann nicht.

Er war so sehr auf ihrer Wellenlänge gewesen – als hätte er in ihre Seele blicken können. Er hatte es sofort bemerkt, als ihre Gedanken sich in die Vergangenheit verirrten, und alles unternommen, damit sie in der Gegenwart blieb und den Moment genoss. Er wusste es, wenn sie an ihrem Verstand zweifelte oder ihr etwas Unbehagen bereitete. Ein Geringerer hätte womöglich nichts von alledem gespürt oder aber ihr Unbehagen für bare Münze genommen und sofort abgebrochen.

Er jedoch hatte darüber hinweggesehen und genau gewusst, wann und wie weit er sie anspornen musste, um zu verhindern, dass sie sich selbst im Weg stand. Selbst als er sie festhielt und den Eindruck erweckte, dass sie nichts mehr gegen ihn würde ausrichten können, schenkte er ihr das wunderbare Gefühl, dass sie all das durfte.

Dass sie sich hingeben durfte.

Nicht ihm, sondern ihren verborgenen Begierden, ohne die Last ihrer Vergangenheit und ihres Gewissens. Er hatte ihre Welt auf die kleine Stelle reduziert, an der ihre Körper miteinander verschmolzen. Um ihre Welt kurz darauf in einem der explosivsten, alles verschlingenden Orgasmen ihres Lebens aufgehen zu lassen.

»Okay, ich hab ihn in ein Papierhandtuch gewickelt, damit – «

Cindi blieb mitten in Olivias Büro stehen und starrte sie an.

Olivia fasste sich darauf wieder an die Lippe. »So schlimm?«

»Nein, nein, überhaupt nicht.« Cindi kam zu sich, legte den Rest des Weges zurück und gab ihr den eingewickelten Eiswürfel. »Es ist ein bisschen rot, aber ich glaube kaum, dass irgendwer lange genug auf deinen Mund schaut, um das überhaupt mitzukriegen.«

»Und warum hast du dann so geguckt?«

»Weil du überall sonst auch knallrot bist. Dein Gesicht und dein Hals sind so rosig, als wärst du gerade …« Cindi schnappte nach Luft. Äußerst dramatisch. »Oh. Mein. *Gott*. Hast du etwa – ?«

»Pst, Himmel, Cin, nicht so laut!«

Cindi hockte sich auf die Kante eines Gästestuhls, zuckte entschuldigend die Achseln und setzte ihr Verhör dann mit deutlich gedämpfterer Stimme fort. »Oh, also *hast du*! Du musst mir *alles* erzählen. Na los!«

Olivia nahm den Eiswürfel weg. Auch wenn ihre Lippe sich dadurch besser anfühlte, bezweifelte sie, anderweitig Gebrauch von dem Eiswürfel machen zu müssen. Sie wickelte ihn seufzend aus und ließ ihn in ihren Latte fallen. Sie brauchte Koffein, und zwar pronto. »Es ist keine große Sache, okay?«

»Keine große Sache? Soll das ein Witz sein? Boss, du bist, seit wir uns kennen, nicht mal *ausgegangen*, und dann spielst du mir nichts, dir nichts Rein und Raus? Und ob das was heißt! Hast du dich etwa mit einem Kerl getroffen, von dem ich nichts weiß?«

»Nein, nein, so war es nicht.«

Um Zeit zum Nachdenken zu gewinnen, nahm Olivia einen Schluck von ihrem inzwischen abgekühlten und ein wenig verwässerten Latte. Brett war gestorben, bevor sie Cindi eingestellt hatte, doch als ihre Assistentin mit der Zeit ihre Freundin wurde, hatte Olivia ihr von ihrem Mann und dessen Tod erzählt. Und vor etwa sechs Monaten hatte Cindi sie ermutigt, endlich mal wieder »ihren Marktwert zu testen«.

Olivia wollte ihr die Einzelheiten über ihre Nacht mit Wolf verschweigen, doch es wäre leichter gewesen, durch trocknenden Zement zu schwimmen, als ihrer Freundin nicht wenigstens alles Wesentliche zu beichten. »Du weißt ja, wie schwer es mir gefallen ist, einen anderen Mann auch nur zu küssen, geschweige denn mehr ...«

Cindi nickte. Ihre Miene verriet Verständnis. »Weil du dachtest, du würdest Brett damit betrügen.«

»Ja, und ich dachte, ich könnte nur darüber hinwegkommen – anstatt jahrelang darauf zu warten, dass es von alleine weggeht –, wenn ich einen Mann finden würde, der das genaue

Gegenteil von Brett ist und dem ich dann einen One-Night-Stand vorschlage.«

Cindi klappte der Unterkiefer runter, und sie riss die Augen so weit auf, dass die Spitzen ihrer falschen Wimpern bis an ihre Lider reichten. »Und da bist du los … und hast eine … Zufallsbekanntschaft abgeschleppt.«

»Ich weiß, das hört sich total verrückt an, aber ich dachte, ich müsste es wenigstens mal versuchen.«

Cindi schlug eins ihrer langen Beine über das andere, nickte ernst und warf hier und da ein »Hm-hm« ein. Es gefiel ihr offensichtlich, an Olivias Stelle in die Rolle der Therapeutin zu schlüpfen. »Weiter«, sagte sie dann. »Du sagtest gerade, du hättest jemanden gefunden.«

Olivia hob ihre Tasse und trank noch einen Riesenschluck. »Eigentlich hat er mich gefunden.«

»Ja, und …« Cindi beugte sich vor und drängte: »Komm schon, du hast mir noch nicht alles gesagt.«

»Er war …« Sie blinzelte zur Decke hinauf, überlegte, wie sie ihr Erlebnis mit Wolf beschreiben sollte, und fand ihren beträchtlichen Wortschatz unzureichend. »Er war alles, was ich mir wünschte, und nichts, was ich mir jemals vorgestellt hätte.«

»Erspar mir den Konfuzius-Quatsch, Jones. War er heiß?«

»Wie die Sonne.«

»Hat er deine Welt aus den Angeln gehoben?«

Olivia biss sich auf die Lippe, als sie an die eine Nacht dachte und Hitze in ihre Wangen stieg. »Eher mein Universum.«

»Heilige Scheiße!« Cindi grinste, als hätte ihr jemand den Schlüssel zu einer legendären Schatzkammer voller Schuhe gegeben, und fächelte sich mit dem Notizblock neben dem Telefon Luft zu. »Ich bin so was von stolz auf dich, Boss. Das haut mich echt um. Ich kann es kaum erwarten, deinen Wunderheiler kennenzulernen. Wann siehst du ihn wieder?«

Olivia fiel das Lächeln aus dem Gesicht. Sie riss sich zusammen, räusperte sich leise und rückte unnötigerweise einen Stapel Papier auf ihrem Schreibtisch gerade. »Gar nicht.«

»Gar nicht? Was soll das heißen? Hat er dich sitzen lassen? Was für ein Arsch! Typisch! Männer, die dein Universum auf den Kopf stellen, bleiben nie lange genug, um an deinem auf den Kopf gestellten Universum Gefallen zu finden.« Cindi schnaubte und klatschte den Notizblock, sichtlich angewidert, wieder an seinen Platz.

»Genau genommen habe *ich* ihn sitzen lassen. Ich habe darauf bestanden, dass es bei einer Nacht bleibt und dass wir nichts voneinander wissen sollten. Nicht einmal unsere richtigen Namen.« Cindi machte ein Gesicht, als hätte Olivia Swahili gesprochen. »Ich wollte niemanden, der mit mir ausgeht, Cin. Er sollte sozusagen meiner Sex-Batterie auf die Sprünge helfen. Mehr nicht. Wenn die allerdings erst mal aufgeladen ist, kappt man das Kabel zur Energiequelle, und der Motor läuft von ganz alleine weiter.«

Olivia versuchte, die leise Stimme in ihrem Kopf auszublenden (okay, in Wirklichkeit war sie leiser als leise), die sie drängte, Wolf wiederzusehen. Denn eigentlich hatte sie Freitagnacht bekommen, was sie wollte. Und wie scharf sie auch auf eine weitere welterschütternde Nacht mit ihm sein mochte, sie kannte ihre emotionale Belastungsgrenze. Sie spürte nach wie vor Anflüge von Schuldbewusstsein, als hätte sie Brett betrogen. Daran musste sie sich erst mal gewöhnen, bevor sie überhaupt daran dachte, sich wieder mit jemandem zu treffen, geschweige denn mit *Wolf*.

Wieso eigentlich nicht? Ganz einfach. Weil Wolf zwar der Richtige für jene Nacht gewesen war, aber sie ihn sich in ihrem normalen Leben nicht vorstellen konnte. Er war zu heftig, zu dominant. Beide Eigenschaften hatten sie im Bett aufblühen lassen – was sie zunächst überrascht, nach langen Stunden des Nachdenkens aber akzeptiert, ja, sogar willkommen geheißen hatte. Doch das hieß noch lange nicht, dass sie dieser Art der Selbstherrlichkeit auch *außerhalb* des Schlafzimmers etwas abgewinnen konnte.

Nein, Wolf – wer er auch sein mochte – wäre gewiss nicht die Sorte Mann, mit der sie in nächster Zeit oder überhaupt irgendwann ausgehen wollte.

Im Empfangsbereich schlug die Klingel an, die Cindi, falls sie ihren Schreibtisch verließ, darauf aufmerksam machte, dass jemand eingetreten war. Beide Frauen sahen auf die Wanduhr. Acht Uhr. Ihr Tag begann.

»Mist, dein erster Klient«, flüsterte Cindi und sprang auf. »Dieses Gespräch ist noch nicht vorbei, Fräulein. Ich hole schon noch mehr aus dir raus, und wenn ich dir was in deinen Latte tun muss, um deine Zunge zu lösen.«

Olivia schnaubte und rückte ihre Brille auf der Nase zurecht. »Hinfort, begebe sie sich an ihre Arbeit, Assistentin.«

Cindi verschwand, drehte sich jedoch noch mal um und steckte den Kopf durch die Tür. »Übrigens, das mit der Batterie war ein grässlicher Vergleich.«

Olivia streckte ihr die Zunge raus. Cindi tat es ihr gleich, verschwand dann endgültig und machte die Tür hinter sich zu. Olivia schüttelte leise kichernd den Kopf und machte sich für ihren ersten Termin des Tages bereit.

Sie rief die Akte auf und überflog sie, um ihr Gedächtnis aufzufrischen. Sonntags sah sie sich immer vorab die neuen Klienten der anstehenden Woche an. Sie wollte vor dem ersten Treffen so viel wie möglich über ihn oder sie in Erfahrung bringen, um herauszufinden, wie sie die Sitzung am besten anging und ob der neue Klient zu Gewaltausbrüchen neigte, von denen sie wissen sollte.

Grady, Erik. Ehemaliger Lieutenant der Army. Zehn Jahre Dienst im 75. Ranger-Regiment. Sechs Einsätze. Operation Iraqui Freedom. Auszeichnungen und besondere Leistungen: Silver Star Medal for Valor 4th Award, Bronze Star Medal 6th Award, Purple Heart Medal 3rd Award. Joint Service Commendation Medal, Army Commendation Medal, Joint Service Achievement Medal, Army Achievement Medal, Army Good Conduct Medal 3rd Award. Nach zehn Dienstjahren ehrenhaft entlassen. Zurzeit Feuerwehrmann in Boston und Lieutenant des Rettungswagens 2 in Distrikt 9. Ein kürzlich erfolgter Zwischenfall im Dienst löste Erinnerungen an seinen letzten Einsatz im Irak aus. Seither im Einsatz zunehmend Anzeichen für PTBS.

Olivia liebte und hasste solche Fälle. Sie liebte es, Veteranen die Möglichkeit zur Gesundung zu geben und wieder zu sich selbst zu finden, hasste es jedoch, dass solche Fälle überhaupt existierten. Sie hätte es lieber gesehen, wenn die Männer und Frauen, die ihrem Land dienten, ihre Albträume nach ihrer Rückkehr in Übersee zurücklassen könnten und den Frieden finden würden, den sie verdienten.

»Ich verspreche, alles in meiner Macht Stehende für Sie zu tun, Lieutenant Grady«, wandte sie sich leise an die Akte auf dem Bildschirm ihres Laptops. Dann hörte sie es mehrmals an ihre Tür klopfen, zum Zeichen dafür, dass Cindi ihren Klienten nun hereinführen würde. Olivia warf einen prüfenden Blick auf ihren Schreibtisch und nahm ein paar letzte organisatorische Handgriffe vor …

Erneutes Klopfen.

Sie zog die Stirn kraus und rief: »Ja, Cindi, du kannst reinkommen!«

Wieder nur Klopfen. Was zum Teufel? Olivia stieß schnaubend die Luft aus. Der Tag fing ja toll an. Hoffentlich änderte sich das noch, sie hatte echt keine Lust auf so einen Montag. Sie stemmte sich hoch, marschierte zur Tür und öffnete.

»Hast du nicht gehört, Cindi –« Dann blieb Olivias Herz stehen.

»Cindi holt sich einen Kaffee, Süße«, sagte die tiefe, polternde Stimme, die sie seit zwei Tagen in ihren Gedanken verfolgte, »aber ich bin ja hier.«

Ihre Antwort ging kaum als Flüstern durch. »*Wolf?*«

Sie konnte nicht verhindern, dass ihr verräterischer Blick den Mann vor ihr genau in Augenschein nahm. Klobige, dick besohlte Arbeitsstiefel führten zu verwaschenen Jeans und einem fadenscheinigen roten Red-Sox-Shirt, das sich eng an seine Brust schmiegte und um seine Oberarme spannte. Er lehnte mit der Schulter am Türrahmen, hatte die Daumen in die Hosentaschen gehakt und die Füße übereinandergeschlagen. Olivias schlimmster Albtraum und gleichzeitig ihre Lieblingsfantasie schaute sie mit durchdringendem Blick und dreckigem Grinsen an.

»Ist was, Doc?«

Jesus. Erik hatte ein Problem.

Bis vor etwa sechzig Sekunden hatte er sich noch eingebildet, dass er nicht mehr für sie empfinden würde als für jede x-beliebige Bekanntschaft vor ihr. Dass Livvie unmöglich so sexy und schön sein konnte wie in seiner Erinnerung. Und dass die Tatsache, dass sie ihn anzog wie der Mond das Wasser, nur das Resultat von Alkohol und Gefühlsüberschwang gewesen war. Und größtenteils von dem besten Sex seines Lebens.

Was war er doch für ein Idiot! In ihrem Büro-Outfit sah sie sogar noch heißer aus als in dem sündig roten Kleid von Freitag. Die goldblonden Haare waren im Nacken zu einem Knoten aufgesteckt. Eine schwarz-blaue, rechteckige Brille rahmte ihre von dichten schwarzen Wimpern gesäumten Haselnussaugen ein. Die am Hals offene, gestärkte weiße Button-Down-Bluse war beinahe bis zum Ausschnitt geweitet. Aber am besten gefiel ihm, wie der taubenblaue Bleistiftrock und die kilometerhohen High Heels ihre gebräunten Waden betonten.

Womit er noch nicht bei den Köstlichkeiten war, die sich darunter verbargen. *Herr im Himmel!* Es wäre leichter zu sterben, als seine Lust zu bezähmen, ihr den Rock über die Hüften zu raffen und sie an der Fensterfront auf der anderen Seite des Zimmers zu nehmen.

Nun ließ Erik den Blick ungeniert über ihren Körper wandern. »Verflucht, du siehst zum Anbeißen gut aus.« Er hielt inne, hob den Blick und sah ihr in die Augen. »Mal wieder.«

Livvie schüttelte leicht den Kopf. »Wie hast du mich gefunden?« Sie ließ einen leisen Fluch vom Stapel. »Dein Freund, dieser Hornochse, hat Angie ausgequetscht.«

»Nein«, widersprach er mit Nachdruck. »Weder mein Kumpel noch deine Freundin haben irgendwas damit zu tun.«

»Aber wie … Weißt du was? Es spielt gar keine Rolle. Ich hatte dir gesagt, dass ich Anonymität und meine Privatsphäre wollte. Ich habe keine Ahnung, wie du dahintergekommen bist, aber dass du meinen Wunsch nicht respektiert hast, sagt mir, dass ich von Anfang an recht hatte, dir nicht zu trauen. Nicht dass mir das irgendwas gebracht hätte.« Sie drehte sich auf dem Absatz um und ließ ihn stehen. »Pass auf, dass dir beim Hinausgehen die Tür nichts ins Kreuz fällt. Oder, wenn doch, ist es mir egal.«

Er sah zu, wie sie gleichzeitig graziös und entschlossen hinter ihren Schreibtisch trat. Sie setzte sich und ignorierte ihn demonstrativ. Erik trat grinsend ein und machte die Tür zu.

»Ich würde dir den Gefallen ja gerne tun und gehen …« *Na ja, nicht wirklich.* »… aber ich fürchte, ich kann nicht.«

Sie fixierte ihn finster und mit schmalen Lippen. »Und ich fürchte, ich muss darauf bestehen, sonst sehe ich mich gezwungen, den Sicherheitsdienst zu verständigen und dich aus dem Gebäude entfernen zu lassen. Ich erwarte jeden Moment einen Klienten.«

»Ich korrigiere, Frau Doktor, Sie *sprechen* mit Ihrem Klienten.«

Ihre Augen weiteten sich. Die rosaroten Lippen teilten sich und entließen einen scharfen Atemzug. Ihre sahnige Haut wurde blass. Sie zu schockieren konnte leicht zu einer Sucht werden, auch wenn er dadurch zu einem sadistischen Hurensohn würde. In den paar Minuten, seit er eingetreten war, hatten ihm ihre Reaktionen und ihr geradezu zwangsneurotisch aufgeräumtes Büro eine andere Seite von ihr gezeigt. Eine, die nicht darauf stand, wenn man ihr die makellosen Federn zauste. Was ihm jedoch umso mehr Lust darauf machte.

Freitagabend hatte er ihre unsichere, unschuldige Seite kennengelernt. Zu behaupten, es hätte ihm keinen Spaß gemacht, sie sexuell bis zum Äußersten zu treiben, wäre eine Lüge gewesen. Jemandem wie ihr war er noch nie begegnet, einer Frau, die bisher nur die sanfte Seite der körperlichen Liebe erfahren hatte, wie sie ihm selbst eingestanden hatte. Daher wünschte sie sich das Gegenteil dessen, was sie mit ihrem letzten Lover erlebt hatte – während er davon zehrte, dass sie mit jeder Provokation erregter wurde.

Ohne sie aus den Augen zu lassen, schlenderte er zu den Stühlen vor ihrem Schreibtisch und setzte sich. Er lehnte sich bequem zurück und spähte sie währenddessen weiter aus wie ein feindliches Ziel. Wie tickte Dr. Olivia Jones? Was waren ihre Stärken und Schwächen? Ihre Gewohnheiten und Neigungen? Erik stellte fest, dass er alles über sie in Erfahrung bringen wollte. Ihre Vergangenheit, ihre Gegenwart und was sie sich für die Zukunft erhoffte. Und er wollte es nicht dabei bewenden lassen, das alles über sie herauszufinden. Er wollte sie *richtig* kennenlernen.

Bei dem Gedanken hätte er sich normalerweise sofort aus der Gefahrenzone abgesetzt, doch diesmal …

Zu sagen, dass Livvie ganz anders war als alle anderen Frauen, die er bisher kennengelernt hatte, war in etwa so, als würde er behaupten, Afghanistan sei ein bisschen staubig und trocken. Ohne auch nur ein Wort zu wechseln, hatte sie ihn schon so weit, dass er ihr aus der Hand fraß. Doch selbst hatte sie keine Ahnung, dass sie sämtliche Trümpfe in der Hand hielt. Und sein Selbsterhaltungstrieb verlangte, dass er sie auch weiterhin darüber im Ungewissen ließ. Von den Jungs mal ganz abgesehen. Denn das würden die ihm sein Leben lang aufs Butterbrot schmieren. Scheiße, er hatte sie praktisch angefleht, noch etwas mit ihm zu trinken – *nachdem* sie ihn als die Art Sexpartner, den sie suchte, zurückgewiesen hatte. Er wollte einfach unbedingt mit ihr zusammen sein.

Scheiß auf die Alarmsignale! Auch wenn der Warnschuss nicht deutlicher hätte ausfallen können, wenn direkt vor ihm eine Granate eingeschlagen wäre. Doch anstatt in Deckung zu gehen, hatte er gehofft, sie würde ihm nicht um die Ohren fliegen, und war einfach stehen geblieben.

Nicht das erste Mal, dass er sich verkalkulierte.

Nur dass diesmal keiner dabei draufging.

»Wenn du bist, der du zu sein vorgibst«, forderte sie ihn heraus, »dann verrate mir freundlicherweise deinen Namen und warum du hier bist, *Wolf*.«

Erik stützte die Ellbogen auf die Knie und beugte sich vor, bis sein Oberkörper fast gegen die Schreibtischkante stieß. Livvie lehnte sich zurück und verschränkte die Arme vor der Brust, um ihr Unbehagen zu kaschieren. Anscheinend gefiel es ihr gar nicht, die Kontrolle zu verlieren und sich auf so dünnes Eis zu begeben. *Jedenfalls nicht in ihrem Büro*.

»Ich bin Lieutenant Erik Grady vom BFD, Rettungswagen 2, ehemals Lieutenant des 57. Ranger-Regiments, zweites Bataillon. Ich bin hier, weil ein computerisierter Test behauptet, dass ich erst wieder an die Arbeit gehen darf, wenn *du* es mir erlaubst. Glaubst du mir jetzt?«

Ihr schlanker Hals geriet in Bewegung, als sie schlucken musste, schließlich nickte sie. »Ja.«

»Neulich Abend habe ich dir gesagt, Wolf sei mein Spitzname. Genauer gesagt ist es mein Funkname. Da mein ganzes Team aus ehemaligen Armeeangehörigen besteht, verständigen wir uns genauso wie früher im Einsatz über unsere Walkies. Dozer kennst du ja schon. Dann sind da noch Smoke, Bowie und Preacher.«

»Und du bist Wolf, also eher der Einzelgänger, vermute ich mal«, überlegte sie laut. »Hast du dir den Namen selbst ausgesucht?«

»Nein, so läuft das nicht.« Erik blinzelte. »Ich wäre ein arrogantes Arschloch, wenn ich mich selbst nach einem so gefährlichen Raubtier nennen würde.«

Eine helle Augenbraue schoss aufwärts. »Dass du dir den Namen nicht selbst ausgesucht hast, Lieutenant, sagt überhaupt nichts darüber aus, ob du ein arrogantes Arschloch bist oder nicht.«

Ihre Stichelei fand er amüsant und musste lachen. »Erwischt! Aber ich habe so ein Gefühl, als würde es dir nichts ausmachen, mich weiter kleinzumachen.«

Für den Bruchteil einer Sekunde huschte ein Lächeln über ihr Gesicht, als würde man nach Jahren in einer Höhle endlich ins Sonnenlicht hinaustreten. Dann riss sie sich zusammen, eine Wolkenbank schob sich vor die Sonne und tauchte ihn wieder in tiefe Schatten. Aber es war ihm gleich. Er wusste, dass die Wolken sich irgendwann verziehen würden.

»Olivia«, sagte sie heiser. »Meine Freunde nennen mich Olivia.« Sie räusperte sich und trank einen Schluck Kaffee, dann stellte sie die Tasse vorsichtig ab, mit beiden Händen, die sie schließlich auf der Schreibtischunterlage faltete. »Meine *Klienten* nennen mich Dr. Jones.«

Erik senkte die Stimme und stellte sich seine Worte als Rinnsal vor, das über ihren nackten Leib lief. »Und wie nennt dich der Mann, mit dem du so heftig gekommen bist, dass er dachte, er würde sterben und im Himmel landen?«

Erik hörte ihren Atem stocken. Er sah, wie ihre Pupillen das Moosgrün ihrer Iriden verschlangen. Er streifte jeden Quadratzentimeter Haut, den er erhaschen konnte, mit ungenierten Blicken und erinnerte sie so daran, dass er vor weniger als sechzig Stunden dasselbe mit seinen Händen getan hatte.

Sie schloss die Augen und zählte bis zehn, bis sie wieder regelmäßig Luft bekam. Er zählte mit und fragte sich, ob sie diese Technik ihren Klienten beibrachte. Als sie damit fertig war und ihn wieder ansah, hatte sie ihren Körper wieder unter Kontrolle. Zu behaupten, dass die Nummer ihn nicht gleichzeitig angekotzt und angemacht hatte, wäre eine faustdicke Lüge gewesen.

»Es ist mir gleichgültig, wie *dieser Mann* mich zu nennen beliebt«, entgegnete sie kühl. »Denn das geht mich nichts an, weil ich für ihn eine Frau aus seiner Vergangenheit bin. Und das wird auch so bleiben.«

»Netter Versuch, Doc. Aber das würde ich dir selbst dann nicht abkaufen, wenn die unterschriebenen Papiere in meiner Gesäßtasche das Gegenteil behaupten würden.«

Livvie kniff die Augen zusammen. »Wusstest du von Anfang an, wer ich bin?« Dann lachte sie ohne die geringste Spur von Humor und schüttelte den Kopf. »Natürlich wusstest du es. Du warst früher Soldat. Du kannst herausfinden, was immer du willst. Bestimmt hast du in meinem Telefon eine Wanze versteckt, oder wie das heißt, und besitzt ein Dossier, in dem alles über mich steht, bis hin zu meinen Mitschriften aus dem Kindergarten.«

Erik hob eine Braue. *Da guckt wohl jemand zu viele Spionagefilme.*

»Ich enttäusche dich nur ungern, Lieutenant, aber ich bin unempfänglich für Bestechung. Egal in welcher Währung.«

Verdammt, er stand darauf, wenn sie so formell wurde. Je steifer sie war, umso mehr sehnte er sich danach, sie durcheinanderzubringen und sie der Fähigkeit zu berauben, sich verständlich auszudrücken – und stattdessen weniger gedrechselte Sätze zu formulieren.

Wenn er sich ausmalte, was sie wohl unter dem Rock trug, wurde er sofort hart. Allerdings war jetzt nicht der richtige Zeitpunkt für solche Gedanken. *Weggetreten, Soldat! Das ist ein Befehl.* Ja, klar, als hätte er je auf ihn gehört.

Erik ignorierte seine lüsternen Instinkte und musterte stattdessen die schöne Ärztin. Sie hatte momentan definitiv Haare auf den Zähnen, doch ihr Blick verriet noch etwas anderes. Scham? Kränkung? Diese Frau war ein Rätsel. Jedes Mal, wenn er sie zu durchschauen glaubte, sagte oder tat sie etwas, das ihn zurück auf Los katapultierte. Aber das machte nichts. Er liebte Herausforderungen.

»Wieso meinst du, dass ich dich in dem Club schon gekannt haben muss?«

Spöttisch verdrehte sie die Augen, als wäre das die dümmste Frage aller Zeiten. »Warum hättest du mir sonst dermaßen unerbittlich nachstellen sollen? Schließlich war ich ein schreckliches Nervenbündel, das jeden vernünftigen Kerl hätte abschrecken sollen. Dich jedoch nicht. Es hätte nicht viel gefehlt, und du hättest eine verdammte PowerPoint-Präsentation abgezogen, um dein Ziel zu erreichen.«

»Was genau willst du damit sagen?«

»Das weißt du ganz genau.«

Erik wusste nicht recht, ob er wegen Livvies Unterstellungen angepisst oder belustigt sein sollte, aber solange er sich dessen nicht sicher war, würde er nach außen die Ruhe selbst bleiben. »Tu mir den Gefallen, und sprich dich aus.«

»Na komm, verkauf mich nicht für dumm. Du bist nicht der Erste, der mich dazu überreden wollte, eine Unbedenklichkeitserklärung auszustellen, ohne vorher die Therapie absolviert zu haben.« Damit stand sie auf und begann vor ihrer Fensterfront auf und ab zu gehen. »Zugegeben, die meisten haben die erste Sitzung abgewartet, ehe sie mich mit ihrem Charme um den Finger zu wickeln versuchten, aber egal, das hat so oder so nicht funktioniert. Bisher hat sich noch jeder an der frigiden Psychologin die Zähne ausgebissen und sich bei mir ausgekotzt, ehe er bis drei zählen konnte, weil ich nämlich verdammt gut bin in meinem Job.«

Sie atmete deutlich schneller und war sichtlich aufgebracht. »Aber du nicht, Lieutenant, du kamst unter meinem Radar angeflogen und hast noch einiges mehr als nur deinen Charme eingesetzt, um mich rumzukriegen. Weißt du übrigens, was das Schlimmste daran ist? Ich kann nicht mal sauer auf dich sein, weil ich dich förmlich dazu *aufgefordert* habe.«

Um keine Dummheit zu machen, sie beispielsweise zu packen, über den Schreibtisch zu legen und ihr zu zeigen, wie viel Ärger er für sie in Kauf nehmen würde, biss Erik die Zähne zusammen und umklammerte die Stuhllehne. Der Gedanke, sie könnte anders darüber denken, machte ihn rasend. Und zu wissen, dass ein Haufen Arschlöcher sie zu ihrem Vorteil zu verführen versucht hatten, ließ ihn vollends rot sehen.

Natürlich verstand er die Abneigung der Männer, über die Hölle, die sie durchgemacht hatten, sprechen zu müssen. Auch den Wunsch, ihre Arbeit sofort wieder aufzunehmen, verstand er sogar sehr gut. Aber wenn eine Frau ständig wegen ihres Nutzens für andere und nicht um ihrer selbst willen geschätzt wird, nimmt früher oder später ihr Selbstwertgefühl Schaden. Und wie es sich anhörte, hatte sie eine Menge davon einstecken müssen.

Livvie wurde immer wütender. Und das war nicht gerade das, was er sich in seiner Gesellschaft von ihr wünschte. Für sie war er in diesem Moment ihr Feind. Da konnte er leugnen, bis er schwarz wurde, sie würde ihm gar nicht erst zuhören. Vielleicht würde sie jedoch auf den Mann hören, mit dem sie im Hotel zusammen gewesen war.

Er senkte die Stimme und sprach in dem dominanten Ton jener Nacht mit ihr. »Hör auf, Livvie!«

Sie blieb wie angewurzelt stehen, den Rücken ihm zugekehrt, die schmalen Schultern hoben und senkten sich. Erik stieß sich von dem Stuhl ab und stellte sich hinter sie, ließ zwischen ihren Körpern aber weiter zwei quälende Zentimeter Abstand. Er würde nicht den ersten Schritt machen. Sie würde nachgeben und die winzige Lücke schließen müssen.

Ihr Duft nach Rosenblättern und Sonne stieg in seine Nase und stellte ihn auf eine harte Probe. Er musste jedes Quäntchen Selbstbeherrschung aufbringen, um sich nicht hier und jetzt auf sie zu stürzen.

Da wurde ihm etwas klar. Wenn er es jetzt nicht richtig anstellte, würde sie endgültig dichtmachen, und er hätte sie am Ende beide enttäuscht. Dann hätte er ihnen beiden möglicherweise die denkwürdigste Affäre ihres Lebens versagt. *Vielleicht sogar mehr als das*.

Doch obwohl er bei Verstand blieb, juckte es ihn in den Fingern, ihre Hüften zu packen, weiter nach oben zu wandern und ihre Brüste zu umfassen. Damit das nicht geschah, presste er die Handflächen gegen das Fenster, sodass sie zwischen seinen Armen gefangen war. »Was habe ich dir neulich Abend darüber gesagt, dass du dich nicht selbst schlechtmachen sollst?«

Sein Atem bewegte ihre Nackenhaare. Er hätte schwören können, dass er sie erschauern sah, was indes nicht genügte, den Stahl in ihrer Wirbelsäule schmelzen zu lassen oder sie zu einer Antwort zu bewegen. »Dass dich niemand niedermachen darf. Nicht mal du selbst. Das werde ich nicht zulassen, Livvie.«

Erik konnte dank seiner Größe erkennen, dass ihre Brustwarzen die gestärkte Baumwolle ihrer Bluse spannten. Er wollte daran saugen und wie ein Wolf, der sein Revier markierte, auf dem Stoff feuchte Stellen hinterlassen. Er verkniff sich ein lüsternes Knurren und fuhr stattdessen fort, in dem Wissen, dass seine tiefe Stimme sie mit jedem Wort erbeben lassen würde.

»Ich habe dir, wie du sagst, dermaßen unerbittlich nachgestellt, weil ich dich vom ersten Moment an, als ich dich sah, mehr wollte als die Luft zum Atmen. Und als unsere Blicke sich trafen, genügte es nicht mehr, dich nur zu wollen. Ich musste dich haben. Jeder Laut, den du von dir gabst, brachte mich um den Verstand. Bei deiner Berührung wuchs ich fünfmal über mich selbst hinaus. Mein Gott, Livvie«, sagte er, während er mit der Nase sanft über ihre Ohrmuschel strich, »der Duft deiner Erregung ließ mich buchstäblich in die Knie gehen. Und dein Geschmack auf meiner Zunge … *Fuck!* Ich würde am liebsten meine Tage zwischen deinen Schenkeln kniend beschließen. Ich kann mich auch jetzt unmöglich zurückhalten. Dreh dich um, wenn du mit eigenen Augen sehen willst, was ich meine.«

Sie drehte sich in seinen Armen um, langsam, ohne sich jedoch vom Fenster zu lösen, dann ließ sie den Blick über seinen Körper schweifen, bis er an der Wölbung in seiner Jeans hängen blieb. Ihr stockte der Atem, sie hob den Blick und sah ihn an. Ein wölfisches Grinsen bog seine Mundwinkel. »Auch wenn ich mir gerne einbilde, die Kontrolle zu haben, macht in Wahrheit *er*, was er will. Ich kann dir nichts vormachen, Doc, *das da* gilt dir allein.« Er nahm eine Hand vom Glas und rückte ihn zurecht. »Außerdem ist es so verflucht unbequem.«

Livvie versuchte vergeblich, hinter vorgehaltener Hand zu verbergen, dass sie kichern musste. Sein Herz wurde etwas leichter. Am liebsten hätte er ihr Lachen in einer Flasche abgefüllt, um jedes Mal, wenn die Dunkelheit ihn einholte, zur Stärkung einen Schluck davon trinken zu können. Vor allem aber wollte er alles tun, damit dieses Lächeln nicht wieder aus ihrem Gesicht verschwand. Er wollte sie so oft wie möglich zum Lachen bringen.

Sie räusperte sich und riss sich zusammen, jedoch ohne sich wie zuvor abweisend zu versteifen. Eine kleine Veränderung, aber der Anfang war gemacht. »Du behauptest also, das alles war bloß ein unglaublicher, verrückter Zufall?«

»Ganz und gar nicht. Ich glaube nicht an Zufälle, Livvie. Erinnerst du dich an dein Safeword?«

»Feuer.« Als der Groschen bei ihr fiel, schnappte sie leise keuchend nach Luft.

»Feuer«, wiederholte er. »Wären wir uns vor zehn Jahren begegnet, als ich noch in der Army war, hätte das nicht viel bedeutet. Aber jetzt? Aus Zehntausenden Wörtern in deinem Wortschatz suchst du dir *das* aus, welches für mich mehr bedeutet als irgendein anderes.«

»Aber das wusste ich doch nicht«, protestierte sie. »Das war doch nur …«

»… ein Zufall?« Erik schüttelte den Kopf, stieß sich vom Fenster ab und trat einen Schritt zurück. Ihm entglitt langsam die Kontrolle. »Wenn es dir damit besser geht, kannst du das ruhig glauben, Doc. Ich denke allerdings, das Universum versucht, uns etwas mitzuteilen.«

Sie reckte ihr Kinn ein Stückchen, verschränkte die Arme vor der Brust und schob keck eine Hüfte vor. Trotzig wie eh und je. »Komisch, ich hätte dich gar nicht für so romantisch gehalten, Lieutenant.«

Erik zuckte die Achseln. »Bin ich auch nicht. Aber ich habe eine Menge sogenannter Zufälle erlebt. Bis mir aufging, dass man, wenn sich alles in die vorher bestimmte Richtung entwickelt, rückblickend die Zeichen dafür erkennt. Natürlich muss man nichts darauf geben, und die meisten Menschen ignorieren diese Zeichen auch. Aber wenn ich kann, schaue ich lieber, wohin sie mich führen.«

»Tja, und ich halte mich an Regeln, weshalb ich dich unmöglich behandeln kann.«

Erik hatte sich schon gefragt, wie lange es dauern würde, bis sie ihn abwies. Er war darauf vorbereitet gewesen. Einen Mann zu behandeln, mit dem sie geschlafen hatte, war im höchsten Maße sittenwidrig und verstieß vermutlich gegen alle erdenklichen Regeln.

»Du wirst einen Kollegen aufsuchen müssen«, fuhr sie fort. »Würdest du lieber jetzt einen Termin vereinbaren? Oder willst du dich später darum kümmern?«

»Ich würde lieber bei dir bleiben, Doc.«

Das war eine verdammte Lüge. Ihm wurde schon bei der Vorstellung, sein Innerstes vor dieser Frau auszubreiten, buchstäblich speiübel. Aber wie er vermutet hatte, wollte Livvie ihm nun, da ihre Anonymität aufgeflogen war, nicht mal mitteilen, wie spät es war, geschweige denn, ihm einen Termin geben. Wenn er sie also trotzdem besser kennenlernen wollte, musste er zu nicht ganz sauberen Mitteln greifen.

»Wie ich schon sagte, ist das unmöglich.«

»Nein«, widersprach er. »Nicht ratsam, vielleicht, aber nicht unmöglich. Es ist so, dass ich mir, nachdem die Frau an der Hotelrezeption mir am nächsten Morgen deinen Namen sagte und mir klar wurde, dass du meine Therapeutin sein würdest, deine Kollegen am Wochenende mal angesehen habe. Dein Oberboss, Dr. Edward Marion, ist aalglatt, wenn es um seinen Job geht. Er ist Vertragsarzt der Polizei von Boston *und* der Feuerwehr, deshalb wird jeder Polizist oder Feuerwehrmann mit einem Sprung in der Schüssel hierher geschickt. Stimmt's?«

»Ja, das stimmt.«

»Es gibt hier im Boston Behavioral Health fünf Psychiater, jeder mit einem eigenen Spezialgebiet: Kognitionspsychologie, Kinderpsychologie, Forensische Psychologie, Suchttherapie. Und dann gibt es noch dein Sachgebiet und den Grund, warum ich zu dir überwiesen wurde: Posttraumatische Belastungsstörung.«

Sie kaute einen Moment auf ihrer Unterlippe. Offensichtlich hatte sie nicht damit gerechnet, dass er sich so gut auskannte. Sie straffte die Schultern und sagte: »Auch das stimmt, Lieutenant. Aber alle Ärzte hier –«

»Ich will keinen anderen Arzt, Livvie.« Er trat ihr einen Schritt zu nah, sodass sie den Kopf in den Nacken legen musste. »Ich will dich.«

7

Das ist nicht wahr, das ist nicht wahr, das ist nicht wahr …

Aber ganz gleich, wie oft Olivia ihr Mantra noch aufsagen mochte, alles blieb, wie es war. Nein, es passierte wirklich. Hier und jetzt.

Der Mann, den sie gebeten hatte, sie hart ranzunehmen und um den Verstand zu vögeln, war ihr Klient.

Der Mann, von dem sie gewollt hatte, dass er ihrer Libido und ihrem Liebesleben auf die Sprünge half, stand vor ihr und verkündete ihr, nur sie zu wollen. (Auf welche Weise war dabei weniger wichtig als die Formulierung »Ich will dich«. Irgendwie peinlich, aber nun war es raus.)

Wolf – nein, Erik – strich mit der Fingerspitze hauchzart über ihre Oberlippe. »Was ist denn hier passiert, Schönste?«

Als sie denselben Kosenamen hörte, den er ihr neulich Nacht gegeben hatte, sammelte sich Hitze in ihrem Unterleib. Seine rauchige Stimme ließ die unschuldige Zärtlichkeit ausgesprochen lüstern klingen. »Da hab ich mich an meinem Latte macchiato verbrannt.« Hoffentlich hörte sich das nicht so lahm an, wie sie dachte. Fast so schlimm wie die berüchtigte Wassermelonen-Stelle aus *Dirty Dancing*.

»Auf so kostbare Lippen muss man aber besser aufpassen.« Erik hob grinsend den Blick und schaute ihr in die Augen. »Aber da es schon mal passiert ist, kann ich dich ebenso gut küssen und den Schaden wiedergutmachen.«

Sie machte den Mund auf, um ihm zu sagen, dass so etwas nicht infrage käme, doch als sein Gesicht näher kam, blieb ihr die Luft weg und der Protest weigerte sich, das Quartier ihres Gehirns zu verlassen.

Seine Lippen berührten ihre nach einer gefühlten Ewigkeit und liebkosten ihre Oberlippe, während sie sich in gleicher Weise seinen vollen unteren Bogen vornehmen konnte. Sein Kuss glich einer Vereinigung. Er unterstrich damit seine Zuversicht und nahm sie trotz aller Zartheit in Besitz.

Himmel, was machte sie bloß? *Das war falsch, falsch, dreimal falsch!* Olivia legte die Hände auf seine harte Brust und wollte ihn wegschieben. Doch als er mit der Zungenspitze über ihre Verbrennung strich, verlor sie das letzte bisschen eigenen Antrieb. Er musste seinen Speichel irgendwie mit einem lähmenden Gift getränkt haben. Anders konnte sie es sich nicht erklären, dass sie sich in ihrem Büro von einem Klienten küssen ließ. Welche Befehle ihr Gehirn auch an ihre Glieder schickte, sie konnte sich nicht bewegen.

Oh, sieh an, ihre Finger krallten sich in sein T-Shirt. Und ihr Mund öffnete sich, um seine Zunge einzulassen, und, jawohl … ihre Zunge hatte kein Problem damit, sich ebenfalls zu bewegen.

Na schön, die Gift-Theorie konnte sie vergessen. Ein Punkt für sie. Das mochte andererseits jedoch bedeuten, dass sie sich aktiv beteiligte an diesem … diesem …

Heilige Scheiße, der Mann küsste so, wie er sich, so dachte sie jedenfalls, auch in den Feuerwehreinsatz stürzte. Ob langsam und methodisch oder schnell und gierig, die Intensität war die Gleiche. Als wäre er erst zufrieden, wenn er ohne jeden Zweifel wusste, dass er gewonnen hatte und sie ihm gehörte.

Doch dieses Mal schob sie ihn weg, zudem gelang es ihr, den Kopf wegzuziehen und den umwerfenden Kuss, der ihr die Fußnägel aufrollte und das Höschen durchweichte, zu beenden. Auch wenn diese Backsteinmauer von einem Mann nicht den Anstand besaß, wenigstens so zu tun, als könne sie ihn von der Stelle bewegen.

»Scheiße«, sagte sie und wich einen Schritt zurück. »Das *geht* nicht. Nein! Nein und nochmals nein. Ich werde diesen Weg nicht mit dir gehen.«

Olivia marschierte zu ihrem Schreibtisch zurück und ließ sich auf den Stuhl dahinter fallen, bevor sie der untersten Schublade eine Flasche Wasser entnahm. Eigentlich brauchte sie einen guten, starken Drink, aber fürs Erste musste das Wasser genügen. Sie ließ den Verschluss knacken, führte die Flasche an ihre vom Küssen geschwollenen Lippen und trank sie auf einen Zug halb leer. Während sie ihrer Gewohnheit nach ein paar Kleinigkeiten zurechtrückte – um sich zu sammeln und wieder auf das Wesentliche zu konzentrieren –, kam Erik herbeigeschlendert und belegte den Platz ihr gegenüber mit Beschlag.

»Lieutenant – «

»Erik.«

Wie machte er es, dass sein Name wie ein Befehl klang? Und wieso sprang ihr Körper jedes Mal sofort auf diese Stimme an? Seufzend fuhr sie fort: »Erik. Du hast ja recht, ich bin darauf spezialisiert, Menschen zu behandeln, die an PTBS leiden. Aber sich mit einem Klienten einzulassen, ist nicht nur äußerst unethisch, sondern auch ein Grund, mir die Approbation zu entziehen. Ich habe am Wochenende deine Akte studiert. Du kannst mir bitte glauben, wenn ich dir sage, dass es mir eine Ehre wäre, einem Helden wie dir zu helfen – «

»Ich bin kein Held, Baby.«

Olivia blinzelte. Er hatte jedes der fünf kleinen Worte wie Pfeile auf sie abgeschossen, deren jeder sie absichtlich nur um Haaresbreite verfehlte, und das auch nur, weil sie vorläufig als Warnung gedacht waren. Das war nicht die übliche Ich-hab-nur-meinen-Job-erledigt-Antwort der meisten Soldaten. Nein,

Erik hatte offenbar echt ein Problem damit, wenn ihn jemand als Held betrachtete. Eine nicht zu übersehende Verletzung, die nur dazu führte, dass sie ihm unwillkürlich umso mehr helfen wollte.

»Okay«, antwortete sie mit ihrer ruhigen Therapeutenstimme. »Ich will dir wirklich helfen, Erik. Und ich weiß, wie sehr du dir wünschst, wieder mit deinen Brüdern arbeiten zu können.« So schnell, wie die Dankbarkeit in seinen Augen aufblitzte, konnte er sie gar nicht verbergen. Ja, sie wusste, dass Feuerwehrleute sich als Bruderschaft sahen, wie die Angehörigen aller militärischen Waffengattungen. Sie respektierten einander, ob sie sich kannten oder nicht, und die Männer und Frauen, mit denen sie Brände bekämpften, standen ihnen häufig näher als blutsverwandte Geschwister. Ihr gefiel die unverbrüchliche Treue dieser Verbindung sehr.

Er rutschte nun wieder auf seinem Stuhl herum. »Ich will dich was fragen. Wirst du dich mit mir treffen, wenn ich zu einem anderen Seelenklempner gehe?«

»Treffen?«

»Mit mir ausgehen? Du weißt schon, Daten, Dinner, Disco …«

»Du tanzt?«

»Kein bisschen. Mir hat bloß die Alliteration gefallen.« Er zwinkerte ihr zu, und Olivia biss sich in die Wange, um das breite Lächeln daran zu hindern, sich in ihr Gesicht zu stehlen. Erik stützte die Ellbogen auf die Knie und beugte sich vor. »Ich werde immer hundertprozentig ehrlich zu dir sein. Nachdem ich dich ins Bett gekriegt hatte, nahm ich mir vor, alles zu tun, damit du am nächsten Morgen mit mir frühstücken würdest. Und danach alles, damit du mich wiedersehen wolltest. Aber wir wissen ja beide, was daraus geworden ist.«

Olivia fühlte Gewissensbisse in sich aufsteigen. Sie hatte es gehasst, einfach so zu verschwinden, aber sie wusste, dass sie in dem Moment, in dem er die Augen öffnete, sämtliche Regeln über Bord geworfen hätte und ihm zu Willen gewesen wäre. Sie hatte daran gedacht, eine Nachricht zu hinterlassen, aber was hätte sie in einer solchen Lage schreiben können? Die Grußkartenindustrie würde mit einer Reihe zum »Morgen danach« bestimmt bombig einschlagen. *Herzlichen Dank auch. Du warst toll. War schön, dass ich mir stattdessen keinen runterholen musste*. Schön, sie war anscheinend nicht die Richtige, wenn es darum ging, »Sprüche zu klopfen«, dennoch gab es da sicher einen vielversprechenden Absatzmarkt.

Erik durchbohrte sie mit hitzigen Blicken. »Livvie, ich habe die ganze Zeit nur an dich gedacht, seit ich allein in dem Bett aufgewacht bin. Und ich mag nicht glauben, dass du mich so leicht vergessen hast. Warum sehen wir nicht, was weiter wird?«

»Ich kann nicht«, krächzte sie. »Nicht mal dann, wenn du zu einem anderen Arzt gehst. Es sollte nur das eine Mal geben, danach sollten wir uns niemals wiedersehen. Ich bin noch nicht so weit, mich wieder mit jemandem zu verabreden. Ich bin noch nicht bereit für …« *Für dich*, fügte sie in Gedanken hinzu, sagte aber stattdessen: »… mehr.«

Erik lehnte sich zurück und musterte sie aus halb geschlossenen Augen. Als könnte er in ihren Kopf schauen. Nun musste er im Geiste nur noch ihre Inneneinrichtung ein wenig verrücken, und er würde ganz genau wissen, wie sie tickte. Normalerweise machte *sie* so etwas mit den Menschen in diesem Raum. Nun erkannte sie, warum manche ihrer Klienten unter ihrem Blick nervös zu zappeln begannen.

Er fuhr sich mit der Hand übers Kinn und sagte: »Okay. Verhandeln wir neu.«

Sie seufzte. »Erik, man kann nicht *neu verhandeln*, worüber man noch gar nicht *verhandelt* hat.«

»Ich erkläre mich mit einem anderen Seelenklempner einverstanden, wenn du dafür sorgst, dass Dr. Marion mich übernimmt. Er ist der Einzige hier, bei dem ich mich wohlfühlen würde. Immerhin war er früher mal Soldat.«

Olivia entließ einen langen, bebenden Seufzer. Endlich war der Mann wieder bei Sinnen, und Marion würde ihn gewiss von ihr übernehmen. Sie war erleichtert, klar, das Zwicken in der Brust war sicher ein leichter Fall von Sodbrennen, und ganz bestimmt kein Bedauern darüber, dass es ihr endlich gelungen war, ihn zum Nachgeben zu bewegen. »Das ist absolut nachvollziehbar. Wenn du willst, bringe ich dich gleich hin. Dr. Marion empfängt vor zehn keine Klienten, ich kann dich ihm also vorstellen und ihm überlassen.«

»Nicht so schnell«, erwiderte er, als sie sich schon von ihrem Stuhl erheben wollte. Ernüchtert ließ sie sich wieder darauf sinken und wartete auf weitere Bedingungen seinerseits. »Da ich dir entgegengekommen bin, ist es nur fair, wenn du mir wenigstens eine Chance gibst, im Gegenzug etwas von dir zu bekommen.«

»Was meinst du mit einer Chance?«

»Da du nicht mit mir ausgehen willst, möchte ich mit dir um eine Verabredung spielen. Wenn du mich ihm vorgestellt hast, frage ich Dr. Marion geradeheraus, ob er findet, dass du dich mit mir verabreden solltest. Wenn er Ja sagt, erklärst du dich mit nicht weniger als drei Verabredungen meiner Wahl einverstanden. Ich verspreche, dass wir dabei unter Leuten bleiben, und wir beginnen noch mal von vorne, ohne irgendwelche Erwartungen. Falls er meint, du solltest dich nicht mit mir treffen, werde ich dir nie wieder zu nahetreten.«

»Wie um alles in der Welt kommst du auf den schmalen Ast, dass Dr. Marion so etwas gutheißen könnte?« Olivia griff nach der Wasserflasche.

Gleichgültig zuckte er mit den Achseln. »Ich könnte behaupten, dass ich hoffe, er könnte sich aus Sympathie für einen Geschlechtsgenossen auf meine Seite schlagen. Du weißt schon, als eingeschworener Bruder und so.«

Olivia hätte sich fast an dem Schluck Wasser verschluckt. Die Vorstellung, der vierundsechzigjährige Mann könnte etwas tun, weil er sich als »eingeschworener Bruder« empfand, war absolut lächerlich. Andererseits kannte sie Dr. Edward J. Marion besser als irgendwer sonst. Außerhalb der Bürostunden war er ihr Onkel Eddie, ein langjähriger Freund ihres Vaters und ihr Taufpate. Der Mann behütete sie so inbrünstig wie seine leiblichen Töchter.

»Aber wenn du die Wahrheit hören willst«, fuhr er fort, indem er sie mit seinen whiskeyfarbenen Augen durchbohrte. »Wie ich vorhin schon sagte, setze ich darauf, dass deine angeblichen Zufälle uns aus gutem Grund zusammengeführt haben. Und wenn ich recht habe, wird der gute Doktor in meinem Sinn entscheiden.«

Olivia kaute auf ihrer Unterlippe. Es gefiel ihr nicht, ihm seine romantischen Vorstellungen zu nehmen – vor allem, weil Eriks Auffassung, der Kosmos höchstselbst habe sie mit einem Kerl wie ihm verkuppelt, in ihrem Bauch Schmetterlinge aufflattern ließ –, doch ihr schlechtes Gewissen würde nichts daran ändern, dass der Zug abgefahren war. Unmöglich, dass Onkel Eddie sie dazu ermutigen könnte, mit jemandem auszugehen, den er nicht kannte und der wegen PTBS behandelt werden sollte.

Während sie ihn neugierig betrachtete, klopfte sie wiederholt mit einem Fingernagel auf das Holz der Schreibtischplatte. Er trug seine wackere Fassade zum Schutz vor Angreifern wie eine Kevlarweste. Doch Schutzwesten – ob im wortwörtlichen oder übertragenen Sinn – waren kein hundertprozentiger

Schutz. Es blieben zu viele verwundbare Stellen übrig. Stellen, die sie gelernt hatte zu erkennen und offenzulegen, mittels langwieriger, behutsamer Anleitung. Um ihn so weit zu zerlegen, dass er sich stärker denn je zuvor neu erfinden konnte.

Olivia war an dem Abend im Club viel zu nervös und von der Rolle gewesen, um sein Leiden überhaupt zu bemerken. Sogar jetzt noch, da sie wusste, dass er von seiner Vergangenheit verfolgt wurde, war er verflucht gut darin, diese Tatsache hinter Selbstsicherheit und Machogehabe zu verbergen. Besser als die meisten jedenfalls. Wie die meisten Notfallhelfer oder Soldaten verwandelte er seinen inneren Druck in Beistand für andere, um die Dämonen in Schach zu halten.

Sie zweifelte nicht daran, dass ihn im Club zunächst Begehren und Anziehung bewegt hatten. Doch dann hatte sie das Mitgefühl in seinem Blick erkannt, als ihm aufging, dass sie nur auf einen einmaligen Kick aus war, weil sie über jemanden in ihrer Vergangenheit hinwegkommen wollte. Er hatte es ehrlich gemeint, als er sagte, er wolle ihr jeden Wunsch erfüllen. Nicht, weil es ihm um die Herausforderung oder um sein eigenes Ego gegangen war, sondern weil sich unter dem grundlegenden, natürlichen Verlangen nach Sex echte Sorge verbarg.

Der Drang, anderen Menschen zu helfen, war einfach Teil seiner Natur. Er rettete Menschenleben. Für ein paar kurze Stunden hatte er *ihr* das Leben gerettet. Und nun hatte sie die Möglichkeit, sich zu revanchieren und seines zu retten.

Wenn das hieß, ihn Eddie zu übergeben, damit die Sitzungen nicht von der unbezähmbaren sexuellen Spannung zwischen ihr und Erik überschattet wurden, umso besser. Denn im Endeffekt traute sie sich in der Gegenwart von Lieutenant Erik Grady selbst nicht über den Weg.

Nachdem der Entschluss gefasst war, stieß sie sich von ihrem Stuhl ab und ging um ihren Schreibtisch herum. Als sie vor ihn trat, hatte auch er sich erhoben. Dank ihrer hohen Absätze sah sie sich seinem köstlichen Mund gegenüber, weshalb sie darauf achtete, ihren Blick ab jetzt keinen Moment von seinen Whiskey-Augen abzuwenden. Nicht dass diese Augen sie weniger in Versuchung führten. *Verflucht noch mal.*

»Doc?« Er wölbte fragend eine Augenbraue. »Hast du mir etwas zu sagen?«

Ja, richtig. Etwas sagen. Fabelhafte Idee. Also reckte sie das Kinn, räusperte sich und sagte etwas. »Ich bin mit deinen Bedingungen einverstanden. Ich werde es einrichten, dass Dr. Marion dich übernimmt.«

»Und?«

»Und«, fügte sie widerstrebend hinzu, »wenn er deinen albernen Vorstellungen aus irgendeinem wundersamen Grund folgt, lasse ich mich auf die drei Verabredungen *unter den Augen der Öffentlichkeit* ein.« Seine Lippen kräuselten sich zu einem süffisanten Grinsen, das sie so sehr verärgerte, dass sie ergänzte: »Aber *ich* frage ihn wegen der Verabredungen. Nicht *du*!«

»Damit kann ich leben«, gab er mit großer Geste Richtung Ausgang zurück. »Nach dir.«

Sie straffte die Schultern, führte Erik aus ihrem Büro und vorbei am Schreibtisch einer äußerst faszinierten Cindi bis zur anderen Seite des Korridors. »Guten Morgen, Ruth«, begrüßte sie die an dem großen, mit gerahmten Bildern ihrer Kinder und Enkelkinder übersäten Schreibtisch sitzende Frau. Ruth war Onkel Eddies Assistentin, so lange Olivia zurückdenken konnte. Er nannte sie scherzhaft seine Büro-Gemahlin. Ruth war so etwas wie die Bostoner Version der typischen Südstaatenoma. Die freundlichste, warmherzigste Frau, die man sich denken konnte und die es liebte, alle hier mit ihren preiswürdigen Backkünsten zu verhätscheln beziehungsweise zu verderben.

»Ja, Ihnen auch einen guten Morgen, Dr. Jones.« Ruths Blick huschte zu Erik und wieder zurück. Olivia konnte den Schalk in den Augen der Frau beinahe erwachen sehen. *Mist.* »Sie sehen ja heute ganz besonders hübsch aus«, sagte sie dann mit dem Feingefühl eines Presslufthammers.

»Genau das habe ich ihr auch schon gesagt, Ruth.«

Die Frau mit den rosigen Apfelbäckchen legte ihre Hand aufs Herz und holte dramatisch Luft. »Wirklich?«

Erik antwortete augenzwinkernd und breit lächelnd. »Genau genommen habe ich gesagt, dass sie so gut aussieht, dass –«

»Ruth, ist Dr. Marion zu sprechen?«, intervenierte Olivia und ignorierte den glucksenden Kerl neben ihr.

»Natürlich, Liebes. Nur reinspaziert.«

Nachdem sie ein paarmal angeklopft hatte, öffnete Olivia die Tür und schloss sie wieder, nachdem Erik hinter ihr eingetreten war. Ihr Onkel saß hinter einem wuchtigen Schreibtisch und sah vor ihm ausgebreitete Papiere durch. Als sie sich räusperte, hob er den Kopf. Das wohlwollende Lächeln sowie die übliche vertraute Begrüßung erstarben in dem Moment, als er Erik neben ihr bemerkte. Stattdessen funkelte Neugier in seinen hellblauen Augen, als er die Lesebrille absetzte.

»Ah, guten Morgen, Dr. Jones. Womit habe ich dieses Vergnügen zu so früher Stunde verdient?«

»Guten Morgen, Dr. Marion. Ich habe da ein kleines Problem, bei dem ich Ihre Hilfe benötige. Das ist –«

»Lieutenant Erik Grady«, sagte ihr Pate, als er aufstand und die beiden Männer sich die Hände schüttelten. »Schön, Sie zu sehen, Sohn. Wie geht es Ihnen?«

»Sehr gut, Sir, danke.«

Olivia klappte den Mund wieder zu. »Ihr zwei kennt euch?«

Onkel Eddie kam um seinen Schreibtisch herum. »Ich war zwanzig Jahre lang eng mit Bill Marshall, seinem Brandmeister, befreundet. Ich habe den Lieutenant ein paarmal getroffen, wenn ich Bill auf der Feuerwache besuchte. Ein aufrechter junger Mann und seinen Leuten ein verdammt guter Einsatzleiter.«

»Danke, Sir.«

Olivia traute ihren Ohren nicht. Erik hatte sie glauben gemacht, sie habe die Oberhand, und nun kam sie dahinter, dass er ebenso gut mit ihrem Onkel hätte Golf spielen können.

»Nun, was kann ich für Sie tun, Lieutenant?«, fragte Eddie, indem er lässig die Hände in die Hosentaschen schob.

Olivia gewann die Kontrolle über das Gespräch zurück. »Er wurde vorübergehend beurlaubt, weil er durch PTBS-Symptome in der Ausübung seines Berufs beeinträchtigt wird. Sein Fall wurde mir zugewiesen.«

»Tut mir leid, das zu hören«, wandte Onkel Eddie sich feierlich an Erik. »Ich wusste nicht, dass Sie gedient haben, Sohn. In welcher Einheit?«

»Zweites Ranger-Bataillon, Sir.«

Eddie nickte. »Ich bin selber Major im Marine Corps. Erstes Bataillon, dritte. Ich habe in Saudi-Arabien und Kuwait gedient. Desert Shield und Desert Storm. Was Sie gegenwärtig durchmachen, ist völlig normal.«

»Logisch betrachtet, Sir, ist mir das klar. Aber der Ranger in mir weigert sich, diese Tatsache anzuerkennen.«

Der Mann nickte abermals. »Verstehe.« Dann wandte er seine Aufmerksamkeit wieder Olivia zu. »Was kann ich für dich tun?«

»Ich möchte, dass du den Fall übernimmst.«

Eddie sah sie stirnrunzelnd an, und da sie den Mann schon ihr ganzes Leben lang kannte, wusste sie genau, was er damit andeuten wollte: *Was denkst du dir dabei, das vor dem Klienten zu erörtern*? Und sie hatte seinen abschätzigen Blick absolut verdient. Unter normalen Umständen hätte sie ein Gespräch unter vier Augen über Eriks Fall abgewartet und ihn erst nach einer Einigung über seine Behandlung hinzugezogen. Ihre jetzige Vorgehensweise war nicht nur äußerst unorthodox, sondern auch total unprofessionell. Doch verzweifelte Zeiten erforderten … und so weiter und so fort.

Ehe er sie mit seinem Warte-bis-ich-das-deinem-Vater-sage-Blick ansah, wagte sie einen weiteren Vorstoß. Obwohl Eddie sie seit ihrer Kindheit nicht mehr so angesehen hatte, zweifelte Olivia keine Sekunde daran, dass er diesen Blick immer noch draufhatte. »Letztes Wochenende sind wir uns zufällig begegnet, als wir beide etwas trinken waren. Deshalb verlangt die Professionalität, dass ich ihn an jemanden verweise, zu dem er vorher noch keinen Kontakt hatte.«

Olivia weigerte sich, Erik anzuschauen, und das musste sie auch nicht. Sie konnte ihn aus dem Augenwinkel sehen, wie er dastand, die Füße auseinander, die muskulösen Arme vor der Brust verschränkt. Sein unverschämtes schiefes Grinsen konnte sie über die Entfernung sogar *spüren*. Eddies Blick sprang zwischen ihnen hin und her.

»Damit ich das richtig verstehe«, sagte der Ältere, während er den Schreibtisch umrundete und sich wieder hinsetzte. »Ihr beide habt euch am vergangenen Wochenende in einer Bar kennengelernt, habt was zusammen getrunken, und du hast jetzt ein Problem damit, ihn wegen seiner PTBS zu behandeln.«

»Um ehrlich zu sein«, sagte Erik, »habe ich sie abgeschleppt.«

Olivia schnappte nach Luft, ihr Kopf fuhr herum, um ihn vollkommen fassungslos anzustarren. Er wollte doch … er *konnte* doch nicht …

Eddie ließ sich in seinem abgenutzten Ledersessel gegen die Lehne sinken.

»Lieutenant«, zischte sie durch zusammengebissene Zähne.

Doch Erik benahm sich, als wäre sie gar nicht da. »Wir haben unsere Namen für uns behalten, und es sollte nur für eine Nacht sein – ihre Regeln, nicht meine –, aber jetzt sind zwei Tage vergangen, und alles geht wieder von vorne los.«

»Nichts geht wieder von vorne los«, sprudelte sie heraus.

Endlich traf sie Eriks Blick, das unverschämte Grinsen blieb, wo es war. »Nun, nicht auf dieselbe Weise, aber ich habe dir ja gesagt, wie ich darüber denke. Das Schicksal will uns etwas mitteilen.« Nachdem er ihr kurz zugezwinkert hatte, wandte er sich wieder ihrem Patenonkel zu. »Wie auch immer, Major, Dr. Jones ist damit einverstanden, mich zu meiner Bedingung einem anderen Therapeuten zu überlassen.«

Olivia war klar, dass ihr Gesicht dank Eriks Unverschämtheit rot wie eine Tomate sein musste. Der plötzliche Hustenanfall ihres Onkels, mit dem er ohne jeden Zweifel einen Heiterkeitsausbruch kaschieren wollte, machte die Sache auch nicht besser.

»Und was genau ist seine Bedingung?«, wollte Eddie wissen, als er sich wieder beruhigt hatte.

»Gute Frage, Sir, ich fürchte nur, es war *ihre* Bedingung, diesen Punkt selbst mit Ihnen zu erörtern.« Erik sah Olivia an und deutete mit aufwärts gekehrter Hand auf Eddie. »Du bist dran, Doc.«

Sie funkelte ihn an, am liebsten hätte sie aus ihren Augen Blitze auf ihn geschleudert, stattdessen versuchte sie mit aller Macht, sich zusammenzureißen. Seine Mätzchen machten ihr nichts aus, weil sie so die Oberhand gewinnen und als Siegerin aus diesem Schlamassel hervorgehen konnte. Wenn sie Onkel Eddie erst mal Eriks aberwitzige Idee ihrer drei Verabredungen verraten hätte, würde dieser Blödsinn endlich vorbei sein.

Sie räusperte sich so taktvoll wie möglich und wandte sich

dem Mann zu, den sie schon ihr ganzes Leben kannte. »Fürs Protokoll, Lieutenant Grady hat, was unsere Begegnung von Freitagnacht angeht, *maßlos* übertrieben. Davon abgesehen möchte der Lieutenant, nachdem die Anonymität zwischen uns aufgehoben ist, die Dinge weiter vorantreiben. Was ich natürlich abgelehnt habe, weil ich nicht auf Männerbekanntschaften aus bin.«

»Nein?«, sagte ihr Onkel, dessen Tonfall keinen Zweifel daran ließ, dass er anderer Meinung war und wollte, dass sie es sich noch mal überlegte. Sie *hasste* es, wenn er das tat.

»Nein«, antwortete sie bestimmt. »Sicher nicht. Das letzte Wochenende war ein Experiment, und ein sinnloses noch dazu.« Erik räusperte sich lautstark. Olivia verdrehte seufzend die Augen.

»Egal, ich habe mich bereit erklärt, dreimal mit ihm auszugehen, falls …« Verdammt, sie konnte nicht glauben, was sie sich zu sagen anschickte. »Falls du damit einverstanden bist. Und jetzt –«

»Absolut.«

Olivia erstarrte. »Wie bitte?«

»Ich sagte, absolut. Ich halte das für eine fantastische Idee. Selbst wenn ihr zu einem Spiel der Sox oder zu so einem Musikfestival geht, die ihr jungen Leute so mögt. Und wenn auch nichts Romantisches daraus wird, was soll's, dann hast du wenigstens mal was anderes gesehen als nur dein Büro.«

Sie wollte etwas Schlaues sagen, um ihn zu widerlegen, doch ihr fiel nur ein: »Ich gehe woanders hin. Was denkst du, wo ich meine Lebensmittel herbekomme?« *Jetzt steht es fest. Mein Leben ist erbärmlich, was ich gerade vor dem aufregendsten Mann auf dem ganzen Planeten, der zudem auf äußerst vertrautem Fuß mit meiner Vagina steht, bewiesen habe. Warum fällt man in so einer Situation nicht ins Koma*?

»Keine Sorge, Dr. Jones«, sagte Onkel Eddie. »Du bist bei dem Lieutenant hier in guten Händen. Ich bin mir sicher, er würde sich niemals anders benehmen als der perfekte Gentleman, ist es nicht so, Sohn?«

»Oh, ja, Sir«, antwortete Erik, der dabei amüsiert einen Mundwinkel verzog. Himmel, musste seine Selbstgefälligkeit auch noch so verflucht sexy sein? »Sie steht auf Regeln und Grenzen, und ich verspreche, keine einzige davon zu überschreiten.« Sein Kopf schwenkte herum, um sie mit seinem goldenen Blick aufzuspießen. »Es sei denn, sie bittet mich darum.«

Das Telefon summte, und Ruths Stimme teilte Eddie mit, dass seine Frau nach ihm verlange, um ihm eine dringende Frage zu stellen. Er bat Ruth, das Gespräch durchzustellen, und entschuldigte sich. »Das dauert nur eine Minute.«

Kaum hatte ihr Onkel den Hörer am Ohr, da zischte Olivia dem Riesen neben ihr zu, während sie weiter geradeaus blickte: »Es sei denn, sie bittet mich darum?« Sie schnaubte verächtlich. »Ich würde dir raten, nicht zu viel zu erwarten, Lieutenant.«

»Das würde ich mir nicht mal im Traum einfallen lassen.« Er lachte leise. Dann beugte er sich so weit vor, dass sein Atem ihr Ohr kitzelte. »Ich werde nur tun, was du von mir erwartest, Livvie. Ich werde warten, bis du schneller atmest und dein schöner Busen wogt und mir verrät, was du willst. So wie jetzt.«

Ihr Stichwort für Schnappatmung. *Fuck fuck fuckity fuck!* So konnte sie ihm ihren Körper auch gleich auf dem Silbertablett servieren. Was stimmte bloß nicht mit ihr? Als würde der Kerl ihrem Kontrollzentrum jedes Mal den Strom abdrehen, sobald er in ihre Nähe kam. Dieser verfluchte Frauenflüsterer.

Sie ärgerte sich über sich selbst, weil sie in seiner Gegenwart so die Beherrschung verlor, und war zugleich frustriert, weil ein nicht unbeträchtlicher Teil ihrer selbst, zu dem sie sich lieber nicht bekannt hätte, ihm die Kontrolle gerne ganz überlassen hätte. Olivia wirbelte herum und marschierte aus Eddies Büro.

»He, wo willst du hin?«

Klar war es zu viel verlangt, dass er sie einfach ziehen ließ. »An meine Arbeit«, antwortete sie, ohne ihre Schritte zu verlangsamen oder ihm die Genugtuung zu gönnen, Blickkontakt herzustellen. »Du hast deine Antwort. Es gibt also keinen Grund, noch mehr Zeit in Dr. Marions Büro zu vertrödeln. Du musst allerdings noch mal rein und einen Termin vereinbaren, also machst du das jetzt besser mal.«

Cindi blickte von ihrem Schreibtisch auf, als Olivia und Erik sich ihr in rasantem Tempo näherten. »Oh, du bist zurück. Da ist ein Klient auf Leitung zwei …« Olivia spürte, wie Cindis Blick ihr folgte, als sie Richtung Damentoilette weiterlief. *Dort hinein* würde er ihr unmöglich folgen können. Vielleicht würde er dann ja weggehen und sie nicht weiter in Versuchung führen, ihn anzubetteln, dass er sie endlich flachlegte.

Olivia stieß die Schwingtür mit beiden Händen auf und lief zu der langen Reihe Waschbecken. Doch sie kam nicht mal dazu, einen Wasserhahn aufzudrehen, ehe Erik neben ihr auftauchte. »Du darfst hier nicht rein. Um Himmels willen, Erik, das ist die Damentoilette.«

»Es gefällt mir, wenn du meinen Namen sagst, Livvie. Meinen echten Namen.« Er trat ganz dicht vor sie und dominierte damit ihren letzten kleinen Freiraum.

Sekunden. Mehr Zeit blieb ihr nicht, ehe ihre Entschlossenheit, professionell und unbeeindruckt zu bleiben, zu Staub zerfiel. »Bitte«, hauchte sie, ihre Augen flehten ihn um Erbarmen an. »Ich brauche Abstand. Und etwas Zeit, um das alles zu verarbeiten und mein Hirn auf den neuesten Stand zu bringen, weil der Schock, dass du in mein Leben getreten bist, noch nicht abgeklungen ist.« Sein Blick wurde weicher, kein Raubtierfunkeln mehr, das ihr Angst einjagte. Oder sie erregte. *Mist, verdammter, entscheide dich mal, Olivia!*

»Du weißt es vielleicht nicht, aber du hast so etwas … Überwältigendes an dir, und das ist mir gerade ein bisschen zu viel. Okay? Also, du hast auf ganzer Linie gewonnen. Gratuliere. Würdest jetzt, *bitte*, gehen?«

Olivia zwang sich, den Mund zu halten. Noch mehr flehentliche Bitten gestattete sie sich nicht einmal ihm gegenüber. Erik streckte die Hand aus, um mit den Fingerknöcheln über ihre Wange zu streichen, während er sie betrachtete und eine Myriade ungesagte Worte durch die Bernsteinteiche seiner Augen schossen. »Gut, ich halte meine besonders … *überwältigenden* Züge fürs Erste zurück«, betonte er ihre Charakterisierung. »Aber du siehst darin besser nichts weiter als Respekt vor deinen Wünschen. Es bedeutet nicht, dass mein Interesse an dir nachgelassen hätte. Trotzdem, ich verspreche, die schweren Geschütze zurückzuziehen, wenn ich hier rausgehe, solange du mir versprichst, deinen Teil unseres Abkommens letztendlich zu erfüllen. Ich will die Verabredungen, Livvie. Ich will eine Chance. Abgemacht?«

Sie nickte, ohne zu blinzeln, weil sie fürchtete, auch nur einen Augenblick des Verlangens, das ihm ins Gesicht geschrieben stand, zu verpassen. Verlangen nach *ihr*. Seine Stimme hallte noch tief in ihr nach, als er ihre Hand nahm, sie an seine Lippen hob und ihr einen warmen Kuss in die Handfläche drückte.

»Bis zum nächsten Mal, Livvie.«

Sie rührte sich nicht, atmete nicht einmal, als er ihr mit einem Lächeln versprach, dass sie später an ihn denken würde, während sie ihren Vibrator bis an die Belastungsgrenze trieb. Sie war dermaßen benommen, dass sie erst, nachdem er die

Damentoilette verlassen hatte, bemerkte, dass er ihr etwas in die Hand gedrückt hatte, ehe er sie losließ und ging.

Als sie die Hand umdrehte und die Finger öffnete, spürte sie heiße Röte in ihre Wangen schießen. So rot wie der vermisste Stringtanga, der nun zerdrückt in ihrer Hand lag … *Schon von deinem Duft werde ich sofort steif.* »Du hast ein Problem, Mädchen«, teilte sie ihrem Spiegelbild mit. »Ein Riesenproblem.«

8

Ganze fünf Stunden vergingen, bevor Erik auf die Abmachung zurückzukommen versuchte, auf die Olivia sich im Büro ihres Patenonkels eingelassen hatte. Er rief sie im Büro an, wo jedes Mal das Telefon auf dem Schreibtisch ihrer Assistentin klingelte, es sei denn, Cindi war nicht da. Dann piepste Olivias Telefon, und Cindis Stimme drang aus dem Lautsprecher der Gegensprechanlage.

»Hey, Boss, da ist ein heißer Feuerwehrmann auf Leitung eins.«

Olivias Hand geriet über dem Notizblock, auf dem sie sich gerade etwas notieren wollte, ins Stocken und verlor sich mitten im Wort in unleserlichem Gekritzel. Unwillig verzog sie das Gesicht, weil nun die ganze säuberlich beschriebene Seite ruiniert war. Ein passendes Bild dafür, wie dieser Mann ihre Ordnung der Dinge auf den Kopf stellte.

Sie seufzte und legte den Stift weg. »Stell ihn zu Ruth durch, Cindi. Ich hab dir doch gesagt, dass er jetzt Eds Klient ist.«

»Ja, ich weiß, aber er will mit *dir* sprechen.«

Olivia schnaubte. »Darauf möchte ich wetten«, murmelte sie.

Zu dumm, dass sie nicht mit ihm sprechen wollte. Jedenfalls nicht nach seinen demütigend unverblümten Bemerkungen in Eddies Büro über ihre jüngsten gemeinsamen Erfahrungen. Nein, sie verspürte nicht den Wunsch, heute mit ihm zu reden, und für die nahe Zukunft sah es auch nicht allzu gut aus.

Sie richtete sich kerzengerade auf, als ihr eine Idee kam. Vielleicht würde er ja aufgeben, wenn sie ihn weiterhin abwimmelte. Was nicht bedeutete, dass sie ihren Teil der Abmachung nicht einhalten wollte. Doch wenn der Mann zu dem Schluss gelangte, dass er Besseres zu tun hatte, als hinter ihr herzutelefonieren, konnte man das ihr schlecht zum Vorwurf machen.

So eine »Zicke« war einem Sexgott wie Erik Grady der Mühe bestimmt nicht wert. Sogar er musste kapieren, dass seine Theorie über die Vorsehung, die ihnen Zeichen gab, bestenfalls fadenscheinig und im schlimmsten Fall komplett hirnrissig war. Momentan hatte er noch Interesse an ihr, weil sie sich ihm bei ihrer zweiten Begegnung nicht willenlos an den Hals geworfen hatte. Allerdings war Olivia klar, dass ihr Widerstand ihn nicht lange bei der Stange halten würde. Schließlich war sie nicht der Typ Frau, für den Männer Kriege vom Zaun brachen oder auch nur ein Zimmer durchquerten. Sie war nicht die schöne Helena von Troja. Noch eine Woche, dann würde er weiterziehen.

»Leg ihn auf meine Mailbox«, sagte sie zu Cindi. »Und zwar jedes Mal, wenn er anruft. Er ist nicht mein Klient. Und ich nehme während der Arbeit keine privaten Anrufe an.«

»Was? Seit wann –«

»Cindi.«

»Ja, gut, ich hab verstanden.« Nach einer kurzen Pause sagte Cindi: »Ich vermute mal, dass ich ihm auch deine Handynummer nicht geben darf.«

»Richtig vermutet.«

Cindis enttäuschter Seufzer war laut und deutlich zu hören. »Als deine Assistentin sage ich dazu nur: Aye-aye, Captain!«

Olivia senkte den Blick zum Lautsprecher, als würde Cindi in ihrer Telefonanlage wohnen, wie eine vorlaute, bezaubernde Jeannie. »Und als meine Freundin?«, fragte sie reumütig.

Cindis Ton fiel beinahe liebevoll aus, zumindest viel weniger streng, als sie es beabsichtigt hatte. »Als deine Freundin sage ich, dass du eine komplette Idiotin bist.«

Ein Piepen signalisierte, dass die Verbindung unterbrochen war, und etwa dreißig Sekunden darauf leuchtete die Anzeige für die Mailbox auf. Sie zwang sich, nicht darauf zu achten, solange sie den Papierkram für den heutigen Tag fertig machte, was ihr jedoch nicht eben leichtfiel.

Als sie für den nächsten Tag alles zu ihrer Zufriedenheit erledigt hatte, packte sie ihre Sachen und marschierte durch ihr Büro. Olivia kam bis zur Tür, bevor sie mit der Hand am Türknauf stehen blieb, weil der Gedanke an das verfluchte blinkende Licht sie nicht losließ.

»Lass es, Olivia. Fall nicht auf ihn rein«, ermahnte sie sich.

Sie hielt es ganze fünf Sekunden aus, bis sie sich schnaubend geschlagen gab und zurückging, um zu hören, was auch immer Erik ihr zu sagen hatte. Als die Automatenstimme verkündete, sie habe »drei neue Nachrichten«, schlug ihr Magen einen Purzelbaum. Das konnte nichts Gutes zu bedeuten haben, oder doch? Sie drückte die Taste und wappnete sich gegen Eriks tiefes Organ.

Pieeep.

»Hey, Doc, ich hatte gehofft, deine Handynummer zu kriegen, aber Cindi darf sie nicht herausgeben, und du hast wohl gerade einen Klienten. Meine Nummer ist 617–555–2469. Schick mir eine Nachricht, damit ich dich unter meinen Kontakten abspeichern kann.«

Pieeep.

»Ich noch mal. Ich habe vergessen, dir zu sagen, wie unglaublich du heute ausgesehen hast. Ich stehe neuerdings auf Brillen und Bleistiftröcke. Ich hätte nicht gedacht, dass du noch aufregender aussehen könntest als an dem Abend, an dem wir uns kennenlernten. Da lag ich wohl falsch. Bis später, Schönste.«

Pieeep.

»Was Komisches: In meinem letzten Jahr auf der Highschool

hat man mir vorausgesagt, ich würde später bestimmt mit einer Frau namens Olivia ausgehen. Ich habe also nicht vor, unser nächstes Wiedersehen zu vermasseln. Hab eine gute Nacht, Doc. Wir sprechen uns.«

Lieber Himmel, der Kerl war echt eine Zumutung. Eine sexy, dominante, umwerfende, Orgasmen verschenkende Zumutung. »Mist, ich bin so was von am Arsch.«

Als sie es sich später am Abend mit ihren Katzen Ben und Jerrys auf dem heimischen Sofa gemütlich gemacht hatte und eine Schüssel Eis der Sorte Chunky Monkeys und ein Glas Wein (schließlich hatte sie Stil) genoss, während sie sich auf Netflix eine Folge nach der anderen von *Arrow* reinzog (weil das Sixpack des Helden sie an einen gewissen Feuerwehrmann erinnerte), meldete ihr Handy den Eingang einer E-Mail. Aller Wahrscheinlichkeit nach ein Büro-Memo, trotzdem musste sie nachsehen, ob es keiner ihrer Klienten war.

Ohne den nackten Oberkörper von Stephen Amell an der Salmon Ladder aus den Augen zu lassen, wischte sie gedankenverloren über das Display, um ihre E-Mail-App aufzurufen, unterbrach dann den Serien-Stream und warf einen Blick auf den Posteingang. »Oh, Mist.« Jetzt wünschte sie sich ein simples Büro-Memo. Stattdessen starrte sie auf den Namen eines äußerst hartnäckigen Verehrers und die Betreffzeile: »Fehler«.

Fehler? Was war ein Fehler? Dass er sie als Therapeutin hatte halten wollen? Die Verabredungen? Sie zog die Stirn kraus und biss sich auf die Lippe. Die gemeinsam verbrachte Nacht?

Dieses eine Wort konnte viele Bedeutungen haben, doch keine davon beglückte sie. Sie trank den letzten Schluck Wein, stellte das Glas auf den Beistelltisch und öffnete die Mail mit der Begeisterung eines Sprengstoffexperten, der einen von mehreren roten Drähten kappt.

Von: Grady, Erik
Betreff: Fehler
Doc,
deine Assistentin scheint zu glauben, dass du meine Anrufe nicht entgegennehmen willst, ich bin mir jedoch sicher, du hast ihr gesagt, dass du es kaum erwarten kannst, meine Anrufe entgegenzunehmen. Sicher ein Versehen. Setz sie bitte wegen mir nicht auf die Straße.
Bis morgen dann …
E

Olivia stöhnte genervt, vergrub das Gesicht in einem Zierkissen und ließ sich kraftlos zur Seite sinken, womit sie ihre schlummernden Katzen von ihrem Platz auf dem Sofa vertrieb.

Die nächsten zwei Wochen verstrichen nach dem gleichen Muster. Er ließ ihr jeden Tag mehrere Nachrichten zukommen; er sprach auf ihre Mailbox, schickte E-Mails oder trug Cindi auf, ihr etwas auszurichten. Immerhin bestand er nicht länger darauf, dass Olivia ihn eigentlich gar nicht meiden wollte, sondern widmete sich allen möglichen unverbindlichen Themen. Es schien sich um Bruchstücke imaginärer Unterhaltungen zwischen ihnen zu handeln.

Mittwoch hinterließ er eine Nachricht auf der Mailbox:

»Hey, ich bin's. Hast du das Spiel gesehen? Ich bin ursprünglich aus Georgia, hab also immer zu den Braves gehalten, aber man kann nicht allzu lange in dieser Stadt leben, ohne zu der einzig wahren Religion der Red Sox zu konvertieren. Ein Superspiel, bis zu dem Moment, als dieser blinde Schiri im achten Inning so einen Scheiß verzapft hat. Egal, ich hoffe, du hast einen schönen Mittwoch. Nee, streich das. Ich möchte, dass du in Zukunft nur noch mit mir schöne Tage erlebst. So gesehen ist der Tag noch jung, und ich mache sogar Hausbesuche. Bis später, Livvie.«

Montagmorgen kam eine E-Mail:

Von: Grady. Erik

Betreff: Tatort Spaghetti

Doc,

ich schreibe dir, weil ich dir mitteilen muss, dass du in eine Kochkatastrophe verwickelt bist. So wie es aussieht, habe ich in letzter Zeit nicht viel Schlaf gekriegt, weil ich stundenlang ohnmächtig auf mein Handy starre und darauf warte, dass du Mitleid mit einem Verzweifelten empfindest und mich wegen unserer ausstehenden Verabredungen kontaktierst.

Gestern war ich mit dem Essen zum Spiel dran, die Jungs haben also die berühmten selbst gemachten Spaghetti nach Art meiner Mom erwartet. Kein großer Akt, aber die Soße mit den italienischen Würstchen muss mehrere Stunden köcheln. Da heißt es aufpassen und gelegentlich umrühren.

Egal, jedenfalls haben meine jüngsten Anfälle von Schlaflosigkeit – was mir Gelegenheit gibt, dich daran zu erinnern, dass du der Grund für die besagten Anfälle bist – dafür gesorgt, dass ich am Küchentisch eingepennt bin. Die Jungs haben geklopft, aber als ich nicht aufgemacht habe, ist Dozer mit dem Schlüssel rein, und ich bin erst wach geworden, als die geschrien und mich geschüttelt haben wie einen Notfall-Dummy.

Da sehe ich, dass ich und die ganze Küche rot gesprenkelt sind. Die Männer vom Löschzug 2 des BFD waren leider nicht so erfreut darüber. Ich hatte allerdings den Eindruck, die hätten sich weniger aufgeregt, wenn ich einem brutalen Verbrechen zum Opfer gefallen wäre, als über das verdorbene Abendessen. Aber keine Sorge, ich nehme das auf mich, und du bist fein raus.

Hab einen guten Tag, Schönste …

E

Sie verschluckte sich an ihrem Kaffee, als sie sich das Lachen zu verkneifen versuchte, und musste zu ihrem Notfall-Outfit greifen, das sie für den unwahrscheinlichen Fall (der aber gelegentlich eintrat) in ihrem Büroschrank aufbewahrte, dass sie sich während der Arbeitsstunden bekleckerte. Die Rechnung für die Reinigung würde sie ihm zustellen. Na ja, wahrscheinlich. Vielleicht.

Doch all das war, verglichen mit dem, was er ihrer Assistentin vorbehielt, ausgesprochen harmlos. Olivia kam ein paar Tage nach der Sache mit den Spaghetti ins Büro und blieb, wie jeden Morgen, vor dem Schreibtisch ihrer Freundin stehen. »Guten Morgen, Cin. Irgendwas für mich?«

»Morgen, Boss. Ja«, antwortete Cindi und griff nach dem rosa Block für den Nachrichteneingang. Sie las jede Notiz vor, riss sie ab und reichte sie Olivia. »Mr Kramers Frau hat angerufen und gesagt, dass er seinen Termin heute nicht einhalten kann, weil ihn die Grippe schlimm erwischt hat. Ms Esperanza will wissen, ob du ihr noch ein Attest bewilligen kannst. Und Lieutenant Grady lässt ausrichten, dass er das Rote zwar toll fand, hellblau in Zukunft aber womöglich noch aufregender finden würde.«

Olivia erstarrte und schnappte nach Luft. »Nein. Das. Hat. Er. Nicht.« Olivia funkelte Cindi böse an, weil ihre Assistentin sie nachäffte und dann ein breites Grinsen samt verschmitzt funkelnder Augen aufsetzte.

Doch Olivias kühler Blick beeindruckte Cindi kein bisschen, die stattdessen ihr Kinn aufstützte und sich unschuldig erkundigte: »Was meint er bloß damit? Unterwäsche? Hört sich irgendwie an, als ginge es um Unterwäsche.« Cindi faltete die Hände und hob die Augen zur Decke. »Bitte, lieber Gott, mach, dass er ihre Unterwäsche meint.«

Als Olivia ihr die Notiz entriss, versuchte sie zugleich, ihr

Lächeln über die Mätzchen ihrer Freundin hinter einem finsteren Blick zu verstecken. »Du hast doch nicht mehr alle Latten am Zaun, weißt du? Am besten gibst du dir selbst einen Termin. Zum Mitarbeiterrabatt.«

»Liebelein, wenn ein Seelenklempner mir eine Verabredung mit dem schärfsten Typen von ganz New England verschaffen würde, dann könntest du deinen Hintern darauf verwetten, dass ich mich liebend gern täglich auf die Couch legen würde. Du bist die Einzige, die zu glauben scheint, dass es keine schlimmere Höllenstrafe gibt.«

»Ich schätze, das macht mich zur Schlaueren von uns beiden«, rief Olivia noch, ehe sich die Tür zu ihrem Büro hinter ihr schloss.

Dann setzte sie sich an ihren Schreibtisch, öffnete ihren E-Mail-Account und schrieb eine Nachricht:

An: Grady, Erik

Betreff: Mein Höschen

Lieber Lieutenant Grady …

Erik rollte mit den Schultern und nahm einen kräftigenden Schluck von dem Kaffee, den die Feuerwehrleute genauso benötigten wie »Das Tier« – so nannten sie ihren Löschzug – seinen Dieselkraftstoff, um zuverlässig zu funktionieren. Endlich war er mit dem Papierkram durch, den Dozer zuerst angehäuft und dann ihm zur Erledigung aufgeschwatzt hatte. Zumindest ließ er Dozer in dem Glauben. In Wahrheit fühlte Erik sich ohne seinen Job derart nutzlos, dass er sogar dankbar dafür war, sich in diese langweilige Aufgabe vertiefen zu können.

Nun, da er fertig war, wollte er mit den Jungs trainieren gehen, hoffentlich ging also kein Alarm ein, bevor er der Feuerwache den Rücken gekehrt hatte. Denn jedes Mal, wenn die Glocke schrillte, schüttete sie ein Pfund Salz in die Wunde, die

die Beurlaubung ihm geschlagen hatte. Untätigkeit stand ihm nicht gut zu Gesicht, und seinen Brüdern dabei zuzusehen, wie sie in ihre Monturen sprangen und ohne ihn losbrausten, gefährdete seine geistige Gesundheit.

Gerade wollte er vom Schreibtisch aufstehen, als sein Telefon klingelte. Die Anruferkennung zeigte die Nummer seiner Eltern an. Erik knurrte einen Fluch und überlegte, ob er drangehen oder lieber später die Mailbox abhören sollte. In letzter Zeit war er Anrufen von daheim aus dem Weg gegangen oder hatte sie so kurz und unverbindlich wie möglich gehalten. Er wollte verhindern, dass seine Mutter ein Problem erahnte, das sie für lösungsbedürftig halten würde. Zum Beispiel seine Beurlaubung.

Wenn es um ihre Kinder ging, glich Norma Grady einem Bluthund. Völlig egal, wie gut er, sein Bruder und die beiden Schwestern irgendetwas verbergen wollten, ihre Mutter hatte ihre Lügen stets durchschaut und die Wahrheit ans Licht gebracht.

Tom Grady überließ daher das Graben und Nachforschen seiner Frau, schaltete sich erst später ein und wartete dann mit ungebetenen Ratschlägen auf, wie man als Mann mit dem jeweiligen Problem umging – sogar dann, wenn es um Eriks Schwestern ging. Die Macht der Gewohnheit für einen ehemaligen Ranger. Was ihn und seine Geschwister rettete, war nur, dass ihre Mutter am Telefon nicht ganz so erfolgreich war wie sonst. Ihre Gabe lag darin, dass ihren Augen nichts entging. Sie sah alles.

Erik schickte ein stummes Gebet zum Himmel, diesmal kurz und schmerzlos davonzukommen, drückte die Lautsprechertaste und stützte sich auf den Schreibtisch. »Hey, Mom, wie schaut's aus?«

»Komm mir nicht mit ›Hey, Mom‹, Erik Nathanial«, schimpfte sie. Ihr starker Georgia-Akzent wärmte ihn, trotz der frostigen Stimme. »Besser, du entschuldigst dich erst mal dafür, dass du nicht häufiger mit deiner Mutter redest. Wenn ich es nicht besser wüsste, würde ich annehmen, dass du mir ausweichst.«

Erik zuckte zusammen. Als Jüngster hatte er ein besonderes Verhältnis zu seiner Mutter, das er auch weidlich ausnutzte, wenn es ihm zupasskam, obwohl er sich dafür hasste. Er sprach sich frei, indem er sich fest vornahm, es wiedergutzumachen, und legte seinen sonst unhörbaren heimischen Akzent in seine Stimme. »Ach, komm, Momma, du weißt, du bist die Letzte, der ich ausweichen wollte.« Richtig. Nur dass Wollen nicht dasselbe war wie Machen. »Tut mir leid, dass ich mich in letzter Zeit so rargemacht habe. Ich hatte hier einfach zu viel zu tun, aber ich habe vor, für eine ganze Weile zu euch runterzukommen, sobald ich mich hier freischaufeln kann. Ich vermisse dich total. Und Pop auch.«

»Ja, weil du weißt, was gut für dich ist.« Er konnte sie durchs Telefon lächeln hören. »Oh, wenn man vom Teufel spricht, dein Vater kommt gerade rein. Warte, ich gebe ihn dir.«

»Also, eigentlich –«

Doch Norma hörte seinen Einspruch nicht mehr, weil sie bereits zu beschäftigt damit war, ihrem Mann durch das ganze Haus zuzuschreien, er solle in der Küche ans Telefon gehen. Seufzend wartete Erik darauf, von einem Elternteil zum anderen durchgereicht und zugetextet zu werden, als er Stimmengewirr vom Korridor hörte und sein Team hereinplatzte, ohne vorher groß anzuklopfen.

»Mach hin, Wolf, wir wollen los. Zeit für eine Runde Körperertüchtigung, bevor wir an den PC gehen«, rief Smoke, als er sich gegen die Wand lehnte und mit großer Geste ans Gemächt griff. »Weil ich später noch ein paar Frauen beglücken will.«

»Hört sich gut an, Edgar Allen Smoke.« Preacher ließ seine große, schlaksige Gestalt auf einen der Besucherstühle plumpsen und schlug auf dem Schreibtisch die Beine übereinander, ohne auf Eriks missbilligenden Blick zu achten. »Du meinst wohl mit einer Geschlechtskrankheit!«

Bowie, der sich auf dem anderen Stuhl niedergelassen hatte, drückte zustimmend seine Faust gegen Preachers Faust. Sekundenlanges kameradschaftliches Lachen und Feixen, bis Dozer die volle Ladung auf Erik abfeuerte. »Wie sieht's aus, Grady? Kommst du heute Abend ins Phoenix, oder ist dein Ding noch vom letzten Mal wund?«

Erik wollte schon zurückschlagen, als ihm seine Mutter zuvorkam. Pech für Dozer, dass er eine so unverwechselbare Stimme besaß. »Gavin! Ich weiß nicht, ob ich dich für deine Ausdrucksweise zusammenstauchen soll oder für den Rückschluss, dass die Ausrüstung meines Sohnes fehlerhaft sein könnte.«

Vier weit aufgerissene Augenpaare schossen zum Lautsprecher des Telefons. Erik konnte sich das Lachen nicht verkneifen. Dozer nordete ihn mit einem Ich-töte-dich-Blick und der dazugehörigen Geste ein, während er der Frau antwortete, die ihn seit über fünfzehn Jahren behandelte, als wäre er einer der ihren. »Tut mir leid, Mrs Grady. Hätte ich geahnt, dass Sie dran sind, hätte ich meine Zunge im Zaum gehalten.«

»Na, und ob du das hättest«, gab sie zurück. »Und, sind die anderen Jungs auch bei dir? Mir war, als hätte ich noch andere Stimmen gehört.«

»Ja, Ma'am.«

Als Smoke, Bowie und Preacher Hallo sagten und die Fragen seiner Mutter beantworteten, bemerkte Erik, dass sein Handy aufleuchtete und eine eingehende E-Mail anzeigte. Als er den Namen sah, den sie sich gegeben hatte, erschien ein breites Grinsen auf seinem Gesicht.

Er blendete die anderen aus und rief die Nachricht auf. Er hätte keine Sekunde länger warten können, bis er sah, was sie ihm zu sagen hatte.

Von: Sexy Livvie

Betreff: Mein Höschen

Lieber Lieutenant Grady,

wenn du meiner Assistentin noch mal so eine Nachricht aufträgst wie die heute früh, werde ich »zufällig« den falschen Anschluss wählen und auf Chief Marshalls Mailbox hinterlassen, wie sehr ich mich freue, dass du genauso gerne sexy Unterwäsche trägst wie ich selbst. Und am Ende bestätige ich noch deinen Vorschlag, am Wochenende mit mir groß bei Victoria's Secret shoppen zu gehen.

Hochachtungsvoll,

O

P. S.: Widerstrebend füge ich meine Handynummer bei, damit ich meinen Posteingang wieder beruflich nutzen kann. Bitte sparsam verwenden.

Erik gluckste vor sich hin und öffnete eine neue SMS-Nachricht. Die Überreste des Mannes, der er noch vor ein paar Wochen gewesen war, versuchten das in seiner Brust aufkeimende Hochgefühl zu unterdrücken und nannten seine starke Reaktion auf die bloße E-Mail einer Frau unnatürlich und brandgefährlich. Was seine Finger jedoch nicht davon abhielt, in Windeseile über die Tasten zu fliegen und eine Antwort zu formulieren.

SOLL DAS HEISSEN, DU BIST ENDLICH MIT UNSERER ERSTEN VERABREDUNG EINVERSTANDEN, WENN WIR ZU VS GEHEN? DAMIT KANN ICH SEHR GUT LEBEN.

ERIK

Die dröhnende Stimme seines Vaters ließ Erik Haltung annehmen. Wie ein Rekrut vor einem Drill Sergeant. »Ja, Sir, hier bin ich. Wie geht's dir, Pop?«

»Wie es mir geht?«, knurrte der Alte. »Ich bekomme Sodbrennen, wenn ich säurehaltiges Essen nur rieche, meine Knie schwellen an, sobald es nach Regen aussieht, ich kann nur noch kacken, wenn ich Muffins runterwürge, die nach Sägespänen schmecken, und gestern hat sich ein Proktologe meiner Prostata so intim genähert, dass ich ihn anschließend zum Essen ausgeführt habe.«

Darauf kam ein Keuchen aus dem Telefon, das laut genug war, um Erik und die Jungs zu übertönen, die vor Lachen praktisch zusammenbrachen. »Thomas Grady, das sind mehr Informationen, als irgendjemand außerhalb dieses Hauses zu wissen braucht«, schimpfte seine Mom. »Ein schlichtes ›Danke, gut‹ hätte auch genügt.«

»Der Junge hat mich was gefragt, Norma, und ich habe ihm geantwortet.«

Eriks Handy vibrierte in seiner Hand. Er sah schnell nach, mit einem Ohr noch bei der Unterhaltung.

DU BIST MIT EINEM ERSTAUNLICH SELEKTIVEN »GEHÖR« BEGABT. ABER, JA, MEINETWEGEN SIND WIR VERABREDET. UNTER EINER BEDINGUNG.

Er grinste. In Erwartung einer zweifellos dazu passenden Antwort.

UND DIE WÄRE?

DU PROBIERST ALLES AN, WAS ICH AUCH ANPROBIERE.

Die Vorstellung, wie er sich in der Umkleide von Victoria's Secret in einen Body zwängte, nur um sich anschließend an Olivias schlankem Körper in dem gleichen Teil sattsehen zu können, brachte ihn genau in dem Moment zum Lachen, als das Telefonat für einen Moment ins Stocken geriet. Vier mit allen Wassern gewaschene Augenpaare nagelten ihn auf seinem Stuhl fest.

»Was ist denn bei euch so komisch?«, wollte Eriks Dad wissen. »Hat sich Preacher wieder eins von Bowies Spielzeugen auf den Fuß fallen lassen?«

Der Raum hallte darauf von Gelächter wider, wobei Preacher mehr mit seiner Verteidigung beschäftigt war als damit, in den Heiterkeitsausbruch mit einzustimmen. »Ich habe es nicht fallen lassen«, übertönte er die anderen. »Das verfluchte Ding ist abgeprallt und hat meinen Fuß aufgespießt wie einen scheiß Kebab!«

Bowie beugte sich vor und verpasste Preacher eine Kopfnuss. »Pass auf, was du sagst«, mahnte er, um ihn daran zu erinnern, dass Norma noch in der Leitung war. »Und schieb deine Unfähigkeit nicht auf mein Wurfmesser, Arschgeige!«

Erik merkte in dem Tohuwabohu nicht, dass Dozer sich klammheimlich hinter seinem Stuhl positioniert hatte. »Sexy Livvie möchte wissen, ob du einverstanden bist«, verkündete der Riese auf einmal.

Erik senkte den Blick und sah gerade noch die SMS, bevor das Display wieder dunkel wurde. Er stand auf, steckte das Handy weg und nahm sich vor, die Einstellungen so zu ändern, dass die Nachrichten zukünftig nicht mehr einfach so zu sehen wären.

Norma schnappte nach Luft. »Sexy Livvie? Wer ist das denn? Und womit sollst du einverstanden sein? Erik Nathanial, hast du eine Freundin, von der du uns nichts gesagt hast?«

Die Neugier in der Stimme seiner Mutter rangierte zwischen *Wann ist die Hochzeit?* und *Ich will mehr Enkelkinder*. Er musste das Unkraut mit der Wurzel ausreißen, sonst würde sie sich dazu hinreißen lassen, auf Facebook irgendwas über seine bevorstehende Verlobung zu posten.

»Sicher nicht«, wandte sich Erik an den Lautsprecher. »Dozer weiß nicht, äh … wovon er redet. Mom, Pop, wir müssen Schluss machen. Da kommt gerade ein Anruf rein, aber ich melde mich bald, ja, alles klar? Ich hab euch lieb.«

Die Männer riefen einen Abschiedsgruß, doch Erik unterbrach die Verbindung, ehe einer von ihnen zu Ende gesprochen hatte. Er wollte nicht riskieren, dass das Gespräch weitergehen konnte, weil einer dieser Witzbolde irgendwas von einem falschen Alarm sagte. Obwohl es eigentlich gar keinen Anruf gab, konnte man auch nicht von einer glatten Lüge reden, da früher oder später tatsächlich einer eingehen würde. Jedenfalls war das seine Rechtfertigung.

»Warum hast du das gemacht? Ich wollte Norma die gute Nachricht mitteilen«, meckerte Smoke.

Erik verschränkte die Arme vor der Brust und verengte die Augen zu Schlitzen. »Welche gute Nachricht?«

»Dass sie jetzt drei Töchter hat, weil ihr Kleiner sich kürzlich eine Vagina hat wachsen lassen.« Erik lehnte sich gegen die Wand. Während die Jungs erst mal ihr übliches unausstehliches Gelächter vom Stapel ließen, auf Eriks Kosten ablästerten und sich gegenseitig abklatschten. »Aber keine Sorge, Wolf – ich meine, Wolfinchen –, wir bleiben immer deine Brüder, komme, was wolle. Außerdem wollte ich schon immer ein Schwesterchen haben.«

Und Bowie stimmte ein: »Wahrscheinlich haben sie Schminktipps auf Pinterest geteilt und bei dem Film *Freundinnen* zusammen einen Heulkrampf gekriegt. Stimmt's, LT?«

»Und der ganze Aufriss nur, weil ich mich mit einer Frau unterhalte? Vorsicht, Jungs, könnte sein, dass ihr hinter den Ohren noch nicht ganz trocken seid.«

»Unterhalten?«, konterte Dozer. »Deine Daumen zeigen bald Anzeichen verfrühter Arthritis, so oft, wie du dich am

Telefon mit dieser Frau ›unterhältst‹.« Diesmal setzte er das Wort »unterhalten« in bedeutungsschwangere Anführungszeichen. »Zwingst du dich auch mal, eine Minute zu warten, bevor du ihr eine Antwort schickst, um nicht zu lüstern rüberzukommen? Oder bist du schon so weit, ihr zu zeigen, dass du einen Knall hast? In der trügerischen Hoffnung, dass sie so was liebenswert und romantisch findet?«

So sehr er es auch versuchte, gelang es ihm nicht, keine Miene zu verziehen. Sie mochten Arschlöcher sein, aber sie waren *seine* Arschlöcher. Dass er über ihre Possen lächeln – sogar ein bisschen kichern – musste, glich er durch beidhändig gestreckte Mittelfinger aus. »Okay, okay«, rief er, »sehen wir zu, dass wir ins Fitnessstudio kommen. Da zeig ich euch dann, wer in dieser Truppe wirklich die Muschis sind.«

In der dritten Woche nach seinem verkorksten Therapiebesuch bei ihr ging Erik auf Tauchstation. Was Olivia noch mehr beunruhigte, als mehrmals täglich mit einer Nachricht von ihm rechnen zu müssen. Hätte sie jedes Mal einen Dollar kassiert, wenn sie ihre Mailbox aufrief (egal, ob das Licht blinkte oder nicht), ihre Benachrichtigungen gecheckt oder ihre E-Mails aktualisierte, hätte sie sich davon eine Reise auf die Fidschis leisten können.

Das Ausbleiben seiner albernen Nachrichten machte ihr klar, wie sehr sie sich jeden Tag darauf gefreut hatte. Sie hatten sie aufgeheitert und sie zum Lächeln gebracht. Ein paarmal hatte sie sogar in aller Öffentlichkeit laut aufgelacht, um sich dann mit rotem Kopf schnell die Hand vor den Mund zu halten.

Wenigstens ein Dutzend Mal hatte sie seine Hartnäckigkeit verflucht und zugleich gegen den Drang angekämpft, eine seiner E-Mails zu beantworten oder ihn sogar zurückzurufen.

Anfangs hatte sie lediglich einen höllisch heißen Bettgenossen abgewiesen, denn darüber hinaus verband sie nichts mit ihm, doch dann offenbarte er ihr mit jeder Nachricht eine neue Seite von sich, bis das, was zuerst nur einem Strichmännchen glich, inzwischen zu einer detailliert ausgeführten Handzeichnung geworden war. Und, ja, verflixt noch mal, ihr gefiel, was sie sah. Sehr sogar.

Olivia seufzte, einerseits frustriert, weil dieser Mann sie so aus dem Gleichgewicht brachte, und andererseits froh darüber, dass endlich Freitag war. Sie konnte es kaum erwarten, heute mit Angie auszugehen. Sie hatte ihre Freundin seit »jener unaussprechlichen Nacht« nicht mehr gesehen und benötigte dringend einen Mädelsabend.

Das Kreischen der Bremsen hallte durch den Tunnel, als die U-Bahn im Bahnhof Park Street einfuhr. Kaum öffneten sich die Türen, als die Red-Line-Pendler sich wie Wasser nach einem Dammbruch auf den Bahnsteig ergossen. Pendler wie Alvin der Elbe, dessen unnatürlich spitze Ohren seine stets rosigen Wangen einrahmten, die das Lächeln, das er für jeden hatte, der ihm begegnete, umso heller strahlen ließen. Oder Madge, die zarte und schüchterne Maus, die ihre Introvertiertheit zur Kunstform erhoben und nie mit etwas anderem Blickkontakt hatte als mit dem Boden zwischen ihren Füßen. Oder Dan, der immer gut gelaunte Drummer, der mit dem Kopf zu der aus seinen Ohrhörern puckernden Musik wippte und auf dem Aktenkoffer den Rhythmus trommelte.

Natürlich waren das nicht ihre richtigen Namen, sondern lediglich alberne Spitznamen, die Olivia ihnen verpasst hatte. Denn so oft sie die Fahrgäste der Red Line – und anschließend die der Green Line, nachdem sie auf dem Weg zu ihrem Büro im Prudential Tower umgestiegen war – auch sah, wusste sie nicht mehr über sie als das, was sie während der Fahrt mit der U-Bahn an Gewohnheiten wahrnahm. Trotzdem, wenn sie sich Menschen in ihrem Leben als Planeten vorstellte, die sie umkreisten, mit ihren Eltern auf der engsten Umlaufbahn und dann immer weiter so fort, dann kamen die Menschen, die jeden Tag mit ihr zur Arbeit fuhren, zwar nach ihren Kollegen, aber auf jeden Fall vor Wildfremden.

»Guten Morgen, Jeremiah«, grüßte Olivia den Mann im Herald-and-Globe-Zeitungskiosk. Jeden Morgen blieb sie auf dem Weg zur Arbeit hier stehen, um bei dem alten Jeremiah den ersten Kaffee des Tages zu ordern. Er war kein sehr gesprächiger Mann, aber ihre kurzen Wortwechsel amüsierten sie. Als wäre er an die Regeln von Twitter gebunden. Keiner seiner Gedanken benötigte mehr als 140 Zeichen.

»Miss Jones«, sagte er, grinste und nickte ihr zu. »Es gefällt mir gar nicht, wie besorgt Ihre hübschen Augen in letzter Zeit schauen«, fügte er hinzu, ohne den in den Pappbecher plätschernden Kaffee aus den Augen zu lassen.

Olivia blinzelte wegen dieser seltsamen Feststellung. »Besorgt?«

»Ich kann mir drei Sorten Sorgen denken, die solche Wolken aufziehen lassen könnten.« Sie wollte ihm schon versichern, dass alles in Ordnung sei, aber der alte Mann war anscheinend noch nicht fertig. »Familiäre Sorgen, berufliche Sorgen …« Schließlich fand sein Blick sie doch. »… oder Männersorgen.«

Olivia lachte nervös und zwang sich, den Kopf nicht nach den Scharen anderer Menschen an diesem Ort zu wenden, um nachzusehen, wie viele sich plötzlich noch für ihren Seelenzustand interessierten. »Ich weiß gar nicht, was ich dazu sagen soll.«

Er zwinkerte ihr zu und gab ihr den Kaffee und ihre Zeitung. »Ein schwarzer Kaffee zum Mitnehmen.«

»Was? Ich trinke meinen Kaffee nie schwarz.«

»Nee.« Der Alte blickte mit leichtem Silberblick nach rechts. »Ihre Sorgen schon.«

Als sie seinem Blick folgte, sah sie, was der alte Kioskbetreiber ihr hatte mitteilen wollen. *Sorgen? Na, und ob*.

Ein Kerl von ansehnlicher Größe, mit einem Kaffeebecher von Jeremiah hielt auf sie zu, mit breiten Schultern und Riesenschritten teilte er das Meer der Passanten. Er trug schwarze Sporthosen und ein weißes Army-Muscleshirt und sah aus wie ein Kämpfer, der sich an seinem freien Tag unter die Berufstätigen mischte, weil er neugierig war, wie die langweilige Hälfte der Menschheit so lebte.

Je näher er kam, desto mehr erwachte Olivias Körper zum Leben, als würde seine Nähe darüber entscheiden, wie schnell ihr Blut durch ihre Adern kreiste und Luft in ihre Lungen strömte. Ihr Körper reagierte bereits, noch ehe er vor ihr stand, und die Erkenntnis, dass er diese Macht über sie besaß, war gleichermaßen zermürbend wie beglückend – wobei Letzteres der Grund für Ersteres war.

Erik blieb vor ihr stehen und nagelte sie mit einem imposanten Blick fest.

Und als wäre es nichts, setzten zwei Bernsteinaugen die Mauer, die sie so sorgsam zwischen ihnen errichtet hatte, in Brand und verwandelten sie in einen Aschehaufen. Seine Augen kündeten von einer Wahrheit. Nämlich dass er sie haben konnte, wann und wo er wollte, und dass der Freiraum, den er ihr bisher gönnte, nur ein Akt freiwilligen Entgegenkommens war. Denn Olivia würde sich ihm auf einen Blick – diesen Blick – und ein ruppiges Wort hin vollständig ausliefern.

Ihr stockte der Atem, das Bedürfnis zum Rückzug kämpfte mit dem Bedürfnis, ihn auf der Stelle zu bespringen, zum Teufel mit den Augen der Öffentlichkeit. Zum Glück blieb ihr die Peinlichkeit, dass eines dieser »Bedürfnisse« den Sieg davontrug, erspart, als seine Lippen sich langsam zu einem Lächeln krümmten und sie vollkommener Erstarrung preisgaben. Dann traf er sie mit seiner tiefen Stimme, die jedes seiner Worte wie schamlosen in Belgische Schokolade getauchten Sex klingen ließ.

»Schön, dich zu sehen, Livvie. Wie ist es dir ergangen?« Er wartete einen Herzschlag ab, bevor er sich Jeremiah zuwandte und den schwarzen Kaffee nahm. »Danke, Mann, ich konnte der Dame ihr Portemonnaie zurückgeben, aber es war knapp. Als ich sie einholte, war sie schon fast durch das Drehkreuz.«

Endlich löste sich ihre Zunge. »Erik, was machst du hier?«

Er schickte ein schiefes sexy Lächeln in ihre Richtung. »Dich auf dem Weg zur Arbeit zum Kaffee einladen. Hier ist deiner. Sahne, zwei Stück Zucker.«

Sie nahm den Kaffee, den er ihr hinhielt und starrte sekundenlang vor sich hin, schließlich nahm sie sich zusammen. »Meine Assistentin steckt dir viel zu viele Informationen.« Olivia trat um ihn herum und eilte auf die Treppe zum Bahnsteig der Green Line zu. Natürlich hielt Erik mit ihr Schritt. »Und du bist jetzt mein Stalker, ist es das?«

»Absolut nicht. Wenn ich ein Stalker wäre, würdest du mich nicht sehen. Das ist der Vorteil, wenn man bei den Special Forces war. Nein, ich wollte dich überraschen und dir einen Olivenzweig in Form eines Kaffees reichen.«

»Einen Olivenzweig«, wiederholte sie. »Ist das deine Art, dich für dein dreistes Benehmen in meinem Büro, dein schamloses Verhalten vor meinem Chef und den Schlüpfer in der Damentoilette zu entschuldigen?«

»Negativ. Vorsicht, Doc«, sagte er und führte sie um eine Kaffeepfütze, die ihr entgangen war.

Automatisch murmelte sie ein »Dankeschön«, während sie

das komplizierte Rätsel namens Erik Grady zu lösen versuchte. »Warum?«

»Warum was?«

»Warum entschuldigst du dich nicht? Meinst du nicht, das wäre ein Schritt in die richtige Richtung, wenn du mit mir ausgehen willst oder was auch immer?«

Er gönnte ihr einen Blick und ein boshaftes Grinsen, bevor er seine ungeteilte Aufmerksamkeit wieder ihrer Umgebung zuwandte. Als würde er jeden Moment mit irgendeiner Gefahr rechnen. »Oh, an ›was auch immer‹ wird kein Mangel sein, und dass ich nicht bloß will, hast du ja wahrscheinlich auch schon mitbekommen. Ich mache einfach, und ich kann mit Stolz behaupten, dass ich es verdammt gut ›mache‹.«

Ja, und ob, Mistkerl. »Du wechselst das Thema.«

»Ich werde mich für das, was ich getan habe, nicht entschuldigen, weil ich nämlich nichts davon bedaure.«

Verschnupft wandte sie den Blick ab. »Natürlich nicht.«

»Aber egal …« Er nahm sie sanft beim Ellbogen, schob sie in den Zug und hielt sie zwischen sich und der Haltestange gefangen, die er hoch über ihrem Kopf ergriff. Ihr Ärger verflog, als er ihr mit seinem von dem Kaffeebecher in seiner Hand besonders warmen Zeigefinger ein paar verirrte Haarsträhnen hinters Ohr schob. »Aber egal«, setzte er noch einmal an. »Es tut mir leid, wenn dir das, was ich getan habe, nicht bloß ein bisschen unter die Haut gegangen ist. Ob du es glaubst oder nicht, ich hatte nicht vor, dich zu verstimmen.«

Jetzt nicht weich werden, Olivia. Fall nicht auf seine Honigaugen, die zarten Berührungen, das Süßholzraspeln und den ganzen Scheiß rein. »Und wenn ich gefeuert werde?« Der Satz hatte sich in ihrem Kopf um einiges wütender angehört, kam jetzt aber heraus, als würde Marilyn Monroe einen Liebhaber in ihr Bett einladen. »Ich kann von Glück sagen, dass ich noch einen Job habe, nachdem du vor meinem Chef über mein Liebesleben geplaudert hast.«

»Dein Pseudo-Onkel schmeißt dich nicht raus, bloß weil du Sex hast.«

Sie hätte schwören können, dass ihr der Unterkiefer bis auf den Boden klappte. »Du wusstest, dass er mein Onkel ist?«

»Ich muss zugeben, dass dein Mangel an Vertrauen in mich mein Ego angreift, Livvie. Nur weiter so, und ich mach mir deshalb noch ins Hemd.« Sie knirschte mit den Zähnen, damit er nicht sah, dass ein Lächeln ihre Mundwinkel kräuselte. »Na, komm, Süße, du kannst mir ruhig glauben. Ich hätte doch nichts gesagt, wenn ich mit irgendwelchen Konsequenzen für dich gerechnet hätte.«

Olivia holte tief Luft und wandte ihm ihr Gesicht zu. »Und wo genau kommt jetzt der Olivenzweig ins Spiel, Lieutenant?«

»Zuerst musst du mir sagen, dass du nicht mehr auf mich sauer bist.«

Endlich rollte der Zug in ihre Haltestelle, die Menge geriet in Bewegung, um sich dem Ausstieg zu nähern oder um einen frei gewordenen Platz zu ergattern. Der Tumult lieferte ihr die perfekte Ausrede, geradeaus zu schauen statt in sein Gesicht. »Ich bin nicht sauer«, zischte sie, und was sie sagte, passte nicht zu der Art, wie sie es sagte. »Ich bin verärgert. Das ist nicht dasselbe.«

»Dann sei nicht verärgert«, drängte er, als die Türen aufgingen.

Zuerst entgegnete sie nichts, weil sie ihn schmoren lassen wollte, während sie sich auf den Bahnsteig schoben, die Treppe nach oben nahmen und durch den Ausgang auf die Straße hinaustraten. Schließlich sagte sie: »Dann gib mir einen Grund, nicht verärgert zu sein.«

»Du verhandelst hart, Doc, aber mir gefällt, dass du austeilen kannst. Das macht es interessanter, und umso befriedigender, wenn –«

»Erik!«

»Ja, schon gut, der Zweig. Ich entbinde dich von den drei Verabredungen, mit denen du dich so widerspenstig einverstanden erklärt hast. Betrachte unseren nicht existenten ursprünglichen Vertrag als gehäckselt und verbrannt.«

Nein. Halt, ja. Ja, Olivia, das hast du so gewollt. Also gerate jetzt nicht in Panik, als hättest du dich in Wahrheit auf diese Verabredungen gefreut.

»Verstehe«, sagte sie. Dankbar sah sie, dass sie sich der Obhut des Pru näherten. In seinen verschwitzten Laufsachen würde er ihr sicher nicht bis ins Gebäude folgen. »Und was verlangst du stattdessen von mir? Ich könnte dich ja auf Cindi ansetzen, aber ihr Verlobter ist ein wahrer Riese, mit dem besser niemand auf Tuchfühlung gehen sollte, nicht mal du.«

»Was zum Teufel redest du da? Warum solltest du mich auf Cindi ansetzen wollen?«

Olivia schnaubte. »Soll das eine rhetorische Frage sein? Tja, ich weiß auch nicht«, sagte sie bissig, als sie auf den Gehsteig zum Turm abbog. »Vielleicht weil du, kaum dass du merkst, dass ich den Aufwand nicht lohne, ein Auge auf die junge, sexy Blondine mit einem offensichtlichen Hang zur Wildheit wirfst?«

Als sie nach einer der großen Glastüren griff, packte Erik ihr Handgelenk und zog sie auf die Seite.

Sie bogen um die Ecke, und er führte sie ein paar Meter in den begrünten Hof, der den Turm von den Geschäften im Prudential Center trennte. Im Schatten eines größeren Baumes wandte er sich ihr zu und versperrte ihr mit dem Körper und angemessen saurem Gesicht den Weg.

»Ich werde dir jetzt mal was sagen, und ich will, dass du mir gut zuhörst. Auch wenn es dir zum einen Ohr rein- und zum anderen wieder rausgeht, weil du denkst, dass ich nur irgendwelchen Blödsinn rede. Aber hör jetzt gut zu!«

Erik rückte einen Schritt nach, als sie zurückwich, und dann noch einen, bis sie mit dem Rücken gegen den Baumstamm stieß und nicht weiterkonnte. Sie stand so dicht vor ihm, dass ihre Brustwarzen sich an ihm reiben würden, wenn sie nur tief genug Luft holte.

»Okay«, sagte sie. Ihr Atem ging schnell. »Ich höre.«

»Dass du denkst, ich könnte jemanden wie Cindi wollen, beleidigt mich. Sie scheint ein nettes Mädchen zu sein, aber sie ist ein verdammtes Kind, kaum alt genug, um was anderes als Wasser zu trinken. Und warum sollte ich irgendein Mädchen wollen, wenn ich eine richtige Frau wie dich haben kann?«

Sie nickte einsichtig. »Tut mir leid, wenn ich dich beleidigt habe, Erik. Ich wollte damit nicht sagen, du könntest auf Studentinnen stehen. Ich bin mir sicher, dass du nur mit Frauen gehst, die altersmäßig zu dir passen.« Oh, Gott, sie hörte sich an wie in ihrer Sprechstunde. Warum konnte sie mit ihm nicht wie mit einem normalen Menschen reden?

»Ach ja, das ist noch so was«, knurrte er. »Ständig machst du Bemerkungen, über die Sorte Frauen, auf die ich angeblich stehe, und schenkst mir nicht die geringste Beachtung, wenn ich dir versichere, dass du die einzige Frau bist, die ich momentan will.«

Nur seine Wortwahl verhinderte, dass ihr nicht das Herz stehen blieb. »Momentan?«

»Ja, Livvie, momentan. Ich werde dir nicht ewig Honig ums Maul schmieren, wenn wir keine Ahnung haben, ob wir es nicht wenigstens einen Monat miteinander aushalten. Aber ich weiß ums Verrecken genau, was ich jetzt will, und ganz ehrlich, ich sehe nicht, dass sich in nächster Zeit etwas daran ändern wird.« Erik stützte auf beiden Seiten ihres Kopfes die Hände gegen den Baumstamm, und wie er mit dem Kiefer mahlte, als er nicht sprach, verriet ihr, wie sehr er sich am Riemen riss. »Himmel, ich denke die ganze Zeit an dich. Und das macht mich ganz irre. Seit unserer gemeinsamen Nacht habe ich keine andere Frau auch nur wahrgenommen.«

Er hätte sie nicht mehr schockieren können, wenn er ihr mitgeteilt hätte, dass er Frauenunterwäsche trug. »Ernsthaft?«

»Scheiße, ja!«, polterte er. »Ich versuche dir begreiflich zu machen, dass ich es ernst mit dir meine. Das ist kein Spiel, bei dem es um die Herausforderung geht, mit der ich nachher angeben kann wie irgendein Rotzlöffel. Und wenn ich nur irgendeine willige Frau gewollt hätte, hätte ich kein Problem damit gehabt im Phoenix eine zu finden, das kannst du mir glauben.«

Olivia ballte die Fäuste, als sie sich vorstellte, wie zahllose Frauen sich an ihm rieben wie an ihrer persönlichen Feuerwehrstange, und rief sich schnell ins Gedächtnis, dass sie nicht zu den Frauen gehörte, die anderen die Augen auskratzten. »Aber was willst du von mir, wenn du unsere Vereinbarung aufgibst?«

»Eine Chance«, antwortete er. Sein Blick fiel auf ihren Mund. Worauf ihr Zorn einfach so quälendem Verlangen wich. Olivia biss sich auf die Lippe, um nicht ungeniert zu japsen. »Ich will, dass du mir die Chance auf drei Verabredungen gibst.«

Sie runzelte die Stirn. »Aber du hast doch gerade gesagt, die Vereinbarung sei aufgekündigt.«

»Nein, ich sagte, die ursprüngliche Vereinbarung sei aufgekündigt. Wir wissen beide, dass ich an dem Morgen im Vorteil war und dass ich die Lage ausgenutzt habe, um zu kriegen, was ich wollte. Das waren keine fairen Bedingungen, was ich hiermit korrigiere.« Erik umfasste mit einer Hand ihr Gesicht und befreite mit dem Daumen ihre Lippe aus dem Zugriff ihrer Zähne. »Ich möchte, dass du mir von dir aus die drei Verabredungen gewähren willst, Livvie. Ich bitte dich lediglich darum, Süße. Weiter nichts. Ob sonst noch was passiert, liegt ganz bei dir.«

Olivia dachte darüber nach, was er gesagt hatte. Sie musste einräumen, dass er sie grundsätzlich aus ihrer albernen Wette entließ, nahm ihr die unterschwellige Besorgnis, die sie seit dem Moment, als er ihr Büro betrat, gequält hatte. Ihre Schultern wurden ein wenig leichter. Sie fand keinen Gefallen daran, in eine Ecke gedrängt zu werden. Wenigstens nicht in geistiger Hinsicht. Andererseits konnte sie nicht leugnen, dass es sie erregte, wenn er sie mit seinem Körper festnagelte. Die Feuchtigkeit zwischen ihren Beinen war dafür Beweis genug.

»Wenn ich Nein sage«, begann sie nachdenklich, »akzeptierst du meine Entscheidung dann und gehst?«

Sie hielt den Atem an, wollte seine Antwort hören, ehe sie irgendwas entschied. Wenigstens sagte sie sich das. Im Innersten wusste sie, dass sie sich jetzt nicht anders entscheiden würde als vor drei Wochen. Doch gab es jetzt nur zwei Worte, die er sagen konnte, und als Psychologin brannte sie darauf zu erfahren, welches es sein würde.

Eriks Kiefermuskeln zuckten, als er scharf ausatmete. Da ihre Gesichter einander so nah waren, dass ihr Atem sich vermischte, sah sie, wie sein Blick zwischen ihren Augen hin und her flog, als würde er in ihren haselnussbraunen Tiefen nach der Antwort suchen. Plötzlich veränderte sich etwas in ihm. Seine Pupillen wuchsen, und er gewann seine gewohnte Autorität zurück, sodass er viel größer wirkte als noch eine Sekunde zuvor, obwohl sie wusste, dass so etwas physisch unmöglich war.

Ohne darauf zu achten, dass er ihren ordentlichen Pferdeschwanz ruinierte, vergrub er die Finger in ihren Haaren, hielt sie fest und sagte: »Nicht.«

Wieso war sie nicht überrascht, dass er gegen die Regeln verstieß und eine dritte Möglichkeit erfand? Dieser Mann weigerte sich, irgendetwas nur deshalb zu tun, weil es das Naheliegende war, oder sich irgendwie anzupassen. Er war wild und unberechenbar. Alles Wesenszüge, die sie normalerweise abgeschreckt und nicht so angemacht hätten, nur dass sie nun mit feuchtem Höschen dastand.

Sie schluckte schwer, dann flüsterte sie: »Was nicht?«

»Sag nicht Nein.«

»Okay«, gab sie zurück. »Werde ich nicht.«

Er hielt ein paar Herzschläge lang still, wohl um herauszufinden, ob er sie richtig verstanden hatte, dann stieß er die angehaltene Luft aus und schenkte ihr ein Lächeln, das sein Gesicht zum Strahlen brachte. Doch sie konnte den Anblick nur einen Augenblick genießen, bevor er sich mit einem Kuss auf sie stürzte, der so heiß war, dass sie geschworen hätte, ihre Lippen würden verschmelzen.

Als sie sich endlich trennten, sah er so glücklich aus wie Kind unterm Weihnachtsbaum. Sie hasste es, seinen kleinen Höhenflug mit ihren nächsten Worten womöglich zu beenden, aber es ging nicht anders. Eine Sorge musste sie noch ausräumen, ehe sie sich auf ganzer Linie geschlagen gab.

»Erik, das hört sich jetzt bescheuert an, wenn man bedenkt, dass wir schon …« Olivia senkte den Blick auf das Gras zwischen ihnen. »Was ich sagen will, ist, dass ich es langsam angehen möchte. In körperlicher Hinsicht.« Himmel, noch peinlicher ging nicht. Doch sie fuhr fort, die Worte sprudelten nur so aus ihr heraus: »Nicht dass es mir nicht gefallen würde, wenn wir uns körperlich lieben. Das musst du mir glauben. Es gefällt mir sogar sehr, sehr gut. Aber –«

»He, stopp!« Er hob ihr Kinn, damit sie seinem festen Blick begegnete. »Du musst mir nichts erklären. Ich werde dich auch zu nichts drängen. Was nicht heißt, dass ich dich nicht küssen oder bemerken werde, wie sich die Luft zwischen uns so sehr mit Sex auflädt, dass wir daran ersticken könnten. Ich kann nicht so tun, als wäre ich nicht der, der ich bin. Und dass ich ein Mann bin, der seine Ziele verfolgt, weißt du ja schon.«

Eine größere Untertreibung hatte sie noch nicht gehört. Erinnerungen daran, wie er sie im Hotel dominiert hatte, überfluteten ihr Gedächtnis. Was er alles getan hatte, um sein Ziel zu erreichen – während er ihr gab, was sie wollte, und noch einiges mehr. Und ihr Höschen! So wie es aussah, würde sie es wegwerfen und den Rest des Tages unten ohne herumlaufen müssen.

»Aber wenn du mir sagst, ich soll mich zurückziehen, Olivia, werde ich das in derselben Sekunde tun. Ich schwöre es, ich werde auf deine Worte achten. Alles klar?«

»Klar.« Sie versuchte, ohne großen Erfolg, ihr Grinsen zu verbergen.

Er wölbte eine Braue. »Warum guckst du so belustigt?«

»Du hast mich gerade zum ersten Mal Olivia genannt.«

»Ja, schön, gewöhn dich nicht dran, denn du wirst immer meine Livvie sein.« Damit drückte Erik ihr einen sanften, süßen Kuss auf die Lippen. »Ich rufe dich nachher an.« Dann ging er und ließ sie benommen stehen, während seine Worte ›meine Livvie‹ in ihr nachhallten und ihr Blut wärmten.

»Ach, und Doc«, rief er, als er sich noch mal zu ihr umdrehte und rückwärts weiterlief.

»Ja, Lieutenant?«

»Du ordnest besser deine Frisur, bevor du ins Büro gehst.« Ein süffisantes, schiefes Lächeln erschien auf seinem Gesicht, dann drehte er sich um und verschwand im spärlichen Fußgängerstrom.

Sie ließ den Kopf in den Nacken fallen und füllte ihre Lungen bis zum Anschlag mit Luft, um Erik Gradys berauschenden Duft loszuwerden und wieder klar denken zu können. Auf ihren Kopf wartete ein Riesenhaufen Arbeit, um ihre Libido davon zu überzeugen, es langsam anzugehen. Sie war sich nicht mal sicher, ob das mit diesem Mann überhaupt ging.

»Shit«, flüsterte sie, während sie Haar und Kleider richtete. »Er könnte mich ebenso gut ans Bett fesseln und mir ›Sexsklavin‹ auf den Hintern tätowieren.«

Als sie die Halle des Pru in Richtung der Aufzüge durchquerte, überkam sie das untrügliche Gefühl, dass ihr Stolz bei ihrer nächsten Begegnung einen Tritt in die Kniekehlen würde hinnehmen müssen. Sie sah die schwere Fahrstuhltür zugleiten und entdeckte in dem spiegelnden Metall die Andeutung eines Lächelns, das sie sich unmöglich verkneifen konnte.

9

Erik fragte sich, ob Olivia ihn nach der ganzen Zeit wirklich versetzen würde. Der Gedanke war ihm erst vor einer Viertelstunde gekommen, danach war er sich mit jeder weiteren Minute, die verging, weniger sicher gewesen, dass sie noch auftauchen würde.

Er stand bei dem mit Meerestieren bemalten Eiswagen von Ben & Jerrys vor dem New England Aquarium und sah zum hundertsten Male auf seine Armbanduhr. Zwei Minuten nach der verabredeten Zeit. Alles im grünen Bereich. Sie hatte ein Taxi nehmen wollen, es gab also mehrere gute Gründe für eine Verspätung. Was ihn indes nicht davon abhielt, die Umgebung abzusuchen, als stünde er wieder Posten in einer Kampfzone. So registrierte und verzeichnete er jede Einzelheit, damit ihm der Moment ihres Erscheinens nicht entging.

Auf dem Harborwalk wimmelte es von Einheimischen und Touristen, die über den ziegelgepflasterten Kai schlenderten und den wolkenlosen Juninachmittag genossen. Erik rückte seine spiegelnde Sonnenbrille zurecht und hielt das Gesicht in die frische Brise vom Wasser, in dem es sich ebenfalls emsig tummelte. Das rechteckige Becken zwischen dem Aquarium und dem wettergegerbt wirkenden Boston Marriott war der Anlegeplatz der Charlestown-Fähre und anderer Attraktionen wie der Hafenrundfahrt, die sich Erik und Olivia für später vorgenommen hatten.

Falls sie noch kam.

Erik ballte unwillkürlich die Fäuste, zwang sich aber ebenso schnell, die Hände wieder zu öffnen und zu entspannen. Was zum Henker war eigentlich sein Problem? Er sagte sich, dass es sein Ego war, das sich gegen das beispiellose Gefühl der Zurückweisung auflehnte, weiter nichts. Jedenfalls sollte es nichts weiter sein. Doch ihm war klar, dass es hier nicht um sein Ego, sondern ausschließlich um Enttäuschung ging. Er mochte ein Stück weit auf sein Schicksal vertrauen, doch irgendwann kam der Moment, in dem ein Mann sich abwenden und gehen musste. Er musste loslassen. Er musste sie loslassen.

Scheiß drauf. Er konnte das, was ihn mit Livvie verband (was immer das sein mochte) genauso wenig aufgeben wie die Suche nach einem Opfer in einem brennenden Gebäude. Hätte sie überhaupt kein Interesse an ihm, wäre das etwas anderes, aber wenn das so wäre, hätte er ihr nach der ersten Nacht nicht so hartnäckig nachgestellt. Nein, nein, sie zeigte mehr als genug Interesse, und er wollte verflucht sein, wenn er sie so davonkommen ließ.

Wie spät? Fünf Minuten über die Zeit.

Fuck! Wenn seine BDF-Brüder ihn jetzt sehen könnten, würden sie ihn aufziehen und sagen, dass er unter ihrer Fuchtel stünde, noch bevor er sie gehabt hatte. Auch wenn das ja nicht so ganz stimmte, richtig? Er hatte sie gehabt, alles klar? Bilder aus ihrer gemeinsamen Nacht schossen ihm durch den Kopf.

Na, super. Jetzt hatte er schon vor ihrer familienfreundlichen Verabredung einen Ständer. Und nichts rief deutlicher »harmlos und unbedenklich« als eine unschöne Beule im Schritt. Sie wäre bestimmt beeindruckt. Zum Glück hatte er heute Nachmittag bei der Auswahl seiner Klamotten daran gedacht. Also trug er das hellblaue Hemd über der dunklen Jeans und hatte die Ärmel hochgekrempelt. Lässig, aber nicht nachlässig, hatte es den Vorteil, seine körperliche Reaktion zu verbergen. Ein

Thema, mit dem er sich, seit er Olivia J. Jones kannte, täglich beschäftigen musste.

»Hey, Mister!«

Erik senkte den Blick und sah einen Jungen zu ihm heraufblinzeln. Erik wandte sich dem Jungen neugierig zu, sodass seine ungleich größere Gestalt ihn überschattete. »Was gibt es, kleiner Mann?«

Der fragte mit großen Augen: »Sind Sie ein Ermittler unter der Decke?«

Erik hob fragend die linke Augenbraue und hielt sein belustigtes Grinsen in Schach. »Du meinst ein verdeckter Ermittler?«

Der Kleine nickte begeistert, aus seinen dunkelbraunen Augen strahlte ein Stück Heldenverehrung. Ein niedlicher Junge, mit zotteligen blonden Haaren und Grübchen, die man selbst dann sehen konnte, wenn er nicht lächelte. Aber da er nicht mehr als fünf, sechs Jahre alt sein konnte, würde er wohl kaum so alleine hier herumspazieren.

Erik hielt den Blick auf den Jungen gesenkt und nutzte die Deckung seiner Spiegelgläser, um sich unauffällig nach einem Erwachsenen umzusehen, der so aussah, als würde er verzweifelt nach einem vermissten Kind suchen. »Wieso meinst du das?«

Der Kleine legte den Kopf schief und antwortete: »Meine Rose sagt, dass man bedeckte Ermittler direkt erkennt …« Damit kam er seinem ersten Versuch, den Begriff richtig auszusprechen, schon näher. »… weil sie immer Sonnenbrillen aufhaben, in denen man sich sehen kann, und weil sie ganz still stehen und echt unheimlich aussehen.«

Erik nahm an, dass Rose eine Person war, die zu viele Krimiserien guckte, aber er hielt den Jungen hin, indem er so tat, als hätte er nicht richtig verstanden. »Und das hast du alles von einer sprechenden Blume, wie?«

»Nein, doch nicht von einer sprechenden Blume.« Der Kleine kicherte jetzt, als hätte er noch nie so was Lustiges gehört; im nächsten Moment hörte er auf und spitzte die Ohren wie ein Hund, der eine Hundepfeife hört. Einen Moment darauf hörte Erik es auch: Ein Mädchen rief einen Jungennamen, immer und immer wieder, und offenbar völlig außer sich.

»Dein Name ist nicht zufällig Drew?«

Wieder machte der Junge große Augen, diesmal jedoch aus einem anderen Grund. Er steckte in der Klemme, und er wusste es.

»Drewwww!« Nun bog ein Mädchen, sie war vielleicht fünfzehn, sechzehn, um den Eiswagen und schlug sich, als sie den Vermissten gesund und munter sah, die Hände vor die Brust. »Oh, Gott sei Dank, du bist okay!« Sie ging in die Knie und schlang dem Halunken ungestüm die Arme um den Hals, bevor sie ihn um Armeslänge von sich schob und die Augen zusammenkniff. »Ist dir eigentlich klar, dass ich wegen dir fast einen Herzanfall bekommen hätte? Lauf mir bloß nicht noch mal weg, sonst siehst du das nächste Schoko-Malz-Eis erst kommenden Sommer, hast du mich verstanden?«

Drew verdrehte die Augen und deutete mit dem Daumen auf sie. »Keine Sorge, das sagt sie immer. Das ist meine Rose.«

Erik verschränkte die Arme vor der Brust und stützte, um seine Belustigung zu verstecken, das Kinn in die locker geballte Faust. Ihm gefiel, wie der Kleine sie »seine« nannte. So wie er an Olivia als »seine Livvie« dachte. Noch ein Dreikäsehoch, und trotzdem schon ein heranwachsender Alpha. Respekt.

»Ich bin seine Babysitterin«, stellte Rose in Drews Richtung klar, dann wandte sie sich an Erik. »Und seine Eltern bringen mich um, wenn sie rauskriegen, dass er mir abhandengekommen ist. Werden Sie mich melden? Ich schwöre, ich weiche nicht mehr von seiner Seite, und wenn ich ihn mit Handschellen an mich fesseln muss. Oh, Gott, dabei habe ich nicht mal Handschellen oder irgend so was. Was ich meine, ist –«

Erik hob eine Hand, um dem Mädchen aus ihrer Verlegenheit zu helfen. »Nichts passiert.« Dann ging er in die Hocke und sagte so leise, dass nur der Junge ihn hören konnte, oder wenigstens tat er so: »Hör mal, kleiner Mann. Du darfst Rose nicht einfach so weglaufen. Ein richtiger Mann passt immer gut auf die Frau auf, die ihm was bedeutet, auch dann, wenn sie auf sich selbst aufpassen kann. Du musst ein scharfes Auge haben und wachsam sein. Dann fällt dir eines Tages vielleicht mal was auf, das dich und Rose vor einer Gefahr bewahrt. Aber du kannst sie nicht beschützen, wenn du nicht bei ihr bleibst. Klar?«

Drew warf sich in die Brust und nickte so stramm wie ein Soldat unter Eriks Kommando. »Klar.«

Rose formulierte ein stummes »Dankeschön«, als Erik wieder hochkam und zusah, wie die beiden weiterzogen, während sie sich darüber stritten, wodurch man sich ein Schoko-Malz verdiente und wodurch nicht. Er hoffte, sie knickte ein und der Junge bekam sein Eis.

Scheiße, wie viel Zeit war jetzt vergangen? Ein flüchtiger Blick auf seine Uhr verriet ihm, dass es nun schon fünfzehn Minuten über die Zeit war. Erik biss die Zähne zusammen und ließ auf der Suche nach einer umwerfenden Blondine mit dem Gesicht eines Engels und einem für die Sünde geschaffenen Körper den Blick schweifen – doch ohne Erfolg.

Gottverdammt, er schwor, wenn sie nicht in den nächsten –

»Sieht aus, als würden Sie schon eine Weile warten. Hat jemand Sie versetzt?«

Die Frauenstimme kam von hinten, ein Stück links von ihm, und ihr Tonfall war entschieden zu amüsiert. Die Erleichterung überschwemmte ihn schneller als eine Ladung Adrenalin seinen Blutkreislauf. Erik lächelte und gab sich Mühe, seine Gesichtszüge an die Kandare zu nehmen, indem er sich mit der Hand über die Nachmittagsstoppeln fuhr. Dann erwiderte er, ohne sich umzudrehen oder den Kopf nach ihr zu wenden: »Ja, sieht ganz so aus. Ist wahrscheinlich auch gut so.«

»Ach?« Er spürte, dass sie einen Schritt auf ihn zutrat und hinter seiner linken Schulter stehen blieb. »Wieso sagst du das?«

»Weil ich glaube, dass sie nur meinen Körper wollte.« Als sie dramatisch nach Luft schnappte, konnte er vor Lachen kaum an sich halten. »Ja, ich weiß«, fuhr er fort. »Ich war auch geschockt. Und ich dachte, sie mag mich wegen wirklich wichtiger Gründe.«

Ihre verspielte Seite kannte er noch nicht – er hatte nicht einmal geahnt, dass es sie gab –, und dass sie ihm diese Seite jetzt offenbarte, schien ihm ein Riesenfortschritt zu sein. Er konnte nicht länger widerstehen, drehte sich zu ihr um und betrachtete sie.

»Und welche wichtigen Dinge wären das?«

Erik trat so dicht vor sie, dass sie den Kopf in den Nacken legen musste, wenn sie den Blickkontakt nicht verlieren wollte. Dann sagte er mit von Erregung rauer Stimme: »Na, zum Beispiel meine Münzsammlung aus der Zeit vor dem Bürgerkrieg oder mein wahnsinnig umfassendes Wissen über die Orang-Utans auf Sumatra.«

Belustigung funkelte in ihren Augen. Um nicht aus der Rolle zu fallen, biss sie sich auf die volle Unterlippe. »Was für ein Zufall«, sagte sie in einem halb verführerischen, halb unschuldigen Ton, der ihn so hart machte wie sein Feuerwehr-Brecheisen. »Das sind zwei meiner Lieblingsthemen. Es ist ewig her, dass mich jemand mit Ergüssen über …« Sie sah durch dichte Wimpern zu ihm auf. »… Orang-Utans aus Sumatra entzückt hat.«

Himmel, sogar ihrer verspielten Seite gefiel es, ihn fertigzumachen. »Du bekommst alle Ergüsse, die dir gefallen, Süße«, erwiderte er augenzwinkernd, »solange ich dabei meine Hände zu Hilfe nehmen kann.« Erik wurde von tiefer Befriedigung erfüllt, als er sah, wie sich ihre Pupillen weiteten. »Du bist spät dran.«

»Ja, ich weiß. Tut mir leid, aber es ist so ein schöner Tag, da hab ich beschlossen, zu Fuß zu gehen. Ich war bloß so lange nicht mehr hier unten, dass ich unterschätzt habe, wie lange ich – «

»Das macht doch nichts, Livvie. Solange du hier bist, ist mir egal, was dich aufgehalten hat.« Er packte ihre Hüften, grub die Finger in ihren weichen Leib und wünschte sich nichts so sehr, wie ihre Haut berühren zu können. Dann senkte er den Kopf, um ihren Mund mit einem heißen Kuss zu begrüßen, doch sie stemmte die Hände gegen seine Brust und ließ ihn nicht.

»Nicht so schnell, Lieutenant! Schon vergessen, das ist unsere erste Verabredung. Du warst einverstanden, es langsam angehen zu lassen, aber was du gerade tun wolltest, heißt nicht, es langsam anzugehen. Und jetzt komm, ich kann es nicht erwarten, das neu eröffnete Hochseeaquarium zu sehen.« Damit ging sie um ihn herum, schob ihren süßen Hintern in Richtung Eingang und warf ihm über die Schulter einen einladenden Blick zu.

Oh, fuck, Olivia war schließlich dahintergekommen, wer in ihrer Beziehung das Sagen hatte, und wie es schien, wollte sie ihr Herrschaftswissen zum Bösen verwenden und ihn quälen, indem sie ihm ihren Körper verweigerte. Okay, scheiß drauf, es gab für alles ein erstes Mal. Verrückt war bloß, dass sich ein boshaftes Grinsen auf sein Gesicht stahl, als er ihr nachging. Seine Livvie steckte voller Überraschungen, dabei hatte ihr Date gerade erst angefangen …

»Erstaunlich, dass sich etwas so Langes und Hartes dermaßen weich und glatt anfühlen kann, wie Samt in meiner Hand«, flüsterte Olivia Erik zu. Sie biss sich in die Wange, um nicht zu grinsen, als sie hörte, wie er ein ersticktes Stöhnen als einen plötzlichen Hustenanfall tarnte. Sie behielt die flache Hand unter der Wasseroberfläche des Haifisch- und Rochenbeckens und warf ihm dabei einen unschuldigen Blick zu. »Ein echt verblüffender Effekt, findest du nicht?«

»Ich habe heute eine Menge Verblüffendes gesehen«, antwortete er, den Regeln des Aquariums folgend, mit leiser Stimme.

Seine Bernsteinaugen durchbohrten sie mit der Glut, die sie den ganzen Nachmittag lang, so schwer es ihr auch fallen mochte, mutwillig ignoriert hatte. Leider hatte sie, wenn er sie so ansah, keine Kontrolle über ihre Neigung zu erröten. Gott sei Dank gingen sie ihren Ausflug, seit sie das Aquarium betreten hatten, leicht und locker an. Zumindest bis sie sich ihre Zweideutigkeit mit dem Stachelrochen nicht hatte versagen können – sonst wäre Olivia inzwischen vor lauter Erröten sicher in eine tiefe Ohnmacht gefallen.

Mit dem Gedanken, wie viel Spaß sie hier zusammen hatten, konzentrierte sie sich wieder auf ihre über den eleganten Rochen gleitenden Finger. Als Erik sie gestern angerufen hatte, um die Einzelheiten ihrer Verabredung zu besprechen, genoss sie gerade bei Angie einen dringend notwendigen Mädelsabend mit Wein, Schlammmasken und Frauenfilmen. Olivia hatte ihre Freundin – dank ihres dritten Glases Cabernet – bereits über alles zum Thema Erik Grady ins Bild gesetzt. Als dann das Display aufleuchtete und den Namen des besagten Mannes anzeigte, hatte Angie darauf bestanden, dass Olivia den Anruf annahm. Soweit Olivia sich erinnerte, war es darauf zu einem völlig verrückten Schlagabtausch zwischen Erik, ihr selbst und einer ziemlich vorlauten und meinungsstarken Angie gekommen.

Schlussendlich war Erik mit Olivias (Angies) Vorschlag einverstanden gewesen, den Nachmittag im Aquarium zu verbringen, weil Olivia (Angie) fand, dass Erik an einem Ort, an dem die Wände aus Glas bestanden und wo es viermal mehr Kinder als Erwachsene gab, unmöglich seine »Wahnsinnsverführungskünste« einsetzen könnte. Da sie über die erste Aktivität des Tages bestimmt hatte, lautete sein Vorrecht, dass er die – natürlich ebenso öffentliche – nächste Unternehmung aussuchen durfte. Womit sie ihrerseits (nachdem Angie sie dazu gedrängt hatte) einverstanden gewesen war.

Bisher hatte sie kaum einen Gedanken daran verschwendet. Jetzt aber, da ihr Teil des Tages zu Ende ging, wollte Olivia wissen, was er in petto hatte.

»Und was jetzt?«, fragte sie, als sie aus dem Zwielicht des Aquariums in die helle Sonne des frühen Abends hinaustraten.

»Jetzt führe ich dich zum Essen aus.«

Olivias Unbekümmertheit löste sich in Luft auf. Dass ihre Verabredung sich bis zum Abendessen hinziehen könnte, hatte sie nicht auf dem Schirm gehabt. Damit lag seine Wahl eines öffentlichen Ortes auf der Hand. Nicht gut. Sie hasste Verabredungen in Restaurants. Wie viele Leute sonst noch anwesend waren, spielte dabei keine Rolle, die Situation fühlte sich in jedem Fall intim an, und sie fühlte sich dabei befangen und gesellschaftlich untauglich.

Ein Jahr nach Bretts Tod zählten Verabredungen zu den zahlreichen Herausforderungen ihres Lebens. Ihre Kennenlernphase hatte weniger formell als vielmehr organisch während ihres ersten College-Jahrs begonnen, daher hatte sie so etwas wie eine waschechte Verabredung nie erlebt. Und als sie dann endlich den Mut fand, »ihren Marktwert zu testen«, hatte sie vermasselte erste Verabredungen gesammelt wie eine Reihe misslungener wissenschaftlicher Experimente. Dabei hatte sie alles, was für den Erfolg nötig war – dafür sorgten ihre Checkliste und ihre allumfassende Planung –, ein Wirkstoff jedoch vertrug sich nicht mit den Kandidaten: Es zeigte sich, dass sich die überaus lebendigen Männer, die sich mit ihr treffen wollten, äußerst unbehaglich fühlten, sobald sie im lockeren Gespräch ihren verstorbenen Ehemann erwähnte. Ob Neandertaler, Romeo oder Einstein, alle hatten ein Problem damit, das Erbe eines Toten anzutreten – als hätte sie etwas derart Lächerliches je erwartet. Natürlich hatte keiner das offen angesprochen, und das mussten sie auch gar nicht. Sie sah es an ihren Blicken, die sich an irgendein zufälliges Objekt hefteten, wenn sie Bretts Namen aussprach, und daran, wie sie auf ihren Stühlen herumzappelten und verstohlen auf die Uhr sahen.

Wie jeder logisch denkende Mensch hatte sie geglaubt, lediglich den Teil weglassen zu müssen, der die Ursache des Problems war. Sie wollte weitere Verabredungen versuchen, diesmal jedoch Brett oder ihre Heirat um keinen Preis erwähnen. Das löste zwar das ursprüngliche Problem, doch sobald die körperliche Liebe ins Spiel kam, wurde Olivia das Gefühl nicht los, ihren Mann zu betrügen. Ihr Kopf konnte nicht zwischen dem, was sie vor Jahren mit Brett geteilt hatte, und der gegenwärtigen Situation unterscheiden.

Bis sie in ihrer Verzweiflung (und ihrem Wahnsinn) an den entzückend unwiderstehlichen Erik Grady geraten war. Er war der erste Mann gewesen, in dessen Armen sie etwas anderes als Schuld gefühlt hatte. Endlich hatte sie während einer Verabredung Freude empfunden, zudem mit einem Mann, mit dem sie auch noch intim werden konnte – und nun wollte er zu der steifen, formellen, ungemütlichen Umgebung eines Restaurants wechseln. Nicht gerade ihre Vorstellung von einem netten Abend, da sie, was Verabredungen anging, etwas heikel war. Aber sie würde es schon überstehen.

»Was hältst du von Bar Food?«

Seine Frage brauchte ein paar Sekunden, ehe sie sich einen Weg durch ihre abschweifenden Gedanken gebahnt hatte. »Wie bitte?«

»Bar Food.« Er deutete auf The Reef, das am Wasser gelegene Restaurant des Aquariums mit angeschlossener Bar. »Ich mag besonders das Hummersalat-BLT-Sandwich. Ich dachte, wir nehmen was Leichtes und schauen dann, was im Hafen so los ist. Du weißt schon, Leute gucken und so.«

Olivia sah sich das The Reef unter dem Gesichtspunkt ihrer neuen, eigensinnigen Dating-Regeln genau an. Es war kaum mehr als ein großes, weißes Partyzelt mit einer Bar und Außengastronomie am Rande des Hafenbeckens. Die Möbel waren denkbar schlicht, schwarzes Gusseisen mit aquamarinblauen Sonnenschirmen sowie Samuel-Adams-Körben für die Gewürze und andere Dinge.

Sie würden eine perfekte Aussicht auf das Gewimmel auf dem Harborwalk haben und könnten den zahlreichen Touristenschiffen vor der Bausünde namens Boston Marriott Long Wharf in ihrer ganzen veralteten Pracht zuschauen.

Locker. An der frischen Luft. Leute beobachten. Erleichterung überkam sie, und sie lächelte ihn an. »Hört sich toll an.«

Als Erik einen Blick auf ihre unbewusst vor dem Bauch verkrampfte Hand warf, schärfte Sorge seine Züge. »Geht es dir gut?«

»Ja«, antwortete sie ein wenig zu entschieden. Dann versuchte sie, nervös lachend, die Situation zu entschärfen. »Ich will nur nicht, dass du hörst, wie sehr mein Magen knurrt. Ich hab vergessen, heute Mittag was zu essen, und jetzt bin ich am Verhungern.«

»Nicht in meinem Dienst. Komm.«

Erik verschränkte seine Finger mit ihren, als hätte er das schon hundertmal getan, und führte sie über die Aquarium Plaza. Kurz darauf saßen sie am Rand des Hafenbeckens. Er bestellte das Hummersalat-BLT-Sandwich, sie wählte das Fladenbrot Margherita, und gemeinsam entschieden sie sich für eine Schüssel der berühmten Muschelsuppe.

Lange genossen sie in Stille das Essen und die Aussicht. Ihr Schweigen war weder peinlich noch unbehaglich, sondern verriet unbeschwerte Kameradschaft, simpel und seltsam natürlich für zwei Menschen, die einander eher fremd als gut miteinander bekannt waren. Olivia hatte so die Gelegenheit, über ihre gemeinsame Zeit bisher nachzudenken.

Sie war überrascht gewesen, ihn bei ihrer Ankunft im Gespräch mit einem kleinen Jungen und seiner aufgebrachten Aufpasserin zu sehen. Sie war zuerst nicht sicher gewesen, ob sie sich kannten, hatte es aber geschafft, sich nahe genug anzuschleichen, um sich die Situation aus allem, was sie mithören konnte, zusammenreimen zu können. Er war so lieb zu dem Jungen und gab ihm Tipps, wie er ein Mann werden konnte, Tipps, die er eines Tages seinem eigenen Sohn geben würde, wie Olivia es sich ausmalte.

Der Anblick hatte ihr Herz bewegt, wenn man das so sagen konnte. Es war Jahre her, seit sie die Sehnsucht nach eigenen Kindern gequält hatte, doch es hatte mal eine Zeit gegeben, als sie ziemlich regelmäßig damit zu tun hatte. Klar hatte sie mit Brett eine Familie gründen wollen, aber Kinder waren nicht geplant, bevor sie nicht das verflixte siebente Jahr geschafft hatten. Ihr Ziel war es, erst mal die Karriere und ihr finanzielles Auskommen zu sichern, ehe »etwas Neues auf die Tagesordnung kam«. Das Thema Kinder war einer der größten Streitpunkte ihrer Ehe gewesen.

Olivia hätte Erik nicht unbedingt für einen Kinderfreund gehalten. Dazu war er einfach zu … intensiv. Und zu stur, dominant und tyrannisch (in mehr als nur einer Hinsicht), um nur ein paar seiner besonders auffälligen Charakterzüge zu nennen. Allerdings war er auch einfühlsam, fürsorglich und unfassbar charmant. Er war vor dem Kleinen in die Hocke gegangen und hatte mit ihm auf eine Weise gesprochen, die klarmachte, worauf er hinauswollte, ohne dabei wie ein herablassender Erwachsener zu klingen. Die Babysitterin würde nie mehr befürchten müssen, dass ihr Mündel sich heimlich davonmachte. Denn Erik hatte dem Jungen keinen Vortrag gehalten, den er sowieso sofort wieder vergessen hätte, sondern er hatte ihm eine Aufgabe und ein Anliegen mit auf den Weg gegeben, welche er verinnerlichen konnte. Männer ins Gefecht zu führen war eine Sache, aber einen Fünfjährigen zu etwas zu überreden, ohne Widerspruch zu ernten, stand indes auf einem ganz anderen Blatt.

Erik hatte anscheinend weder in der einen noch in der anderen Situation ein Problem damit, die Führung zu übernehmen. Trotzdem fragte sie sich unwillkürlich, ob er auch mit einer ganzen Meute ungebärdiger Kinder klarkäme, zum Beispiel, wenn Schulklassen die Feuerwache besuchten. Angie war Lehrerin. Vielleicht ließ es sich ja einrichten, dass ihre Klasse einen Ausflug zum Rettungswagen 2 und Löschzug 42 unternahm, dem Olivia sich zu ihrem allergrößten Vergnügen anschließen konnte.

»Wie bist du zu deinem Funknamen gekommen?«

Erik stützte einen Ellbogen auf den Tisch, trank einen großen Schluck Bier und ließ die Flasche zwischen den Fingern baumeln, während er antwortete. »Den hat Dozer mir während der Grundausbildung verpasst. Ich hatte mir zur Aufmunterung ein Zitat auf ein Blatt Papier geschrieben – etwas aus einer Erzählung, die wir in Englisch durchgenommen hatten. Um mich daran zu erinnern, was ich während der Ausbildung und später als Vorgesetzter leisten wollte.«

»Was war das für ein Zitat?«

»›Die Stärke des Rudels ist der Wolf, und die des Wolfs ist das Rudel.‹«

»Rudyard Kipling.«

Ein strahlendes Lächeln erfasste sein Gesicht, und aus dem Bartschatten grüßte sie das einsame Grübchen. »Du kennst es.«

Sie nickte. »Ein toller Satz. Ich verstehe, warum du ihn dir gemerkt hast. Sind alle Funknamen so bedeutungsschwanger? Ich dachte, ihr benennt euch mehr oder minder so, wie Kinder sich auf dem Schulhof rufen, nachdem ihnen irgendwas besonders Peinliches passiert ist.«

Der warme Klang seines Lachens schmeichelte ihrem Ohr und zog ihre Magennerven zusammen. Sie wollte mehr davon. Sie wollte ihn lächeln sehen und der Grund für sein Lächeln sein. Sie könnte süchtig werden nach seiner Fröhlichkeit.

»Da liegst du gar nicht so falsch«, sagte er. »Manche kriegt man für solche Sachen, häufig werden einem aber auch Decknamen angehängt, die man in guter Gesellschaft unmöglich wiederholen kann – oder eigentlich in überhaupt keiner anderen Gesellschaft als unserer. Kasernenscherze halt. Aber wie auch immer, keiner sucht sich seinen Funknamen selbst aus. Wir sind schließlich nicht in der UFC, wo man sich eingängige Spitznamen zwischen Vor- und Nachnamen gibt. Wir kriegen unsere Namen meistens von den Kameraden. Danach hängen sie an einem, ob es einem gefällt oder nicht.

»Interessant«, sagte sie lächelnd. »Und deine Freunde?«

»Deren Namen sind ziemlich einfach. Dozer walzt alles auf seinem Weg platt wie ein Bulldozer. Ashton wird Smoke genannt, weil er schon immer ein bisschen ein Pyromane war. Er war mein Pionier, also speziell dafür ausgebildet, dass es im Gefecht vorangeht. Wenn etwas in die Luft fliegen sollte und nichts passierte, konnte er es trotzdem mit einem Fingerschnippen hochgehen lassen. Wir ziehen ihn immer damit auf, dass er, wäre er nicht zur Army gegangen, bestimmt Brandstifter geworden wäre, was in Anbetracht seines jetzigen Berufs schon irgendwie lustig ist.«

»Erinnere mich daran, ihn niemals zu verärgern«, gab sie ironisch zurück.

»Wegen Smoke musst du dir keinen Kopf machen. Er ist der Unbekümmerte, Spaßversessene in der Truppe. Da ist Sean – besser bekannt als Bowie – schon schwerer zu verstehen. Er hat eine Menge Sinn für trockenen Humor. Wenn man ihn nicht kennt, könnte beispielsweise seine Drohung, mich mit seinem Lieblingsmesser wie einen Fisch auszunehmen, schon ziemlich schräg rüberkommen.«

Olivia schnappte nach Luft, ein Stück Fladenbrot hing auf halbem Weg zum Mund in der Luft. »Jesus, machst du Witze? Wie steht es um sein seelisches Gleichgewicht?«

Erik entgegnete lachend: »Alles gut. Jedenfalls meistens. Sollte sich daran jemals was ändern, stecke ich ihm deine Karte zu, Doc.«

»Ja, mach das. Und Preacher? Ist er wirklich ein Geistlicher?«

»Nein, er nicht, aber sein Dad. Tyler ist ein bisschen widersprüchlich – er schlägt sich mit ganz anderen Dämonen herum als wir anderen, und das nicht erst seit seiner Militärzeit.«

Olivia zog die Stirn kraus. Obwohl sie den Mann nicht mal persönlich begegnet war, flog ihm sofort ihr Herz zu. »Es tut mir leid, das zu hören.«

»Ja, manchmal mache ich mir Sorgen um ihn, deshalb lasse

ich ihn auch nie aus den Augen.« Erik zerknüllte seine Papierserviette und ließ sie auf den Teller fallen. »Und trotzdem, was immer ihm im Kopf herumspuken mag, ist Preacher einer der loyalsten und teilnahmsvollsten Männer, die ich jemals gekannt habe.«

»Und wegen dem, womit sein Vater seinen Lebensunterhalt verdient, hat er seinen Namen weg?«

»Indirekt ja, vermute ich, vor allem aber, weil er ein verdammter Weiser ist. Ständig verteilt er an alle, die es nötig haben, gute Ratschläge, ob man will oder nicht. Und der Junge liegt immer richtig; was wiederum heißt, dass der selbstgerechte Wichser den Hab-ich-es-nicht-gesagt-Blick geradezu perfektioniert hat.«

Sie gluckste und aß auf, während er sein Bier trank. Als sie fertig war, rückte Erik seinen Stuhl neben ihren, legte ihr einen Arm um die Schulter und beugte sich weit zu ihr vor. Sie behielt die Schiffe im Hafen im Auge und tat so, als würde sie seinen durchdringenden Blick nicht bemerken. Er würde ja jeden Moment wegschauen, und sie würde wieder normal atmen können.

Einige Augenblicke verstrichen, ohne dass sich etwas änderte. Also musste sie das Schweigen brechen, sofern sie nicht blau anlaufen wollte. »Sie starren mich an, Lieutenant.«

Er ignorierte ihre Feststellung und bemerkte stattdessen: »Erzähl mir was von dir.«

»Was willst du denn wissen?«

»Alles.«

Olivia hätte fast laut aufgelacht, bis sie ihm einen Blick zuwarf und erkannte, dass er überhaupt nicht im Scherz gesprochen hatte. »Das ist aber ein bisschen viel für den Anfang. Wie wäre es, wenn ich mich ans Wesentliche halte?«

Erik nickte ihr knapp zu. »Das wird fürs Erste genügen.«

Ein Schauer freudiger Erwartung überlief sie. Vor ihr saß ein Mann, der daran gewöhnt war, dass man seine Anordnungen befolgte, ohne sie zu hinterfragen. Sein Tonfall ließ keinen Zweifel daran, dass er seine Erwiderung als ein Zugeständnis seinerseits betrachtete. Und dass er sie, wenn er es nur wollte, ohne Weiteres dazu bringen konnte, alles, von ihrer ersten Erinnerung bis zu dem Abend, an dem sie sich kennengelernt hatten, vor ihm auszubreiten. Unwillkürlich fragte sie sich, welche Verhörmethoden er wohl dabei anwenden würde.

»Livvie«, drängte er.

Schön. Dann würde sie die in ihrer Körpermitte wabernde Hitze eben ignorieren. Kein Problem. »Ich bin in Cambridge groß geworden und hatte eine fantastische Kindheit. Mein Dad war Vermögensberater, meine Mutter blieb zu Hause, bei meinem großen Bruder und mir. Als mein Dad in den Ruhestand ging, waren meine Eltern finanziell so gut aufgestellt, dass sie seitdem fast das ganze Jahr auf Weltreise gehen können. Ihr Ziel ist es, jedes zivilisierte Land mindestens einmal zu besuchen. Wenn ich ihre Fotos sehe und mit ihnen rede, werde ich jedes Mal neidisch. Ich will zwar nicht ganz so extensiv reisen, aber, na ja, du weißt schon, diese ganzen unterschiedlichen Länder und ihre Kultur kennenzulernen …«

Seine Hals- und Schultermuskeln strafften sich sichtlich, als sein Blick sich in der Ferne verlor. »Es gibt Orte, die ich nie wiedersehen möchte.« Eriks Augen blickten gequält. Wahrscheinlich dachte er an die Albträume, die er während seiner Dienstzeit in Übersee, in vom Krieg zerrissenen Ländern überlebt hatte. Albträume, die ihr Onkel Eddie hoffentlich so weit zurückdrängen konnte, dass sie ihm nicht länger die Kraft raubten.

»Hey«, sagte sie sanft. Sie legte eine Hand an seine Wange, und er ließ es zu, dass sie sein Gesicht wieder in seine Richtung drehte. Als er sie ansah, strich sie mit dem Daumen am Rand der Bartstoppeln über die weiche Haut über seinem Wangenknochen. »Wo warst du eben?«

Sein Versuch zu grinsen endete mit einem steifen Zucken der Mundwinkel, und das eine Wort, das er herausbekam, klang wie durch Kies gefiltert. »Nirgendwo.« Erik bedeckte ihre Hand mit seiner, dann wandte er sich ihr wieder voll zu und küsste ihre Handfläche sowie die empfindliche Haut an der Unterseite des Handgelenks, bevor er die Hand auf seinem Bein ablegte. »Wolltest du immer schon Psychologin werden?«

Olivia ließ den Themenwechsel gelten und fuhr fort, Eriks Neugier zu beschwichtigen. »Nein, das nicht, aber ich hatte immer schon einen Hang dazu, Menschen zu helfen. Als ich auf der Highschool war, habe ich freiwillig im Kinderkrankenhaus ausgeholfen und fand es toll. Also bin ich in Boston auf die Uni gegangen, um näher bei meinen Eltern zu sein und weiter im Krankenhaus arbeiten zu können, wenn ich Zeit dazu hatte. Eigentlich wollte ich Lehrerin auf einer Mittelschule werden, aber dann habe ich im ersten Semester mein Hauptfach gewechselt und Psychologie studiert.«

»Warum hast du gewechselt?«

Weil mein damaliger Freund, der mich später zur Witwe gemacht hat, meinte, das sei die finanziell aussichtsreichere Laufbahn für unseren Zehnjahresplan. Sie hoffte, ihr Lächeln fiel nicht so angespannt aus, wie es sich anfühlte. Dann versuchte sie, die Frage achtlos durchzuwinken. »Weil ich mir unmöglich die Sechzigstundenwochen entgehen lassen konnte, den Sommer durchzuarbeiten und fast nur männliche Kollegen, denen Haare aus den Ohren wachsen und die während der Arbeit nach Old Spice riechen.«

Das tiefe Kollern seines Lachens wärmte ihr Innerstes. Sie liebte dieses Geräusch und die Gefühle, die es in ihr auslöste, denn sie wusste, dass er sich irgendwie erleichtert fühlte, und sei es nur für einen kurzen Moment. Sie wünschte sich mehr als alles andere, so erkannte sie jetzt, dass Erik seinen inneren Frieden und echtes Glück fand. Sie hatte nicht übertrieben, als sie ihm sagte, dass sie im Grunde Menschen helfen wollte. Und obwohl sie ursprünglich Lehrerin hatte werden wollen, hatte sie festgestellt, dass es eine ganz eigene Berufung war, Menschen wie ihn dabei zu unterstützen, nach traumatischen Erlebnissen wieder die Kontrolle über ihr Leben zurückzugewinnen.

»Und wolltest du dich von Anfang an auf Veteranen mit PTBS spezialisieren, nachdem du dich für die Psychologie entschieden hattest? Oder schien dir die Vorstellung, mit selbstgefälligen, dickköpfigen Größenwahnsinnigen zu arbeiten, die ein Problem damit haben, mit öden Zivilisten klarzukommen, so viel Spaß zu versprechen, dass du auch darauf unmöglich verzichten konntest?«

»Na, komm, sei nicht so streng mit dir selbst«, sagte sie listig grinsend. »So dickköpfig bist du gar nicht.« Er tat beleidigt, sie musste lachen und peinlicherweise prusten, worauf er seinerseits lachte, sodass am Ende alles gut war. Trotzdem beschloss sie, das Thema fallen zu lassen, bevor er eine neue Peinlichkeit ihrerseits provozierte. »Aber, um deine Frage zu beantworten, nachdem ich den Master in Klinischer Psychologie hatte, habe ich mein Praktikum am Krankenhaus für Veteranen absolviert. In meiner Familie gibt es viele Wehrdienstleistende, daher war ich immer schon leidenschaftlich fürs Militär und wollte Menschen helfen, die so viel für uns und unser Land aufgegeben haben.«

Wie du. Ihr Interesse und ihr Wunsch, Erik zu helfen, hatten denselben Anlass wie bei allen anderen, die zu ihr kamen. Doch obwohl er nicht zu ihren Klienten zählte, hatte ihr Interesse in den letzten Tagen und Wochen – vor allem aber in den letzten Stunden – bis zu dem Punkt sprunghaft zugenommen, an dem ihr Lebensglück davon abhing. Nahm sie die tonnenschwer wiegende erste Nacht und mehr sexuelle Spannung als bei Amisch-Teenagern in ihrer Ausprobierphase namens Rumspringa hinzu, hatte sie so ungefähr beisammen, was ihre gegenwärtige Beziehung zu einem gewissen Lieutenant Erik Grady ausmachte.

»Als mein Praktikum fast vorüber war, lud mein Onkel mich ein, mein Praktisches Jahr bei ihm zu absolvieren. Tja, ob er mich nun für eine Bereicherung hält oder sich mir als mein Patenonkel verpflichtet fühlt, weiß ich nicht, jedenfalls bin ich seitdem bei ihm geblieben.«

»Ich bin schwer beeindruckt, Dr. Jones, das nenne ich mal einen Lebenslauf. Ich hätte nie so lange zur Schule gehen können. In einem Klassenzimmer zu pauken hat mir noch nie besonders zugesagt. Statt im Unterricht aufzupassen, hab ich die meiste Zeit damit zugebracht, Streiche gegen die Lehrer auszuhecken. Zum Glück musste ich nie viel lernen, um am Ende gut abzuschneiden, sodass meine Eltern sich damit abfanden und meinten, dass ›Jungs eben so sind‹.«

»Du warst unartig, aber genial, wie? Interessant. Okay, du bist dran«, sagte sie, da sie sich danach sehnte, nicht noch länger gegrillt zu werden. »Gib mir die Kurzfassung, wie aus dem Kleinen Erik der Große Erik wurde.«

Einer seiner Mundwinkel kräuselte sich, während ihm augenscheinlich der jungenhafte Schalk im Nacken saß, worin sie allmählich so etwas wie seine Grundeinstellung sah. »Biologisch gesehen ist das lediglich eine Sache des Blutes, das sich in meiner Körpermitte sammelt. So wie wenn Little Mario die roten und weißen Pilze isst und zu Big Mario wird …«

Olivia lachte über das offenkundige Missverständnis und den

Super-Mario-Vergleich. Es gefiel ihr, dass er über die eigenen Witze lachte und sie nie wusste, was er als Nächstes von sich geben würde. Er war sozusagen berechenbar unberechenbar.

»Allerdings hing mein ›Wachstum‹ in den ersten Jahren von vielen Faktoren ab, womit ich selbstverständlich alles und jedes meine, das mich auch nur entfernt an Sex denken ließ. Oder an Frauen. Oder daran, Sex mit Frauen zu haben.« Erik spähte mit schmalen Augen in den Himmel und legte, als würde er seinen Gedanken nachsinnen, ein wenig den Kopf schräg. »Oder an Frauen, die Sex mit anderen Frauen –«

»Okay!« Sie kicherte und schlug ihm die Hand vor den Mund. »Ich bin im Bilde. Du bist ein geiler Mistkerl, der sogar in der Obst- und Gemüseabteilung eine Erektion bekommt, weil er statt Melonen und Gurken Titten und Schwänze sieht.«

»Ja, stimmt schon, bis vor einem Monat war nie viel nötig, damit ich meine Fahne hisse. Inzwischen passiert das nur noch, wenn ich an dich denke, was gar nicht so schlimm wäre …« Er streckte einen Finger aus und zeichnete eine sanfte Spur von ihrer Schläfe bis zu ihrem Kinn. »… wenn ich nicht andauernd an dich denken müsste.«

Verflucht, der Mann war gut. Was sollte sie dazu sagen? Ihr wurde lächerlich schwindlig, dennoch war sie nicht bereit, die innere Cheerleaderin von der Leine zu lassen und haltlos zu kichern, während sie Haarsträhnen um ihre Finger wickelte und mit rausgestreckter Brust seine Behauptung auf die Probe stellte. Allein der Umstand, dass er die Cheerleaderin in ihr weckte, irritierte sie, da musste sie sich nicht auch noch selbst erniedrigen.

»Das ist, äh …« Olivia durchforstete ihr Hirn. Ein Wort, ein Wort, ein Königreich für ein Wort! »Wow.« Na toll. Ihr IQ war inzwischen so niedrig wie die Anzahl der Leute, die das antiquierte Aussehen des Marriott für was anderes als einen Schandfleck hielten.

»Ja, darauf läuft es hinaus. Zuerst dachte ich noch, das wäre ein ziemlich cooler Partytrick, aber wie es sich herausstellte, wird es auf die Dauer ein bisschen ungemütlich, ein bisschen eng, weißt du, wenn man sein ganzes Leben mit einer Erektion fristen muss. Also bin ich damit zum Arzt gegangen, aber der hat nur gemeint, dass Erektionen, die länger als vier Stunden dauern, nur dann ein Problem sind, wenn man vorher Viagra genommen hat. Ich persönlich hab das Zeug nie angerührt, da bin ich Purist. Egal, jedenfalls hat er noch gesagt, dass ich mein Leiden nur loswerde, wenn ich mir die Ursache dafür quasi aus dem Leib vögele.«

»So, hat er das, ja?«

Irgendwie gelang es ihm, keine Miene zu verziehen. »Ja.«

»Komisch, dass du das erwähnst, weil ich kürzlich meine jährliche Untersuchung bei meiner Frauenärztin hatte. Und was meinst du wohl, was die gesagt hat?«

»Sag's mir.«

»Sie meinte, ich sollte den Laden mal eine Zeit dichtmachen.«

»Den Laden dichtmachen?«

»Ja, du weißt schon –« Sie klatschte einmal in die Hände. »Schließen. Es ging um eine neue Studie und darum, länger zu leben. An die Einzelheiten erinnere ich mich nicht mehr. Aber ich weiß noch, dass ich einen Haufen Papiere unterschrieben habe, dass ich meinen Laden mal für mindestens sechs Monate dichtmache.«

»Sechs Monate?«

Verdammt, war der Mann niedlich, wenn er auf ungläubig machte. »Ich weiß, das ist schrecklich, aber da muss ich jetzt durch, weil in den Papieren stand, dass man mich sonst wegen Vertragsbruch und anderer Gemeinheiten verklagen kann. Mist, oder? Ich meine, wenn ich die Papiere nicht unterschrieben hätte, würde ich dich jetzt auf der Stelle bespringen.«

Erik griff nach seinem Handy, drückte eine Taste und hielt es sich ans Ohr.

»Was machst du?«

»Ich war bei den Special Forces, Schatz, da kenne ich mindestens ein Dutzend Leute, die diese Papiere verschwinden lassen können. Das dauert nur eine Sekunde.«

Olivia schrie vor Lachen und versuchte, ihm das Handy zu entwinden, doch er wich ihr mit Leichtigkeit aus. »Erik Grady, ich hoffe, du machst Witze. Wenn du einem deiner Kumpel erzählst, ich hätte unterschrieben, dass ich meinen Vagina-Laden schließe, bringe ich dich um, sobald du eingeschlafen bist.«

Ein Gelächter brach aus dem Mann, den sie solcher Heiterkeit nach ihrer ersten Nacht für unfähig gehalten hätte. Was für eine schöne Überraschung. »Tut mir leid, aber als du ›Vagina-Laden‹ sagtest, war alles andere schlagartig aus meinem Gedächtnis gelöscht.«

Gemessen an den Seitenblicken, die ihnen mindestens ein halbes Dutzend Leute zuwarfen, war er da nicht der Einzige. Was ihr normalerweise hochnotpeinlich gewesen wäre, aber sie amüsierte sich gerade so köstlich, dass es ihr gleich war, wenn ein paar Wildfremde Anstoß an ihr nahmen.

Sie versuchte weiter, ihm das Telefon zu stibitzen (mit dem er Gott sei Dank niemanden angerufen hatte), und zählte alle möglichen Gründe auf, warum sie es gerade jetzt dringend brauchte. Er begann daraufhin, Gleiches mit Gleichem zu vergelten und machte Anstalten, ihres zu konfiszieren. Wenn man bedachte, dass die meisten Leute heutzutage ihr gesamtes Leben auf dem Handy speicherten, waren ihre Spielchen nachvollziehbar, auch wenn sie nur herumalberten.

Als sie schließlich genug davon hatten und ein Telefonfriedensabkommen schlossen, sah Erik auf seiner großen, überaus männlichen Armbanduhr nach, wie spät es war. Sogar wie er seine Uhr trug war sexy. Wie konnte das sein? »Wir müssen los, Schönste.«

»Wohin?«

»Zu meinem Teil der Verabredung.«

»Ich dachte, das hier ist dein Teil.«

»Dann solltest du mehr erwarten«, entgegnete er und verschränkte aufs Neue seine Finger mit ihren. »Komm, sonst verpassen wir das Schiff.«

10

»Darf ich mal rubbeln?«

Erik verschluckte sich fast an seinem Bier, es gelang ihm gerade noch, die Fassung zu bewahren und unfallfrei zu trinken. »Wie bitte?« Jesus, wenn sie nicht mit den Zweideutigkeiten aufhörten, würde er bald so hart sein wie der Schiffsanker.

Sein Teil der Verabredung hatte in einer Hafenrundfahrt bei Sonnenuntergang mit den Boston Harbor Cruises bestanden. Noch ein Punkt, den Einheimische wie sie auf ihrer To-do-Liste hatten, wozu sie aber nie wirklich kamen, weil sie dachten, es praktisch an jedem x-beliebigen Tag in Angriff nehmen zu können. Und nun unternahmen sie diese Hafenrundfahrt an Bord des Trippeldeckers Fort Independence, zusammen mit Dutzenden von Touristen. Sie genossen die Drinks, Snacks und den atemberaubenden Sonnenuntergang über der Skyline von Boston und den neunzigminütigen Vortrag (nicht, dass Erik auf irgendetwas geachtet hätte, das nicht aus Olivias Mund kam).

Doch das alles mochte noch so beeindruckend sein, Erik interessierte sich nicht im Geringsten dafür. Er konnte nur an die Frau vor ihm denken und daran, wie sehr er sie wollte.

Olivia blickte auf seinen Haaransatz. »Deine Haare«, sagte sie. »Ich hab sie letztens, äh, gespürt, aber nicht so doll, da war ich –«

»Abgelenkt?« Sein Schwanz pochte, als ihm einfiel, wo seine Haare sie berührt hatten. Ganz sicher innen an den Oberschenkeln, als er sie sie mit seiner Zunge geküsst, geleckt und gevögelt hatte.

Sie räusperte sich und trank einen Schluck. »Entschuldige, das war blöd. Aus mir spricht wohl der Long Island Ice Tea. Vergiss es –«

Erik nahm ihre freie Hand und zog sie näher zu sich heran. »Zwei Dinge«, sagte er. »Erstens, nichts, was du mich fragst, könnte jemals blöd sein; und zweitens, du musst mich niemals um Erlaubnis fragen, wenn du mich anfassen willst. Die Antwort wird immer Ja lauten. Verstanden?«

Eine Seite ihres sinnlichen Mundes kräuselte sich kaum merklich. »Verstanden.«

Sie hob den Blick langsam zu ihrer in der Luft hängenden Hand. Dann spürte er, wie sie mit den zarten Fingerspitzen langsam an seinem Haaransatz entlangfuhr, leicht über seinen Scheitel und schließlich über den Hinterkopf strich. Sein Kopf senkte sich von ganz alleine ihr entgegen, wie ein herrenloser Hund, der zum ersten Mal in einer freundlichen Berührung schwelgt. Erik verschloss das zufriedene Knurren in seiner Brust und konzentrierte sich darauf, gleichmäßig zu atmen, als sie ihm wohlige Schauer über den Rücken jagte…

Er konnte den Blick nicht von ihr wenden. Den ganzen Tag lang – genaugenommen seit Wochen – hatte er damit zugebracht, die Mauer abzutragen, die sie zwischen ihnen beiden aufrechterhielt. Und als er nun ihr Gesicht und die darüber huschenden Gefühle musterte, sah es fast so aus, als hätte er das verdammte Ding endlich zum Einsturz gebracht.

»Es ist so weich«, meinte sie verwundert. »Man könnte meinen, so ein Igelschnitt würde piken, tut er aber gar nicht. Es fühlt sich … eigentlich richtig gut an.«

Eriks Stimme klang rau und belegt. »Verdammt gut.«

Sie bekam natürlich mit, dass er weniger ihre Bemerkung wiederholte als vielmehr selbst seine Meinung kundtat. Sie senkte den Blick, während sie rot wurde, und nahm ihre Hand fort. Erik vermisste ihre Berührung sofort. Jetzt verstand er die Husky-Dame, die er als Junge gehabt hatte und die seine Hand jedes Mal, wenn er sie zu streicheln aufhörte, mit der Nase angestoßen hatte.

Hätte er übernatürliche Kräfte besessen, dann hätte er sie binnen einer Sekunde in ihr Bett katapultiert. Dann hätte er sie seinerseits mit der Nase zwischen den Beinen angestoßen und sich dem doppelten Vergnügen hingegeben, sie zu lecken, bis sie an seiner Zunge kam, während sie seinen Kopf umklammerte und sich an seinen Schultern festhielt.

Olivia räusperte sich und ließ ein freundliches Lächeln sehen; wohl vor allem in dem vergeblichen Versuch, die Situation ein wenig zu … entspannen. »Nun, auf jeden Fall mag ich deine Haare.«

Und er mochte sie, und wenn er das Gespräch nicht auf etwas lenkte, das nichts mit Sex zu tun hatte oder auch nur darauf anspielte, würden sie einigen Leuten vor den Kopf stoßen, weil er sie dann nämlich über die nächste glatte Fläche legen und ihr die Kleider von Leib reißen würde.

»Ich bin überrascht, dass du dich nicht nach meinen Sitzungen bei Dr. Marion erkundigt hast.«

Sie zuckte, ohne ihn anzusehen, die Achseln. »Da du nicht mein Klient bist, geht mich das nichts an.«

»Hast du dir in den letzten Wochen gewünscht, dass es dich etwas anginge?«

Endlich kehrte sie ihm das Gesicht zu und sah ihn unverwandt an. »Wie du weißt, kommt es nicht darauf an, was ich will oder nicht will, Erik.«

»Da bin ich anderer Meinung, ich finde, was du willst, ist extrem wichtig. Ich will all deine Wünsche kennen. Von deinen Lieblingslastern bis zu sämtlichen Sexfantasien, die dein hübscher Kopf sich jemals ausgemalt hat.«

Mach nur weiter so, Arschloch.

Scheiß drauf, finde ihre Fantasien heraus.

Olivia musste schlucken, in ihren Haselnussaugen mischten sich Verlangen und Unsicherheit. Erik schob eine Haarsträhne hinter ihr linkes Ohr und ließ seine Lippen folgen, damit niemand außer ihr die erotischen Träumereien hören konnte, die er über ihre Haut hauchte: »Du kannst gar nichts sagen, das etwas an meinen Gefühlen für dich ändern würde, Livvie.« Ihrer Kehle entrang sich ein winziger, ohnmächtiger Laut, als seine Zunge träge die Spur ihres zarten Ohrläppchens nachzeichnete. »Du musst es mir nur sagen, und wenn es in meiner Macht steht, lasse ich deine Wünsche wahr werden.«

»Waren Sie immer schon so ein großzügiger Liebhaber, Lieutenant Grady?«

»Lange Zeit nicht, nein. Aber Sie haben so etwas an sich, Dr. Jones. Ich war vom ersten Augenblick an süchtig nach Ihnen, wie nach einer neuen Droge, die ich mir nicht mehr abgewöhnen konnte.«

»Oh.«

Sie sah einfach unglaublich aus, mit dem orange-rosa Himmel hinter ihr und den das Schiff säumenden Lampions, die sich in ihren Augen spiegelten.

Erik konnte nicht länger warten. Er neigte den Körper so, dass die übrigen Passagiere sie nicht sehen konnten, schob die Finger in das Haar in ihrem Nacken, legte den Daumen an ihr Kinn und senkte den Mund auf ihren.

Sein Instinkt gebot ihm, sie zu ergreifen, zu überwältigen, zu erobern und in Besitz zu nehmen, doch zügelte er sich und sperrte den Instinkt weg. Er würde später, wenn sie kein Publikum mehr hatten, Zeit finden, all das zu entfesseln. Jetzt würde er es erst mal langsam angehen lassen und sie auf eine Weise erkunden, zu der er während ihrer ersten gemeinsamen Nacht keine Gelegenheit gefunden, die er sich seither jedoch immer wieder vorgestellt hatte.

Sanft strich er mit dem Mund über ihren; ihr Atem vermischte sich, als er sie hinhielt, ohne sich dem Kuss hinzugeben, nach dem sie beide verlangten. Er genoss ihr stilles Seufzen, als er an ihrer Unterlippe knabberte. Er spürte sie scharf Luft holen, fühlte ihre Nägel durch das Hemd über seine Seiten schaben, als sie die Fäuste so fest in den Stoff krallte, dass er sich straff über seinem Rücken spannte. Erik fragte sich, ob sie es aus Enttäuschung tat, weil er sie neckte, oder weil sie über die Lust erschrak, die der Biss in ihr auslöste. Doch der Grund war weit weniger wichtiger als die Folge.

In diesem Moment zählte nur ihre Reaktion. Dass sie auf eine Weise reagierte, die ihm zeigte, dass er nicht verrückt war. Dass sie ihn ungeachtet des Katz-und-Maus-Spiels der vergangenen Wochen ebenso sehr wollte wie er sie. Und sie fuhr fort, ihm genau das zu zeigen, während er sie weiterhin nicht küsste und ihren Kopf mit den Händen in die eine oder andere Richtung neigte und die Zunge vorschnellen ließ, um von ihren süßen Lippen zu kosten.

Livvies Lider wurden schwer, als das Verlangen zwischen ihnen wuchs, aber ihre Augen schlossen sich nie ganz, sondern hielten seinen Blick fest. Was er höllisch erregend fand, und weshalb er das Ganze etwas früher als geplant auf die Spitze trieb. Also ließ er die letzte Zurückhaltung fahren und stürzte sich auf sie wie der Löwe auf die Gazelle. Er umklammerte mit einer Hand eine Strähne ihres Haares, während er mit der anderen die weiche Säule ihres Halses umfasste. So fest zuzufassen, wie er es getan hätte, wären sie unter sich gewesen, wagte er indes nicht, doch er achtete darauf, dass sie seinen Griff, die Inbesitznahme deutlich spürte.

Meine Livvie. Meine.

Was als Flamme begonnen hatte, weitete sich rasch zu einem Flächenbrand aus. Und auch Olivia schien in dem Moment aufzugehen, so zog sie an seinem Hemd, umklammerte seine Schultern und rieb sich unbewusst an ihm wie eine rollige Katze.

»Fuck, du machst mich fertig, Schönste«, ächzte er in ihren Mund.

»Gleichfalls«, erwiderte sie ein wenig atemlos.

Erik wollte ihr gerade zeigen, wie er sie beide fertigmachen wollte, als die Stimme des Kapitäns aus dem Lautsprecher über ihren Köpfen dröhnte, um die Blicke aller an Bord auf die Steuerbordseite des Schiffes zu lenken, und Erik daran erinnerte, dass sie immer noch ziemlich viel Publikum hatten.

Also riss er sich zusammen, manövrierte Olivia auf ihren Platz an der Reling zurück und nickte über ihre Schulter. »Schau!«

Sie wandte sich in seinen Armen der Stadt zu. Die Sonne war schließlich zwischen die Wolkenkratzer gesunken, die wie die Silhouetten von Wächtern über der Stadt aufragten. »Oh, wow, wie hell das Orange über der Skyline leuchtet, als stünde die ganze Stadt in Flammen.«

»Egal, ob beurlaubt oder aktiv oder gerade nicht an der Front, bei so einem Riesenfeuer wäre ich auf jeden Fall dabei. Wir können von Glück sagen, dass es nur der Sonnenuntergang ist.«

Olivia kicherte und entspannte sich an seiner Schulter.

»Ich kann nicht glauben, dass ich das noch nie gemacht habe. Von hier sieht alles einfach wunderschön aus«, meinte sie mit einem genüsslichen Seufzen. »Und so was wie ›nur der Sonnenuntergang‹ gibt es gar nicht. Du musst nämlich wissen, Sonnenuntergänge stehen auf der Liste meiner Lieblingsdinge ganz weit oben.«

»Ach, ja? Dann verrate mir mal, wie man es schafft, auf diese Liste zu kommen«, sagte er, indem er die Nase an ihrem Ohr rieb.

»Gar nicht. Ich sagte Dinge, nicht Menschen.«

»Hast du denn auch eine Liste für Menschen?«

Als ihre Wange sich an seiner Haut wölbte, wusste er, dass sie lächelte. »Hat die nicht jeder?«

Himmel, diese Frau brachte ihn noch um. »Und wenn ich mich für die Liste deiner Lieblingsmenschen bewerbe, indem ich dich mit ein paar brandneuen Dingen bekannt mache, die garantiert ganz oben auf der Liste deiner Lieblingsdinge landen werden?«

»Hm, das wäre allerdings mal was Neues, aber ich denke, vollkommen ausgeschlossen wäre das nicht. Darf ich fragen, mit welcher Art von Dingen du mich bekannt machen willst?«

»Du darfst«, versetzte er leise, »aber ich denke nicht, dass ich das beantworte.«

»Warum nicht?«

»Weil ich es dir lieber zeige«, erwiderte er mit rauer Stimme. Er legte ihr die Hände auf den Bauch und zog ihren Rücken noch näher an sich heran. Dann schob er das Becken vor, bis sein Schwanz im Zentrum ihres runden Pos lag. Sie ließ den Kopf zurückfallen, worauf er seinen Kopf senkte und ihren Hals küsste und leckte. »Himmel, ich kann dir gar nicht sagen, wie sehr ich mich danach gesehnt habe, dich wieder zu schmecken. Ich habe mir gesagt, dass ich heute der vollkommene Gentleman sein würde, aber du hast etwas an dir, das mich so verrückt macht, dass ich nicht mehr klar denken kann.«

»Dann denken wir eben nicht«, flüsterte sie. »Wie lange noch, bis wir anlegen?«

Er hielt inne. »Was hast du vor, Livvie? Du musst es mir schon deutlich sagen, damit meine Libido nicht auf dumme

Gedanken kommt. So hart drauf ich mit dir sowieso schon bin – die Zweideutigkeit ist, nebenbei bemerkt, voll und ganz beabsichtigt –«

Als sie kicherte, fühlte er die Erschütterung von ihrem Rücken auf seine Brust übergreifen. »Ja«, sagte sie und wackelte kurz mit dem Hintern, »ich spüre, wie beabsichtigt ›deine Zweideutigkeit‹ ist.«

Er stöhnte leise. »Hör lieber auf, meine Zweideutigkeit mit deinem süßen Hintern zu necken, Schatz, sonst sorge ich dafür, dass er nachher seine Strafe bekommt.«

»Ich bitte um Verzeihung, Lieutenant.« Um Himmels willen! Musste sie seinen Rang ernsthaft dermaßen verführerisch hauchen? »Bitte, fahren Sie fort.«

Er hatte noch nie darauf gestanden, wenn Frauen ihn im Schlafzimmer mit »Sir« anredeten. Was möglicherweise daran lag, dass er als Offizier der Army auf seinen Rang reduziert wurde. Oder weil er sich selbst niemals den Stempel »dominant« aufgedrückt hätte. Verdammt, er wollte überhaupt keine Stempel mehr. Davon hatte er seit seiner Militärzeit genug. Erik wusste genau, worauf er im Bett stand, und er hatte sich angewöhnt zu tun, worauf er stand. Keine Regeln, keine Vorschriften.

Aber er wollte verflucht sein, wenn sein Schwanz nicht gezuckt hatte, als sie ihn Lieutenant nannte, als würde ihre Zunge bei jeder einzelnen Silbe mit ihren Zähnen Liebe machen. Ja, er könnte sich damit anfreunden, sie das noch mal sagen zu hören. Am besten jetzt gleich. Aber zuerst musste er herausfinden, ob sie auf derselben Wellenlänge sendeten.

»Ich möchte wirklich nicht irgendwas zwischen uns missverstehen und dadurch alles vermasseln.«

»Aha«, sagte sie wissend und wandte sich ihm zu. Dann schlang sie die Arme um seinen Hals und schmiegte ihre Brust an seinen Körper. »Nur damit das sonnenklar ist, ich will, dass du mich nach Hause fährst, wo ich dich in meine Wohnung hinaufbitte und dir Ben und Jerrys vorstelle.«

»Du stehst wohl auf die Sorte Eis, wie? Deshalb wolltest du mich vorhin bei dem Eiswagen treffen.«

»Na ja, ich dachte, wenn du mich versetzt, kann ich mir wenigstens ein leckeres Eis gönnen.«

»Nach allem, was du mir vor dieser Verabredung zugemutet hast, hätte mich höchstens eine nukleare Katastrophe davon abhalten können, heute zum Aquarium zu kommen. Wenn überhaupt, dann warst du doch diejenige, bei der man damit hätte rechnen können, dass sie nicht erscheint. Aber dann hätte ich den Eiswagen leer kaufen müssen, um meinen Kummer unter Speiseeis zu begraben. Um herauszufinden, ob euer Mädchentrick echt funktioniert.«

Olivia lachte. »Da bin ich aber froh, dass ich gekommen bin. Wäre doch ein Trauerspiel gewesen, so einen beachtlichen Körperbau mit so vielen leeren Kalorien zu versauen.«

»Beachtlicher Körperbau, das hör ich gerne. Sie können gut mit Worten umgehen, Frau Doktor«, meinte er mit breitem Grinsen. »Okay, da du eben von vorstellen gesprochen hast. Stellst du anderen Leuten immer deine Chunky-Monkey- und Cherry-Garcia-Becher vor, oder bin ich da ein Ausnahmefall?«

Ein spielerischer Klaps auf die Schulter ließ ihn kichern. »Ben und Jerrys sind meine Katzen. Und wenn ich sie meinen Gästen nicht formell vorstellen würde, wären sie stinkig und würden uns keine ruhige Minute gönnen.«

»Und was machen wir in der ruhigen Minute, die sie uns gönnen?«

Sie lächelte. »Na ja, ich hoffe, was die Einzelheiten angeht, kann ich auf deinen Einfallsreichtum setzen. Aber lass es mich so sagen: Wenn am Ende nicht wenigstens ein Kondom weniger in meiner Nachttischschublade liegt, werde ich sehr, sehr enttäuscht sein.«

Erik drehte sich um, am liebsten hätte er sie zu seinem Truck gezerrt und einen Gefallen eingefordert, den ihm ein Kumpel beim Boston Police Department schuldete. Nämlich auf dem Weg von Central Wharf zum Seaport Distric unbehelligt sämtliche Verkehrsregeln übertreten zu können. Doch da fiel ihm wieder ein, wo sie waren. *Fuck.* Er winkte einem Besatzungsmitglied und erkundigte sich, wie lange es noch dauern würde, bis sie anlegten.

»Etwa eine halbe Stunde, Sir.«

»Dreißig Minuten?«, brummte er durch zusammengebissene Zähne. »Warum zum Henker dauert das so lange? Die Sonne ist praktisch untergegangen, die Show ist vorbei, also, zurück zum Ausgangspunkt.«

Der Bursche sah ihn ungläubig an, klappte den Mund auf und zu wie ein Fisch und wusste nicht, was er sagen sollte. Erik wollte ihn anblaffen, ihm befehlen, gefälligst Haltung anzunehmen und den Mund aufzumachen wie ein Mann, doch Olivia kam ihm zuvor, dankte höflich und entließ den Fisch.

Olivia versuchte ihre Belustigung hinter einer neuerlichen Umarmung zu verstecken, doch er sah ihren Augen und ihren leicht zuckenden Mundwinkeln an, was los war. »Langsam, langsam, Soldat, wir sind schneller zurück, als du denkst.« Er wollte schon mit ihr schimpfen, weil sie mit ihm sprach, als wäre sie seine Vorgesetzte, doch dann fuhr sie ihm mit den Fingern durch sein stoppelkurzes Haar und massierte seine Kopfhaut, und er verlor irgendwie den roten Faden. Himmel, fühlte sich das gut an!

»Erinnere mich daran, nie wieder irgendwo mit dir hinzugehen, wo ich dir nicht innerhalb von zehn Minuten die Kleider vom Leib reißen und über dich herfallen kann.«

»Hat dir schon mal jemand gesagt, wie süß du bist, wenn du so griesgrämig wirst?«

»Ehrlich gesagt, ja.« Er hob eine Braue und kniff die Augen um Haaresbreite zusammen. »Aber du bist die Erste, die ich dafür übers Knie legen werde.«

Sie tat, als bekäme sie vor Entrüstung Schnappatmung. »Und wieso, bitte, werde nur ich dafür bestraft?«

»Weil ich mich dem Hinterteil meiner Mom konsequent fernhalte«, erklärte er mit einem schiefen Grinsen und einem Augenzwinkern. »Das ist so eine Regel von mir. Was allerdings *dein* Hinterteil betrifft …« Erik streckte die Hände aus und kniff ihr deftig in beide Pobacken, zog sie zu sich heran und lachte schallend, als sie sich kreischend wand.

Während der nächsten endlosen halben Stunde lenkte Olivia ihn mit Küssen und Berührungen ab, die nichts gegen das zwischen ihnen lodernde Feuer ausrichteten, sondern zusätzlich noch Öl in die Flammen gossen. Kaum hatten sie einen Fuß an Land gesetzt, zog er Olivia hinter sich her. Und als sie ihn bat, doch langsamer zu laufen, warf er sie sich kurzerhand über die Schulter und trug sie bis zum Parkplatz, wo sein Truck stand. Zum Glück lachte sie ebenso laut, wie sie sich beschwerte, sodass niemand auf die Idee kam, die Entführung verhindern zu wollen.

Jetzt musste er sie nur noch nach Hause bringen, bevor sie es sich anders überlegte.

Als Olivia die Tür zu ihrer Wohnung am Waterside Place öffnete, sah sie sich rasch um, ob sie nichts Peinliches hatte herumliegen lassen. Als sie aus dem Haus gegangen war, hatte sie nicht im Traum daran gedacht, Erik später zu ihr heraufzubitten. Na ja, daran gedacht hatte sie schon, nur nicht so lange, dass sie sich beim Wort genommen hätte. Aber nun waren sie hier, und wie sie sich kannte, würde irgendwo einer ihrer BHs über einem Küchenstuhl hängen.

Der Sorgen ihrer Besitzerin ungeachtet, kamen ihre Katzen aus dem Schlafzimmer zu ihr gehuscht, um sie willkommen zu heißen. »Da sind ja meine Jungs«, sagte sie und bückte sich, um jedem der beiden ein, zwei halbherzige Streicheleinheiten zukommen zu lassen, ehe ihre Neugierde sie auf den Mann neben ihr aufmerksam machte. Als Erik sich hinhockte, verharrten die langhaarigen Katzen auf dem Fleck. »Der orange-weiße Angsthase ist Ben«, stellte Olivia vor. »Wenn man sich abrupt bewegt, erstarrt er oder läuft weg. Er taut erst wieder auf, wenn er sieht, dass man seinem Bruder nichts getan hat.«

»Verständlich.« Doch kaum hatte Erik die Linke ausgestreckt, kam Ben auf weichen Pfoten vorsichtig näher. »Na, da schau her, du bist ja gar kein Angsthase, Ben. Du bist bloß vorsichtig, also schlau. Und dann musst du Jerry sein«, wandte er sich an den um seine Beine streichenden Schwarz-Weißen.

»Genaugenommen heißt er Jerrys. Mit einem ›S‹ hinten dran.« Während ihre Jungs Erik beschäftigten, lief Olivia schnell durch ihre Wohnung, um hier und da eine Kleinigkeit zurechtzurücken, auf die es am Ende ankommen mochte: Sie klopfte hier ein Kissen auf, sammelte dort vergessene Socken ein und räumte das Geschirr vom vergangenen Abend in die Geschirrspülmaschine.

Erik richtete sich auf und trat zu ihr an den Frühstückstresen, der die Küche vom Wohnzimmer trennte. »Ist er eine multiple Persönlichkeit?«

Sie gluckste, strich mit den Händen über seine Brust und umschlang seinen Nacken, als er sie in die Arme nahm. »Ich habe sie nach dem himmlischen Eis und nicht nach dem Mann benannt, der es erfunden hat.«

»Himmlisch, wie? Darf ich dem entnehmen, dass dieses Eis noch etwas auf der Liste deiner Lieblingsdinge ist?«

Erik senkte den Kopf und fuhr mit den Lippen seitlich ihren Hals hinauf. Ihre Augen schlossen sich mit einem Seufzer, der zu einem Keuchen wurde, als er an der empfindlichen Haut hinter ihrem Ohr knabberte. Hatte er sie etwas gefragt? War es an ihr, etwas zu sagen? Doch ehe sie sich erinnern konnte, schob er ihr die Hände ins Haar und eroberte ihren Mund.

Heilige Scheiße, sie konnte nicht mehr denken. Seine Lippen und seine Zunge blockierten ihren Verstand und benebelten ihre Sinne. Sie sah, hörte, roch, fühlte und schmeckte nur noch ihn. Ab heute hatte sie nichts lieber in der Welt als Erik Gradys Küsse.

Sie riss sich los, um ihre Lungen mit Luft zu füllen, dann blickte sie in seine bernsteingoldenen Augen und sagte: »Du hast es geschafft, du stehst ganz oben auf der Liste.«

Auf seinem Gesicht erschien ein gewaltiges Grinsen. »Freut mich zu hören, aber ich finde, du solltest deine Liste in ein paar Unterkategorien aufteilen. Ich habe nämlich vor, dich für einige Besonderheiten zu begeistern.«

»Unterkategorien sind eine fantastische Idee.«

»Ja, und ob«, brummte er und beugte sich vor, um den Kuss fortzusetzen. Doch ehe er sie berührte, meldete sich das Handy in seiner Gesäßtasche, sodass sie erschrocken zurückfuhr. »Nervös, Süße?«

Olivia reckte zu ihrer Verteidigung ein Stückchen das Kinn. »Schon vergessen, ich war diejenige, die vorgeschlagen hat, hierherzukommen?«

»Natürlich nicht.« Erik trat wieder näher und tauchte die Welt ringsum in Schatten. Um seinen Blick festhalten zu können, legte sie den Kopf in den Nacken und merkte erst, dass er die Hände gehoben hatte, als er mit den Fingerknöcheln über einen ihrer steinharten Nippel strich. Sie schnappte nach Luft, ihr Köper fuhr ruckartig auf, als wäre der Mann elektrisch geladen. Seine Lippen verzogen sich zu einem Grinsen. »Trotzdem scheinst du ein bisschen aufgekratzt zu sein.«

»Klugscheißer. Aber ein Glas Wein wäre jetzt schon gut. Du auch?«

»Whiskey.«

»Mal sehen, was ich auftreiben kann.«

Sie bedeutete ihm, sich ganz wie zu Hause zu fühlen, und kehrte in die Küche zurück, um die passenden Gläser zu suchen. Es kam nicht oft (eher nie) vor, dass sie Gäste hatte und etwas anderes als ihr Alltagsgeschirr brauchte. Sie fingerte ein stielloses Wein- und ein Highball-Glas aus dem hintersten Winkel eines Küchenschranks und warf einen verstohlenen Blick in Eriks Richtung.

Er hatte es sich inzwischen auf ihrer Couchgarnitur vor den wandhohen Fenstern gemütlich gemacht. Auch wenn sie keine Wohnung mit Balkon hatte ergattern können, gefiel ihr der Ausblick nach Osten über den Hafen besonders gut. Für sie lohnte sich die nicht ganz billige kleine Bleibe im Seaport District bereits dadurch.

»Ist Johnnie Walker Black Label okay für dich?«, fragte sie unsicher. »Ich habe noch eine Flasche von meinem Bruder. Die ist zwar von Weihnachten vor zwei Jahren, aber Whiskey soll ja mit der Zeit besser werden, oder?«

»Warum schenkt er dir Whiskey, wenn du gar keinen trinkst?«

»Weil Robert die Kunst beherrscht, zu schenken, was er sich eigentlich selbst wünscht. Er trinkt gerne Whiskey, was ihm gut zupasskommt, wenn er mich besucht.« Sie schenkte ihnen lächelnd ein und dachte an die vorgeblich entsetzte Miene ihres Bruders, als sie ihn deshalb zur Rede stellte. Worauf der Spaßvogel sich gerettet hatte, indem er ihr ihr eigentliches Geschenk gab.

»Ist er das?«

Olivia nahm die Gläser und wollte sie zu ihm ins Wohnzimmer tragen, blieb aber wie angewurzelt stehen, als sie fühlte, wie ihr das Lächeln verging. Es gab in ihrer Wohnung mehrere Bilder von Robert an den Wänden, in Regalen, doch das gerahmte Bild, das Erik vom Beistelltisch genommen hatte und ihr jetzt entgegenstreckte, zeigte nicht sie und Robert.

Es zeigte sie und ihren Mann.

Er hatte von hinten den Arm um sie gelegt, beide steckten sie in unförmiger Winterkleidung, Jacken, Schals, Strickmützen, die ihre Ohren verdeckten. Das Foto war nach einer Schneeballschlacht während der Weihnachtsfeiertage in ihrem letzten College-Jahr entstanden. Leuchtende Augen, rote Backen, das Lachen als weiße Wölkchen vor ihren Mündern, das Bild hielt ihr Glück fest – damals, als ihnen alles, auch ihre Beziehung, noch leichter gefallen war –, vollkommen, eingefroren in der Zeit.

Jesus, wie hatte sie so dumm sein können? Einen Mann in ihre Wohnung zu bitten, die immer noch so aussah, als könnte Brett jede Minute zur Tür hereinkommen. Sie hatte sich ja nicht mal von dem blauen Rattansessel aus seiner Studentenzeit getrennt, in dem er immer gesessen und sie auf seinen Schoß gezogen hatte, damit sie mit ihm schmusen konnte, wenn er lernte. In dem sie nach seinem Tod wochenlang geweint hatte, und der jetzt in ihrem Schlafzimmer stand und Ben und Jerrys als Lieblingskatzenbett diente.

Erik herzubringen war ein Fehler gewesen. Wie konnte sie an einem Ort, an dem sie die Zeit angehalten hatte, damit rechnen, ein neues Leben anzufangen? Bevor hier irgendwas laufen konnte, musste sie erst mal beide Seiten ihres Lebens – die emotionale und die körperliche – wieder zusammenbringen. *Scheiße, scheiße, scheiße …*

Vielleich tranken sie besser aus, und sie entschuldigte sich mit Kopfschmerzen oder so. *Ja klar, ein super Plan. So ein Klischee. Echt jetzt, Olivia?* Sie musste sich etwas Besseres einfallen lassen.

Sie setzte eine, wie sie hoffte, sorglose Miene auf und brachte Erik seinen Whiskey. Dann ließ sie sich auf der anderen Seite des Sofas nieder, zog die nackten Füße unter den Körper und beantwortete endlich seine Frage. »Nein, Robbie ist der da drüben, neben den Fenstern.«

Erik folgte ihrem Blick zu dem Bilderrahmen an der Wand und musste wie alle anderen darüber lachen. Sie und ihr Bruder sahen einander so ähnlich, dass sie häufig für Zwillinge gehalten wurden, charakterlich waren sie jedoch fast das genaue Gegenteil, was ihr Aussehen auf dem Bild sehr treffend einfing. Olivia trug ein schlichtes Strandkleid, einen leichten Sweater und ein süßes Lächeln, während das verschmitzte Grinsen ihres Bruders perfekt zu dem verwaschenen schwarzen T-Shirt mit dem Aufdruck »I'm with Stupid« und dem auf seinen Schritt deutenden Pfeil passte.

»Ich wette, er sprengt jedes Familientreffen.«

»Gelinde gesagt. Ich glaube, er hat von Geburt an kein Quäntchen Ernsthaftigkeit im Leib, aber so groß sein Sinn für Humor auch sein mag, sein Herz ist noch größer. Er ist echt ein toller großer Bruder.«

»Wenn man bedenkt, wie erstaunlich ich dich finde, bin ich nicht überrascht, dass du eine wunderbare Familie hast.« Er legte den Arm auf die Sofalehne, streckte die Hand nach ihr aus und verschränkte seine Finger mit ihren. Sie fand es beängstigend, wie sehr sie sich nach gerade mal fünf Minuten wieder nach seiner Berührung sehnte. Er trank einen Schluck, dann deutete er mit einem Nicken auf das Foto, das er auf den Beistelltisch zurückgestellt hatte. »Und wer ist das?«

Ihr Magen zog sich zusammen, sie griff eifrig nach ihrem Weinglas und trank, um Zeit zu schinden, mehrere große Schlucke. Allerdings ohne einen Schimmer, was ihr das bringen sollte. Was sie brauchte, was sie beide brauchten, war eine Ablenkung. Scheiß auf die Kopfschmerzen. Eine Ablenkung, die nicht an die Vergangenheit, sondern nur an das Hier und Jetzt denken ließ. An Erik und sie.

Olivia stand auf, trank aus und stellte ihr Glas weg. Sie hielt seinen Blick fest, setzte sich rittlings auf seinen Schoß. Erik, der den Whiskey auf dem Beistelltisch beinahe vergessen hatte, fuhr mit seinen Händen über ihre Hüften und drückte ihre Pobacken, während er sie an sich zog, um seine Erektion an ihr zu reiben.

Sie beugte sich vor, um ihn zu küssen, doch er zog im letzten Moment den Kopf zurück, die goldenen Augen musterten sie eine gefühlte Ewigkeit, sodass es ihr den verkrampften Magen umstülpte. »Wieso habe ich den Eindruck, dass du meiner Frage ausweichst?«

»Das liegt bestimmt daran, dass du mit dem falschen Ende denkst. Konzentrieren wir uns lieber darauf, was dieses Ende hier will«, sagte sie und wiegte ihre Hüften.

Er knurrte und schloss die Augen, und die Tatsache, dass sie ihn mit so wenig so sehr anmachen konnte, war ein Kick für sie. Doch als der kurze Moment der Euphorie vorbei war, sah er sie mit einem Blick an, der wohl sonst nur Untergebenen vorbehalten war, denen er denselben Befehl zweimal erteilen musste. »Wer ist er?«

Verdammt! Sie konnte das nicht – in einer Wohnung voller Erinnerungen mit einem anderen zusammen sein –, wenn Erik ständig ihren Mann ins Spiel brachte. »Niemand! Und jetzt hör auf, so eine große Sache daraus zu machen, ja?«

»Olivia, ich habe nur aus beiläufiger Neugier gefragt und mit einer ganz einfachen Antwort gerechnet. Und danach wollte ich all das tun, was mir in den letzten vier Stunden, wenn nicht sogar in den letzten vier Wochen durch den Kopf gegangen ist. Du bist diejenige, die so eine große Sache daraus macht, weil du der Frage ausweichst.«

»Dass ich dir nicht jedes einzelne Foto in meiner Wohnung vorführen will, heißt nicht, dass ich irgendeiner Frage ausweiche«, sagte sie gereizt.

»Ist er dein Exfreund? Der, dessen Gegenteil ich neulich Abend für dich sein sollte, nein, musste?«

Sie hatte keine Ahnung, was sie darauf erwidern sollte. Das mit der Ablenkung war schiefgegangen. Und jetzt? Abwehr? Ablehnung? Irgendwas anderes mit A? Die Wahrheit kam jedenfalls nicht infrage. Es mochte sich nur um eine Frage handeln, die aber ganz sicher zu einem ganzen Fragenkatalog führen würde, und sie hatte keine Lust auf dieses Gespräch mit ihrem neuen – oder möglichen neuen – Lover. Das würde nur alles verderben.

Männer verteidigten ihr Revier; wie Haushunde markierten sie, was sie für ihren Besitz hielten, um andere zu warnen.

Doch Erik war so viel mehr als das. Inbrünstiger, intensiver, loyaler. Sein Funkname passte perfekt, er war ein Wolf unter Hunden. Wie würde er reagieren, wenn sie ihm mitteilte, dass sie so vollständig zu einem anderen gehört hatte, nämlich zu Brett? So aberwitzig es sein mochte – schließlich hatte sie nichts falsch gemacht, weil sie schon mal verheiratet gewesen war –, wusste sie doch, dass sie ihm keinen Vorwurf machen würde, falls er damit nicht umgehen konnte. Und irgendwie hatte sie längst das irre Gefühl, dass Erik jetzt schon mehr zu ihr gehörte, als Brett es je getan hatte.

Oh mein Gott, was denke ich da? Das kann nicht richtig sein. Nein und nochmals nein, das ist einfach … krank.

Olivia stieß einen schweren Seufzer aus, stand auf und entfernte sich ein paar Schritte, ehe sie sich wieder zu ihm umdrehte. Sie würde es echt vermasseln. Sie hätte die Verabredung besser nach der Rundfahrt bei Sonnenuntergang beendet, als sie noch Fortschritte machten. Sie hatten drei Verabredungen ausgemacht, keine Affäre. »Vielleicht war das doch keine so gute Idee.«

Erik erhob sich und überwand den Abstand zwischen ihnen mit zwei Riesenschritten seiner langen Beine. Als seine Hände sich um ihre Schultern schlossen, wollte sie sich gleichzeitig losmachen und sich ihm an den Hals werfen. Ihr Körper bettelte sie an, nicht länger auf ihren Verstand zu hören und dem nachzugeben, wonach sie sich in diesem Moment mehr als nach allem anderen sehnte. Aber es war nicht ihr Kopf, der immer neue Hindernisse auftürmte, sondern ihr verwirrtes Herz, das sich nicht zu entscheiden vermochte zwischen der Treue zu ihrem Mann und seiner Liebe zu ihr und dem Wunsch, endlich davon freigesprochen zu werden.

»Livvie, schließ mich nicht aus. Nicht, nachdem du angefangen hast, mich in dein Leben zu lassen.«

Sie schnaubte. »Ich schließe dich nicht aus, Erik. Um das tun zu können, müssten wir ›was miteinander haben‹, aber das haben wir nicht. Wir haben einmal miteinander geschlafen, und wir sind gerne zusammen. Mach bitte nicht mehr daraus.«

Seine Hände ließen sie los, seine Kiefermuskeln malmten ärgerlich. Olivia hasste es, sehen zu müssen, wie die Leidenschaft in seinen Augen erstarrte, trotzdem durfte sie jetzt nicht weich werden. Sie hatte sich weisgemacht, bereits loslassen zu können, aber bis sie wirklich so weit war, würde Brett in jeder neuen Beziehung der störende Dritte bleiben.

»Wie Sie meinen, Doc.« Erik marschierte durch die Wohnung und riss die Tür auf. Er wollte sie schon hinter sich schließen, drehte sich aber im letzten Moment noch mal um. »Wir bleiben in Verbindung, damit wir uns über unsere zweite Verabredung einigen können.«

»Du … willst trotzdem noch mit mir ausgehen?« Ihr Puls raste, als hätte sie die Hälfte des Boston Marathons hinter sich, statt so reglos wie die Möbel ringsum mitten in ihrem Wohnzimmer zu stehen.

Er gab ein verhaltenes Schnaufen von sich, das sie nur als aus Enttäuschung geborenen Galgenhumor deuten konnte, und schüttelte einmal den Kopf. »Süße, es braucht verdammt viel mehr als einen Streit über einen Typen auf einem Foto, um mich zu vertreiben. Träum was Schönes, Livvie.«

11

Alles in allem fand Erik die Sprechstunden bei Dr. Marion gar nicht so übel. Er hatte den älteren Mann schon vorher gemocht, doch nun achtete er ihn auch als Veteran, auch wenn er ein verfluchter Marineinfanterist war. Erik gab sich Mühe, ihm daraus keinen Vorwurf zu machen.

Es half ihm, dass Marion wusste, was es hieß, im Gefecht zu stehen, sich auf feindlichem Gebiet zu bewegen und zu wissen, dass jeder neue Tag der letzte sein konnte. Er wusste auch, dass jeder, der in einem Kriegsgebiet abgesetzt wurde, für welchen Zeitraum auch immer, über die Fähigkeit verfügen musste, innerlich dichtzumachen, wenn es so weit war. Ganz gleich, wie hart oder beschissen seine Aufgabe auch sein mochte. Bedingungslos und ohne zu zögern. Als es Erik schwerfiel, bestimmte Erlebnisse in Einsatz wiederzugeben, wusste Marion genau, wie er ihn behutsam zum Reden bewegen konnte.

Doch was Erik vermutlich am meisten entspannte – so entspannt er in einer Situation, die permanent von ihm verlangte, seine Albträume und Fehler neu zu durchleben, eben sein konnte, war Marions Sinn für Befehl und Gehorsam. Als Erik vor der Wahl stand, den Mann mit Doktor oder Major anzusprechen, entschied er sich für Letzteres. Das Militär trennt sich von einem Mann, der Mann sich aber niemals vom Militär. Erik nahm daher an, dass er und seine Jungs ihren Rettungswagen 2 genauso führten, als wäre ihnen ihre GI-Existenz in Fleisch und Blut übergegangen.

So redete auch der Major, getreu seiner militärischen Lebensweise, nicht lange um den heißen Brei herum. Anstatt zu sagen: »Erzählen Sie mir, wie Sie sich dabei gefühlt haben«, brummte er nur und sah Erik so lange an, bis dieser sich genötigt sah, das Schweigen zu durchbrechen und sich den Mund fusselig zu reden.

Wie im Gefangenenverhör. Ausgekochter Schweinehund.

Aber dass er Dr. Marion mochte und lieber mit ihm sprach als mit den meisten anderen, bedeutete noch lange nicht, dass die Therapie ein Zuckerschlecken gewesen wäre. Fuck, ganz sicher nicht! Meistens lief es richtig beschissen. Schließlich saß er nicht hier, um über ihre Football-Spiele in der Wüste zu sprechen oder ihre Musikvideo-Parodie auf Nellys Hit »Hot in Here«, oder darüber, wie er Dozer einmal scharfe Habanero-Pfeffersauce in den offenen Mund geschüttet hatte, als der im Einsatz eingepennt war. (Der Arsch hatte es ihm später ordentlich heimgezahlt und ihm, als er in der Kiste lag, eine Augenbraue abrasiert. Seine Männer hatten danach echt Probleme, ihn mit nur einer verdammten Augenbraue ernst zu nehmen.)

Nein, er war hier, um über den »Scheiß« zu sprechen, den er seit dem Tag, an dem er seine Entlassungspapiere unterschrieben hatte, mühsam unter Verschluss zu halten versuchte. Und das hieß, die hässlichen Narben aufzureißen, in den Wunden herumzustochern und sich dafür zu hassen, wenn ihm die Tränen kamen und er in fast jeder verfluchten Sitzung schwach wurde. Doch ohne diese Fortschritte, so rief ihm Major Marion immer wieder ins Gedächtnis, würde Erik den aktiven Dienst im Rettungswagen 2 nie wieder aufnehmen können. Also würde er sich, um wieder Schichten abzureißen, damit abfinden, jede Woche ein wenig Selbsthass zu empfinden.

Da er das in dieser Sitzung bereits hinter sich hatte, war Erik genervt und konnte es kaum erwarten, endlich hier rauszukommen und zur Feuerwache zu fahren. Das tat er ein paarmal pro Woche, um den Jungs auf der Wache unter die Arme zu greifen. Doch dort zu sein beruhigte ihn ebenso sehr, wie es ihn aufregte. Wenigstens hatte er während seiner Anwesenheit keinen Einsatz miterlebt.

»Lassen Sie uns mal kurz über die Gegenwart sprechen«, sagte Dr. Marion jetzt. »Haben Sie und Olivia sich am Wochenende getroffen?«

Erik spannte die Hände über den Knien, drückte sich in die Couch und rutschte unbehaglich darauf herum. So schwer es ihm fallen mochte, über seine Zeit im Irak zu sprechen, war es ihm doch beinahe lieber, darüber zu reden, als dieses spezielle Thema mit Dr. Marion anzuschneiden. Fehlschläge behagten ihm nicht, und der letzte Samstag roch sehr nach Fehlschlag. Immer schön einen Schritt vor und zwei zurück. »Ja, Sir, wir hatten unsere erste Verabredung.«

»Und haben Sie über sich gesprochen, sich besser kennengelernt?«

Während er sich eine Antwort überlegte, kratzte Erik sich die Stoppeln am Kinn und nahm sich vor, den Bart später zu kürzen. Da er zurzeit nicht glatt rasiert zur Arbeit erscheinen musste – mehr als ein Schnauzer war im Dienst nicht erlaubt, weil sonst das Atemschutzgerät nicht richtig abschloss –, probierte er, je nach Stimmungslage, alles von abendlichem Bartschatten bis zu totalem Wildwuchs. Und da seine Stimmung seit dem vergeigten Abend mit Olivia ziemlich im Keller war, hatte er sich seitdem überhaupt nicht mehr darum gekümmert. Noch ein Tag mehr, und er würde wie ein Landstreicher aussehen.

»Sohn?«, soufflierte der Major.

Erik räusperte sich und antwortete offen: »Ein wenig. Als ich sagte, ich wolle alles über sie wissen, hat sie gelacht, als hätte ich einen Witz gemacht, aber es war mir ernst damit.«

Zu den Dingen, die ihn entmutigten, zählte die Erkenntnis, dass er liebend gerne ihrer Lebensgeschichte gelauscht hätte. Von Anfang an bis heute. Livvie hatte seine strengen, unüberlegten Regeln, was Frauen, Verabredungen und Beziehungen anging, genommen und in Fetzen gerissen, als hätte sie ihm eine Handgranate vor die Füße geworfen. Normalerweise wäre er einfach vorgeprescht und hätte so viel Boden wie möglich gutgemacht, ehe ihm die Granatsplitter um die Ohren sausen konnten. Bei Olivia schien es ihm allerdings egal zu sein, was die Frau alles in die Luft jagte. »Sie hat mir von ihrer Familie erzählt und wie sie Psychologin wurde. Solche allgemeinen Sachen halt. Aber sie wich mir aus. Es gibt da etwas Wichtiges, das sie mir vorenthält.«

»Wie kommen Sie darauf?«

»Es ist vielleicht ihr Job, Menschen zu durchschauen, aber ich habe mich im Dienst auch darin perfektioniert. So wie Sie bestimmt auch, Sir.«

»Allerdings«, stimmte Dr. Marion zu. »Was meinen Sie mit wichtig?«

»Ich glaube, es hat mit ihrem Ex zu tun.«

»Ex?«

»Exfreund. Über den sie hinwegkommen will. Ich vermute, er hat sie irgendwie durcheinandergebracht, aber wie, will sie mir nicht sagen.«

»Verstehe«, sagte der Ältere hinter einem Kirchturm aus Fingerspitzen. »Und haben Sie ihr von Ihnen erzählt? Ihrer Familie, ihrem Dienst als Soldat oder jetzt, als Feuerwehrmann?«

»Nicht wirklich.« Der Major starrte ihn an, bis er sich vorkam wie Ungeziefer unterm Mikroskop. Er seufzte. »Überhaupt nicht. Ich habe das Thema gewechselt.«

»Warum? Finden Sie nicht, dass sie es genauso verdient, über Sie Bescheid zu wissen, wie Sie über Olivia Bescheid wissen wollen? Sie können nicht erwarten, dass sich Ihnen jemand öffnet, wenn Sie es nicht auch tun.«

»Ich konnte nicht, da noch nicht«, erwiderte er und schluckte. Wieder wurde er angestarrt. Mist. »Etwas, das sie sagte … löste etwas in mir aus, was ihr nicht entging. Das ist vermutlich das Risiko, wenn man mit einer Seelenklempnerin ausgeht. Sie war so freundlich, das Thema fallen zu lassen und nicht weiter darauf herumzureiten.«

»Also nichts von Bedeutung?«

Erik zog die Stirn kraus und rief sich die fraglichen Minuten ins Gedächtnis. »Wenn ich jetzt darüber nachdenke, bin ich mir nicht mehr sicher, ob es wirklich so unbedeutend war, ich meine, ich weiß noch, ich kam mir vor, als würde ich in meine Vergangenheit blicken wie ein Reh ins Scheinwerferlicht … und im nächsten Moment spürte ich ihre Hand auf meinem Gesicht. Ihre Berührung hat mich irgendwie geerdet. Wie ein Rettungsseil zurück in die Gegenwart. Ich glaube, sie hat mich wirklich vor einem Absturz bewahrt.«

»Das ist gut, Erik, aber wir müssen daran arbeiten, dass Sie sich selbst davor bewahren können. Olivia ist kein Lawinenhund. Und sie kann nicht jeden Tag vierundzwanzig Stunden bei Ihnen sein.«

Eine Schande.

Marion unterband Eriks rapide abwärts trudelnden Gedankengang mit einer missbilligend erhobenen, buschigen, grauen Augenbraue. Verdammt, war der Mann Psychologe oder Hellseher? Gott sei Dank schwieg der Doktor nun, und Erik hatte nicht vor, mehr zu sagen.

»Verraten Sie mir, unter Berücksichtigung unserer Vereinbarungen«, fuhr der Doktor fort, »wie die Verabredung, Ihrer Meinung nach, weiter verlief. Wirkte Olivia … präsent? In dem Moment ganz bei Ihnen?«

Der Major hatte in der ersten Sitzung klargemacht, dass er als Olivias Chef und Taufpate in mehr als einer Hinsicht leicht eine »rote Linie« überschreiten konnte, wenn er zuließ, dass Erik sich irgendwie über seine Beziehung zu ihr ausschüttete. Erik hatte daraufhin zugesagt, dass er sich, wann immer es um sie beide ging, auf seine Seite fokussieren würde. Es war ihm, mit anderen Worten, strengstens untersagt, den guten Doktor nach Insiderinfos über die geheimnisvolle Frau zu fragen. Desgleichen waren Anspielungen auf alles Körperliche verboten, das zwischen ihnen vorgefallen sein mochte.

Erik wusste daher nicht, wie er auf Fragen über Olivias Verhalten reagieren sollte. Aber was zum Henker wusste er schon? Schließlich war nicht er derjenige mit dem tollen gerahmten Doktorgrad an der Wand. »Zuerst schon«, antwortete er, »aber in ihrer Wohnung ging dann irgendwie alles schief.«

In den Augen des Mannes blitzte Sorge auf, die er jedoch sofort hinter einer Maske der Teilnahmslosigkeit verbarg. »Wie meinen Sie das?«

»Sie wollte mir nicht sagen, wer der Mann auf einem Foto dort war.« Keine Reaktion. Auch gut. Viel hatte er damit indes nicht in der Hand. »Dauernd wollte sie das Thema wechseln und meinte, das sei niemand. Man stellt sich aber keine gerahmten Bilder hin, auf denen niemand zu sehen ist. Ich wette zehn zu eins, das ist ihr Ex.«

Dr. Marion zuckte die Schultern. »Und wenn? Was macht das für einen Unterschied?«

»Fuck, das weiß ich doch auch nicht. Ich meine, ich wollte gar kein großes Ding darum machen. Ich hab mir sogar gesagt, ich stelle das Bild ganz ruhig weg und lasse das Thema auf sich beruhen, wenn sie zugibt, dass das auf dem Foto ihr Ex ist. Aber je länger sie sich weigerte, desto mehr drängte ich sie – und schließlich hatte ich den Bogen überspannt. Sie beendete den Abend, bevor wir ausgetrunken hatten.« Und da er wusste, welche Frage als Nächstes kommen würde, fügte Erik hinzu: »Und seitdem war ich total im Arsch.«

»Hm.« Dr. Marion rieb sich mit zwei Fingern das Kinn, während der Blick seiner Adleraugen ihn durchbohrte. Erik wusste inzwischen, dass der Alte sich in solchen Momenten den großen Kopf zerbrach, bevor er ihn an seinen weisen Entschlüssen teilhaben ließ. »Aber Sie wissen schon, dass man nie nach dem äußeren Anschein urteilen soll, oder?«

»Ich bin mir ziemlich sicher, dass meine zweijährige Nichte das schon weiß, Sir«, antwortete er säuerlich.

Dr. Marion grinste. »Genau, jeder weiß das, trotzdem halten wir uns nur selten daran. Sie sind hier, weil Sie Hilfe dabei benötigen, mit Ihrer Vergangenheit fertigzuwerden. Aber Menschen, die sich Ihrer Lage nicht bewusst sind, würden wahrscheinlich nicht darauf kommen, dass Sie eine Therapie benötigen, ganz zu schweigen davon, dass sie bereits mittendrin sind. Finden Sie, dass man das so sagen kann?«

Dagegen ließ sich nichts einwenden. Erik gefiel der Gedanke, dass außer seinen Feuerwehrkollegen niemand etwas von seinem angegriffenen Nervenkostüm ahnte. »Ich schätze, ja«, sagte er, »aber was hat das mit Olivia oder damit zu tun, dass sie mir nicht sagen wollte, wer der Typ auf dem Foto war?«

»Worauf ich hinauswill, ist, dass Sie aufhören sollten, vorschnell über den Seelenzustand anderer zu urteilen. Sie selbst sind doch der lebende Beweis, dass man anderen Menschen nicht ansieht, ob es ihnen gut geht oder ob sie sich mit Problemen herumschlagen. Anders ausgedrückt, Sie sollten nicht davon ausgehen, dass jemand ohne Weiteres über etwas sprechen kann, nur weil Sie meinen, dass es so sein müsste.«

Erik fluchte, beugte sich mit auf die Knie gestützten Ellbogen vor und strich sich ein paarmal mit beiden Händen über den Kopf, ehe er wieder zu dem Major aufsah. »Ich habe mich wie ein Vollidiot benommen, oder? Anstatt zu überlegen, warum sie mir nichts sagen wollte, habe ich sie nur weiter bedrängt.«

Wie üblich sagte der Mann nichts, sondern ließ Erik in seinen Gedanken schmoren.

Er konnte nicht abstreiten, dass er stinksauer gewesen war, weil er sich damit abfinden musste, dass Livvie vor ihm bereits einem anderen gehört hatte – was durchaus nicht hieß, dass sie *ihm* gehörte, aber darum ging es gerade nicht –, und dass dieser andere sie immer noch aus gerahmten Fotografien anlächelte, von denen sie sich offensichtlich nicht trennen konnte. Sein Besitzanspruch auf sie war natürlich vollkommen unvernünftig, andererseits gehörte nichts von dem, was er für sie empfand, auch nur annähernd ins Reich der Vernunft.

Verdammt, er hatte doch mitgekriegt, dass sie verletzt worden war. Schließlich war sie ja im Phoenix aufgeschlagen, um über ihren Verflossenen hinwegzukommen. Doch irgendwann hatte er aufgehört, darauf Rücksicht zu nehmen. Als hätten die paar Wochen, in denen sie miteinander ins Gespräch gekommen waren, jeden Liebeskummer der Vergangenheit automatisch kuriert. *Liebeskummer*. Die Vorstellung, dass sie wegen irgendeinem Arschloch litt, machte ihn rasend. Allerdings musste er sich unter Kontrolle halten, wenn er die Lage zwischen ihnen noch mal bessern wollte.

Die Lage bessern. Er fragte sich, ob das überhaupt möglich war. Er war im Allgemeinen kein Schwarzseher, aber er hatte so ein Gefühl, dass seine Unfähigkeit, auf Livvie zuzugehen und die Hindernisse zu überwinden, die sie ihm in den Weg legte, etwas mit seiner überschatteten Vergangenheit zu tun hatte. Als hätte ihm das Universum die perfekte Frau nur deshalb vorgestellt, um ihn zu verarschen und ihm eine verlockende Zukunft vorzugaukeln, die niemals Wirklichkeit werden würde. Eine Zukunft, wie sie auch die Männer, die er im Irak im Stich gelassen hatte, nie erleben würden. Ganz große kosmische Vergeltung.

Endlich entschloss sich Dr. Marion zu sprechen und unterbrach damit Eriks abermals Richtung Abgrund abdriftende Gedanken. »Ich will mal für einen Moment vergessen, dass ich Ihr Therapeut bin, Sohn, und schlicht in Ihrem und Olivias Interesse sprechen.«

Erik richtete sich auf der Couch auf wie ein Hund, der die Ohren spitzt. Was ihn und Olivia betraf, wollte er natürlich hören.

»Ich weiß, ich hielt Ihre Verabredungen mit Olivia für eine gute Idee – und das finde ich immer noch, sofern die Umstände stimmen –, aber wenn Ihre Absichten nicht über Ihre Gürtellinie hinausgehen, denke ich, Sie schauen sich besser anderweitig um. Verstanden?«

Okay, diesmal also keine weisen Ratschläge. Sondern eine deutliche Warnung. Der Alpha in Erik hätte Onkel Eddie am liebsten in weniger freundlichen Worten mitgeteilt, er könne sich zum Teufel scheren. Doch der von Norma Grady erzogene Mann – die ihrem Sohn stets die Leviten gelesen hatte, wann immer der etwas von sich gab, das als unflätig galt oder einen Mangel an Mitgefühl verriet – verstand und respektierte die Fürsorglichkeit, die Olivias Patenonkel einer Frau schuldete, die für ihn wie eine Tochter war.

»Ja, Sir.«

»Gut.« Ein kurzer Blick auf die Uhr zeigte das Ende der Sprechstunde an, und Dr. Marion absolvierte rasch die üblichen Erinnerungen und Schlussfolgerungen. Sie erhoben sich, schüttelten sich die Hände, und Erik ging zur Tür.

Als käme ihm noch ein Gedanke, blieb er mit der Hand am

Türknauf stehen und suchte den festen Blick seines Therapeuten. »Nur fürs Protokoll, Major, ich habe nicht vor, sie zu etwas zu drängen, das sie nicht auch will.«

Verblüffung zeigte sich in den Zügen des Alten, die er jedoch rasch verbarg. »Das nenne ich eine Ansage, junger Mann. Aber, sagen Sie mir, sieht meine Patentochter das genauso?«

»Daran arbeite ich noch, Sir.«

Da Olivias letzter Klient abgesagt hatte, beschloss sie, heute früh Schluss zu machen und bequem von zu Hause aus zu arbeiten. Was absolut nichts damit zu tun hatte, dass Eriks wöchentlicher Termin für heute Nachmittag angesetzt war und sie ihm nach dem katastrophalen Ausgang ihrer Verabredung lieber aus dem Weg gehen wollte.

Nichts da! Sie hatte Lust, nach Hause zu fahren, weiter nichts. Sie liebte ihr Büro im Pru, doch manchmal zog sie ihre stille Wohnung vor, wo sie nicht von Kollegen aufgehalten wurde, wenn sie bloß mal zur Toilette wollte. Ihr Schreibtisch stand im Schlafzimmer, in einem extra geschaffenen Wohnbereich vor großen Fenstern, die den gleichen Ausblick auf den Hafen boten wie die im Wohnzimmer.

Und meistens kam sie in ihrem kleinen Home Office gut voran – heute jedoch nicht. Heute konnte sie sich ums Verrecken nicht konzentrieren.

Sie hatte alles versucht, was ihr sonst half, sich zu entspannen und neu zu sammeln. Sie hatte sich ihren Lieblingstee gekocht, hatte meditiert und war kurz in den Fitnessraum verschwunden – doch nichts hatte geholfen. Ihr Verstand glich einem Radiosender, der ohne Unterlass dasselbe Lied spielte: Erik Grady, Erik Grady, Erik Grady …

Wie es schien, konnte sie nichts von dieser neuen Besessenheit erlösen. Sie fragte sich buchstäblich den lieben langen Tag, was er vorhaben mochte. Ob es ihm gut ging oder ob ihm die Vergangenheit zu schaffen machte. Ob er zu Hause blieb oder mit seinen Freunden abhing. Und ob er nachts allein schlief … oder mit anderen Frauen.

Und dieser spezielle Gedanke weckte in ihr den Wunsch, jedem weiblichen Wesen im Umkreis von drei Häuserzeilen die Augen auszukratzen. So etwas entsprach normalerweise eher Angies Art, aber doch nicht ihrer. Olivia war, im Unterschied zu den gefühlsbetonten, melodramatischen Ausbrüchen ihrer Latino-Freundin, immer die Verkörperung von Ruhe und Gelassenheit gewesen. Bis jetzt!

Zum hundertsten Mal in den letzten fünf Tagen wünschte sie sich, die Zeit zu dem Moment zurückdrehen zu können, als Erik sie nach dem Mann auf dem Foto gefragt hatte. Dann hätte sie es ihm gesagt. Sie hätte in den sauren Apfel gebissen, sich ihm geöffnet und es darauf ankommen lassen, ob es alles zwischen ihnen verderben würde – denn es nicht zu tun, hatte schließlich auch nichts gebracht.

Ein Teil von ihr sträubte sich gegen die Vorstellung, sich ihm über das Hin und Her wegen ihrer nächsten Verabredung hinaus zu öffnen. Es war ja nicht so, als hätte Erik ihr am Samstag mehr Einblicke in sein Innerstes gewährt. Sie wusste auch nicht mehr über ihn, als in seiner psychiatrischen Akte stand oder das bisschen, das sie seinen Nachrichten an sie während des letzten Monats hatte entnehmen können.

Der andere Teil indes fand, es spiele keine Rolle, dass er noch nichts Persönliches offenbart hatte. Da Olivia mit ihrem Vater und Onkel Eddie, beide ehemalige Marines, aufgewachsen war, wusste sie, dass Menschen, die gedient hatten, oft unglaublich verschlossen waren. Die Einzigen, die sie wirklich kannten, waren die Familien und ihre Kameraden. Sie aßen, schliefen und atmeten den Stallgeruch des Korps, und wer nicht dazugehörte, konnte ebenso gut der Feind sein. Es war daher nicht sehr wahrscheinlich, dass ein Mann wie Erik freiwillig mit irgendetwas herausrücken würde, das ihn verwundbar machen konnte, worunter für einen Mann wie Erik so ziemlich alles fiel.

Olivia klappte seufzend den Laptop zu. Mittlerweile war es nach zehn Uhr abends, und sie wusste jetzt schon, dass sie, wenn sie jetzt zu Bett ginge, anstatt tief zu schlafen, von einem gewissen Mann/Wolf verfolgt werden würde. Vielleicht würde ihr eine weitere Tasse Kamillentee (mit einem Schuss von Robbies Whiskey) helfen. Falls nicht, würde sie schwerere Geschütze auffahren müssen: eine Schlaftablette zum Beispiel.

Zufrieden mit ihrem Plan, schlüpfte sie in ihre Kuschelpantoffeln, zog den leichten Morgenmantel über das Tank-Top und die Shorts, die sie zum Schlafen trug, und schlurfte in die Küche. Sie schaltete den elektrischen Teekessel ein und erlitt fast einen Herzanfall, als ihr Handy klingelte, das sie auf dem Couchtisch liegen gelassen hatte. In der Annahme, dass Angie ihre Verabredung zum Mittagessen morgen festmachen wollte, sauste Olivia hinüber, um den Anruf anzunehmen, bevor die Mailbox ansprang. Angie hasste es, auf die Mailbox sprechen zu müssen.

»Hey, Süße, was gibt's?«, rief sie und ließ sich aufs Sofa plumpsen, was ihr einen missbilligenden Blick von Jerrys eintrug, der dort geschlafen hatte.

»Ich dachte, das wäre mein Text.«

Olivia erstarrte. Das war nicht die putzmuntere Stimme ihrer Freundin. Tief, rau, ließ sie in ihrem Bauch Schmetterlinge flattern, die es eigentlich gar nicht geben durfte. »Erik?«

»Hallo, Schönste. Schön, deine Stimme wieder zu hören. Sorry, dass ich so lange nicht angerufen habe.«

»Oh, schon gut, ich meine, ich habe nicht damit gerechnet,

dass du anrufst, also … Es gibt keinen Grund, warum du dich entschuldigen müsstest, wollte ich sagen.« *Gott, Olivia, geht's noch? Du hörst dich ja an wie eine Schwachsinnige.*

»In dem Punkt liegst du falsch«, sagte er, und sie meinte ihn seufzen zu hören. »Ich muss mich entschuldigen. Deshalb rufe ich dich an. Ich habe mich neulich Abend wie ein Arsch benommen. Ich hätte dich wegen des Fotos nicht so bedrängen dürfen. Das geht mich überhaupt nichts an, und es tut mir leid.«

»Nein, ich bin diejenige, die sich entschuldigen sollte«, gab sie zurück. »Du hattest recht, das war eine unschuldige Frage, die eine einfache Antwort verdient hatte.« Die Anspannung, weil sie so lange nicht mit ihm gesprochen hatte, verließ ihren Körper, als sie es sich in der Sofaecke gemütlich machte und sich ihr liebstes Flauschplaid um die Beine wickelte. Jerrys zog darauf zu dem bequemeren Platz auf ihrem Schoß um, rollte sich zusammen und fiel sofort wieder in tiefen Schlaf. Olivia holte tief Luft und wagte den Sinneswandel. »Er war mein Mann.«

Das Schweigen dröhnte lauter als die Geschütze des Kriegsschiffs USS Constitution. »Dein Mann«, wiederholte er langsam, als könnte er die Information noch nicht so recht verdauen, dann hörte sie ihn ausatmen. »Was ist zwischen euch vorgefallen? Ich muss dir nämlich sagen, dass ich das Gefühl habe, er hätte dir irgendwie wehgetan. Als wären Teile von dir nicht mehr heil, und das macht mich echt krank, Livvie.«

Ihr war nicht klar, dass er sie so gesehen hatte, aber wenn man bedachte, wie sie sich kennengelernt hatten, war das nicht verwunderlich. Außerdem hatte sie seine Vermutung, dass sie lediglich eine schmerzhafte Trennung hinter sich hatte, nie richtiggestellt. Andererseits gab es kaum etwas Schlimmeres, als wenn einem die bessere Hälfte plötzlich entrissen wurde.

»Es ist nicht so, wie du denkst«, sagte sie. »Brett kam vor zwei Jahren bei einem Autounfall ums Leben.«

»Fuck, Süße, das tut mir so leid.« Sie hörte durch das Telefon, wie er sich mit der Hand rau über die Bartstoppeln strich. »Ich verstehe, wenn es dir noch unangenehm ist, mit mir darüber zu reden, ich hoffe nur, dass sich das eines Tages ändert.«

Olivias Herz schmolz dahin. Erik Grady war offenbar mitfühlender, als sie zu hoffen gewagt hatte, sodass sie ihm ihre Geschichte unmöglich noch länger vorenthalten konnte. Also schüttete sie ihm ihr Herz aus.

Sie erzählte ihm, wie sie sich in ihrem ersten Collegejahr kennengelernt hatten und sechs Monate lang Freunde und Studienkollegen gewesen waren, bevor sie zum ersten Mal miteinander ausgingen. Danach waren sie jedoch ziemlich unzertrennlich gewesen: das Power-Paar, wie ihre Freunde gerne scherzten. Nachdem sie jahrelang miteinander gegangen waren, stand fest, dass sie heiraten würden. Die Ehe war der nächste Schritt in Bretts Zehnjahresplan, an dem sie zwar mitgeschmiedet hatte, den sie aber nicht unbedingt in allen Punkten befürwortete – zum Beispiel stand das Kinderkriegen erst Jahre später auf dem Programm, als ihr lieb war.

»Ein Teil von mir wird wohl immer um ihn trauern, aber das Schlimmste habe ich inzwischen hinter mir. Brett und ich waren ein College-Pärchen, wir haben jung geheiratet. Rückblickend ist mir seitdem klar geworden, dass wir mit dreißig wahrscheinlich nicht mehr verheiratet gewesen wären. Ich habe ihn geliebt – er war ein toller Mann und ein noch tollerer Freund –, aber wir haben in vielerlei Hinsicht nicht zueinandergepasst.

Trotzdem war ich fix und fertig, als ich ihn verlor, und ich habe erst kürzlich wieder angefangen, mich zu verabreden. Die Dates waren meistens ganz okay, aber sobald es um körperliche

Nähe ging, hatte ich immer Brett im Kopf. Ich habe es mehrmals probiert, aber anscheinend konnte ich nicht loslassen.«

»Deshalb wolltest du jemanden für eine Nacht«, sagte Erik, dem es allmählich dämmerte.

Sie nickte, auch wenn er sie gar nicht sehen konnte. »Das sollte mein allerletzter Versuch sein. Ich dachte, wenn alles nicht so langsam vonstattenginge, wenn ich keine Zeit zum Nachdenken haben würde, könnte ich die letzte mentale Fessel vielleicht abstreifen und endlich fähig sein, einen Schlussstrich zu ziehen.«

»Und, hat es geklappt?«

Olivia schwieg einen Moment. Sie konnte das nicht mit Gewissheit beantworten, weil sie bisher nur mit einem Mann intim gewesen war, aber … »Wenn ich mit dir zusammen bin, Erik, bist du der Einzige, an den ich dann denke. Du beanspruchst all meine Sinne«, sagte sie leise, »sodass für nichts und niemanden sonst Platz ist.«

»Ich kann dir nicht sagen, wie verdammt froh ich bin, das zu hören, Livvie.«

Er war nicht geflohen. Er war noch am Telefon und redete noch mit ihr. Ihr fiel ein Riesenstein vom Herzen. Keine Geheimnisse mehr. Sie fühlte sich leicht … und frei. Um sich endlich nicht bloß oberflächlich auf jemanden einzulassen. Um mit Erik zusammen zu sein. »Ich wollte dir das alles schon früher sagen, aber in der Vergangenheit … na ja, sagen wir, mit diesem Gesprächsthema kann man die meisten Männer in die Flucht jagen.«

Aus dem Telefon kam ein warmes Glucksen. »Ich weiß nicht, ob es dir aufgefallen ist, Süße, aber was dich angeht, bin ich ziemlich hartnäckig. Ich bin wie ein Hund mit einem sehr stimulierenden Knochen.«

»Oder ein Wolf«, flüsterte sie kaum hörbar.

»Genau. Wie ein Wolf. Wenn ich etwas sehe, das ich haben will, verfolge ich mein Ziel, ohne mich durch irgendetwas beirren zu lassen. Und ich will dich, Livvie. Mit Haut und Haaren.«

Die Luft in ihrer Wohnung wurde plötzlich dünn, und tief durchzuatmen fiel ihr schwer, obwohl sie so unbeweglich dasaß. Seine Worte weckten die Hoffnung auf Dinge, die sie nicht mehr für möglich gehalten hatte, und für den Moment verschlug es ihr die Sprache. Zum Glück ließ er die Gesprächspause unerwähnt und fuhr fort: »Ich möchte dich etwas fragen, aber ich sehe ein, dass es etwas persönlich sein könnte, sag mir also, wenn du lieber nicht antworten willst.«

Sie räusperte sich und brachte schließlich ein »Okay« heraus.

»Wie war die Liebe mit ihm? Weil eine so schöne Frau wie du nicht so unsicher sein sollte.«

Olivia rieb die Unterlippe an den Zähnen, während sie überlegte, was sie ihm antworten sollte. Ihre Beziehung zu Brett hatte weder im Schlafzimmer noch sonst wo zu denen gehört, die vor Leidenschaft hell und heiß brennen. Ihre Wärme hatte eher der einer stets verfügbaren Heizdecke geglichen – an deren Gemütlichkeit und Verlässlichkeit sich gewiss niemals etwas geändert hätte. Es war nicht schlecht gewesen, aber auch nicht besonders toll.

»Ich würde sagen … durchschnittlich?« Mist, das hatte sich jetzt aber nicht nach einer Frage anhören sollen. »Ich meine, es war nicht, äh, es war … gut, weißt du?«

»Hat er dir jemals gesagt, dass du die atemberaubendste Frau auf dem Planeten bist, und eine Liste der Körperteile gemacht, die er an dir besonders mochte? Oder ihnen jemals mit seinen Händen oder dem Mund gehuldigt, bis sich deine Knochen vor Lust verflüssigt haben?«

Als Olivia diese ruppigen, sinnlichen Worte hörte, stockte ihr vor Überraschung der Atem, und ehe sie ausatmen konnte, verteilte sich die Luft in ihrer Brust und noch tiefer, bis sie die Schenkel zusammenpressen musste, damit die brennende Sehnsucht, die sich dort sammelte, ein wenig nachließ.

»Nein«, hauchte sie.

»Oder dich von hinten gepackt, um dich daran zu erinnern, wem du gehörst, und dich dann wie ein Verhungernder an der Wand verschlungen?«

Sie schüttelte den Kopf, vergaß, dass er sie nicht sehen konnte. »Nein.«

Da wurde sein Ton ein wenig schärfer. »Einen Teil von mir kotzt das an, Livvie. Du hattest es verdient, so etwas zu hören, du hattest es verdient, dich besonders und begehrt zu fühlen. Ein anderer Teil freut sich jedoch wie verrückt darüber, dass ich der Erste sein werde, bei dem du dich fühlen kannst wie die Göttin, die du bist. Ich kann es verdammt noch mal nicht erwarten, dir zu zeigen, auf wie viele Arten ich dich dahinschmelzen lassen kann.«

»Ich auch nicht«, krächzte sie. Erik atmete scharf aus und unterdrückte einen Fluch. »Was ist?«, fragte sie.

»Nichts, ich habe bloß ein bisschen den Boden unter den Füßen verloren, sonst nichts. Ich kann mich kaum beherrschen, wenn es um dich geht. Eigentlich hatte ich angerufen, um mich zu entschuldigen und dir zu sagen, dass ich dir Zeit, Abstand oder was auch immer du brauchst, geben will. Also, lass es mich wissen, wenn du so weit bist, dann fangen wir noch mal von vorne an.«

Ehe sie nachdenken und es sich anders überlegen konnte, platzte sie heraus: »Nein, das will ich nicht!«

Er sprach langsam, als würde er sich mit Worten über ein hörbares Minenfeld bewegen. »Was genau willst du nicht?«

»Ich will nicht, dass du mir Abstand lässt. Ich habe mich die ganze Woche selbst dafür getreten, dass ich so dickköpfig war, und ich wollte diejenige sein, die dich anruft und sich entschuldigt, aber ich hatte Angst, du würdest nicht mehr mit mir reden wollen, und – «

»Livvie!« Er bellte ihren Namen beinahe, damit sie den Mund hielt, und sie reagierte prompt. »Du scheinst echt ein Problem damit zu haben, mir zu glauben. Wie oft muss ich dir noch sagen, dass ich nicht so leicht aufgebe?«

Olivia biss sich in den Daumen, um sich klarzumachen, dass sie nicht träumte und das alles wirklich real war, und erwiderte zögernd: »Noch einmal vielleicht?« Sie konnte es nicht mit Gewissheit sagen, doch es kam ihr vor, als würde er auf der anderen Seite der Verbindung leise knurren. Ihrer beschränkten Erfahrung mit ihrem Wolf zufolge war das entweder äußerst übel … oder sehr, sehr gut.

»Ich sag dir was, morgen habe ich den ganzen Tag eine Notfallübung, aber danach sollte ich auf jeden Fall zu dir kommen.«

»Ja?«, fragte sie, ihre Stimme klang ganz belegt und … na ja, belegt war schon schlimm genug. Also räusperte sie sich und versuchte wie ein normaler Mensch zu klingen. »Ja?«

»Ja«, wiederholte er. »Wir haben etwas miteinander zu klären.«

»Und was genau wäre das?«

»Dass ich dir ein für alle Mal klarmache, wie ernst es mir ist, mit dir zusammen sein zu wollen.« Olivias Magen zog sich zusammen. Dann wurde seine Stimme noch schroffer, und was er als Nächstes sagte, ließ sie erschauern. »Dass ich dir einen rosaroten Hintern verpassen und du feucht sein wirst wie nie zuvor und dass das nur das Vorspiel sein wird.«

Heilige Scheiße. Wenn er so weitermachte, würde das Vorspiel zu ihrem unglaublich heißen Sex jetzt schon beginnen. *Zweimal heilige Scheiße.* Morgen Nacht würden sie höllisch heißen Sex haben. Nicht die Art von Sex, die Wildfremde bei einem One-Night-Stand hatten. Sondern die Art, auf die sie seit Wochen mit jeder Nachricht auf ihrem Anrufbeantworter, jeder E-Mail, SMS und Begegnung hingearbeitet hatten. Als würde man ein Streichholz in einen mit Benzin getränkten Stapel Holz werfen.

»Ich werde um sechs bei dir sein, Livvie. Warte auf mich. Und achte darauf, dass du nichts anhast, das du später noch brauchst.«

»Gut«, antwortete sie atemlos. Auch dass sie die Oberschenkel zusammenpresste, brachte ihr keine Erleichterung mehr. Inzwischen würde sie die Dinge, sobald sie aufgelegt hatten, selbst in die Hand nehmen müssen. Doch irgendwie bekam er mit, wie aufgeheizt sie war, und ob er nun verflucht gut geraten hatte oder seinem Wolfsinstinkt gefolgt war, jedenfalls machte er ihr prompt einen Strich durch die Rechnung.

»Wage es nicht, dich heute Abend noch anzufassen, Livvie«, grollte er. »Dein nächster Orgasmus gehört mir. Und wenn ich Lust darauf bekomme zuzusehen, wie du dich selbst befriedigst, werde ich dich nicht lange darum bitten.«

12

Olivia versuchte sich auf ihr Buch zu konzentrieren, doch sie hatte schon viermal dieselbe Seite gelesen, ohne zu wissen, was zum Henker darauf geschrieben stand. Sie biss sich auf die Lippe, griff nach ihrem Handy und ließ den Bildschirm aufleuchten. Erik hätte schon vor einer Stunde auftauchen müssen, damit sie da weitermachen konnten, wo sie vor einer Woche aufgehört hatten. Zumindest hatte er das gestern Abend gesagt.

Schon der Gedanke an ihr Gespräch vom vorigen Abend ließ in ihrem Bauch Schmetterlinge aufflattern.

Verdammt, verdammt, verdammt … An diesen Teil seines Anrufs zu denken erfüllte sie von Kopf bis Fuß mit Verlangen. Wo zum Teufel steckte er nur? Hatte er es sich vielleicht doch anders überlegt …?

Nein, wenn er konnte, würde er kommen. Sie musste aufhören, jedes Mal an ihm zu zweifeln, wenn ihre Unsicherheit ein Wörtchen mitreden wollte. Sie musste aufhören, überhaupt unsicher zu sein, Punkt. Leider war das leichter gesagt als getan, trotzdem würde sie daran arbeiten, keine Frage.

Das Problem war, dass es in ihrer Natur lag, sich Sorgen zu machen. Wenn er sie also nicht absichtlich versetzte, wechselte ihr Verstand sofort zu der bangen Frage, ob ihm etwas zugestoßen sein mochte, was ihrem zerschlissenen Nervenkostüm auch kein bisschen half.

Olivia holte tief Luft, beruhigte sich und ging sämtliche logischen Gründe durch, warum Erik (noch) nicht hier war. Dann atmete sie aus und kam zu dem Schluss, dass er sich nach einer langen, harten Notfallübung auf dem Sofa der Feuerwache niedergelassen hatte, um ein paar Minuten auszuruhen, und dann vor Erschöpfung eingeschlafen war. Ja, so war es, und das war vollkommen verständlich.

Sie wünschte sich bloß, dass er es vorher zu ihrer Wohnung geschafft hätte. Sie hätte sich gerne um ihn gekümmert, während er wieder runterkam. Vielleicht hätte sie ihm die Schultern massiert oder seinen Kopf in ihrem Schoß gebettet, damit sie, während sie fernsahen, mit den Fingerspitzen geistesabwesend durch seinen Stoppelschnitt streichen konnte.

Sie war heute früher als sonst nach Hause gekommen, und dort hatte sie ihre Nervosität sofort an ihrer Wohnung ausgelassen – die inzwischen so aussah wie eine Vorführwohnung, in der niemand je lebte –, und anschließend war sie mit einer Bürste auf Ben und Jerrys losgegangen. Es stimmte schon, dass ihre Pflege längst überfällig war, aber wenn man sich den Plastikbeutel voller schwarzer, weißer und orangefarbener Katzenhaare ansah, konnten die beiden froh sein, überhaupt noch Fell am Leib zu haben. Ihre geliebten Haustiere waren in den letzten zwei Stunden unterm Bett in Deckung gegangen. Wahrscheinlich fürchteten sie um das bisschen Fell, das sie noch besaßen.

Mist, sie würde noch verrückt werden. Es juckte sie in den Fingern, ihn anzurufen und sich aus ihrem neurotischen Elend zu befreien. Doch bis jetzt hatte sie sich noch zusammenreißen können, und dabei würde es auch bleiben, verdammt noch mal. Sie benötigte dringend etwas, das sie von der Warterei und dem sinnlosen Kopfzerbrechen ablenken würde.

Da fiel ihr Blick auf die Flasche Jameson, die sie als Willkommensgruß für Erik gekauft hatte. Vielleicht würden sie ja ein, zwei Fingerbreit Whiskey beruhigen. Zumindest würde sie ihre gesamte Konzentration aufbringen müssen, um das Zeug ohne einen tödlichen Hustenanfall hinunterzubringen. Perfekt.

Eine halbe Stunde später benötigte sie eine Ablenkung von ihrer Ablenkung (sie war sich ziemlich sicher, dass ihr Hals buchstäblich in Flammen stand) und ergriff die Gelegenheit beim Schopf, auf ihrem Handy nachzusehen, wie spät es war, als jemand an ihre Tür klopfte. Gefolgt von einer polternden Stimme, die mühelos durch die massive Barriere drang. »Aufmachen, hier ist die Feuerwehr!«

Als sie, vor Erleichterung taumelnd, von dem Barhocker sprang, hätte sie fast das Glas Whiskey umgestoßen, in dem noch immer anderthalb der zwei Fingerbreit schwappten, die sie sich genehmigt hatte (ein Teufelszeug), bevor sie sich zusammenriss und wieder wie eine Erwachsene benahm. Aber ob erwachsen oder nicht, sie konnte nicht umhin, ihn hinzuhalten und ein wenig zappeln zu lassen – nur ein wenig –, um ihm ihre angegriffenen Nerven heimzuzahlen.

»Tut mir leid, aber Sie müssen sich irren«, rief sie zurück. »Ich habe die Feuerwehr nicht angerufen. Aber wahrscheinlich Mrs Peters vom anderen Ende des Flurs. Fragen Sie mal bei ihr nach.«

Olivia hörte irgendwo eine Tür schlagen – komischerweise aus der Richtung von Mrs Peters Wohnung – und dann einen Befehl, kaum laut genug, um die Worte zu verstehen. »Mach die Tür auf, Schönste, oder ich breche sie auf.«

Okay, scheiß aufs Heimzahlen, sie hatte lange genug auf ihn gewartet. Sie streckte die Hand aus, schob den Riegel zurück und machte einen Satz rückwärts, als die Tür wie durch einen gewaltigen Windstoß aufflog. Sie bekam vage mit, wie sie mit einem Fußtritt geschlossen wurde, der größte Teil ihrer Hirnwindungen war jedoch damit beschäftigt, den schärfsten Anblick zu erfassen, der sich ihr jemals geboten hatte: Erik, der überlebensgroß, in voller Feuerwehrmontur, in ihrer netten, kleinen Wohnung stand.

Hei…lige … Scheiße. Wenn sie sich ihn früher in seiner Feuerwehrausrüstung vorgestellt hatte, war sie sicher gewesen, dass sie sich bei dem Anblick, voll ausstaffiert und allzeit bereit, dahinschmelzen würde. Aber dass sie diese Aufmachung dermaßen sexy finden würde, hatte sie nicht erwartet. Doch nun stand er da, riesig, wie der Gott aller Ersthelfer, von Kopf bis Fuß in klobiges Schwarz mit Streifen aus reflektierendem Gelb gehüllt. Die Jacke stand vorne offen und ließ ein in die Hose gestecktes marineblaues BFD-Shirt sehen, während der Helm lose von seinen Fingern baumelte.

»Warum bist du so angezogen?«, krächzte sie mit unversehens trockener Kehle.

»Die Übung hat ewig gedauert.« Er stellte den Helm auf den Tresen, zog sein Handy aus irgendeiner Tasche, zeigte es ihr und legte es dann ebenfalls weg. »Mausetot. Hätte sonst angerufen. Hatte es eilig. Die Jungs haben mich hergefahren.«

Zu den Dingen, die ihr an Erik besonders gut gefielen, gehörte seine Beredsamkeit. Er mochte noch so ursprünglich daherkommen, ein Neandertaler, der in Halbsätzen seine Vorlieben und Abneigungen kundtat, war er nicht. Doch der heutige Abend war offenbar kein Abend wie jeder andere. Seit er durch ihre Tür gekommen war, hatte er noch keinen vollständigen Satz von sich gegeben, und seine bernsteinfarbenen Augen hätten, ungeachtet der Grundanständigkeit, die sie darin las, ebenso gut »Ich Tarzan, du Jane« sagen können.

»Was zum Henker hast du an?«, fragte er. In seinen Augen loderte Feuer.

Sie konnte sich nicht erinnern und blickte an sich hinunter. Ach, ja, das. »Ein übergroßes T-Shirt, das ich seit Jahren zum

Schlafen anziehe.« Sie überdachte ihre Entscheidung und runzelte die Stirn. »Nicht besonders sexy, ich weiß.«

Er hatte ihr gesagt, sie solle nichts anziehen, das sie später noch brauchen würde, und dieses Teil würde sich nach ein paar weiteren Waschgängen sowieso in Luft auflösen. Das weiße, bis zur Mitte ihrer Oberschenkel reichende Baumwollshirt war inzwischen fadenscheinig und so transparent, dass ihre dunklen, rosigen Brustwarzen auch ohne die Nachhilfe spezieller Lichtverhältnisse deutlich sichtbar waren. Und der Halsausschnitt war so ausgeleiert, dass das Ding ständig über die eine oder die andere Schulter hinabglitt. Drunter trug sie einen weißen, seidigen String. Fast hätte sie gar kein Höschen angezogen, aber so viel Kühnheit brachte sie dann doch nicht auf.

»Nein«, entgegnete er, »das ist perfekt.« Er rollte die Schultern, schüttelte die schwere Feuerwehrjacke ab und warf sie über einen der Küchenhocker. Dann trat er vor und kam ohne Eile auf sie zu, während sich in ihrem Bauch Hitze sammelte.

Dunkle Bartstoppeln bedeckten seine untere Gesichtshälfte und einen Teil des Halses, und sie dachte daran, wie sein Bart weich über ihre Haut schürfte, über ihren Körper wanderte oder an den Innenseiten ihrer Schenkel kratzte, wenn er sein Gesicht zwischen ihren Beinen vergrub und sie mit Lippen, Zähnen und Zunge in den siebenten Himmel katapultierte.

»Du wirst rot. Sag, was denkst du gerade?« Ihr Körper reagierte wie ein dressiertes Tier auf den befehlsgewohnt strengen Tonfall. Ihre Haut kribbelte, und ihre Nippel wurden hart in freudiger Erwartung seiner Hände und seines Mundes. Großer Gott, wozu dieser Mann mit seinem Mund fähig war.

»Ich denke, wie verdammt gut du aussiehst«, antwortete sie zögernd. »Nein, das stimmt nicht ganz, eigentlich denke ich … nun ja, versautere Dinge, als ich dir an diesem Punkt des Abends gerne sagen möchte.«

»Himmel, Livvie, ich liebe es, wie du ›versaute Dinge‹ sagst. Wenn du dich so korrekt ausdrückst, wird mein Schwanz auf der Stelle hart.«

Gut, denn sie wusste nicht, wie sie sich sonst ausdrücken sollte – was sie ihm gewiss noch einmal versichert hätte, hätte es ihr nicht die Sprache verschlagen, wie er jetzt mit geschmeidigen Bewegungen, die seine Größe Lügen straften, auf sie zukam. Er streifte die an der Feuerwehrhose befestigten Hosenträger ab und ließ sie an den Beinen herabhängen. Als er das Hemd aus dem Hosenbund zog, bekam sie einen trockenen Hals.

»Es gefällt mir, dass dein sexy Kopf schmutzige Gedanken hegt, Doc«, sagte er mit tiefer Stimme. »Habe ich meine süße, unschuldige Livvie etwa schon zu sexueller Perversion verführt?«

Er griff sich mit einer Hand zwischen die Schulterblätter, zerrte das T-Shirt über seinen Kopf und ließ es fallen, verworfen wie sämtliche Gedanken, die ihr im Kopf herumgeschwirrt waren. Es war das erste Mal seit dem Hotel, dass sie seinen nackten Oberkörper sah, und ihr Gedächtnis hätte sich schämen müssen, da es der Wirklichkeit nicht mal annähernd gerecht geworden war.

Perfekte, von braunen Brustwarzen getoppte Brustmuskeln über einer achtfach gegliederten – jawohl, achtfach – Säule aus Bauchmuskeln, die zusammen mit den v-förmigen Schrägstrichen seiner äußeren Bauchmuskeln in der tief sitzenden Hose verschwanden. Das alles eingerahmt von runden Schultern und muskulösen Armen … Es müsste verboten sein, dass jemand mit einem derart vollkommenen Körper sich auszog.

Schließlich stand er vor ihr. Nur noch Zentimeter entfernt, die sich jedoch anfühlten wie Kilometer. »Ich habe dich was gefragt.«

Hatte er? Sie versuchte, die letzten dreißig Sekunden zurückzuspulen … hm, da war irgendwas über … sexuelle Perversion … gewesen. Oh, ja klar, aber … »Ja, aber nur mit dir.«

»Gute Antwort«, knurrte er, während er sie hochhob und gegen seinen harten Leib drückte. Dann presste er seinen Mund auf ihren und sie vergaß ihren eigenen Namen.

Erik verschlang sie, zehrte sie auf. Seine Hände waren überall auf einmal – krallten sich in ihre Haare, kneteten ihre Brüste und die Halbkugeln ihres Hinterns –, dann wanderte er küssend mit seinen Lippen vom Kinn zu ihrem Ohr bis zu der Stelle, an der Hals und Schultern ineinander übergingen.

Sie spürte den Bruchteil einer Sekunde, bevor das Geräusch des Reißens die Luft erfüllte, wie er in den Ausschnitt ihres T-Shirts griff. Der Riss entblößte sie bis zum Bauchnabel. Er schob beide Seiten auseinander und machte sich mit dem Mund über ihre Brüste her, widmete sich ihnen abwechselnd so ungestüm, dass sie sich im selben Atemzug gehuldigt und ausgeliefert fühlte.

»Erik, bitte«, flehte sie, als sie schwindelig entrückt auf seinen Kopf hinuntersah. »Ich brauche dich.«

Ihr Bitten ließ ihn unversehens aufblicken. Er erinnerte sie an ein wildes Tier über seiner Beute, das sich argwöhnisch umsieht, da es aufgestört wurde. Doch als die Erkenntnis in seinen Augen aufblitzte, erhob er sich zu seiner vollen Größe, worauf sie sich auf Augenhöhe mit seiner verlockenden Halsgrube sah. Sie gab der Versuchung nach, beugte sich vor, fuhr mit der Zunge durch die Vertiefung und wollte sich gerade nach oben vorarbeiten, als er ihr Tun unterband, die Fäuste in ihrem Haar vergrub und sie so dazu zwang, ihm in die Augen zu sehen.

»Wie? Wo?«, wollte er wissen. »Sag es mir, Livvie. Sag mir, wie du es willst. Sag mir, was du brauchst.«

Sie wollte den Kopf schütteln, doch er hielt sie an den Haaren. »Egal, alles, es ist mir gleich. Solange es hier und jetzt passiert, ich brauche dich so sehr.« Ohne ihn aus den Augen zu lassen, schob sie eine Hand in den Bund seiner Uniformhose und umfasste über der Cargohose, die er drunter trug, seine pralle Erektion. Er zischte durch zusammengebissene Zähne und zog ihren Kopf noch weiter an den Haaren zurück. Sie keuchte, erschrocken, freudig erregt, als das lustvolle Brennen über ihre Kopfhaut schoss und eine Spur aus Gänsehaut nach sich zog.

Schnelle, flache Atemzüge ließen Eriks Nasenlöcher beben, längst hatten seine Pupillen das Bernstein seiner Augen fast verschluckt. Doch noch hielt er sich zurück. Als würde er auf ihr Wort warten, um die Zügel loszulassen und den Mann zu befreien, mit dem sie im Hotel zusammen gewesen war. Der Mann, den sie nur unter einem Namen gekannt hatte.

»Nimm mich, Wolf!«

Das genügte ihm.

Ob es an ihrer Unterwerfung lag oder an dem Namen, bei dem sie ihn in jener ersten, leidenschaftlichen gemeinsamen Nacht genannt hatte, ganz gleich, nachdem er eben noch reglos dagestanden hatte, explodierte er im Handumdrehen wie ein Sprengsatz.

Blitzschnell drehte er sie in seinen Armen um und legte sie über den kleinen Esszimmertisch. Eine Hand zwischen ihre Schulterblätter gedrückt, knurrte er die Anweisung »Bleib so« und ging hinter ihr in die Hocke. Dann schob er ihr den T-Shirt-Saum über die Taille und riss ihr den String herunter. Raue Hände spreizten ihre Pobacken, um sie noch mehr zu entblößen. Sie spürte den kühlen Luftzug einen Moment lang, bevor die Wärme seines Atems federleicht über ihr geschwollenes Geschlecht strich.

»Ich schwöre bei Gott, Livvie, du hast die hübscheste Muschi, die ich jemals gesehen habe.« Er fuhr mit einem Finger durch ihre Lippen, vom Eingang zum Kitzler und wieder zurück, womit er sie gerade so erregte, dass ihr Verstand sich verabschiedete.

Sie wimmerte, bereit zu betteln, wenn er es verlangt hätte. Zum Teufel, sie würde betteln, um Gnade bitten, ihn anflehen und ihm so ziemlich alles auf der Welt versprechen, um ihn dazu zu bewegen, dass er sie nicht bloß mit dem Finger verwöhnte. Sie konnte sich nicht länger beherrschen, hob ihm die Hüften entgegen und suchte buchstäblich die Berührung, die sie so dringend benötigte. Doch damit handelte sie sich lediglich einen Schlag auf die rechte Pobacke ein, sodass sie nach Luft schnappte, als die Wärme seiner Hand ihr unter die Haut ging.

»Das war dafür, dass du mich dazu bringen wolltest, dir mehr zu geben, als ich vorhatte. Und jetzt halt gefälligst still, oder ich ziehe das hier noch weiter in die Länge.«

Oh, Gott, sie würde es nicht überleben, wenn er das täte. Niemals in ihrem Leben hatte sie auch nur annähernd eine derartige sexuelle Spannung erlebt. Niemals auch nur einen Bruchteil dieser Begierde, dieses fieberhaften Verlangens gespürt. Sie hätte in diesem Augenblick alles getan, um zu fühlen, wie er sie ausfüllte, dehnte und in Besitz nahm.

»Bitte«, hauchte sie.

»Schhhhh …« Wieder strich er über ihre inneren Schamlippen, entfachte die zigtausend empfindlichen Nervenenden dort und brachte sie mit jeder weiteren Sekunde dem Tod näher. Sie biss sich auf die Lippe, die Disziplin, die sie aufbringen musste, um keinen einzigen Muskel zu bewegen, während er sie mit seinem Finger folterte, ließ sie erbeben. »So perfekt. So rosig und feucht«, sagte er rau. »Und so verflucht *meins*.«

Damit tauchte er endlich – Gott sei Dank – zwischen ihren

Schenkeln ab, und sein Mund bestürmte sie auf die sinnlichste, köstlichste Weise. Überwältigt von dem Genuss, den seine verruchte Zunge ihr leckend, kreisend und zuckend bereitete, schrie sie erregt auf. Seine Bartstoppeln kratzten über die Innenseiten ihrer Schenkel, die Schwielen an seinen Händen rieben über ihre empfindliche Haut, während er sie öffnete, um besseren Zugang zu ihren allerintimsten Stellen zu erhalten.

Obwohl sie noch bäuchlings auf dem Tisch lag, hätte Olivia schwören können, dass sie schwebte. Die Welt ringsum schien flüssig und in ständiger Bewegung zu sein. Wie in einer Kammer, in der Schwerelosigkeit herrschte. Erik zog sich zurück, unterbrach den Kontakt, um kurz darauf zwei Finger in sie hineinzuschieben, die er schnell vor- und zurückbewegte, um ihren Körper für ihn vorzubereiten. Dann krümmte er die Finger und fuhr mit raschen, flachen Strichen über ihren G-Punkt, bis sie sich mit einem Mal dem Himmel so viel näher fühlte.

»Ja«, rief sie aus. »Oh Gott, das tut so gut. Hör nicht auf, hör nie wieder auf!«

Als sie dem Orgasmus nachjagte, nahm das Gefühl eines sich immer straffer spannenden Gummibands in ihrem Bauch ständig zu. Aber offenbar gelangte sie nicht an ihr Ziel. Sie sah den Höhepunkt wie die gerade ein Stück zu hoch hängenden Trauben vor sich. Schweiß perlte an ihrem Haaransatz, und irgendwo im Hinterkopf war sie sich der gemurmelten Bitten um köstliche Erlösung bewusst, die ihr über die Lippen kamen.

»Gutes Mädchen«, sagte er. Die Vibrationen seiner tiefen Stimme setzten sich über ihre übermäßig sensibilisierte Haut fort. »Lass los, du hast es dir verdient. Komm für mich.«

Sie fühlte seinen rauen Daumen auf der Klitoris, und endlich, *endlich* ließ die doppelte Stimulation (vielleicht aber auch sein Befehl) sie abheben. Sie wölbte heftig den Rücken, ihr Körper straffte sich wie eine Bogensehne, während er ihren

Höhepunkt ausdehnte, bis die Wellen über ihr zusammenschlugen wie eine Sturmflut.

»Ja, genau so, Baby. Fuck, du bist so eng. Ich kann nicht länger warten.«

Olivia hörte, wie die Verpackung eines Kondoms aufgerissen wurde, dann fühlte sie, wie die Spitze seines Schwanzes ihre geschwollenen Schamlippen teilte und vor ihrem Eingang in Stellung ging. Erleichterung und freudige Erwartung mischten sich, als endlich geschah, was sie sich häufiger vorgestellt hatte, als noch als gesund gelten konnte. Endlich würde sie von dem Mann ausgefüllt werden, der sie bis in ihre Träume, ja sogar bis in ihre Tagträume, verfolgte. Dem Mann, der ihre sämtlichen falschen Vorstellungen darüber, wie Sex sein *sollte*, einfach ausradiert hatte. Dem Mann, der ihr wahrhaftig das Gefühl gab, eine Göttin zu sein, und der genau wusste, wie er sie unter seinen Händen vergehen lassen konnte.

»Halt dich lieber fest, Schönste. Das wird jetzt nämlich ein verdammt holpriger Ritt.«

Ihr von Lust vernebeltes Hirn kannte darauf nur eine Antwort. *Das wird auch allerhöchste Zeit.*

Erik ließ ihr kaum genug Zeit, um das andere Tischende zu ergreifen, ehe er in sie hineinstieß und so tief in sie eindrang, dass er nicht mehr wusste, wo er aufhörte und sie begann. Zum Teufel, er war sich nicht mal sicher, ob er das überhaupt noch wollte. Er mochte ja die dominante Rolle spielen, denjenigen, der das Sagen hatte – in Wahrheit jedoch kam diese Rolle Olivia zu. Zum Glück war sie nicht der Typ, der auf Kontrolle abfuhr, sondern es lieber sah, wenn sie die Kontrolle abgeben konnte. Denn wenn sie gewusst hätte, wie sehr er es auf sie abgesehen hatte, hätte sie ihn wahrscheinlich schneller mit ihren spitzen, hohen Hacken am Boden festgenagelt, als ihm lieb war.

Er beugte sich weit über sie und zog eine Spur aus Küssen von ihrer Schulter bis zum Ohr. »Livvie, Livvie, meine Livvie«, sagte er, seine Stimme klang gepresst, weil er sich jede Bewegung in ihr versagte. »Du fühlst dich so verflucht gut an, Livvie. Lange halte ich nicht durch.«

»Ist mir egal. Aber beweg dich, Erik«, sagte sie. »*Bitte*.«

Ging es noch heißer? Diese starke, schöne Frau flehte ihn förmlich an, sie zu nehmen. Und er wollte verdammt sein, wenn er sie noch länger warten ließ. »Ist mir ein Vergnügen.«

Erik zog sich fast ganz zurück, ehe er sich bis zum Anschlag in ihr versenkte, womit er seiner Brust ein Grunzen und ihren Lippen einen Freudenschrei entlockte. Weder hielt er inne, noch änderte er den Rhythmus, als er wieder und wieder seine Hüften vorantrieb und sie mit rücksichtsloser Hingabe nahm.

Ein Teil von ihm hätte sich gerne aufgerichtet, um zuschauen zu können, wie er in sie eindrang, und zu sehen, wie sie jeden Millimeter von ihm in sich aufnahm. Andererseits konnte er sich nicht überwinden, so viel Abstand zwischen ihnen zu lassen. Er hätte es stattdessen vorgezogen, wenn nichts, nicht einmal Luft ihn von Olivias Leib getrennt hätte. Er bedauerte es bereits, sich nicht die Zeit genommen zu haben, auch die übrige Kleidung samt Feuerwehrhosen abgeschüttelt zu haben, da sie ihn daran hinderte, ihre Haut an seiner zu spüren

Obwohl er zugeben musste, dass es verdammt erregend war, sie in einem Teil seiner Ausrüstung zu vögeln. Wenn es darum ging, eine Fantasie in die Tat umzusetzen, hätte eine dieser versauten Romanautorinnen ihm auch kein besseres Drehbuch schreiben können.

»Härter«, keuchte sie. »Bitte, härter.«

»Scheiße, ja.« Er behielt den Rhythmus bei, legte nun aber sein ganzes Gewicht in die Stöße, als wäre er ein Rammbock, der den Mauern den letzten Rest gab, die sie um sich errichtet hatte. »Du wirst mich noch tagelang in dir spüren. Und das wird dich daran erinnern, wem du gehörst.«

Um seine Ankündigung wahr zu machen, brauchte er eine bessere Position, schob daher seine Arme unter sie und umfasste mit einer Hand ihre Schulter, während er sich ihr Haar um die andere Hand wickelte. Und so zog er sie mit einer Hand an sich, während er sie mit der anderen wegdrückte und dabei sein Tempo verdoppelte. Er schwelgte in ihrem Stöhnen, ihren Schreien totaler Befriedigung, während er in sie hineinstieß, als würde sein Leben davon abhängen.

»Spürst du das, Baby? Hier gehörst du hin. Unter mich, während mein Schwanz dich ausfüllt. Ist es nicht so?«

»Ja.«

»Sag es«, knurrte er. »Sag, dass du hierher gehörst.«

»Hier gehöre ich hin«, japste sie. »Wie du mich willst, ich gehöre dir.«

Ich gehöre dir. Er hörte das Echo ihrer Worte in seinem Kopf und spürte ihren Widerhall in der Brust. Direkt neben seinem Herzen. Er fühlte sich wie eine unzerstörbare Kraft, ein Sherman-Panzer in menschlicher Gestalt. Solange sie ihm gehörte, konnte er alles vollbringen, alles besiegen – sogar den PTBS-Scheiß –, denn mit ihr zusammen zu sein genügte als Motivation, das Beste aus sich herauszuholen.

Sie war kein leicht an Land zu ziehender Fang gewesen, sondern hatte sich fast die ganze Zeit gegen ihn gewehrt, doch jetzt, da er sie endlich besaß – endlich besaß er sie wirklich –, hatte er nicht vor, sie noch einmal vom Haken zu lassen.

»So ist es gut, Baby, Schluss mit dem Davonlaufen. Nicht hiervor. Nicht vor uns. Du. Gehörst. *Mir*.«

Als sie der Ziellinie entgegeneilten, wurde er immer schneller, wie ein führerloser Zug mit entfesselter Beschleunigung. Er spürte, wie ihre Muskeln, die ihn umschlossen, zitterten und das glühend heiße flüssige Feuer seines eigenen Höhepunkts seinen Rücken hinabschoss und sich an der Basis des Rückgrats sammelte. Wie es sich aufbaute und ihm die Hoden zusammenzog. Wenn sie nicht bald so weit war, würde er ohne sie kommen, was verdammt noch mal nicht hinnehmbar war.

Erik ließ ihre Schulter los und schob die Hand zwischen ihr Becken und den Tisch. Er fand ihren Kitzler und ließ die Fingerspitzen über der geschwollenen Knospe kreisen. Ihr Mund wurde schlaff, und sie verdrehte die Augen. Sie war kurz davor, stand schwankend am Abgrund, stürzte jedoch noch nicht hinab.

»Wie ich neulich Nacht sagte, Baby, gehören deine Orgasmen mir. Und ich will, dass du mich melkst, und zwar *jetzt*«, sagte er und zog, um seine Forderung zu unterstreichen, kurz an ihren Haaren. »Gib dich in meine Hand, Livvie. *Komm für mich!*«

Gehorsam wie stets, reagierten ihre Muskeln auf seinen Befehl und zogen sich so eng um ihn zusammen, dass er ohnmächtig zu werden glaubte. Sie wollte schreien, als sie kam, doch er riss ihren Kopf zur Seite und zeichnete sie mit einem verzehrenden Kuss, während er sich in ihr ergoss.

Da sie beide Sauerstoff brauchten, um am Leben zu bleiben, sahen sie sich schließlich genötigt, sich voneinander zu lösen und ausgiebig nach Luft zu schnappen. Hätten sie nicht derart heftig gejapst, man hätte sie, wie sie da (beinah) leblos über ihrem Esstisch lagen, für tot halten können.

»Tu ich dir weh?«, fragte er, das Gesicht an ihrem Hals vergraben.

»Ah-ah.«

Auch wenn sie seine Frage verneinte, hörte sie sich doch so an, als säße ein Elefant auf ihrer Brust. »Lügnerin.« Erik stieß sich widerwillig von ihr ab. Er musste das Kondom entsorgen und sie beide säubern, damit sie sich dem Netflix-Teil ihres Dates zuwenden konnten … Den »Entspannungsteil« konnten sie ja dann später fortsetzen, sobald sie sich erholt hatten. Auch wenn er noch nicht wieder für den aktiven Dienst freigegeben war, hatte er morgen einen weiteren Siebenstundentag Training vor der Brust und musste noch einiges an Schlaf nachholen. Doch er hatte als Ranger schon schwerer geschuftet und noch weniger geschlafen – und er hatte mit dieser Frau eine Menge verschwendeter Zeit gutzumachen.

Der traurige, kleine Laut, den sie von sich gab, als seine erschlaffende Erektion aus ihr herausglitt, erregte den Wunsch in ihm, sie an sich zu ziehen und in den Armen zu halten, um ihr zu versichern, dass er sie, auch wenn sie nun körperlich getrennt waren, so fest halten wollte, wie es menschenmöglich war.

Stattdessen beugte er sich vor, küsste ihre schweißfeuchte Schläfe und versprach ihr, gleich wieder da zu sein. Nachdem er die Dusche aufgedreht hatte, damit das Wasser warm wurde, zog er endlich die Stiefel und die restliche Montur samt Feuerwehrhosen und allem aus. Dann ging er zu Livvie zurück, die bis auf das befriedigte Lächeln, das ihr schönes Gesicht zierte, keinen Muskel geregt hatte, riss ihr die T-Shirt-Fetzen ab, nahm sie in seine Arme und trug sie ins Badezimmer.

Als er sie behutsam absetzte, fiel sein Blick sofort auf die hellroten Stellen, die die sahnige Haut vor ihren Hüftknochen verunstalteten. Aber, was …? *Die Tischkante*. Erik ging unter anhaltenden Flüchen in die Knie, um sich die blauen Flecken genauer anzusehen. »Fuck, Livvie, es tut mir so leid«, sagte er mit vor Anspannung rauer Stimme. »Ich bin zu hart mit dir umgegangen. Warum hast du denn nichts gesagt?«

Zorn brodelte durch seine Blutbahn. Er war wütend, weil sie nicht gesagt hatte, dass er ihr wehtat, und auf sich selbst, weil er keinen klaren Kopf behalten und die Auswirkungen bedacht hatte, die ihre Stellung und die Wucht seiner Stöße zwangsläufig haben würden.

»Wenn es nötig gewesen wäre, hätte ich schon was gesagt, Erik.«

Feingliedrige Finger mit gepflegten Nägeln fuhren durch seine kurz geschorenen Haare. Wie immer beschwichtigte ihn ihre Berührung sofort und beruhigte das durch seine Gedanken rasende wilde Tier. Doch er wollte weder beschwichtigt noch ruhig sein. Er verdiente es nicht, nach dem, was er ihr angetan hatte. Er war ein verfluchtes Monster, dem man unmöglich das Leben seiner Brüder anvertrauen konnte, ganz zu schweigen das Wohl eines Engels. Warum wurde jeder in seiner Obhut unweigerlich verletzt?

»Erik.« Sie zwang ihn, zu ihr aufzuschauen. Er starrte in braune Haselnussaugen, die über die Macht verfügten, ihn entweder zu verdammen oder freizusprechen.

»Aber –«

»Nein«, widersprach sie bestimmt. »Du hast mir *nicht* wehgetan. Und wenn, hätte ich es dir gesagt. Ich habe dauernd blaue Flecken. Sieh mich an, ich bin Caspar, das freundliche Gespenst. Du kannst dir unmöglich Sorgen machen, weil du Spuren auf mir hinterlässt, sonst wird der Sex in unserer Beziehung sehr, sehr langweilig sein.«

Er suchte in ihrem Gesicht nach Hinweisen, dass es ihr nicht so gut ging, wie sie behauptete, doch er entdeckte darin nichts als Aufrichtigkeit. *Sie ist okay. Es geht ihr gut*. Der Knoten in seiner Brust löste sich, sodass auch ihre letzten Worte bei ihm ankamen. Langsam breitete sich ein Lächeln in seinem Gesicht aus. »Willst du damit sagen, dass wir eine Beziehung haben? Nicht dass ich dir eine Wahl lassen würde, damit das klar ist. Ich will bloß hören, dass du damit einverstanden bist.«

»Weiß nicht«, gab sie mit einem schiefen Grinsen zurück. »Ich schätze, ich überlege es –« Erik verpasste ihr rasch einen Schlag aufs Hinterteil. Sie holte scharf Luft, dann gluckste sie. »Ja, schon gut, Lieutenant Wolf, das wollte ich sagen: Ich bin mit einer Beziehung einverstanden.«

»Wird auch höchste Zeit, dass du an Bord kommst, Weib«, knurrte er. Dann küsste er sie, um seine Zustimmung zu unterstreichen, über den Bauchnabel und legte anschließend eine sanfte Spur heilender Küsse um jeden ihrer Blutergüsse.

Olivias Finger bearbeiteten wieder seine Kopfhaut und ließen den ganzen Rücken hinab seine Haut prickeln. Er verlor sich so sehr im Augenblick, dass er kaum mitbekam, als sie sprach. »Findest du es irgendwie sonderbar, dass ich sie gerne da habe?«

Sie meinte die weiter rot anlaufenden Stellen auf der Haut. Empfindlich und wund, würden die Blutergüsse sie jedes Mal, wenn sie sie spürte, an ihn erinnern. Die Hände auf ihren Hüften, fuhr er zärtlich mit den Daumen über die fraglichen Stellen und erwiderte absolut ehrlich: »Nein, ich finde, es macht dich perfekt.«

Sie errötete und kaute auf einem Mundwinkel herum. Ein Anblick, der ihn gierig und selbstsüchtig machte. Er wollte ihren Mund für sich alleine, also richtete er sich zu seiner vollen Größe auf, nahm ihr Gesicht in beide Hände und widmete sich ihrem Mund. Küsste ihre kirschroten geschwollenen Lippen und liebkoste ihre Zunge, die immer noch nach dem Jamesons, den sie, wie er feststellte, vorher getrunken haben musste.

Er kam sich vor wie ein Süchtiger. Es war erst wenige Minuten her, dass er sie gehabt hatte, dennoch gierte er nach ihrem Aroma auf der Zunge und verzehrte sich danach, sie sich abermals in seinen Armen auflösen zu sehen. Während ein anderer Teil von ihm – von dessen Existenz er vor Olivia nichts geahnt hatte – sie umsorgen und beschützen wollte. Selbst dann, wenn das hieß, sie vor seinem unersättlichen Appetit zu bewahren.

Erik ließ sie mit dem letzten bisschen Selbstbeherrschung los. »Komm jetzt, Süße, uns bleiben noch ungefähr zehn Minuten, bis die Pizza hier ist, die ich auf dem Weg hierher bestellt habe. Ich will, dass du dann sauber und angezogen bist, denn wenn der Lieferant auch nur ein Fitzelchen von dem sieht, was mir gehört, verlier ich garantiert die Nerven und sehe rot.«

Sie ließ sich lachend von ihm in die Duschkabine und unter den Wasserstrahl schieben, wo Erik dafür sorgte, dass sie kurz und jugendfrei duschten, da konnte sich sein Schwanz noch so beschweren. Später jedoch, nachdem sie etwas gegessen und sich ein wenig ausgeruht hatten, würde er dafür sorgen, dass sie die Kohlenhydrate und den Alkohol mit einem Matratzenmarathon wie aus dem Lehrbuch wieder abarbeiteten.

Morgen würde er sich auf dem Weg zu der Übung ein Sixpack Red Bull und eventuell eine Aspirin reinziehen müssen, doch er hegte nicht den geringsten Zweifel daran, dass es das absolut wert sein würde.

13

»Mach schon, Wolf, hoch mit dir. Oder bist du, seit du nicht mehr im Dienst bist, zum Mädchen geworden?«

Zwischen Eriks Zähnen entwich zischend Luft, als er zu dem halb nackten Smoke aufblickte – dank der höckerigen Narben, die sich von der Schulter bis zur Hüfte über seine linke Seite zogen, war dieser selten ohne Shirt zu sehen. Dann wuchtete Erik die Stange die letzten Zentimeter hoch, bevor er das Gewicht ablegte. Schließlich rappelte er sich auf der schwarz gepolsterten Bank, die von den Männern an mehreren Stellen mit silbernem Klebeband geflickt worden war, zu einer sitzenden Position auf.

Smoke fuhr sich mit einer Hand durch das schweißnasse blonde Haar und spottete: »Meine verdammte Großmutter stemmt mehr als du. Du machst langsam schlapp, Alter.«

Erik griff nach dem Handtuch vor seinen Füßen, wischte sich damit den vom Gesicht tropfenden Schweiß ab und sah seinen übermäßig kritischen Antreiber an. Smoke, der weiße Basketball-Shorts und das großspurige Grinsen zur Schau trug, das sein Markenzeichen war, stand nun vor ihm, die ausgestreckten Arme mit abgespreizten Ellbogen lässig auf die Stangen der Sprossenwand gelegt.

»Da erzählt deine Großmutter aber was anderes, Bruder.« Erik kam auf die Beine und fuhr fort: »Die ist nämlich nur deshalb so stark, weil sie sich jeden Tag an meinen Riesenschwanz abarbeitet.«

Der Trainingsraum der Feuerwache hallte wider von Geschrei und Gelächter, als die Kameraden die verbale Backpfeife würdigten, die Erik dem »Goldjungen« verpasst hatte. Erik rieb sich abschließend die Brust ab, blinzelte, warf das schweißnasse Handtuch nach Smoke und verpasste ihm schließlich noch eine Kopfnuss.

Erik wandte sich glucksend ab, dem Lärm hinter ihm schenkte er keine weitere Beachtung – vermutlich hatten die »Kids« hinter ihm ein Handgemenge vom Zaun gebrochen – und näherte sich den Klimmzugstangen. Dozer, der eine Ewigkeit mit dem Springseil trainiert hatte, schloss sich ihm an. So riesengroß der Mann auch sein mochte, mit dem Seil bewegte er sich extrem geschickt und leichtfüßig. Das lag an seinem jahrelangen Training als Amateurboxer.

Schweigend griffen sie zur Kreide, dann sprangen sie an benachbarte Stangen und begannen mit einer Reihe von Schmetterlings-Klimmzügen. Anschließend ließen sie sich auf den Hintern fallen, um das Bauchmuskeltraining zu starten, das sie aus ihrer Militärzeit kannten.

Erik machte seine Sit-ups mit hinter dem Kopf verschränkten Händen, während er redete. »Nun frag schon.«

»Wonach soll ich fragen?«

»Du weißt, wonach, also mach.«

»Schön, ist das was Ernstes mit der Tussi und dir?«

»Also, erstens ist sie eine *Frau*, keine Tussi, und du bist ihr deshalb Respekt schuldig, anwesend oder nicht.«

Dozer kicherte in sich hinein. »Zweitens kannst du dir sparen, Grady. Du hast meine Frage damit beantwortet.«

»Und was ist mit dir?«, fragte Erik, pausierte und schnappte nach Luft. Verflucht, Smoke hatte recht, der Zwangsurlaub machte ein Weichei aus ihm. Er sah seinen Kumpel an, suchte nach einer Reaktion. »Was läuft eigentlich mit dir und Olivias Freundin? Wie hieß sie noch gleich, Angelina?«

»Angie«, brummte er, ohne das Bauchmuskeltraining zu unterbrechen. »Wir hatten mal was auf der Highschool.«

»Sie kommt aus Rockland?«

»Scheiße, nein, Rockland liegt von Hingham aus gesehen, wo sie aufgewachsen ist, ›auf der falschen Seite‹. Aber das sind Nachbarstädte, und die Kids hängen an denselben Orten ab, daher …«

Da er nicht weiter ausführen wollte, wie, sondern nur dass er Angie kennengelernt hatte, ließ Dozer den Satz in der Luft hängen. »Scheiße, wie wahrscheinlich war es, dass sie in Boston landet und auch noch im Phoenix arbeitet?«, fragte sich Erik, und Dozer pflichtete ihm knurrend bei. »Und nach der Highschool?«

»Bin ich zur Army. Schluss, aus, Ende.«

»Du musst mich mit Bowie oder Preacher verwechseln. Ich kenne dich besser als irgendwer sonst, daher weiß ich auch, dass du nur Mist im Kopf hast. Also, willst du es noch mal mit ihr probieren?«

»Nee.«

»Mach's trotzdem. Das wäre nur fair als Wiedergutmachung, mein Freund.«

Dozer glich sich Eriks Haltung an, die Unterarme auf die angewinkelten Knie gestützt, die Hände reglos hängend dazwischen. »Angie war vielleicht die Einzige, die ich jemals geliebt habe. Ich dachte wirklich, ich liebe sie, aber wir waren noch Kinder, also, was zum Henker weiß ich schon?«

»Hat sie Schluss gemacht, als du dich verpflichtet hast?«

Der Mann schüttelte den Kopf und starrte auf den Boden zwischen seinen Beinen. »Zum Teufel, nein, im Gegenteil, sie wollte heiraten und eine Familie gründen, obwohl sie wusste, dass ich wer weiß wie oft auf Auslandseinsätze gehen müsste. Und ich war so ein egoistischer Arsch, dass ich sie in dem

Glauben ließ, ich wollte dasselbe wie sie, nur um noch einen letzten Sommer mit ihr verbringen zu können. Und als wäre das noch nicht schlimm genug, habe ich sie in der Nacht, bevor ich zur Grundausbildung einrücken musste, geliebt und sie im Arm gehalten, während sie schlief. Am Morgen habe ich sie geweckt, habe sie heimgefahren und etwas absolut Unverzeihliches getan.«

»Unverzeihlich ist ein ziemlich hartes Wort. Ich bin sicher, so schlimm war es nicht, Bro.«

Dozer schaute ihn mit einem so reuevollen Blick an, wie Erik ihn nie zuvor in den Augen seines Freundes gesehen hatte. Dozer stand auf und durchquerte den Raum zum Wasserspender, wo man sie nicht so leicht würde belauschen können.

Erik verschränkte die Arme vor der Brust, lehnte sich mit einer Schulter gegen die Wand und wartete auf den gewiss überzogenen Grund, aus dem Dozers Highschool-Sweetheart einen Groll gegen einen der aufrechtesten Männer hegte, dem er je begegnet war.

Dozer riss einen der aberwitzig winzigen Pappbecher aus dem Spender und füllte ihn mit Eiswasser, das er hinunterstürzte, bevor er den Becher in der großen Faust zerknüllte und Erik mit festem Blick anstarrte. »Ich habe sie in der Nacht entjungfert, und am nächsten Morgen habe ich ihr gesagt, es sei aus.«

Erik stieß sich von der Mauer ab und fuhr sich mit der Hand mehrmals über den kurz geschorenen Schädel, als würde die Information auf diese Weise schneller in seinem Hirn ankommen. »Fuck, D, das ist echt übel.«

»Danke, Sherlock, da bin ich noch gar nicht drauf gekommen«, erwiderte er trocken, indem er den zerknüllten Pappbecher in den kleinen Mülleimer beförderte.

»Jesus, kein Wunder, dass sie dich neulich im Club umbringen wollte. Hast du sie da seit damals zum ersten Mal wiedergesehen?«

»Zumindest haben wir da zum ersten Mal miteinander gesprochen. Sie war mir aber schon ein paar Wochen vorher aufgefallen, als sie anfing, im Phoenix zu kellnern. Ich wollte noch nicht, dass sie mich sieht, aber das hast du vermasselt, als ich dich vor ihrem heiligen Zorn retten musste. Übrigens, gern geschehen.«

»Du warst immer schon ein prima Flügelmann.« Dozer zeigte ihm träge den Mittelfinger. »Hast du sie seitdem getroffen?«

»Hab's versucht«, antwortete er mit vor Ärger rauer Stimme. »Aber sie hat gekündigt. Kannst du so einen Scheiß glauben? Ich weiß sowieso nicht, was sie mit so einem miesen Job überhaupt gewollt hat. Ihre Familie hat Kohle, und ihr Alter würde niemals zulassen, dass sie sich als ungelernte Kraft in der Gastronomie abrackert. Egal, Mann, es ist ja nicht so, als hätte ich sie anbaggern wollen oder so, ich dachte bloß, ich sollte mich bei ihr entschuldigen.«

Anerkennende Pfiffe lenkten Eriks Aufmerksamkeit auf den Eingang zum Trainingsraum. Smoke hatte sich breitbeinig dort aufgestellt, seine Rückenmuskeln zuckten vor Anspannung. So wie er dastand, konnte Erik nicht viel sehen, doch die Reaktion der Männer verriet ihm das Geschlecht der Besucher.

»Sorry, ihr Süßen«, sagte Smoke jetzt in einem übertrieben essigsauren Südstaaten-Singsang. »Die Regel besagt, dass Hühner zu den Hähnen keinen Zutritt haben. Aber ich habe um sechs Feierabend. Dann lass ich euch gerne mal auf meinem Löschzug mitfahren.«

»Klingt verlockend, aber ich halte mich lieber an den Hahn, den ich gerade entdeckt habe, trotzdem vielen Dank.«

Erik grinste, gleichzeitig spielte sein Magen verrückt, als er Olivias Stimme erkannte. Ihre gradlinige Entgegnung auf Smokes Versuch, unverschämt zu sein, hatte ihn bereits zum Lachen gereizt, aber als er nun hörte, wie sie öffentlich Anspruch auf ihn oder den Sieger im Hahnenkampf erhob (er war momentan nicht sonderlich wählerisch), schwoll ihm vor Stolz der Kamm.

»Ganz wie Sie wollen«, meinte Smoke achselzuckend. »Und wie steht's mit dir, Schatz? Du bist *muy caliente*, und ich spiele zufällig gerne mit dem Feuer.«

»Oh, tut mir leid, *mijo*, ich bin definitiv ein Freilandhuhn.« Dozers Kopf schoss hoch, er warf einen tödlichen Blick quer durch den Trainingsraum, von wo die Stimme von Olivias Busenfreundin an sein Ohr drang. »Wenn sich daran was ändert, bist du der Erste, den ich es wissen lasse.«

»Wie es aussieht, kriegst du doch noch die Chance, dich zu entschuldigen, Kumpel.« Erik schickte Dozer ein Grinsen und machte sich auf den Weg zu seiner Olivia, als er bei Smokes nächster Bemerkung unversehens rot sah.

»Und ob du das wirst, Süße. Netter Versuch, aber ich besitze einen Spiegel.« Er verschränkte die Arme vor der Brust und ließ nun eine Warnung vom Stapel. »Keine Ahnung, wen du hier besuchen willst, aber du wirst warten müssen, bis er nicht mehr im Dienst ist. Zivilisten haben hier keinen Zutritt, und Frauen schon gar nicht. Macht euch also freundlicherweise vom Acker.«

»*Smoke!*«, bellte Erik. Seine Stimme hallte von den Wänden des dürftigen Trainingsraums wider. Ashtons Kopf fuhr herum, und er sah ebenso argwöhnisch wie neugierig zu, wie Erik mit großen Schritten den Abstand zwischen ihnen verringerte. Und Dozer folgte ihm auf dem Fuß.

Sekunden, bevor sie Smoke erreichten, stellten sich ihnen Bowie und Preacher in den Weg, um einzuschreiten, falls die Kacke zu dampfen begann. Was immer noch im Bereich des Möglichen lag, wenn es nach Erik ging.

»Wow, wow, komm mal wieder runter, Wolf«, sagte Preacher mit seiner beruhigenden Lasst-uns-nichts-übereilen-Stimme. »Solange du nicht wieder für diensttauglich erklärt wirst, hast du hier eigentlich sowieso nichts zu suchen. Wenn du jetzt irgendeinen Mist baust, machst du alles nur noch schlimmer für dich, und das will sicher keiner von uns.«

Verdammter Moralapostel. Erik hasste ihn manchmal für seine Vernunft.

Erik stieß zwischen den Schultern seiner Teamkollegen einen Zeigefinger in Smokes Richtung. »Pass verdammt noch mal auf, was du sagst, Soldat, oder ich schlag dir meine Faust ins Gesicht und erfreue mich am Anblick deiner blutigen Zähne.«

»Erik«, sagte Olivia beschwichtigend, schob sich vor ihn, nahm seine Hand und zog sie an seine Brust. »Ist nicht so wichtig. Alles ist gut.«

Er funkelte Smoke weiter an. »Es ist *verdammt* wichtig, wenn einer meiner Brüder meine Lady missachtet.«

Smokes Blick aus blauen Augen schwirrte von ihm zu Olivia und wieder zurück. »Deine Lady?«

»Und meine auch«, grollte Dozer, der sich nun neben Angie aufbaute.

»Da wüsste ich aber was von!« Angie stemmte die Hände in die Hüften und brannte mit ihren frühlingsgrünen Augen Löcher in Dozer. Dann wies sie mit dem Kinn auf Smoke und sagte: »Ich habe dem Großen, Blonden, Schönen da schon gesagt, dass ich es vorziehe, ein freier Mensch zu sein. Aber wenn sich daran jemals etwas ändern sollte, gehe ich erst sämtliche Männer in Boston durch, bevor ich deine Frau werde.«

»Nur über meine Leiche.«

»Damit kann ich leben«, gab sie mit frostiger Stimme zurück.

Olivia schaute bei diesen Worten genauso erschrocken wie Dozer. »Okay, was zum Teufel ist mit euch beiden los? Angie, wieso kennst du Dozer, und warum weiß ich nichts davon?«

»Wir hatten mal was miteinander«, erklärte Angie. »Nicht der Rede wert.«

Dozers Körper wurde steif und verkrampfte sich wie vor einem Gefecht oder einer Prügelei, doch Erik wusste, dass Dozer sich nicht mit einer Frau anlegen würde, schon gar nicht, wenn er so von ihr besessen war. Wenn ihn allerdings jemand so weit treiben konnte, dass er die Nerven verlor, dann war das mit Sicherheit dieser kleine Hitzkopf hier.

Während Angie und Dozer sich am Spielfeldrand weiter böse anfunkelten, konzentrierte sich der größte Teil der Schaulustigen auf die Spannungen zwischen Erik und Smoke. Dass der Mann wenigstens den Anstand besaß, sich offensichtlich für das, was er getan hatte, zu schämen, trug viel dazu bei, den in Erik tobenden Sturm zu beruhigen. »Scheiße, Wolf, es tut mir leid«, sagte er. »Das wusste ich nicht, ich schwöre.«

Nein, Smoke konnte nicht wissen, wer die beiden Frauen waren, weil er an jenem Abend im Club mit seinem derzeit angesagten Mädchen getan hatte, was er immer tat, und darüber gar nicht mitbekommen hatte, was sich sonst noch abspielte. Smoke wollte zwischen Bowie und Preacher hervortreten, doch die wichen erst von der Stelle, als Erik ihnen kaum merklich zunickte, um ihnen zu bedeuten, dass er sich in der Gewalt hatte.

Smoke trat darauf auf ihn zu und sprach leise, damit die Frauen ihn nicht hören konnten: »Ich habe nicht nachgedacht, Mann. Als sie reinkamen, habe ich einfach drauflosgequatscht. Aber das ist keine Entschuldigung. Ich mache es wieder gut – an euch beiden –, versprochen.«

Damit wich er einen Schritt zurück, richtete seinen aufrichtigen Blick auf Erik und wartete darauf, dass sein CO und

Freund ihn verfluchte oder freisprach. Doch Erik hätte ein Arsch erster Klasse sein müssen, wenn er zu hart mit Smoke ins Gericht gegangen wäre, weil dieser seine Abwehrhaltung angenommen hatte, nachdem die Frauen ihn ohne Hemd gesehen hatten. Soweit Erik es wusste, war es Jahre her, seit das zum letzten Mal passiert war.

Während ihres letzten Einsatzes war er Eriks Zugunteroffizier bei der Artillerie gewesen. Smoke hatte in einer Garage die Mutter sämtlicher Arsenale eingelagert und verschlossen und ging fast so häufig auf den Schießstand, wie er in der Feuerwache war. Der Mann war Waffenexperte und stand in dem Ruf, auf alles abzufahren, das knallte und jede Menge Qualm verursachte – woher auch sein Name kam.

Manchmal schlug die Ironie jedoch genauso erbarmungslos zu wie das Schicksal, das Smoke wahrhaft übel mitgespielt hatte. Er war nämlich von einer Sprengfalle erwischt worden, die seinen Körper von der Schulter bis zur Hüfte verbrannt hatte. Seitdem vermied der Mann es, sich vor irgendjemanden außer den Männern und Frauen, mit denen er zusammenarbeitete, mit unverhülltem Oberkörper sehen zu lassen. Der Mann, der aussah wie ein Goldjunge und früher mehr Selbstsicherheit besessen hatte als alle Hollywood-Großverdiener zusammen, hielt sich seither für ein Scheusal aus einem Zeichentrickfilm.

Und das war Eriks Werk.

Kein Tag verging, an dem Erik Smoke sah, ohne sich für das, was er verursacht hatte, schuldig zu fühlen. Sein einziger Trost war, dass Smoke bei der Explosion, die zwei ihrer Brüder das Leben gekostet hatte, nicht getötet worden war. Ihr Blut an den Händen zu haben fühlte sich manchmal an, als läge er lebendig unter sechs Fuß Erde begraben, die ihn langsam erdrückte und erstickte.

»Erik«, flüsterte ihm Olivia ins Ohr. »Komm zu mir zurück, Schatz.«

Das tat er. Immer wenn sie sah, dass er die Kontrolle zu verlieren und in der Vergangenheit zu verschwinden begann, benutzte sie ihre Berührung und ihre Worte, um ihn auf der Stelle wieder zu ihr zurückzuholen. Die Welle der Erleichterung, die ihn dann jedes Mal überkam, war einfach unbeschreiblich. Er drückte ihr die Hand, damit sie wusste, dass es ihm gut ging, nickte seinem Freund beruhigend zu und deutete schließlich mit einer Kopfbewegung auf die Umkleide. »Geh duschen. Wir reden später«, krächzte Erik mit zugeschnürter Kehle.

Smoke bestätigte den Befehl, von dem sie beide wussten, dass es in Wahrheit kein Befehl war, sondern eine Möglichkeit, dem Mann einen leichten Abgang zu verschaffen. Er entschuldigte sich kurz bei den beiden Frauen und stakste dann in die entgegengesetzte Richtung mit Bowie und Preacher sowie einer Handvoll Leute von Löschzug 42 davon, die sich ihm anschlossen.

»Ich wünschte, du wärst nicht so hart gewesen, Erik.«

Erik stieß hörbar die Luft aus und rieb sich den Nacken. »Ich weiß, ich rede mit ihm. Ich hab nur mitbekommen, was er zu dir gesagt hat, und sofort rot gesehen.« Damit ergriff er ihre Hüften und zog sie für einen angemessenen Begrüßungskuss an sich, ohne dabei jedoch ihre teuren Arbeitsklamotten mit seinem Schweiß zu benetzen. »Und, womit habe ich das Vergnügen deines Spontanbesuchs zu verdanken?«

»Angie und ich waren zusammen essen und haben Pläne für ein Barbecue am vierten Juli bei meinen Eltern in Cambridge ausgeheckt. Sie sind noch auf Reisen, aber dort wäre genug Platz, um mit ein paar Leuten dem Irrsinn der Großstadt zu entfliehen. Ich lade eine Handvoll Freunde ein –« Angie fiel ihr mit einem Hüsteln ins Wort. »Ja, schon gut, Arbeitskollegen. Egal. Und natürlich dein Team und alle, die du dabeihaben willst. Das wird sicher lustig. Was meinst du?«

»Sorry, *mija*«, unterbrach Angie sie erneut, »aber mir ist gerade eingefallen, dass ich an dem Tag schon was Wichtiges vorhabe.«

Olivia zog die Stirn kraus. »Aber wir haben doch noch gar nicht entschieden, an welchem der drei Tage wir es machen wollen.«

»Du musst dir jetzt wegen mir nichts aus den Fingern saugen, mein Engel. Ich habe versprochen, an dem Wochenende jemandem seine Schichten abzunehmen, und werde deshalb gar nicht da sein.« Dozers Stimme klang ruhig.

»Und siehe da, schon kann ich wieder.« Angies Lippen verzogen sich zu einem teuflischen Grinsen. »Ich muss los. Das Barbecue ist schon in einer Woche, und ich muss noch jemanden auftreiben, der mit mir hingeht. Lieb-dich-ruf-mich-an«, trällerte sie noch, dann ging sie hinaus.

Sekunden später stolzierte Dozer in der Gegenrichtung davon, stieß die Tür zur Umkleide derart wuchtig auf, dass sie von der Wand abprallte und, statt sanft ins Schloss zu fallen, heftig zuknallte.

»So habe ich mir das nicht vorgestellt, als ich dich überraschen wollte«, meinte Olivia säuerlich.

»Ja, aber sieh es mal von der angenehmen Seite.«

»Und die wäre?«

»Wir werden es auch ohne richtiges Feuerwerk bei dem Barbecue ordentlich krachen lassen.«

»Und zwar, weil …?«

»… weil ich sicher weiß, dass Dozer absolut keine Schichten übernimmt, und weil ich weiter annehme, dass ihn nicht mal wilde Pferde davon abhalten können, da aufzuschlagen, wo sich deine beste Freundin an dem Wochenende aufhält.«

»Ah, gut zu wissen«, gab Olivia zurück. »Und ich bezweifle sehr, dass sie einen Kerl anschleppt, aber falls doch, sorge ich lieber dafür, dass der Feuerlöscher griffbereit ist.«

»Guter Plan. Oder eigentlich ein Date. Unsere zweite offizielle Verabredung, um genau zu sein.«

Olivia kicherte. »Wovon redest du da? Wir hatten schon Dutzende Verabredungen.«

»Ganz im Gegenteil, Dr. Jones, Fernsehabende oder Sex bei dir oder mir zu Hause kann man nicht wirklich als Verabredungen bezeichnen. Eine Party im Haus deiner Eltern fällt allerdings unter die Kategorie.«

»Aber meine Eltern sind dann ja gar nicht zu Hause.«

»Und dein Patenonkel?«

Ein Lächeln kräuselte träge ihre Lippen. »Ja, ich vermute, Onkel Eddie und Tante Tish werden kommen.«

»Na also, siehst du? Wenn deine Familie und mein Therapeut ins Spiel kommen, kann man definitiv von einer Verabredung sprechen.« Erik schenkte ihr ein verschlagenes Grinsen und drängte sie in die Ecke, wo die Gerätespinde an die Wand stießen. »Na komm, tu mir den Gefallen, von einer Verabredung zu sprechen, gib mir das Gefühl, nicht nur ein Leckerbissen zu sein, den du vernaschst, weil du nur meinen Körper willst.«

»Schön«, sagte sie, übertrieben seufzend und ihre aufregenden Haselnussaugen verdrehend. »Dann ist das unser zweites offizielles Date. Aber, nur damit wir uns richtig verstehen, ich will *wirklich* nur deinen Körper.«

Olivia blickte durch den dunklen Wimpernsaum kokett zu ihm auf, legte ihm einen manikürten Fingernagel in die Halsgrube und fuhr damit über seine Haut, bis hinunter zu seiner Körpermitte. Die Muskeln in seinem Oberkörper strafften sich und signalisierten seinem Schwanz und seinen Hoden, dass es

Zeit war für die nächste Runde. Dankenswerterweise hatte er noch einen Rest Blut im Hirn, was ihn davon abhielt, sie in sein Büro zu schleifen und dort über seinen Schreibtisch zu legen. *Himmel, das kommt auf die Liste der Fantasien, die ich in die Tat umsetzen will, bevor ich den Deckel zumache!* Doch fürs Erste musste er das Vergnügen auf später verschieben.

»Komischerweise habe ich gar nichts dagegen, dein Spielzeug zu sein, deshalb ermutige ich dich, mich bei jeder sich bietenden Gelegenheit sexuell auszubeuten. Und, nun ja, ich weiß nicht, ob du es weißt, aber ich bin zufälligerweise auch noch Feuerwehrmann. Wenn ich mir also den einen oder anderen *Brandherd* bei dir anschauen soll, wäre ich mehr als nur erfreut, später mit meinem Schlauch bei dir vorbeizukommen und das Problem gründlich unter die Lupe zu nehmen.«

»Hm, das ist der beste Vorschlag, den ich den lieben, langen Tag gehört habe. Sie sind so ein Wohltäter, Lieutenant Grady.«

»Ich tue nur meine Bürgerpflicht, Ma'am. Aber jetzt sieh zu, dass du Land gewinnst, sonst muss ich darauf bestehen, dass du dir den Nachmittag freinimmst, damit ich schon mal eine erste Inspektion vornehmen kann.«

Sie lachte, drückte ihm einen Kuss auf die Lippen und tauchte dann unter seinem Arm hindurch. Zum Abschluss zwinkerte sie ihm noch aufreizend zu und ließ ihn mit dem größten Ständer stehen, der jemals den Feuerwehrtrainingsraum beehrt hatte.

Fuck. Ab unter die kalte Dusche.

14

Falls je ein Tag perfekt genannt werden konnte, dann war es dieser spezielle vierte Juli. Alles fing damit an, dass sie beim Aufwachen den heißen Mund eines sexy Feuerwehrmanns zwischen den Beinen gespürt hatte. Olivia fehlten die Worte, um das Gefühl angemessen zu beschreiben.

Sie schwebte noch zwischen Schlaf und Wachen, als sie ihr eigenes Stöhnen hörte. Als sie die Augen aufschlug, sah sie die orange-rosigen Sonnenstrahlen über die Zimmerdecke streifen, während ihr Rücken sich unter wonnevollem Erschauern wie von selbst wölbte.

»Oh Gott.« Ihre lange ungenutzte Stimme klang kratzig und passte perfekt zu der rohen Sinnlichkeit ihres Erwachens.

»Mm …«

Olivias ganzer Körper zuckte, sie krallte die Fäuste ins Bettlaken. *Das* hatte sie stöhnen lassen: sein vibrierender Mund, der ihren Kitzler summend dem Höhepunkt entgegentrieb. »Oh mein Gott … das … ich … hm …«

Schön, ganze Sätze kamen also nicht mehr infrage. Gut zu wissen. Dann konnte sie ja aufhören, einen Satz bilden zu wollen. Sie spähte an ihrem nackten Körper hinab und sah Erik zwischen ihren Schenkeln liegen, während er sich langsam, als wäre er noch gar nicht richtig wach, an ihr gütlich tat. Er war so verflucht schön. Seine Rückenmuskeln kräuselten sich bei der geringsten Bewegung, und seine exquisiten Pobacken, die mangels Sonne heller waren als der Rest, spannten sich bei jedem trägen Vorstoß verführerisch an.

Als sie mit den Fingernägeln durch seine Haare fuhr, schlug er langsam die Augen auf und sah sie an, ohne seinen Rhythmus auch nur für einen Moment zu unterbrechen. Die Morgensonne brachte den Bernsteinton seiner Augen zum Leuchten, als wäre er ein Geschöpf aus einer anderen Welt. Keiner von ihnen sprach, das war auch nicht nötig. Seine Augen sagten alles, was sie hören wollte, und sie hoffte, dass ihre Augen es seinen gleichtaten.

Alles an diesem Moment war vollkommen gewesen. Er hatte seinen ganzen Mund eingesetzt – Lippen, Zähne, Zunge –, um sie zu lieben. So strich er durch ihre Falten und liebkoste eine nach der anderen, und dann aufs Neue. Träge näherte sich ihr Höhepunkt, was sie so frustrierte, dass sie ihm ungeduldig die Hüften ins Gesicht stieß. Doch der Sadist blickte sie bloß aus zusammengekniffenen Augen an, drückte mit einer seiner Pranken ihr Becken hinunter und machte einfach weiter.

Und als er zufrieden sah, dass sie ihm die Kontrolle überließ, ging er aufs Ganze.

Eine Hand lag weiter über ihrem Schambein, mit den beiden mittleren Fingern der anderen drang er in sie ein. Dann krümmte er sie und rieb mit den Fingerkuppen über ihren G-Punkt. Intensiver, augenblicklicher Genuss flutete ihren Körper, und ihre Lust entfaltete sich wie ein Fächer aus Spielkarten. In der Sonne glänzte Schweiß auf ihrer Haut, und ihr Atem wusste nicht, ob er sich überschlagen oder stoppen sollte.

Dieser Teufelskerl bannte sie am Scheideweg zwischen schierer Verzückung und totaler Qual und erlaubte ihr nicht, sich für Ersteres zu entscheiden, ohne Letzteres zuvor bis zur Neige ausgekostet zu haben. Ihr lautes Wimmern und Stöhnen hatte sicher bereits die Nachbarn alarmiert, aber es war ihr gleichgültig, und wenn die ganze verdammte Welt sie hörte.

Sie hatte darüber ebenso wenig Kontrolle wie über die Blitze in einem Gewitter. Endlich hatte Erik Mitleid mit ihr. Er saugte ihren Kitzler zwischen die Zähne, biss behutsam zu und ließ sie endlich ihrem Höhepunkt entgegeneilen. Der schlug über ihr zusammen, fuhr ihr prickelnd unter die Haut, strömte in ihre Gliedmaßen und erfüllte sie mit immer neuen Wellen der Wonne. Doch allzu bald verebbte und verging das Gefühl und ließ Olivia gesättigt und entspannt zurück.

Erik hatte ihr einen Höhenflug beschert, umfing sie nun mit der Wärme und dem Behagen seiner kraftvollen Umarmung und flüsterte liebevolle Worte, während sie sich abermals in den Schlaf sinken ließ.

Als der Duft frischen Kaffees in ihre Nase strömte, schlug sie die Augen auf und streckte sich. Zwei Worte lagen ihr auf der Zunge. Sie murmelte »vollkommene Seligkeit«, zog Eriks T-Shirt über und sprang geradezu aus dem Bett. Sie eilte in die Küche zu ihm.

Den Rest des Morgens hatten sie zusammen gekocht und gegessen – Gott sei Dank wusste er, was in der Küche zu tun war, da sie selbst für diesen Teil der Haushaltsführung nie eine Begabung entwickelt hatte. Als sie so weit gewesen waren, ihre Wohnung zu verlassen, blieben ihnen nur noch wenige Stunden, um einzukaufen und nach Cambridge zu fahren, wo die Party zum vierten Juli stattfinden sollte. Sie wusste nicht recht, wie stark Erik noch auf das Geknalle reagierte, doch in der ruhigen, betuchten Nachbarschaft ihrer Eltern würde es ohnehin kein Feuerwerk geben. Dort ging es an dem Tag ausschließlich um gutes Essen und gute Freunde.

»Du musst mir mal verraten, warum du wie eine Idiotin grinst«, sagte Angie. »Als deine beste Freundin der Welt sollte ich darüber Bescheid wissen.«

»Ja, und als deine neugierige Assistentin bestehe ich sogar darauf. Also, raus damit!«

Doch Olivia musterte lieber ihre übrigen Gäste, als Angies und Cindis Blicken von der Polsterbank im gefliesten Innenhof ihrer Eltern die geringste Beachtung zu schenken (und so einen Blick auf ihren superscharfen Freund auf der anderen Seite des Hofs zu erhaschen).

Erik und Onkel Eddie bemannten den Grill und gaben Geschichten über ihren gemeinsamen Freund Chief Bill Marshall zum Besten, der in Kürze mit seiner Frau eintrudeln würde. Cindis Verlobter Mike spielte eine Partie Hufeisenwerfen mit den »Kids«, Ashton, Sean und Tyler – auch bekannt als Smoke, Bowie und Preacher. Dozer lungerte ebenfalls bei den Kerlen herum, zog es jedoch vor zuzuschauen, anstatt sich aktiv an der Belustigung zu beteiligen. Er teilte seine Aufmerksamkeit zwischen dem Spiel und den Barbecue-Gesprächen, während er an einem Samuel Adams nuckelte und alle paar Minuten hitzige Blicke in Richtung Angie warf.

Dozer war angemessen spät erschienen. Und kaum hatte er sich durch das rückwärtige Hoftor geschoben, hatte sich Angies gut gelauntes Lächeln in ein dauerhaftes Stirnrunzeln verwandelt. Es drückte nicht unbedingt ihre Abneigung aus, auch wenn sie sich Mühe gegeben hatte, so zu tun, sondern vielmehr Enttäuschung, vielleicht sogar Bedauern.

Olivias Neugier, was zwischen ihrer Freundin und dem Mann, der Erik näherstand als ein leiblicher Bruder, vorgefallen war, wurde dadurch nur größer. Aber Angie zog es offenbar vor, alles unter den Teppich zu kehren und auch noch ein Sofa draufzustellen.

Olivia respektierte das als Freundin und Psychologin. Sie wusste, dass Angie ihr alles erzählen würde, sobald sie bereit dazu war. Fürs Erste hatte Olivia ihr gut zugeredet, dass sie, zum Wohl der anderen, wenigstens zivilisiert mit ihm umgehen würde. Denn nun, da sie und Erik ein Paar waren, würden ihre Freunde sich unweigerlich bei gesellschaftlichen Anlässen über den Weg laufen. Also mussten sie sich wie Erwachsene benehmen oder einander meiden. Was indes niemand wollte. Angie hatte zugestimmt, wenn auch widerstrebend, und das musste erst mal genügen.

»Hallo? Erde an Olivia.«

Sie versuchte, ihre Mundwinkel zu richten, doch vergebens, sie konnte einfach nicht aufhören zu lächeln, solange der Verantwortliche sie von der anderen Hofseite unablässig schief angrinste.

»Ihr wisst beide, dass heute mein liebster Feiertag ist«, gab Olivia endlich zurück. »Es ist ein wunderschöner Tag, und ich feiere ihn mit alten und neuen Freunden. Warum sollte ich da nicht lächeln?«

Angie schnaubte. »Du lächelst nicht, *mija*, du strahlst förmlich. Wenn ich dich nicht so gerne hätte, würde mir wahrscheinlich jedes Mal, wenn ihr zwei euch anseht, ein bisschen das Kotzen kommen.«

Cindi musste sich vor Lachen den Bauch halten. Vermutlich halfen zwei von Angies weltberühmten Blutorangen-Margaritas ihrer Heiterkeit auf die Sprünge. Olivia dagegen stand der Mund offen, auch wenn ein Teil ihres Entsetzens nur gespielt war. Schließlich kannte sie Angies schillernde Ausdrucksweise. Ihr zweiter Vorname hätte »Unverblümt« lauten können, denn das war sie im Übermaß. Dieser Frau war Zurückhaltung fremd.

»Du solltest sie mal im Büro erleben«, mischte Cindi sich ein.

»Cindi, du weißt, dass ich dich feuern kann, oder?« Olivia ließ ihrer dreisten Assistentin ihren schönsten Erst-denkendann-reden-Blick angedeihen, aber Cindi schenkte ihr erwartungsgemäß keinerlei Beachtung.

»Sie summt den ganzen Tag vor sich hin, und ich kann gar nicht mehr zählen, wie oft ich sie dabei erwische, dass sie Löcher in die Luft starrt.«

Angie rief mit großem Getue: »A-ha«.

Dann wollte Cindi wissen: »Hörst du deinen Klienten überhaupt noch zu, oder sitzt du nur noch lächelnd und nickend da und sagst ›Wie nett‹, wenn alles vorbei ist?«

Angie und Cindi lachten darauf umso lauter und wechselten sich darin ab, Olivias Klienten zu spielen, wie sie durch ungeheuerliche Bekenntnisse ihr Interesse zu wecken versuchten.

»Oh, ha, ha, ihr seid ja beide so lustig«, erwiderte Olivia spröde. Dann deutete sie vorwurfsvoll auf Cindi. »Muss ich dich daran erinnern, wie du dich aufgeführt hast, nachdem du Mike kennengelernt hattest? Du konntest nicht mal seinen Namen aussprechen, ohne dass dein Blick sich in den Sternen verlor. Und ich hab dich derart häufig total vertrottelt aus der Wäsche gucken sehen, dass ich dir dafür mindestens eine Woche Urlaub hätte abziehen müssen.«

Angie lachte noch lauter, als Cindi die Heiterkeit aus dem Gesicht fiel und durch Schamesröte ersetzt wurde. So leicht würde ihre Busenfreundin jedoch nicht davonkommen. »Und *du*, Miss Dings, solltest ganz still sein.«

Angie hörte zu lachen auf, als wäre ihre Platte hängen geblieben, verschränkte die Arme vor ihrer üppigen Brust und hob schließlich herausfordernd eine Braue. »Du kannst gar keine Leichen in meinem Keller ausbuddeln, Liebes, zumindest nicht, wenn es um Männer geht. Ich bin völlig zufrieden damit, allein nach Hause zu fahren und mit meinem B.O.B zu spielen. Der macht nämlich keine falschen Versprechungen und erwartet auch nicht, dass man ihm etwas zurückgibt. Der perfekte Partner.«

»Ein Battery Operated Boyfriend kann niemals der perfekte Partner sein«, widersprach Olivia. »So ein Ding ist nicht mal ein Partner, geschweige denn ein perfekter.«

Um die Aufmerksamkeit der beiden auf sich zu lenken, gab Cindi ein »Hm« von sich und schlürfte den letzten Schluck ihrer Margarita durch den Strohhalm. »Lustig ist«, rief sie aufgeregt – als wäre dieser Umstand tatsächlich irgendwie lustig –, »dass ein B. O. B. in Holland ein Bewust Onbeschonken Bestuurder ist, also derjenige, der nichts trinken darf, weil er noch fahren muss.«

Angie hob eine Augenbraue. »Und was ist daran so lustig?«

Cindi lachte. »Na ja, wenn du jemals in den Niederlanden auf einer Party bist und lauthals verkündest, dass du nach Hause fährst, um mit deinem B. O.B zu spielen, denken alle, dass du mit deiner Mitfahrgelegenheit rummachen willst.«

Alle im Umkreis stimmten, da sie den Witz nun kapiert hatten, in Cindis Gelächter mit ein und stellten sich vor, wie viele Männer sich nun freiwillig bereit erklären würden, heute Abend nüchtern zu bleiben und Cindi heimzufahren.

»Egal«, meinte Angie, als das Kichern allmählich verebbte. »Ich wollte damit nur sagen, dass ich kein Mädchen bin, das auf Herzschmerz und Blumen abfährt.«

»Vielleicht nicht mehr, aber ich erinnere mich noch gut an einen Mädelsabend, an dem du so viel Tequila intus hattest, dass dein Image als zähes Luder ordentlich angekratzt wurde.«

»Nee«, entgegnete Angie. »Nie im Leben.«

Jetzt lachte Olivia. »Und ob. Und in diesem Moment der Schwäche …«

»Nicht vom Thema ablenken, Dr. Jones«, unterbrach Angie sie und beugte sich vor.

»… hast du mir alles über deine erste Highschool-Liebe erzählt, von der ich glaube, meiner professionellen Meinung zufolge …«

»Das war's, du bist raus. Du kriegst keine Margaritas mehr«, gab Angie zurück und verschränkte die Arme vor dem Körper. »Du machst immer einen auf Frau Doktor, wenn du getrunken hast.«

»Hör auf, mir dauernd ins Wort zu fallen, ›Angie-Pangie-Pumpkin-Pie, küsste die Jungs und sagte bye-bye‹.« Oh-oh, jetzt drosch sie schon Kinderverse. Vielleicht besser, sie trat bei den Margaritas doch ein wenig auf die Bremse. *Andererseits … nee.* »*Ich* glaube«, begann Olivia noch mal, um ihre Meinung zu unterstreichen, »du bist nie richtig über ihn hinweggekommen, deshalb bist du kein Mädchen, das auf Herzschmerz und Blumen abfährt.«

Angies hellgrüne Augen wurden so schmal, dass ihre langen, dunklen Wimpern beinah miteinander verschmolzen. »Du bist *loco*, Chica, weißt du das?«

Olivia klopfte sich mit einem Finger ans Kinn, während sie laut nachdachte. »Also, wie hieß er noch? Hm … ich weiß noch, der Name fing mit einem G an, Garret? Nein, Gaelen?«

Cindi hob ihre Margarita und rief: »Gandalf!«

»Netter Versuch, Cin, aber, nein, überraschenderweise war Angies erste große Liebe nicht Gandalf der Graue.«

»Gavin«, ließ sich hinter ihnen eine tiefe Stimme vernehmen.

»Ja, *das* war's«, rief Olivia triumphierend. »Gavin.« Sie drehte sich auf ihrem Platz um und blickte lächelnd zu Dozer, der für sie eingesprungen war, und zu Sean alias Bowie hoch, einem weiteren Mannschaftskameraden von Erik. »Danke, Dozer, sehr gut geraten.«

Bowie stieß ein bellendes Lachen aus. »Sie wären weit weniger beeindruckt, wenn Sie den richtigen Namen unseres D-

Manns kennen würden, Doc. Ein verdammt großer Zufall auf jeden Fall, da muss ich Ihnen recht geben.«

Zufall? Olivia blickte Dozer an. »Sie heißen Gavin? Sie durchforstete ihr Gehirn auf der Suche nach einem Moment, in dem Erik seine rechte Hand anders als Dozer genannt hatte, doch ihr fiel kein Einziger ein. Die anderen Männer hatte er im Gespräch mit ihr mal so und mal so genannt, doch Dozer kannte sie nur als … Dozer.

»Bowie hat eine große Klappe«, sagte der fragliche Mann.

Bowie breitete die Arme aus. »Ich meine ja nur, schmieren wir dem Großen nicht zu viel Honig ums Maul, bloß weil er seinen eigenen Namen kennt. Sein Riesenego braucht keine Streicheleinheiten.«

»Ich würde ihn nicht mal streicheln, wenn mein Leben davon abhinge.« Angie stand auf und lächelte Bowie kokett zu. »Aber was dich angeht … braucht irgendwas an *dir* eine Streicheleinheit?«

Dozers breiter Brust entrang sich ein tiefes, animalisches Grollen. Bowie kicherte, von Dozers beunruhigender Reaktion bekam er anscheinend nichts mit. »Frauen, die direkt auf den Punkt kommen, fand ich immer schon klasse.«

Doch als er einen Schritt vortreten wollte, schoss Dozers Hand vor und stieß Bowie mitten vor die Brust. Die Männer wechselten einen Blick, der alles hätte bedeuten können, der jedoch vollends genügte, um eine äußerst wichtige Botschaft rüberzubringen.

Bowie legte eine Hand aufs Herz und täuschte einen gequälten Gesichtsausdruck vor. »Tut mir leid, Schätzchen, aber so wie es aussieht, bist du schon vergeben.«

»Den *Teufel* bin ich«, presste Angie, ihren mühsam unterdrückten Zorn gegen Dozer richtend, zwischen den Zähnen hervor.

»Solange ich da bin, fasst dich keiner an. Gewöhn dich dran, Süße.«

»Damit ich das richtig verstehe«, rief Angie, in ihren Augen flackerte grünes Feuer, »du willst nichts von mir, willst mich aber trotzdem mit Beschlag belegen, damit kein anderer was von mir kriegt?«

»Verdammt, du weißt nicht mal ansatzweise, was ich will, Angie.«

Olivia stand der Mund offen, als das letzte Puzzleteil seinen Platz fand. »Heilige Scheiße, Angie, *Dozer* ist dein Gavin?«

Cindis Drama-Radar hatte offenbar Seifenopern-Niveau erreicht, da sie mit einem Mal äußerst eifrig bei der Sache war. Wäre sie noch aufgedrehter gewesen, hätte sie angefangen, auf ihrem Stuhl auf und ab zu hüpfen und in die Hände zu klatschen. »Oh, *Scheiße*«, quietschte sie frohlockend. »Dozer ist *dein* Gavin. Das. Ist. Ja. Der. *Wahnsinn*.«

War es das? Olivia war sich da nicht so sicher, als ihr Blick von dem Riesenmannsbild zu ihrer Kampfzwerg-Freundin flog. Als würde man dem Austausch finsterer Blicke vor dem Kampf Goliath gegen David beiwohnen. Nur dass »David« weniger Entschlossenheit als vielmehr Kränkung und Fassungslosigkeit ausstrahlte. Soweit sie Dozer kannte, mochte sie den raubeinigen Kerl, aber ihre Loyalität gehörte ihrer Busenfreundin, und Angie brauchte sie in diesem Augenblick.

»Komm, Mädchen«, sagte Olivia und nahm Angie bei der Hand. »Du musst mir in der Küche bei ein paar komischen, kleinen Sachen helfen.«

»Oh, prima«, entgegnete Angie spröde. »Ich steh auf komisch und klein.«

Dozer trat ihnen in den Weg, ein stummes Versprechen im Blick, das seine Worte unterstreichen sollte. »Wir sind noch nicht fertig.«

»Komisch, mir ist so, als hättest du so was in der Art vor langer Zeit schon mal zu mir gesagt, aber es war nicht ganz dasselbe, oder? Weißt du noch, was du mir an dem Tag gesagt hast? Nein?« Ganz die stolze Latina, reckte Angie ihr Kinn. »Dann lass mich dir auf die Sprünge helfen. Der genaue Wortlaut war: ›*Es ist vorbei*‹. Und jetzt willst du dich wie ein Bulldozer wieder in mein Leben drängen und die beschissene Regel ändern, die *du selbst* aufgestellt hast? Scheiße, nein, da bist du schief gewickelt, Gavin. Es ist *so was* von vorbei.« Und damit stolzierte Angie in das große Haus. Olivia folgte ihr auf dem Fuß.

Stunden später ließen sich Olivia und Angie, nachdem sie die Essensreste verstaut und die Küche sauber gemacht hatten, auf die Hocker vor dem Frühstückstresen plumpsen. Sie hatten darauf bestanden, dass alle anderen draußen das Feuerwerk bestaunten, und versichert, dass sie sich in Kürze zu ihnen gesellen würden.

Sobald sie das letzte Stück der berühmten siebenschichtigen, absolut tödlichen Schokotorte von Olivias Mutter verputzt hatten.

»Oh, mein Gott«, rief Olivia aus, als sie den kleinen Teller zwischen sie zog. »Ich werde das ganze Wochenende laufen müssen, um das hier wieder abzuarbeiten.«

»Ja, aber es lohnt sich trotzdem«, gab Angie zurück, bevor sie sich dem ersten Bissen hingab und, mit der Gabel im Mund, lustvoll stöhnte. »Außerdem wirst du, bei dem ganzen heißen Sex, den du neuerdings hast, die Hälfte davon schon verbrannt haben, sobald Mr Perfect dich alleine erwischt.«

In der Hoffnung, dass die kühle Flüssigkeit gegen heiße Wangen half, griff Olivia schnell nach ihrem Wasserglas, doch –

»Du wirst rot, was bedeutet, dass du dich entweder schuldig fühlst oder wegen irgendwas schämst.«

»Was? Nein.«

»Nein, nein, *mija*, vergiss es. Spuck es aus oder ich fang an zu raten, und du weißt ja, dass meine schmutzige Fantasie durch nichts zu toppen ist.«

Olivia wölbte mit einem Wagemut, den sie gar nicht empfand, eine Braue, als wollte sie sagen »Als ob mich das jucken würde«, und aß einen Bissen Kuchen.

»Okay, du hast es so gewollt.« Angie legte die Gabel weg und rieb sich mit einem wahrhaft boshaften Funkeln in den Augen die Hände. »Mal sehen … du bist rot geworden wie eine Tomate, als ich den heißen Sex erwähnt habe, also gehe ich mal davon aus, dass du in dem Moment an seinen Riesenschwanz –«

»Oh, mein Gott, sei still«, fauchte Olivia ihre Freundin an, mit der sie im Moment ernsthaft zu brechen gedachte. »Schon gut, ich erzähl es dir.«

»Kluges Mädchen.« Angie zwinkerte ihr neckisch zu und vertilgte den nächsten Bissen. Dabei verdrehte sie die Augen, sodass fast nur noch das Weiße zu sehen war. »Jesus, unglaublich, das schmeckt wie die pure Sünde. Die Backkünste deiner Mutter sind nicht von dieser Welt. Wenn ich jeden Tag davon essen könnte, ohne zuzunehmen, würde ich dafür liebend gerne auf Sex verzichten. Das ist mein voller Ernst.«

»Immer noch mies drauf?«

»Extrem mies. Ich hab mich nur deshalb noch nicht vor einen Bus geworfen, weil ich mit dir endlich im Geiste mitvögeln kann. Also, wenn du mich nur ein bisschen lieb hast, kommst du jetzt besser auf deine Geschichte zurück.«

Olivia kicherte, hielt ihre beste Freundin jedoch bei Laune, indem sie ihr von dem Abend erzählte, als Erik nach seiner Übung sofort zu ihrer Wohnung gefahren war. »Er kam eine Stunde später als erwartet, und sein Handy war tot, da hat er sich von den Jungs auf dem Rückweg zur Wache bei mir absetzen lassen.«

»Moment mal, dann hat er den Rettungswagen 2 als seinen persönlichen Mietwagen benutzt? Das fängt ja schon ziemlich gut an. Aber sag mir, bitte, bitte, dass er noch einen Teil seiner Feuerwehrmontur anhatte. Und damit meine ich, du sollst mich anlügen, wenn es nicht so war.«

»Muss ich gar nicht«, sagte Olivia mit einem schiefen Grinsen. »Er hatte noch alles an, als er an meine Tür hämmerte, sich als das BFD ausgab und zu meiner eigenen Sicherheit verlangte, dass ich die Tür aufmache.«

Angie glotzte sie mit ehrfürchtiger Miene an. »Oh Gott, ein Rollenspiel. Wer warst du? Nein, warte, lass mich raten. Du hast unter Atemnot gelitten und brauchtest dringend eine Mund-zu-Mund-Beatmung mit der neuesten Zungentechnik.«

Olivia lachte. »Was? Nein.«

»Oder deine Kleidung stand in Brand, sodass er dich von oben bis unten abklopfen und sich auf dich werfen musste, um die Flammen zu ersticken.«

»Nicht mal annähernd.«

»Okay, dann gibt es ja noch mein absolutes Lieblingsspiel: Es gab einen Anruf, weil irgendwo Gas austrat, also brach er die Tür auf und fand dich auf dem Boden vor. Und weil du nicht mehr geatmet hast, musste er feststellen, ob du noch Puls hattest …« Ein echt durchtriebener Glanz trat in ihre Augen, dann beugte sie sich vor und flüsterte verschwörerisch: »In deiner Vagina.«

Olivia musste so lachen, dass sie um ein Haar an einem Bissen Kuchen erstickte. »Du hast eine überspannte Fantasie, weißt du das?«

»Da bin ich anderer Ansicht«, widersprach Angie und zeigte mit ihrer Gabel auf Olivia. »Das Problem ist, dass ich konstant *untervögelt* bin, was zu ausgiebigen Tagträumen führt, die, deinem neuen Beau sei Dank, neuerdings allesamt mit Feuerwehrmännern zu tun haben.«

»Ja, klar, das ist ganz bestimmt der Grund.«

»Was soll das denn heißen?«

»Echt jetzt, Angie? Schon klar, das fällt in mein Sachgebiet und so, aber ein zehnjähriges Kind würde erkennen, wieso du auf Feuerwehrleute fixiert bist.«

»Na schön, Freud, dann sag du mir mal, warum, wenn es *nicht* daran liegt, dass meine beste Freundin ständig über ihren oder mit ihrem brandheißen – absichtliches Wortspiel – BFD-Lover spricht.«

»Oh, keine Ahnung«, gab Olivia mit mehr als nur einer Andeutung von Sarkasmus zurück. »Aber könnte es nicht mit einem gewissen Riesen aus der Einheit meines Lovers zu tun haben, dessen Spitzname mit ›D‹ anfängt und mit ›ozer‹ aufhört?«

»Jetzt steht fest, dass du einen Knall hast. Ich hab dir doch längst erklärt, was damals passiert ist. Welchen Teil von ›Er hat mir das Herz gebrochen, mich sitzen lassen und jetzt hasse ich ihn bis auf sein Scheißblut‹ verstehst du nicht?«

»Es kommt nicht drauf an, ob ich dich verstehe, sondern darauf, ob ich dir glaube. Du kannst dir vielleicht selbst weismachen, dass du Dozer hasst, aber ich denke, tief im Innern weißt du genau, was für ein Quatsch das ist. Ich kenne dich zu gut, deshalb weiß ich, wie du tickst, wenn du Angst hast. Und, Süße, deine Gefühle für den Mann jagen dir eine Scheißangst ein.«

»Das ist total *loco*«, erwiderte sie und kicherte gezwungen, während sie das Geschirr abräumte. »Das Einzige, was mir Angst einjagt, ist, womöglich im Knast zu landen und Orange zu tragen, wenn ich mich dazu durchringe, ihm zu verraten, was ich wirklich von ihm halte.«

Olivia fühlte mit Angie, die sich unnötigerweise damit aufhielt, den Teller mit der Hand zu spülen, statt ihn zu allem anderen in die Geschirrspülmaschine zu stellen. Die Anspannung um ihre Augen straften ihre flapsige Bemerkung Lügen, doch Olivia wusste, wann sie nachgeben musste. Es wäre hier und jetzt unpassend gewesen, ihrer Freundin die Wahrheit zu entlocken.

Als sie sich die Hände abgetrocknet hatte, ließ Angie das Handtuch fallen, kam um den Tresen herum und hakte sich bei Olivia ein. »Komm, *mija*, lass uns rausgehen und S'mores machen.«

»Willst du mich auf den Arm nehmen?«, rief Olivia, als sie hinausgingen und sich dem rückwärtigen Bereich des Hofs zuwandten, wo die übrigen Gäste sich um ein Lagerfeuer versammelt hatten. »Wir haben gerade unser Gewicht in Schokokuchen verputzt.«

»Ja, aber das wissen *die* doch nicht. Also ziehen wir uns eine Extranachspeise rein.«

Olivia musste über Angies typische Unsinnslogik kichern. »Sind wir Hobbits, oder was?«

»Ist mir egal, wie man uns nennt, Hauptsache, wir können zuerst Kuchen und hinterher geröstete Marshmallows essen. Aber lieber übernimmst du das Rösten für mich.«

»Warum das?«

Als sie näher kamen, kniff Angie die Augen zusammen und fixierte Dozer. Dann senkte sie die Stimme und antwortete: »Weil, wenn du mir einen scharfen, spitzen Gegenstand überlässt, während ich was trinke, kann es passieren, dass ich nicht die Marshmallows aufspieße, sondern ganz was anderes.«

Olivia zuckte innerlich zusammen, als sie sich vorstellte, wie der lange, zweizackige Metallspieß im Schritt aus Dozers Jeans ragte. Sie nickte und tätschelte ihrer Freundin die Hand.

»Dann hol du Cracker und Schokolade. Ich kümmere mich um die Marshmallows.«

»Himmel, was meinst du, wie viel Zeit wir haben, bis es so weit ist?« Erik versteckte sein Grinsen hinter einem Schluck aus der grünen Heineken-Flasche. Er war allerbester Stimmung, weshalb er Lust hatte, seinen besten Freund aufzuziehen, der sich jedoch weniger glänzend amüsierte. Erik fühlte sich seinem Bruder gegenüber verpflichtet.

Der Tag war einfach fantastisch gewesen, von dem Moment an, als er die Augen geöffnet und den wunderschönen schlummernden Engel, nackt, makellos, neben sich erblickt hatte, bis jetzt. Nun saß die verbliebene kleine Freundesschar – der Major und der Chief waren vor etwa einer Stunde gegangen – redend und lachend um eine niedergebrannte Feuerstelle. Erik war sich Olivias Anwesenheit den ganzen Tag bewusst gewesen, als hätte die Liebe am Morgen sie auf eine kosmische Weise miteinander verbunden. Er hatte auch dann gespürt, wo sie sich aufhielt, und gewusst, wie lange es dauern würde, zu ihr zu gelangen, wenn er sie nicht direkt im Blick gehabt hatte.

Und die kleine Hexe hatte es ebenfalls gewusst. Wann immer sie gedacht hatte, niemand würde es bemerken, hatte sich ihr Blick auf ihn gerichtet, dann hatte sie sich auf die Lippen gebissen und den Blick langsam auf seinen Schritt gesenkt … Und jedes Mal hatte er das Gefühl, als würde sie ihn mit der Hand massieren und seine Hoden umfangen. Mehr als einmal bedrängte er sie ohne viel Heimlichkeit und reizte sie zur Strafe seinerseits ein wenig. Nur dass er sie *wirklich* massierte und berührte. Rache ist süß!

Dozers Brauen zogen sich zu einem V zwischen seinen Augen zusammen, der Schein der tanzenden Flammen warf Schatten auf sein Gesicht. »Bis *was* so weit ist?«

»Armageddon, Bruder«, antwortete er und klatschte dem Mann eine Hand auf die breite Schulter. »Stell dir vor, die Welt geht unter, wenn du endlich eine Frau gefunden hast, die dir widerstehen kann.«

Erik deutete mit der Bierflasche dorthin, wo Angie die verzückten Blicke aller auf sich zog, während sie äußerst dramatisch eine Anekdote zum Besten gab. Die temperamentvolle Latina beanspruchte schon nüchtern weit mehr Raum, als ihr kleiner Wuchs vermuten ließ, doch seit dem kurzen Zusammenstoß mit Dozer, den Erik vom Grill aus beobachtet hatte, hatte sie eine Margarita nach der anderen in der Hand gehabt. Der Alkohol hatte die riesige Provokation namens Dozer inzwischen besänftigt, sodass sie sich endlich entspannt amüsieren konnte, allerdings nicht so entspannt, dass sie D nicht weiterhin bewusst gemieden hätte.

Dozer folgte seinem Blick, und einen Moment lang sah Erik Sehnsucht und Schmerz im Blick seines Bruders aufblitzen, bevor die steinerne Maske wieder perfekt saß. »Keine Sorge, Partner, was Angie angeht, kommt Armageddon schneller, wenn sie Ja gesagt hätte.«

Tja, Shit, dieses kleine Ding hatte einen der größten Kerle, die er je gekannt hatte, so auf links gedreht, wie er es nicht für möglich gehalten hätte. Das arme Schwein tat ihm leid, aber was ihm noch mehr leidtat, war, dass er ihm so zugesetzt hatte, auch wenn Dozer keine Entschuldigung von ihm erwartete. Schon der Gedanke daran, von Olivia getrennt zu sein, ließ ihn innerlich ausrasten.

Nur gut, dass er sich deshalb keinen Kopf machen musste. Er hatte nicht vor, Dozers Fehler zu wiederholen und Livvie abzuweisen. Und möge Gott jedes Menschen Seele gnädig sein, der sie ihm wegzunehmen versuchte.

Aus dem Augenwinkel sah er sie um das Feuer auf ihn zukommen. Er wandte den Kopf rechtzeitig, um einen Kuss zu erhaschen, als sie sich mit ihrem hübschen Hintern auf seinem Schoß niederließ und ihm die Arme um den Hals schlang.

»Mhm, womit habe ich das verdient? Nur damit ich Bescheid weiß und es wieder tun kann«, sagte er.

»Als ich zu dir hersah, schienst du so …« Ihr gingen verschiedene Worte in ihrem klugen Kopf herum, doch ihre Zurückhaltung verriet ihm, dass sie noch auf der Suche nach dem passenden war. » … wütend zu sein. Irgendwie. Als würdest du dich zum Kampf rüsten.«

Innerlich hatte er das auch getan. Zum Kampf gegen alles und jeden, für die Frau, die ihm so viel bedeutete, obwohl er sie noch nicht lange kannte. »Und da dachtest du, ich könnte eine Ablenkung gebrauchen.«

Olivia zeigte die Andeutung eines Lächelns. »Geht es dir gut? Möchtest du, dass ich meinen Onkel bitte, ein paar Minuten mit dir zu reden?«

»Nein, Schatz, alles ist gut. Ich brauche nur dich. Der Rest erledigt sich dann von alleine.«

Jetzt lächelte sie wirklich und streichelte seine Wange. Erik legte ihr eine Hand in den Nacken und zog sie für einen weiteren Kuss an sich, der ebenso unschuldig ausfiel wie der, mit dem sie ihn Sekunden zuvor bedacht hatte. Leider ließ Olivias Sinn für Schicklichkeit nicht viel mehr zu, ehe sie sich zurückzog und ihn erregt und verzweifelt zurückließ.

Er nutzte den Vorhang ihrer blonden Haare, damit niemand ringsum ihm von den Lippen ablesen konnte, was er sagte. »Ich habe dich den ganzen Tag in deinen sogenannten Shorts angestarrt und mir ausgemalt, wie ich dich am besten verwöhne.« Sie sagte nichts darauf, doch ihre Hand in seinem Nacken zuckte, dann entfuhr ihren geteilten Lippen ein kleiner Seufzer. »Ich schlage vor, wir lassen deine Gäste sich weiter hier draußen amüsieren, während wir reingehen und unser eigenes Feuer anzünden. Was meinst du?«

»Hm ... ich meine ...« Sie drehte den Kopf und machte ein nachdenkliches Gesicht, als würde sie seinen Vorschlag ernsthaft in Erwägung ziehen. Es gefiel ihm, dass sie sich gerne auf solche Neckereien einließ, doch ob sie ihn nun aufzog oder nicht, es nagte an seinem Ego, dass sie nicht sofort zustimmte. Nachdem er sich seit acht Stunden heißen Sex mit ihr vorgestellt hatte, durchflutete sein Körper zu viel Testosteron. Wenn sie ihm nicht die richtige Antwort gab – und zwar *bald* –, würde er sie an den Haaren ins Haus zerren.

Schließlich richtete sie ihre hypnotischen Augen auf ihn. Der Schalk darin war dem Verlangen gewichen. »Ich glaube, ich kann es keine Minute länger aushalten, ohne dich in mir zu spüren«, hauchte sie.

»Auf die Antwort hab ich gewartet, Süße.« Erik stand mit ihr auf und nahm Olivias Hand. »Wir sind im Haus, falls uns jemand braucht.« Als er sie schon von den anderen wegführte, überlegte er sich seine Verabschiedung noch mal und blieb gerade so lange stehen, um sich klarer auszudrücken. »Allerdings nicht in den nächsten zwei Stunden.«

»Erik!«, schimpfte Olivia, konnte sich jedoch nicht verkneifen, zu kichern. Dann rief sie widerborstig über die Schulter: »Wir sind gleich wieder da!«

»Ganz bestimmt nicht.« Damit warf er sie sich so mühelos über die Schulter wie einen Sandsack. Ein sehr leichter Sandsack, der nach Rosenwasser und dem schlüpfrigen Honig ihrer Erregung duftete. *Verdammte Hacke!*

»Später?«, fragte sie und klammerte sich, um nicht gegen seinen Rücken zu prallen, an seinem Gürtel fest.

»Eher nicht.« Auf seinem Gesicht machte sich ein Lächeln breit, als er sie zufrieden seufzen hörte und sie ihre Arme um seine Taille schlang, um ihn, so gut es mit dem Kopf nach unten eben ging, zu umarmen. Erik fiel keine einzige Frau ein, die mit dem, was er anstellte, einverstanden gewesen wäre. Doch Olivia war nicht im Mindesten sauer, derart vor den Augen ihrer Gäste verschleppt zu werden, um seinen sexuellen Appetit zu befriedigen. *Seinen und ihren* sexuellen Appetit.

Fuck, ich bin verrückt nach dieser Frau.

In der Küche stellte er sie auf die Beine und gab ihr schnell einen Kuss, bevor er sich die Flasche Merlot griff, die er mitgebracht hatte. Er hatte sich vorgestellt, wie er mit ihr ein heißes Bad nahm und den Rotwein von ihren spitzen Nippeln schlürfte. Nun hielt er die Flasche in die Höhe und sagte: »Hat dein Dad auch Gläser? Falls nicht, habe ich absolut nichts dagegen, den Wein von deinem Körper zu lecken.«

Olivia schlenderte zu ihm und fuhr mit dem Finger vorne über sein Hemd. »Warum entscheiden, wenn wir beides machen können?«

In seiner Brust stieg ein Grollen der Vorfreude und wachsender Ungeduld auf. Sie zwinkerte und wandte sich einem Wandschrank zu. Er wollte ihr gerade zur Ermahnung einen Schlag auf den knackigen Hintern verpassen, als das allzu vertraute, anhaltende Krachen eines .50er-Kalibers die Stille zerriss.

Eriks Welt explodierte zu dem entsetzlichen Soundtrack von splitterndem Glas und dem Schrei einer Frau. Nach der Explosion hingen große Staubwolken in der Luft, sodass er, wohin er sich auch wandte, nur wenige Meter weit sehen konnte. Links von ihm stand eine Zivilistin, geschockt, den geschundenen Körper – oder was davon noch übrig war – mit dem Blut eines seiner vor ihr liegenden Männer besudelt.

»Gottverdammt, Jazz. *Fuck!* Preacher, Sani hierher, sofort! Jazz ist getroffen! Preacher, hörst du mich?« Erik brüllte, dass die Stimmbänder brannten, aber Preacher *musste* nach Jazz sehen, auch wenn er wusste, dass ihrem gefallenen Bruder nichts und niemand mehr helfen würde.

Die Geschütze feuerten weiter, regneten Donner auf sie herab, trotzdem floh die Frau nicht oder ging in Deckung. »Runter!« Erik riss sie mit sich hinter den Humvee und drückte sie auf den Boden. Kugeln hagelten auf die Buckelpiste, die in diesem Teil der Welt als Straße durchging. Von überallher hörte man Männer schreien, manche auf Englisch – seine Männer –, andere auf Arabisch – ihre Feinde. Doch irgendwo in dem Gewühl rief Bowie den Status von zwei anderen Männern ihrer Einheit aus. Smoke saß in der Scheiße, war aber am Leben, was mehr war, als man von Harley behaupten konnte.

Jazz und Harley waren auf Eriks Befehl, basierend auf vertrauenswürdigen Informationen, zuerst auf das Gelände vorgedrungen. Nun klebte ihr Blut an seinen Händen. Als hätte er den Sprengsatz, der ihnen das Leben genommen hatte, eigenhändig ausgelöst.

»Fuck!« Er stieß den Kopf gegen den Humvee und schloss fest die Augen. Er musste seine Männer hier rausbringen. Wenn er noch mehr Mitglieder seiner Einheit verlor, würde auch deren Blut an seinen Händen kleben. Schweiß rann über seine Stirn und sein Rückgrat hinab. Sein Herz hämmerte so hart und schnell, dass er fürchtete, jede Sekunde den scharfen Schmerz brechender Rippen zu spüren.

Er wollte sein M4 in Anschlag bringen, um den tröstlichen kalten, gebläuten Stahl zu spüren. Doch wo zur Hölle war die Waffe? Ohne sein Gewehr fühlte er sich, als hätte man ihm den rechten Arm amputiert. Es war ebenso ein Teil von ihm wie jedes seiner ihm von Gott gegebenen Glieder. *Fuck! Fuck! Fuck!*

»Erik! Sprich mit mir. Was ist los? Was siehst du?«

Die Frau, die er in den Schutz des Humvee gezogen hatte, stieß sich vom Boden ab und kniete sich neben ihn. Er sah überall Blut, wusste aber nicht, ob es nur von Jazz stammte oder teilweise auch von ihr. Himmelherrgott noch mal, was machte sie hier, mitten in einem verdammten Kampfgebiet? Er musste sie in Sicherheit bringen, damit Preacher sich auch um sie kümmern konnte. Wenn Dozer und Bowie die Deckung übernahmen, konnte er sie vielleicht zum Sammelpunkt schaffen –

»Schatz, bitte«, flehte sie. »Sprich mit mir.«

»Ich werde dich hier rausbringen, aber du musst mir jetzt zuhören und ganz genau tun, was ich dir verdammt noch mal sage. Verstanden?« Ihre Augen schwammen in Tränen. Er hätte ihr gerne gesagt, dass alles gut würde, konnte sich aber nicht überwinden, ihr dieses Versprechen zu geben, nicht mal, damit sie sich besser fühlte. »Hast du mich verstanden?«

Endlich nickte sie. »Ja, alles klar.«

»Gut, dann lass den Kopf unten. Ich beordere die Jungs hierher, damit sie uns Feuerschutz geben und ich dich zum Sammelpunkt bringen kann, wo du in Sicherheit bist. Danach lasse ich Höllenfeuer auf diese Schweinehunde regnen.«

Der Küchenboden schwamm in Rotwein und Glasscherben. Die meisten Scherben hatten sich in die andere Richtung verstreut, aber nicht alle, und als Erik sie zu Boden stieß, hatte sie sich mit den Händen abgefangen. Damit hatte sie zwar eine Gehirnerschütterung verhindert, doch dafür waren ihre Hände nun von mehreren blutverschmierten Schnitten verunziert. Ihre Kleidung war rot von Rotweinspritzern.

Doch diese Details leuchteten in ihren Gedanken nur kurz auf, verglichen mit dem, worauf es ankam, als sie neben dem L-förmigen Küchentresen vor Erik in die Knie ging, was ihn schließlich aus dem Albtraum-Flashback weckte, in dem er vorübergehend abgetaucht war.

Olivia zuckte zusammen, als in einem Hof in der Nachbarschaft krachend weitere Feuerwerkskörper explodierten. Sie hatte die Möglichkeit, dass das Krachen etwas in ihm auslösen könnte, zwar bedacht, auch wenn er bisher am vierten Juli noch nie Probleme gehabt hatte, das war auch der einzige Grund, weshalb sie die Party im Haus ihrer Eltern veranstaltete. Schließlich waren sie hier weit genug weg von dem Feuerwerk in der Stadt entfernt. Woran sie indes nicht gedacht hatte, war, dass auch der Lärm kleinerer Feuerwerkskörper – wie die Leute sie für ihre Privatpartys kauften – ein Auslöser für ihn sein könnte.

Olivia war darauf spezialisiert, Menschen mit PTBS zu behandeln. Sie hatte bei vielen ihrer Klienten solche Flashbacks erlebt und wusste daher genau, was sie in dem Fall unternehmen musste. Wie sie mit ihnen sprechen, wie sie die Betroffenen durch die Attacke begleiten und schließlich daraus befreien musste. Sie liebte ihren Job, und sie war sehr gut darin.

Aber keiner dieser Menschen hatte in der einen Sekunde mit ihr geflirtet, um in der nächsten so schnell in einem Flashback zu versinken, dass sie selbst volle fünfzehn Sekunden benötigt hatte, um den ersten Schrecken zu überwinden.

Und keiner war ihr Freund gewesen, der Mann, in den sie sich schneller verliebt hatte, als sie es für menschenmöglich gehalten hätte.

Keiner war Erik gewesen.

»DOZER!«

Olivia zuckte heftig zusammen, als Erik plötzlich nach seinem besten Freund schrie. Doch noch ehe sie reagieren konnte, hörte sie die deckenhohen Türen zum Innenhof mit einem Geräusch auffliegen, als würden durchgehende Pferde ins Haus galoppiert kommen. Erik hörte es auch, doch, gemessen an seiner Reaktion, verwechselte er seine Freunde wohl mit auf seine Stellung vorrückenden El-Kaida-Kämpfern.

Er beugte sich über Olivia, damit er sie in der Ecke, aus der er sie keinesfalls entlassen würde, besser schützen konnte, schnappte sich den abgebrochenen Flaschenhals und brüllte eine Warnung. »Wenn ihr Scheißkerle noch näherkommt, schwöre ich, dass die Handgranate hier euer letztes Abendmahl sein wird!«

Auf der anderen Seite des Küchentresens schien, unter vernehmlichem Flüstern und besorgtem Tuscheln, Ruhe eingekehrt zu sein, doch Erik reagierte nicht darauf, weshalb Olivia sich fragte, ob sein Gehör alles, was nicht in eine Kampfzone passte, einfach ausblendete. Doch sie konnte nur ahnen, was in seinem Kopf vorgehen mochte.

»Was zum Henker ist hier los?« Das war Dozers Stimme. »Grady, was machst du denn, Mann?«

»D! Ich habe hier eine Zivilistin, möglicherweise verwundet. Schaff sie zum Sammelpunkt Lone Wolf, aber ich brauche Feuerschutz, verstanden?«

Olivia konnte die anderen von ihrem Platz hinter dem Tresen nicht sehen, hatte aber keine Schwierigkeit, die Kette aufgeregter Verwünschungen von den Männern zu verstehen, in die sich das bekümmerte Flüstern der Frauen mischte. »Erik«, sagte Olivia in ihrem gelassenen Therapeutentonfall, um seine Aufmerksamkeit auf sich zu ziehen. »Du musst mir jetzt zuhören. Du bist nicht mehr im Irak. Du bist zu Hause und in Sicherheit.«

Neues Feuerwerk knatterte wie Gewehrfeuer und verspottete ihre Aussage. Erik zog sie darauf an seine Brust und kauerte sich über sie.

»Herrgott, Dozer, hörst du mich?«

»Dozer«, unterbrach sie ihn und befreite sich behutsam aus

seinen Armen, »nicht antworten. Und bleibt alle außerhalb seines Blickfelds. Noch besser, geht alle raus und lasst mich das hier machen.«

»Du bist verrückt, wenn du glaubst, dass ich gehe.« Die Worte des Riesen hörten sich an wie durch zusammengebissene Zähne gepresst. »Wie wäre es, wenn *du* verschwindest, und *ich* erledige das hier? Ich kenne den Mann besser als irgendwer.« Noch mehr Feuerwerk, noch mehr Befehle von Erik an seine Einheit. »Smoke, nimm dir die Jungs und mach, dass der Scheiß aufhört. Und wenn du im Umkreis von zwei Blocks jedes einzelne Haus räumen und jeden verdammten Feuerwerkskörper einziehen musst, den du findest. Für alle anderen gilt: Raus hier!«

»Verstanden«, rief Smoke. »Abmarsch, Jungs.«

Olivia hörte die Leute durch die Hintertüren hinausgehen, doch sie war noch nicht mit Erik allein. »Du auch, Dozer.«

»Geht nicht, Doc«, entgegnete Dozer, indem er um die Ecke bog und ein, zwei Meter vor ihnen stehen blieb.

»Dozer, kannst du Smoke sehen?«, fragte Erik, das Gesicht deutlich von Schmerz gezeichnet. »Ist Preacher bei ihm? Scheiße, D, wir haben Harley und Jazz verloren. *Verdammte Scheiße*, wir haben sie verloren!«

»Ich weiß, Bruder, wir waren falsch informiert. Wir hätten nichts dagegen tun können. So was passiert.«

»Es ist wegen *mir* passiert. Ich habe sie verdammt noch mal in den Tod geschickt, Mann. *Ich*. Niemand sonst. Hörst du, was ich dir sage? Aber hier geht keiner mehr drauf. Wir müssen zurück zum Sammelpunkt. Rückzug! *Jetzt!*«

»Erik«, sagte Olivia und legte ihm die Hände aufs Gesicht, ohne sich noch länger darum zu scheren, ob sie ihn mit Blut besudelte. Er musste sich auf sie konzentrieren. »Schatz, was du siehst, ist nicht real. Du bist in der Küche meiner Eltern. In

Sicherheit.« Seine unregelmäßigen Atemzüge wurden ruhiger, dann umfasste er ihre Handgelenke und hielt ihre Hände fest, seine Augen zeigten Anzeichen, dass er sie erkannte. »Wir sind in Cambridge, Massachusetts, weil wir eine Party für unsere Freunde geben, erinnerst du dich?«

»Wolf, du musst dich zusammenreißen, Bruder!«

Alles in Erik verkrampfte sich aufs Neue, als er Dozers Stimme vernahm.

»Dozer, du musst hier raus. Deine Anwesenheit hält ihn in seinem Wahn fest, statt ihm zu helfen und ihn daraus zu befreien. *Bitte*.«

Der Mann wollte schon widersprechen, doch Angie, die offenbar in einiger Entfernung abgewartet hatte, trat nun näher und hakte ihn unter. »Komm, Gavin«, sagte sie, »Olivia weiß, was sie tut. Sie wird ihm helfen.«

Dozer schien hin- und hergerissen. Er war sich offenbar nicht sicher, ob er einen Mann, den er als seinen Bruder betrachtete, allein lassen sollte. Und ob er mit einer Frau gehen sollte, von der er sich – wie Olivia annahm – seit ihrer zufälligen Begegnung im Phoenix Club etwas anderes wünschte, als dass sie ihn anfauchte. Doch als Angie an seinem Arm zog, brach seine Entschlossenheit in sich zusammen. Mit einem letzten flehentlichen Blick in Olivias Richtung folgte er Angie aus dem Haus.

Endlich.

»Erik, Schatz, sieh mich an.« Sein Blick war im Zimmer umhergeirrt und hatte Dinge erfasst, die nur er sehen konnte. In Anbetracht dessen, was er über seine sterbenden Männer gesagt hatte, erschauerte sie bei dem Gedanken daran, welche Dinge das sein mochten. Abermals hielt sie sein blutverschmiertes Gesicht in ihren Händen. Seine Augen hefteten sich auf ihr T-Shirt.

»Da ist Blut. Du bist verletzt. Du brauchst –«

»Nein, Schatz, kein Blut, das ist Rotwein. Wir wollten ein Bad nehmen und ein Glas Wein trinken, aber du hast die Flasche fallen lassen und mich mit Wein bespritzt, das ist alles.«

Er zog die Stirn kraus, als müsse er eine Fremdsprache entschlüsseln. »Wein?«

»Ja, nur Wein.« Sie senkte den Kopf, um ihm in die Augen blicken zu können, und fuhr fort: »Sieh mich an, Erik, und konzentriere dich auf meine Stimme. Ich bin es, Olivia. Es gibt kein Gefecht, du erleidest einen Flashback. Wir sind in der Küche, und was du gehört hast, war das Feuerwerk zum vierten Juli, kein Gewehrfeuer.«

»Der vierte Juli«, murmelte er. Während er sich offensichtlich bemühte, die momentane Lage zu begreifen, irrte der Blick seiner Bernsteinaugen zwischen ihren Augen hin und her. Schließlich sah sie Wiedererkennen aufflackern. »Olivia?«

Sie lächelte erleichtert und holte zum ersten Mal, seit sie die Flasche hatte bersten hören, tief Luft. »Ja, ich bin hier, Liebster. Alles ist gut. Versprochen.«

Als er sich umsah und erkannte, wie sehr sich die Wirklichkeit seiner Umgebung von seiner Halluzination unterschied, ging ihm auf, was geschehen war. »Oh Gott, was ist passiert? Was habe ich getan?«

»Das Feuerwerk hat einen Flashback ausgelöst, und du warst wieder im Irak. Das ist ganz normal, nichts, worüber du dir den Kopf zerbrechen müsstest. Du kannst nächste Woche mit dem Major darüber sprechen oder ihn, wenn du willst, gleich jetzt vom Arbeitszimmer meines Vaters aus anrufen.«

Seine Aufmerksamkeit kehrte schlagartig zu ihr zurück, eine Mischung aus Entsetzen und Empörung verhärtete seine Züge, als er ihren Zustand betrachtete. Dann nahm er ihre Hände und kehrte die Handflächen aufwärts. »Du blutest. Oh Himmel, habe ich –«

»Nein«, antwortete sie nachdrücklich. »Das ist, weil ich in die Scherben gefallen bin. Du hast mir nicht wehgetan, Erik. Du würdest mir nie wehtun.«

Er sah sie aus zusammengekniffenen Augen an, sein scharfer Verstand überschlug sich, um das unvollständige Bild zusammenzusetzen. »Du bist nicht *gefallen*, oder? Was ist passiert?«

»Das spielt keine Rolle, Erik.«

»Von wegen, das spielt keine Rolle«, widersprach er, zunehmend beunruhigt. »Wenn ich dir wehgetan – «

»Du hast gedacht, ich bin eine Zivilistin, und hast mich auf den Boden geworfen, damit ich nicht angeschossen werde. Du wolltest mich retten, nicht verletzen, und die Schnitte gehen nicht mal tief. Ein paar Pflaster, und ich bin wieder wie neu.« Olivia schenkte ihm ein zuversichtliches Lächeln, aber das kaufte er ihr nicht ab.

»Ich habe dich verletzt. Deine Hände bluten, weil ich etwas getan habe. Ende der Durchsage.«

Das hatte sie befürchtet. Er sah das, was geschehen war, als sein Versagen an, und das würde ihm nachhaltig zusetzen, wenn es ihr nicht gelang, ihn davon abzubringen. »Darüber können wir uns später unterhalten, wenn du möchtest, aber ich denke, jetzt solltest du erst mal nach unten in unser Zimmer gehen und dir eine lange, heiße Dusche gönnen. Ich mache inzwischen hier sauber. Wir treffen uns dann unten, wenn du so weit bist.«

Er zog sie mit sich auf die Beine. »Nein, zuerst bandagieren wir deine Hände, und dann räume *ich* das verdammte Durcheinander auf, das *ich* verursacht habe, während du dich in der Badewanne entspannst.«

Himmel, war der Mann stur! Sie wollte ihn ausschimpfen, verfluchen, ihn anbrüllen oder alles auf einmal, doch Olivia wusste, dass sie damit überhaupt nichts erreichen würde. Nein, um bei einem Wolf etwas zu bewirken, musste man zu unlauteren Mitteln greifen.

Also trat sie näher, schlang ihre Arme um seine Taille und blickte in seine Augen. Der Körperkontakt ließ ihn sie instinktiv in die Arme schließen, sodass sie einander die dringend benötigte Zuneigung zeigen konnten. »Bitte, Erik, ich weiß, wie gerne du dich um mich kümmerst, was dich zum tollsten Mann der Welt macht, trotzdem, lass diesmal zu, dass ich mich um dich kümmere. Ich weiß, wo alles ist, und werde nicht lange brauchen. Ich möchte nur, dass du dir ein wenig Zeit nimmst, um wieder runterzukommen. Bitte, wirst du das für mich tun?«

Er entließ ein resigniertes Seufzen. »Ja, gut, aber nur, wenn du versprichst, dass du dir von einem der Mädchen beim Saubermachen helfen und die Hände verbinden lässt.«

»Ja, mache ich, versprochen.«

Er nickte, küsste sie auf die Stirn und machte sich dann auf den Weg zum Gästezimmer im Keller, wo sie ihre Reisetaschen deponiert hatten. Bevor sie ihm folgen konnte, musste sie Cindi rufen, damit sie ihr mit ihren Händen und beim Säubern des Fußbodens half. Unter der Dusche mit seinen Gedanken allein zu sein würde ihm schwer genug fallen. Sie wollte ihn nicht länger als unbedingt nötig allein lassen, damit er sich da unten keine Vorwürfe machte oder das Gefühl hatte, sie enttäuscht zu haben. Die Wahrheit hätte nicht weiter davon entfernt sein können, und sie würde alles in ihrer Macht Stehende unternehmen, dass er das einsah.

Noch ehe sie heute Nacht einschliefen, würde Erik Grady eine Sache ganz genau wissen: dass sie beide, komme, was wolle, zusammengehörten.

15

Dozer folgte Angie über den Hinterhof zu einem kleinen Schuppen am Rand des Grundstücks. Ein Blick durch das Fenster verriet ihm, dass darin die Geräte und Werkzeuge für die Pflege von Garten und Rasen aufbewahrt wurden. Er blickte zum Haus zurück und dachte voll Wut daran, wie schlecht es seinem Bruder darin erging. Er hatte sich nur dazu bereit erklärt, es zu verlassen, weil er wusste, dass Erik nicht wirklich in Gefahr war, und darauf vertraut, dass Olivia sich um ihn kümmern würde.

»Er wird schon wieder, weißt du? Olivia beherrscht ihren Job, und sie liebt ihn.«

Ihre Stimme umschmeichelte ihn wie eine sanfte Brise. Sie hatte nicht mehr so mit ihm gesprochen, seit er damals zur Grundausbildung eingerückt war. Fast hatte er vergessen, wie melodisch und beruhigend ihre Stimme war, vor allem wenn ihre Gefühle den Tonfall ihres Akzents an den Tag brachten.

»Ich weiß.« Seine Worte klangen wie durch die Glasscherben gefiltert, die den Küchenboden bedeckten. »Trotzdem, real oder nicht, ihm jetzt den Rücken zu kehren fühlt sich so falsch an. Er ist mein Bruder, und im Moment denkt er, ich hätte ihn während eines Feuergefechts zurückgelassen. Dabei würde ich mich eher mit einem stumpfen, verrosteten Messer selbst ausweiden.«

»Wie lange seid ihr zusammen gewesen?«

»Seit dem ersten Tag der Grundausbildung.« Dozer musste schlucken. »Abgesehen von meiner Mom und meiner Schwester ist der Mann der wichtigste Mensch in meinem Leben. Diese drei, und dann die drei anderen in unserer Einheit. Dann kommt der ganze Rest.«

»Verstehe.«

Die steife Antwort erregte seine Aufmerksamkeit. Distanz verschleierte ihren Blick, das Gesicht zeigte nicht, was sie dachte. Er benötigte auch keinen Hinweis. Er kannte sie in- und auswendig und wusste daher, dass seine Worte sie verletzt hatten. *Gut gemacht, Arschloch.* »Angelina, das soll nicht heißen –«

Sie hob eine Hand. »Nicht«, sagte sie. »Du musst mir nichts erklären. Du hast mir vor über fünfzehn Jahren ausreichend klargemacht, welchen Platz ich in deinem Leben einnehme, weshalb in meinem Leben jetzt auch kein Platz mehr für dich ist.«

»Denkst du, ich *wollte* dich gehen lassen? Von dem Augenblick an, als ich dich gesehen habe, wollte ich immer nur, dass du meine Frau wirst und bleibst.«

Sie schnaubte verächtlich und verschränkte die Arme vor der Brust. »Anscheinend nicht genug, sonst hättest du sicher nicht Schluss gemacht.«

»Falsch. Ich habe dich zu sehr geliebt, um zuzulassen, dass du den Rest deines Lebens auf mich wartest. Ich wusste, es würde Jahre dauern, bis ich ins zivile Leben zurückkehre, und ich wusste, dass ich dann ein anderer sein würde als der Mann, in den du dich verliebt hattest … falls ich überhaupt zurückkommen würde, heißt das.«

Er hörte Angie tief einatmen, sonst nichts. Kein Laut entweichender Luft oder regelmäßiger Atemzüge folgte. Dozer wollte schon die Arme ausstrecken, um sie zu schütteln und sich davon zu überzeugen, dass es ihr gut ging, da atmete sie endlich aus und sagte im Ton eines Menschen, der sich geschlagen gibt: »Ich habe getrauert, weißt du? Nicht sofort. Ein Jahr lang dachte ich noch, du würdest kapieren, was für einen Fehler du gemacht hast, und wieder auftauchen, um mich in die Arme zu schließen und zu versprechen, mich nie wieder zurückzustoßen.«

Verdammt, sie machte ihn fertig. Er glaubte, dass in jenem ersten Jahr keine Nacht vergangen war, ohne dass er genau dasselbe geträumt hätte. Und als er die Grundausbildung hinter sich hatte, war es ihm viel schwerer gefallen, sich von ihr fernzuhalten, als er gedacht hatte.

»Dieses eine Jahr hat seinen Tribut gefordert. Das Warten, die Hoffnung. Das alles hat mich dermaßen zermürbt, dass am Ende meine Mutter eingegriffen hat. Sie hat mich gezwungen einzusehen, dass ich an etwas festhielt, das es gar nicht mehr gab. Dass das, was wir hatten, für immer vorbei war und dass ich erst würde weiterleben können, wenn ich das akzeptierte, trauerte und damit abschloss.«

»Hört sich an, als hättest du so getan, als wäre ich tot. War das Wunschdenken?« Er bedauerte den scharfen Unterton sofort. Er hatte kein Recht, wütend auf sie zu sein, trotzdem kotzte ihn der Gedanke an, dass sie ihn hatte vergessen wollen.

»Und selbst wenn, hast du kein Recht, mich zu verurteilen. Jeder verarbeitet so etwas auf seine Weise. Du bist vor meiner Liebe davongelaufen, damit habe ich mich irgendwann abgefunden und weitergelebt. Genau wie du. Ende der Geschichte.«

Unter seiner Oberfläche brodelte Zorn wie eine heiße Quelle, die als Geysir ausbrechen will. Zorn, der sich lieber gegen ihn selbst wenden sollte, anstatt gegen die vor ihm stehende unschuldige Schönheit. »So sehr wünschst du dir das Ende der Geschichte? Na schön.« Er schlug die Handflächen zusammen, als würde er ein Buch zuklappen. »Erledigt. Geh davon aus, dass es aus ist.«

Angie musterte ihn aus zusammengekniffenen Augen. »Echt jetzt? Einfach so?« Sie hörte sich an, als rechnete sie damit, dass das noch nicht alles war. *Mein schlauer Engel!*

»Einfach so. Du hast recht«, sagte er leichthin, »es ist lange her. Wir sind jetzt andere Menschen. Also, Zeit, mit diesem Teil unseres Lebens abzuschließen und weiterzumachen.«

In ihren grünen Augen erschien ein Funken Enttäuschung, der jedoch ebenso schnell wieder erlosch. Jedoch nicht so schnell, dass er Dozer entgangen wäre, der sich nun, was immer es ihm einbringen mochte, daran festhielt. »Genau«, nickte sie. »Wir müssen weitermachen. Endlich kommst du zur Vernunft.«

Dozer veränderte seine Position so, dass er sie allmählich mit dem Rücken gegen die Seite des Schuppens drängte. Sie brauchte einen Moment, ehe sie bemerkte, dass er sich nicht zufällig bewegte. Als sie fragend zu ihm aufsah, hielt er nur weiter seinen räuberischen Blick auf sie gerichtet und rückte weiter vor.

»Gav– Dozer, was tust du?«

Es machte ihn stinksauer, dass sie sich korrigierte, statt ihn bei seinem Taufnamen zu nennen. Seit der Trennung von Angie hatte er nicht mehr zugelassen, dass ihn irgendjemand so nannte, außer seiner Mutter und seiner Schwester. Es war ihm nicht richtig vorgekommen. Beim Militär sprachen sich alle nur mit ihren Nachnamen, Funknamen oder mit dem Rang an, und da er nach der Zeit mit Angelina ein anderer Mann geworden war, erschien es ihm sinnvoll, den Namen, den er damals geführt hatte, zusammen mit allem anderen in der Vergangenheit zurückzulassen.

Aber aus ihrem süßen Mund etwas anderes als Gavin zu hören war, als würde man ihm Säure ins Ohr träufeln. Diesmal ließ er es ihr durchgehen. So sehr es ihm auch gegen den Strich gehen mochte, stand das Thema momentan nicht ganz oben auf seiner Tagesordnung. »Wie du schon sagtest, ich mache weiter.«

Ihr Rücken prallte gegen den Schuppen. Der einzige Fluchtweg, der ihr noch blieb, führte um ihn herum, doch wenn sie den kleinsten Schritt in die eine oder andere Richtung unternahm, würde er sie vermutlich ziehen lassen. In Wahrheit ging es nicht darum, dass er ihr eine Falle stellte, sie austrickste oder irgendwie manipulierte, sondern darum, ihr zu beweisen, dass sie noch nicht so fertig mit ihm war, wie sie dachte oder behauptete.

»Womit weitermachen?«

Sein Mund verzog sich zu einem niederträchtigen Grinsen, dann sagte er: »Mit unserer Fortsetzung.«

»Du bist verrückt, weißt du das?«, flüsterte sie.

»Damit hast du recht.« Dozer beugte sich weit vor, sodass er sich mit den Händen auf beiden Seiten ihres Kopfes abstützen konnte. Ihr Duft, der ebenso würzig und exotisch war wie sie selbst, traf ihn mit der Wucht der Erinnerung an die zahlreichen Nächte, in denen er sein Gesicht an ihrem Hals vergraben und sie in den Armen gehalten hatte. »Denn seit ich dich im Phoenix zum ersten Mal gesehen habe, verliere ich langsam den Verstand. Ich erinnere mich an alles, mein Engel. Wie du schmeckst, wie du leise stöhnst, wenn ich die Lippen über den Puls an deinem Hals schließe, an jede Kurve deines sinnlichen Körpers und wie er sich mir entgegenbiegt, wenn ich deine dunklen Brustwarzen in meinen Mund sauge.«

Es spielte keine Rolle, wie viele Jahre vergangen waren. Dozer wusste Angie noch immer richtig zu deuten. Geweitete Pupillen, Herzrasen, flache Atemzüge durch halb geöffnete Lippen. Sein Mädchen war erregt wie sonst was!

»Das ist nicht fair«, sagte sie, einen Kloß im Hals hinunterwürgend.

»In der Liebe und im Krieg ist alles erlaubt, Liebes. Und das?« Sein Blick weidete sich an ihren glänzenden Lippen und nagelte sie dann mit hungrigen Augen fest. »Das ist beides.«

Dann prallten sie perfekt synchronisiert aufeinander und fielen mit Zungen, Zähnen und Händen übereinander her. Mehr als ein Jahrzehnt aufgestauten Begehrens und Verlangens schwoll an und durchbrach die langen Jahre der Trennung. Dozer packte ihre Pobacken und hob sie hoch. Sofort schlang Angie instinktiv die Beine um seine Taille und drückte ihr Geschlecht gegen die Erektion, die er quasi seit ihrer Begegnung im Phoenix Club mit sich herumtrug.

»Gavin.«

Fuck, ja. Sein gehauchter Taufname war ein erhörtes Gebet. »Hier bin ich, mein Engel«, knirschte er zwischen Küssen. »Und ich gehe nirgendwo hin.«

Sein Körper presste sie gegen den Schuppen, so hatte er die Hände für ihre Haare frei. Dicht und schwer, fühlte es sich wie Seide auf seiner Haut an, als er ihren Kopf nahm und neigte, um sie tiefer küssen zu können. Ihre Nägel kratzten ihn im Nacken. Als Schmerz kaum wahrnehmbar, als stimulierende Lust jedoch sehr wirkungsvoll. Das Prickeln schoss ihm den Rücken hinunter bis in die Hoden.

Dozer konnte sich nicht erinnern, jemals etwas so dringend benötigt zu haben wie diese Frau. Er wollte sie wieder ganz in Besitz nehmen und zeichnen, damit jeder Mann, der in ihre Nähe kam, wusste, dass sie zu einem Kerl gehörte, mit dem er sich besser nicht anlegte.

Sie gehörte *ihm.* Hatte ihm immer gehört, und würde ihm immer gehören.

Das helle Scheinwerferlicht eines Wagens, der in ihre Straße bog, glitt über sie hinweg wie der Suchscheinwerfer auf einem Gefängniswachturm.

Und wenn eine Panzerfaust den Schuppen hinter ihnen in die Luft gejagt hätte, es wäre Dozer scheißegal gewesen, doch Angie erschrak über die kurze Unterbrechung so heftig, dass sie sich zurückzog.

In ihren Augen stand die Erkenntnis, was sie gerade getan hatten und wohin es sie womöglich geführt hätte, wäre nicht dieses Auto erschienen. »Oh Gott, was machen wir hier?«

»Ang–«

»Lass mich runter, bitte«, sagte sie mit schriller werdender Stimme. Er stellte sie langsam auf den Boden zurück, ohne jedoch die Hände von ihren geschwungenen Hüften zu nehmen. »Danke. Entschuldige mich bitte, aber ich muss gehen.«

»Nein. Du machst dir zu viele Gedanken, mein Engel. Konzentrier dich lieber darauf, wie gut es sich angefühlt hat, endlich wieder so zusammen zu sein. Die Chemie zwischen uns sprengt immer noch jedes vernünftige Maß.«

»Ich wäre eine Närrin, wenn ich das nach dem, was gerade war, bestreiten wollte. Aber mehr als Chemie gibt es nicht mehr zwischen uns, und das genügt nicht, jedenfalls nicht für mich.« Sie ging um ihn herum, worauf er sich umdrehte und zusah, wie sie mit vorsichtigen Schritten zurückwich. »Es gibt keine Fortsetzung für uns. Je eher du das einsiehst, desto besser für uns beide. Mach's gut, Dozer.«

Dozer zwang sich, wie angewurzelt stehen zu bleiben, während sie sich auf dem Absatz umdrehte und sich mit um den Leib geschlungenen Armen auf den Rückweg zum Haus machte. Als wolle sie so vermeiden, dass sie auseinanderbrach, dass alles in Stücke ging. Der Anblick machte ihn fix und fertig. Weil er der Mann mit dem Vorschlaghammer war.

16

Das kleine Badezimmer war so voller Wasserdampf, dass er den weißen Marmorwaschtisch, als er aus der Dusche trat, kaum noch erkennen konnte. Eigentlich duschte Erik lieber eher kühl – vor allem auf der Wache, nach einem harten Einsatz –, doch dieses Mal hatte er den scheiß Regler ganz aufgedreht, in der Hoffnung, mit dem heißen Wasser, das ihm die Haut verbrühte, auch die Erinnerungen wegzubrennen. Trotzdem hatte er sich dreimal abschrubben müssen, bis der Dreck und Staub der Wüste von seinem Körper gewaschen waren und der Duft der Seife endlich den Blutgeruch in seiner Nase ersetzt hatte. Anschließend hatte er sich gegen die Kacheln gestützt und keinen Muskel gerührt, bis das über ihn plätschernde Wasser eiskalt wurde.

Jazz und Harley waren tot. Der Verlust traf sein Herz mit einer Heftigkeit, die so wehtat, wie am Tag, als es geschehen war. Es war Eriks Fehler, dass seine Männer in einem mit ihrer Landesflagge geschmückten Sarg heimgekehrt waren. Nicht durch den Feind, durch Eigenbeschuss oder einen Unfall waren sie ums Leben gekommen.

Es war seine Schuld.

Es war seine Schuld, dass Jazz nicht zu seiner jungen Frau und dem sechs Monate alten Sohn zurückgekehrt war, den er nie im Arm hatte halten können. Es war seine Schuld, dass Harleys Eltern ihren einzigen Sohn verloren hatten und seine Verlobte zur Witwe wurde, bevor sie ihn ihren Ehemann hatte nennen können.

Tropfnass griff er nach der feuchten Tischkante und ließ den Kopf tief zwischen den Schultern hängen. Er atmete ruhig und tief ein und aus und versuchte es mit der Übung in positivem Denken, die der Major ihn gelehrt hatte. Er ging die Liste der Menschen und Dinge durch, für die er dankbar war: seine Familie, die BFD-Bruderschaft und jeden einzelnen seiner Teamkollegen.

Dann kam er zu Olivia.

Süße, lustige, kluge, sexy Olivia. Sie war alles, was er nicht war. Heiter, unschuldig, rein. Falls etwas davon jemals in ihm existiert hatte, dann war es schon lange erloschen. Seit seinem letzten Einsatz, bei dem alles so beschissen schiefgelaufen war, hatte er darum gekämpft, die Finsternis so weit zurückzudrängen, dass sie nicht seinen Verstand überschattete. Er hatte versucht, die Gesichter der Toten aus seinen Träumen und den Donner Hunderter Geschütze aus seinen Ohren zu verbannen.

Dann war er Olivia begegnet, und alles schien anders zu werden. Vor ihr hatte er nie so oft gelacht oder so unbeschwert gelächelt. Mit ihr fühlte er sich leichter, weniger beladen. Was ihm bis zu einer der jüngsten Therapiesitzungen nicht mal klar gewesen war, als Dr. Marion ihn gebeten hatte, mit einem Wort zu benennen, wie sich jener Teil von ihm seit Olivia anfühlte, der Teil in seinem Kopf, wo er den ganzen »Scheiß« abgespeichert hatte. Nach langer, sorgfältiger Überlegung hatte er lächelnd geantwortet: »Ruhig.«

Als würde sich die Finsternis in der Gegenwart ihrer Heiterkeit aufhellen und ihm den Weg zu den nach wie vor existierenden schönen Dingen im Leben eröffnen. Mit ihr fühlte er sich fast wieder ganz. Nicht unbedingt als der Mann, der er mal gewesen war – der Krieg hatte diese Version seiner selbst unwiederbringlich ausgelöscht –, aber doch als der Mann, der er jetzt zu sein vermochte. Was den Wunsch in ihm weckte, der Mann zu werden, den sie verdiente.

Erik fluchte und schüttelte den Kopf. Er konnte von Glück sagen, dass Naivität in der Welt der Zivilisten nicht gleich mit dem Tod bestraft wurde. Er hatte allen Ernstes geglaubt, dieser Mann werden zu können. Und wie ein Idiot gedacht, Olivias Gegenwart würde genügen, um seine Dämonen zu vertreiben.

Doch dann war er auf dem Küchenfußboden kauernd zu sich gekommen, während Olivia auf ihn einredete wie auf ein verängstigtes Kind. Wenn das mal kein Tritt in die Eier war. Dass ein mordsgefährlicher – oder wenigstens ein *früher mal* mordsgefährlicher – Soldat seine Freundin brauchte, um seinen Arsch vor einer Halluzination zu retten. *Fuck*.

Erik kapierte allmählich, wieso so viele Soldaten und Soldatinnen den Krieg überlebten und nur heimkehrten, um dort zuzusehen, wie ihre Zeit ablief. Wenn ihm noch mehr von diesem Scheiß bevorstand, wäre eine Höllenfahrt ohne Rückfahrkarte das kleinere von zwei Übeln. Sich vor Olivia wie ein hilfloser Waschlappen zu benehmen? *Damit* käme er ganz sicher nicht klar. Nie in diesem gottverdammten Leben. Nicht, wenn billige Walmart-Kracher ihn glauben machen konnten, er stünde unter feindlichem Beschuss. Was, wenn er sie beim nächsten Mal packte, weil er sich im Kampf Mann gegen Mann wähnte, und seine Pranken um ihren zierlichen Hals schloss?

Er sah, wie er das Leben aus der Frau würgte, die er liebte, das furchtbare Bild flackerte vor seinem geistigen Auge wie die Ankündigung eines epileptischen Anfalls. »*Oh Gott*«, krächzte er. Der Gedanke war wie ein Fußtritt gegen die Brust, der seinen Lungen sämtliche Luft entriss. Er versetzte seinen Magen in Aufruhr wie verdorbenes Fleisch. Erik zitterte, der kalte Schweiß trotzte der Feuchtigkeit des Raums.

Es drehte ihm den Magen um, als müsse er sich übergeben, sodass er kurz daran dachte, sich über die Kloschüssel zu werfen. Vielleicht würde dann der Geist mit dem Körper gereinigt. Danach könnte er die Flasche Whiskey leeren, die er oben in Mr Jones' Hausbar bemerkt hatte, und zu Gott beten, dass er in eine tiefe Ohnmacht fiel und bis zum Morgen durchschlief.

Doch um die fiebrige Aufwallung zu vertreiben, spritzte Erik sich stattdessen kaltes Wasser ins Gesicht, über den Kopf und in den Nacken. Er atmete tief durch die Nase ein und durch den Mund wieder aus, um gegen die Wellen der Übelkeit anzukämpfen, die immer wieder über ihm zusammenschlugen. Als er das Schlimmste überstanden hatte, drehte er den Wasserhahn zu und hob den Blick zu dem beschlagenen Badezimmerspiegel.

Mit einer raschen Handbewegung säuberte Erik einen Streifen vom Dunst, starrte in seine dunklen Bernsteinaugen und betrachtete prüfend den Mann, der aus dem Spiegel zurückblickte. Den Mann, der keine Kontrolle über seinen Verstand und seine Reaktionen mehr besaß. Er durfte sich in der Gegenwart eines Menschen, der weder die Körperkraft noch die Fähigkeit besaß, ihn zu überwältigen, nicht mehr über den Weg trauen, weil er zu schwach war, um gegen den Terror in seinem Kopf anzugehen.

Am liebsten hätte er das Spiegelglas mit der Faust eingeschlagen, um vom Schmerz erfasst zu werden und die klebrige Wärme seines Blutes auf der vernarbten Haut zu spüren. Er war angespannt, jeder Zentimeter seines Körpers bretthart, als käme er gerade aus dem Kampf, high vom Nervenkitzel der Gefahr.

Schwach. Zu schwach.

Und Schwäche führt nur zu neuer Schwäche.

Scheiß drauf. Er würde diesen verfluchten Extremisten nicht die Genugtuung gönnen, ihn zu brechen. Verdammt, er hatte ihre Hölle immer und immer wieder überlebt, er müsste verdammt sein, wenn er sich nun daheim hinlegte und zuließ, dass sie ihn hier kriegten. Und vielleicht würde Olivia auf der anderen Seite ja immer noch auf ihn warten.

Aber vielleicht auch nicht. Nun, da sie sich nach dem Tod ihres Mannes endlich auf eine Beziehung eingelassen hatte, würde sie, wenn Erik nicht mehr ins Bild passte, bestimmt weiterziehen und sich mit anderen Männern treffen. Männer, die nicht jeden Tag, jede Minute befürchten mussten, dass irgendetwas einen lähmenden Flashback auslöst. FUCK!

Erik beschloss in diesem Augenblick, dass er lieber die Schwelle des Todes übertreten würde, als zuzulassen, dass er sie für immer verlor, weil vier beschissene Buchstaben sein Leben bestimmten: PTBS. Es war ihm egal, was er tun musste oder wie oft. Er würde die vier Buchstaben besiegen. Und dann würde er Livvie ein für alle Mal in Besitz nehmen. Und wenn sie in der Zwischenzeit jemand anderen fand, würde er um sie kämpfen, darum, sie zurückzubekommen.

»Erik?« Er straffte sich, als er durch die Badezimmertür ihre Stimme vernahm, jeder Muskel war so angespannt, dass die Anstrengung ihn erzittern ließ. Dann wappnete er sich für das bevorstehende Gespräch, wickelte sich ein Handtuch um die Hüften, rollte in dem vergeblichen Versuch, sich zu entspannen, mit den Schultern, verließ das Badezimmer … und erstarrte.

Zwar brannte die Deckenlampe nicht, aber Kerzenlicht tanzte über die Anrichte gegenüber. Die Kerzen spendeten genug Licht, da der Spiegel hinter ihnen ihr Leuchten verdoppelte. Aus in den Ecken des Schlafzimmers verborgenen Lautsprechern drang Musik – irgendein Easy-Listening-Mist, den Ärzte in ihrem Empfang laufen ließen. Olivia stand am Fußende des Bettes und rang gedankenverloren die Hände.

Fuck. Entweder wollte sie ihm Yoga beibringen oder Stimmung für eine ausgiebige Verführung machen. Doch nichts davon gefiel ihm. Jedenfalls nicht jetzt, da das Blut heiß durch seine Adern rauschte. Da in seinem Kopf die Geister spukten. Und da seine Muskeln unter einer Überdosis Testosteron und Endorphinen buchstäblich erbebten, ein explosiver Cocktail, den er nur auf eine von zwei möglichen Arten abarbeiten konnte: Straftraining oder Strafsex.

Und er wäre verdammt, wenn er sich ihr in dieser Raserei näherte.

Olivia kam einen Schritt auf ihn zu, doch er streckte eine Hand aus, um sie aufzuhalten. »Nicht.« Seine Stimme, die, nachdem er sich bis zum Anschlag zusammengerissen hatte, tief und gepresst klang, hatte einen unbeabsichtigt scharfen Unterton. Die Kränkung und Verwirrung in ihrem Gesicht ließen ihn sich noch schlechter fühlen. »Entschuldige, aber ich muss jetzt allein sein. Ich bin in keinem guten Zustand und benötige Zeit, um erst mal meinen ganzen Mist in Ordnung zu bringen. Lass mir diese Nacht. Wir können dann morgen früh reden.«

Ihre sanft geschwungenen Augenbrauen zogen sich zusammen. »Ich habe ganz sicher nicht vor, dich heute Nacht alleine zu lassen«, erwiderte sie. »Wir müssen uns nicht lieben, wenn du nicht willst. Wir können im Bett liegen, einen Film anschauen, reden oder einfach schlafen. Aber ich werde nicht gehen.«

Er gab sich alle Mühe, seinen Ton zu mäßigen, doch immer wenn er den Mund auftat, waren seine Worte mit der Säure seiner Scham getränkt. »Tut mir leid, Süße, aber ich bin für keine dieser Möglichkeiten zu haben. Nicht heute Nacht oder sonst irgendwann, bevor ich mich endgültig eingenordet habe.«

»Was soll das heißen?«

»Genau das, wonach es sich anhört, Doc. Ich habe mich selbst verarscht und so getan, als wäre mit mir alles in Ordnung. Als hätte ich Ferien, statt zwangsbeurlaubt zu sein, weil ich verdammt noch mal ein Fall für die Klapsmühle bin.« Der innere Aufruhr hob und senkte seine Brust. Dann presste Erik mit geballten Fäusten seine nächste Feststellung heraus: »Als könnte ich der Mann sein, den du verdienst.«

»Erik, ich will nicht noch einmal hören, dass du dich selbst derart niedermachst, hörst du? Erinnerst du dich noch an die Regel, die du für mich aufgestellt hast? Diese Regel gilt auch für dich, verdammt!«

Ihre Empörung schien sie in ihrer Entschlossenheit, sich ihm in diesem Punkt zu widersetzen, zu bestärken. Sie drückte den Rücken durch und reckte das Kinn wie eine Frau, die erwartete, dass man ihr gehorchte. Er hatte nicht bemerkt, dass sie sich bewegt hatte, doch als sie ihm ihre Hand aufs Herz legte, wurde ihm klar, dass sie auf ihn zugekommen war, während sie sprach. Am liebsten hätte er ihre Hand genommen, sie an sich gezogen und in die Arme geschlossen, damit sie nicht gehen konnte. Doch er blieb, wo er war, und sah sie weiter fest an, seine Miene verschlossen.

»Du bist schon so weit gekommen«, sagte sie, ein wenig sanfter. »Du kannst deine ganze Arbeit doch nicht wegen eines einzigen Rückschlags in Misskredit bringen.«

»*Rückschlag*?«, grollte er. »So wie du das sagst, hört es sich an, als hätte ich bei einem Backrezept die Eier vergessen und müsste noch mal von vorne anfangen. Das wäre ein Rückschlag. Was ich hatte, waren scheiß *Halluzinationen*, Olivia. Ich hätte dir ernsthaft wehtun können. Zum Teufel, ich hätte dich sogar *umbringen* können.«

»Nein«, widersprach sie nachdrücklich und schüttelte den Kopf. »Ich hätte es bemerkt, wenn du so weggetreten gewesen wärst, und wäre außer Reichweite geblieben. Ich bin keine unbedarfte Zeugin, Erik. Ich bin Spezialistin, es bringt also nichts, mich zu vergraulen. Du wirst dich damit abfinden müssen, dass ich bei dir bin und dir zu helfen versuche.«

Sonst gefiel ihm ihre dominante Seite. Es machte ihn an, wenn sie damit auf andere losging, und normalerweise machte es ihm Spaß, wenn sie sich damit an ihm versuchte. Doch nun war er viel zu aufgebracht, um anders als verflucht frustriert zu reagieren. Er musste sie dazu bringen, dass sie das kapierte, und sich dann davonmachen, ehe er etwas sagte oder unternahm, das sie beide bereuen würden.

»Jetzt willst du mir also helfen, ja? Dabei wolltest du mir doch zuerst nicht helfen, weißt du noch, Doc? Ich wollte dich dazu bewegen, mich zu behandeln. Ich sagte, ich wollte nur in deine Sprechstunde kommen, aber du hast darauf bestanden, dass ich zu Dr. Marion gehe. Verzeih mir, wenn ich jetzt, nachdem wir regelmäßig miteinander vögeln, keine Lust mehr habe, mich auf deiner Couch auszustrecken.«

Er drehte sich um, marschierte zu seinem Kleiderstapel auf dem Boden und hob seine schwarzen Boxershorts auf. Er kehrte ihr den Rücken zu – nicht so sehr aus einem falschen Schicklichkeitsgefühl, sondern vielmehr, weil er ihren gekränkten Blick wegen seiner arschigen Bemerkungen nicht sehen wollte – und ließ das Handtuch fallen. Als sie hinter ihm scharf Luft holte, regte sich sein Schwanz, doch er zwang sich dazu, sich nichts anmerken zu lassen, während er sich bückte und die Beine in die Unterhose schob.

Er hatte sich so drauf konzentriert, sich zusammenzureißen, dass er ihre bloßen Füße nicht über den Teppich tappen hörte und nicht mitbekam, dass sie hinter ihm stand, bis er sich aufrichtete und ihre Hände ihn bremsten, bevor er sich den Hosenbund über den Hintern ziehen konnte.

»Was machst du denn?« Himmel, das kam so grob heraus, dass es sich nicht mal mehr menschlich anhörte.

Sie drückte ihm einen Kuss mitten auf den Rücken, ließ seine Hände los und glitt mit ihren über die Rundungen seiner Pobacken. »Dich lieben.« Ihre Hände änderten die Richtung, wanderten nach vorne und näherten sich dem gegen seinen Bauch gedrückten schwellenden Schwanz. Ihre Fingerspitzen fuhren über die Ränder seiner schräg nach unten sich fortsetzenden Bauchmuskeln. Erik entfuhr ein ersticktes Grunzen, die Lider senkten sich, und sein Kopf fiel zurück. Er wollte mehr. *Brauchte* mehr. Dass sie ihm die Nägel ins Fleisch grub und dass das Brennen auf seiner Haut nachließ …

»Ja, so, Schatz«, hauchte sie. »Lass mich dich lieben.«

Das brach den Bann. *Scheiße*. Sie wollte ihn lieben, doch er würde sich nur ein paar Minuten lang beherrschen können, höchstens, bevor das Gift in ihm seine Aufmerksamkeit verlangte. Er durfte das nicht zulassen. Nicht mit ihr. Nie und nimmer.

»Hör auf!« Er packte ihre Handgelenke, löste ihre Hände von seinem Körper und wich zurück. Dann schnippte er das Gummiband seiner Boxershorts über die Hüften, wo sie hingehörte. Mehr. Er brauchte mehr Kleidung als Barriere zwischen ihnen. Seine Feuerwehrmontur würde für den Anfang genügen.

»Wieso? Schließlich kannst du nicht behaupten, nicht in der richtigen Stimmung zu sein«, sagte sie und richtete den Blick demonstrativ auf seine Erektion, die er in der Hoffnung, dass sie bald verschwand, achtlos nach links geschoben hatte. Leider klappte das nicht.

»Das habe ich auch nie behauptet. Ich bin bloß gerade nicht in der Lage, mit dir zu schlafen, Doc.« Sein weniger intimer Spitzname für sie war seine letzte Chance, eine Armlänge Abstand zwischen ihnen herzustellen. »In dem Zustand könnte ich dich höchstens hart rannehmen.«

Er konnte bei der Beleuchtung nicht erkennen, ob ihr Blick sich verfinsterte, aber es war kaum zu übersehen, dass ihre Pupillen sich ausdehnten. Dann hob sie ihre entblößte Schulter und schenkte ihm ein verschmitztes Grinsen. »Damit habe ich kein Problem, Lieutenant.«

Doch er schüttelte nur den Kopf und senkte herablassend die Stimme. Sie zu beleidigen war unendlich viel besser, als ihr einen Blick auf die in ihm lauernde Bestie zu gewähren. Er konnte bereits spüren, wie sich direkt unter seiner Haut ihr Fell sträubte. »Du kapierst es nicht. Ich bin weit von dem entfernt, was du bisher mit mir erlebt hast. *Meilenweit*. Jetzt bringen mich nur noch zwei Dinge wieder runter. Entweder ich vögle es aus mir raus oder arbeite es in der Sporthalle ab. Und dass ich Ersteres tue, willst du bestimmt nicht. Das wäre kein schöner Anblick!«

»Wer zur Hölle sagt denn, dass ich auf ›schön‹ aus bin?«

»Wirklich? Du hast Kerzen angezündet und dir bei iTunes eine Love-Song-Playlist ausgesucht.«

»Schön, dann habe ich mich, was deine Stimmung nach einem Schub angeht, also geirrt. Riesendrama. Aber das lässt sich rückgängig machen, weißt du? Es ist mir egal, ob du Flutlicht anmachst und uns mit Marilyn Manson beschallst, falls es das ist, worauf du Bock hast, weil ich nämlich mit dir zusammen sein will, sonst nichts. Und falls du es vergessen hast, du selbstsüchtiger Arsch, es gefällt mir, wenn du mich hart rannimmst.«

Er knirschte mit den Zähnen. Das klappte gerade überhaupt nicht wie geplant. Sie hätte aufgeben müssen. Die Beine in die Hand und Reißaus nehmen. »Selbstsüchtiger Arsch? Ich entscheide ausschließlich in *deinem* Interesse.«

»Bockmist«, blaffte sie. »Es geht hier nicht um mich oder um das, was ich mir wünsche. Sondern darum, was du glaubst, das ich mir wünsche. Oder was ich mir deiner Meinung nach wünschen sollte.« Sie lachte humorlos. »In *meinem* Interesse. Soll das ein Witz sein?«

»Na, in meinem ganz bestimmt nicht, denn wenn es so wäre, würde ich dich nicht für eine einzige verdammte Minute loslassen, nicht mal, wenn die Finsternis mich einholt.«

»Schön«, nickte sie und verschränkte die Arme vor ihren perfekten Brüsten, »dann sind wir uns ja einig.«

Er verfluchte ihren Dickschädel – den er eigentlich rattenscharf fand –, stolzierte zur Wand und schlug auf den Lichtschalter. Ihre Augen stellten sich blinzelnd auf die Helligkeit ein, die das Zimmer mit einem Mal überflutete. Dann blies er die Kerzen auf der Anrichte aus und tauschte ihr Telefon in der Ladestation gegen seins. Er wählte die Playlist, auf die er nach miesen Einsätzen zurückgriff, wenn er bis zum Umfallen trainierte, um die Vergangenheit aus dem Kopf zu verbannen. Schnelle, harte Stücke, wie sie zu Verfolgungsjagden oder Kampfszenen in Actionfilmen dröhnten. Die Songs handelten vom Kämpfen oder von Sex, oder von beidem zugleich.

Das war seine Stimmung nach dem, was sie einen *Schub* zu nennen beliebte. Jetzt würde sie ja sehen, worauf sie sich eingelassen hatte … und Reißaus nehmen.

Als der Bass und die Gitarrenriffs von Nicklebacks »Something In Your Mouth« ertönten – ein schräges Stück über genau das, was der Titel vermuten ließ –, wandte Erik sich Olivia zu, dabei schlossen und öffneten sich seine Fäuste. Seine Hände verzehrten sich nach ihrem langen, blonden Haar, er wollte ihr zeigen, wo er sie haben wollte und was sie von ihm in den Mund nehmen sollte.

Aufgepasst, Grady, so weit wolltest du es mit ihr nicht treiben, schon vergessen? Gib ihr ein bisschen davon, damit sie Schiss kriegt und es sich noch mal überlegt.

Er deutete auf den Fußboden und stieß seine Anweisung hervor: »Beweg deinen Arsch hierher!«

Zuerst starrte sie ihn an, dann, als ihr Blick auf seine Erektion fiel, musste sie schlucken. Er stöhnte fast schon, als er sich nur daran erinnerte, wie ihre Kehle seine empfindliche Eichel schluckte, doch ihre Weigerung, seinen Befehlen zu gehorchen, übermannte seine Wollust. »Ich habe dir was gesagt, Schönste. Wenn du nicht in den nächsten drei Sekunden hier antrittst, wird dein Hintern meine Hand zu spüren bekommen, bis ich zufrieden bin; dann wirst du deine Sprechstunden nächste Woche im Stehen halten müssen.«

Diesmal fügte sie sich und kam zu der angewiesenen Stelle. Die Finsternis in ihm wuchs, aber er gebot ihr rechtzeitig Einhalt. Trotzdem verlangte es ihn zu sehen, wie sie in banger Erwartung dessen, was nun folgen würde, vor Lust die Augen aufriss.

Er packte ihre Schultern, wirbelte mit ihr herum und stieß sie mit dem Rücken gegen die Wand. Sie schnappte erschrocken nach Luft, doch er gab ihr keine Gelegenheit, wieder zu sich zu kommen, bevor er sie mit seinem Körper festnagelte und mit der Linken hoch über ihrem Kopf ihre Handgelenke fixierte, um sie mit der Rechten nach Belieben überall anfassen zu können.

»Falls du vorhast, mir Angst einzujagen, wirst du damit kein Glück haben«, sagte sie mit zusammengekniffenen Augen. »Dazu ist mehr nötig, als mich im Zimmer herumzustoßen und mich festzuhalten.«

»Was? Das? Das ist nichts, Doc. Kinderkram. Ich rate dir dringend, mich aufzuhalten, bevor wir zum heftigen Teil kommen.«

»Vielen Dank für die Warnung, aber ich schätze, ich lasse es darauf ankommen.«

Sein Kiefer arbeitete frustriert, als er sich zwang, tief durch die Nase einzuatmen und die Luft wieder rauszulassen, ehe er fortfuhr. »Das willst du nicht wirklich, Livvie.« Doch obwohl er immer noch mit Nachdruck sprach, hatte Erik die Schärfe aus seinen Worten verbannt und verwendete den Namen, den er ihr gegeben hatte. Da ihm die Zeit davonlief, hoffte er, so zu ihr durchzudringen. Wie ein Feuerwehrmann, dem die Luft ausblieb, würde Erik nicht mehr lange standhalten, bis er das letzte Quäntchen Selbstbeherrschung aufgebraucht hatte.

Und dann Gnade ihnen beiden Gott.

»Glaub bloß nicht, dass du weißt, was ich will, Erik, weil du nämlich nicht die geringste Ahnung hast. Denn dann wüsstest du, dass ich auf *genau das hier* aus bin. Auf dich. Unbeherrscht und ungehemmt.«

Er seufzte, gab ihre Arme frei und drückte die Stirn gegen ihre. »Schatz, bitte nicht. Sag nicht so etwas, als wüsstest du, was ich von dir brauche. Du weißt ja, nicht, worum du mich bittest.«

»Dann erkläre es mir.«

»Bevor ich dir begegnete, habe ich mir, wenn ich so war wie jetzt, Frauen gesucht, die auf harten Sex standen. Und nicht bloß einseitig. Sie konnten es mir mit gleicher Münze zurückzahlen. Verstehst du, was ich damit sagen will?«

»Dass sie dich hart rangenommen haben.«

Er schloss die Augen, nickte und atmete tief durch, ehe er weitersprach. »Der Schmerz hilft mir, mich zu reinigen und alles wiedergutzumachen. Aber dich kann ich nicht darum bitten. Du verdienst es, geliebt zu werden, zärtlich, geduldig und ehrerbietig.«

Erik fühlte Olivias zarte Hände sein Gesicht umfassen und ihre Daumen seine Wangenknochen liebkosen. »Du zitterst ja«, flüsterte sie.

Als er die Augen öffnete, sah er seine Ängste in ihren Augen widergespiegelt, und er hasste sich in diesem Augenblick mehr denn je. »Das ist der Scheiß in mir, Livvie. Meistens ist das alles gut verschlossen, aber wenn es dann mal aufgerührt wird … Herrgott, noch mal. Ich will nicht, dass du damit besudelt wirst. Ich will, dass du nach oben gehst, Schatz, lass mich das im Trainingsraum deines Vaters ausschwitzen. Allein. *Bitte*.«

Sie zögerte und suchte in seinen Augen nach der Lösung einer Gleichung mit zu vielen Unbekannten. Er war wie dieses arme Schwein Humpty Dumpty. Man konnte ihn unmöglich wieder zusammensetzen. Zumindest nicht ganz.

»Gut, ich gehe«, sagte sie schließlich. »Aber du musst mir versprechen, dass du mich das nächste Mal nicht wegschickst.«

»Das wird nicht gehen, Süße«, entgegnete er leise und schüttelte den Kopf. »Bevor wir uns wiedersehen können, muss ich meine Selbstbeherrschung wiederfinden. Wenn ich erst mal wieder für den Dienst tauge und sechs ganze Monate ohne Schwierigkeiten überstanden habe, traue ich mich auch wieder, mit dir zusammen zu sein. Aber ich verspreche dir, sobald die sechs Monate um sind, wirst du mich erst wieder loswerden, wenn ich unter der Erde liege.«

»Im Ernst?«, sagte sie verwundert. »Du machst mit mir Schluss, bis du so einen selbst auferlegten Psychotest bestanden hast? Erik, ich –«

»Versuch jetzt nicht, mir das auszureden, Olivia.« Die Schärfe war in seine Stimme zurückgekehrt. Er klang wie ein Elternteil, der sie spöttisch beim Vornamen nannte, um seinen Standpunkt deutlich zu machen. Ein, zwei Minuten war es ihm gelungen, die Zärtlichkeit, die er für sie empfand, durch den schwarzen Teer, der seine Seele umhüllte, funkeln zu lassen. Doch wie lange noch, bevor er vollends die Beherrschung verlor? Wenn er sie nicht schleunigst hier herausbekam, würde sie eine Seite an ihm kennenlernen, die sie nie wieder vergessen würde – und dann wäre es um sie beide geschehen. »Selbst wenn ich mir sicher bin, dich während eines Flashbacks niemals zu verletzen, möchte ich dich nicht um mich haben, wenn ich so instabil bin wie jetzt. Ich schwöre, ich werde alles in meiner Macht Stehende tun, um hiermit fertig zu werden, und dann komme ich zu dir zurück. Aber jetzt musst du gehen. Und zwar sofort.«

In ihren blauen Augen blitzte Trotz auf. Er straffte sich gegen das verbale Donnerwetter, das sie nun gewiss gegen ihn entfesseln würde. Doch dann signalisierten ihre sich entspannenden Gesichtszüge Einverständnis. »Gut«, nickte sie, »es gefällt mir zwar nicht, aber ich verstehe, dass du es so für das Beste hältst.«

Eriks Magen verknotete sich, was jetzt echt albern war. Er konnte unmöglich enttäuscht sein, wenn sie endlich tat, was er von ihr verlangte. *Scheiße, sei ein Mann, Grady.* »Ja, das tue ich«, sagte er schroff.

»Küsst du mich, bevor ich gehe?«

Himmel, ja, er *musste* sie küssen. Solange er sich dabei zusammenriss … Er drückte die Handflächen gegen die Wand und beugte sich zu ihren Lippen hinunter. Ihre Hände legten sich um seinen Nacken, und sie drängte sich an ihn. Er öffnete die Lippen, und sie tauchte ein, umspielte seine Zunge mit einer Dringlichkeit, die prompt seine eigene entfachte. Als der Wunsch, sie aufs Bett zu werfen, ihm beinahe den Atem nahm, fuhr Erik die Leidenschaft zurück und milderte den Kuss ab, bis er sich nur mehr gestattete, zwischen schweren Atemzügen vorsichtig von ihr zu nippen.

Olivia saugte an seiner Unterlippe und besann sich dann auf ihre bloßen Zähne, um ihn zu necken, zu zwicken und –

»Ah, fuck!« Erik zog sich zurück und starrte aus zusammengekniffenen Augen in ihre selbstgefällige Miene. Seine Lippe pochte wie sein Schwanz, der durch den Schmerz noch härter wurde. Bevor sie mit dem Handrücken über ihre Lippen wischte, sah er einen dunkelroten Streifen an ihrem Mund. Als er seinen Mund berührte, färbten sich seine Fingerspitzen blutrot. »Verdammt, du hast mich *gebissen*. Warum zum Henker hast du das gemacht?«

Am liebsten hätte er seine Worte sofort wieder zurückgenommen. Es gab nichts, was mit ihr nicht stimmte, es lag an ihm. Er war der Verrückte, der auf den Schmerz abfuhr, den sie ihm zugefügt hatte.

Dann stieß sie ihn beidhändig gegen die Brust. Dass er nicht mal einen Zentimeter zurückwich, schien sie noch wütender zu machen. Also tat sie es noch einmal. Mit einem gleichermaßen enttäuschenden Ergebnis. »Um dir zu beweisen, dass ich kein Problem damit habe, deinen Arsch quer durchs Schlafzimmer zu kicken, wenn es das ist, was du brauchst. In unserer ersten Nacht hast du mir gegeben, was ich brauchte, lass mich jetzt dasselbe für dich tun. Ich bin nicht so zerbrechlich, wie du anscheinend glaubst. Auch wenn dein Ego sich nur schwer damit abfinden mag, ich bin nicht mit dir zusammen, weil du mich an den Haaren in deine Höhle verschleppt hast. Ich bin mit dir zusammen, weil ich es *will*, weil du mir etwas bedeutest. Jede. Einzelne. Faser. Von. Dir. Ich habe keine Angst vor dem großen, bösen Wolf.«

In seiner Brust rumorte ein humorloses Glucksen. »Der Wolf, den ich dir bisher gezeigt habe, war zahm«, knirschte er. »Den großen, bösen Wolf hast du bisher nicht mal flüchtig zu sehen bekommen, Schönste.«

Da Olivia mit ihrem Latein am Ende war, versuchte sie es mit schreien, womit sie seinen wachsenden Unmut jedoch auch nicht besänftigte. »Dann *zeige* ihn mir! Ich habe die Schnauze voll davon, dass du dich bei mir zurückhältst. Ich will dich groß und böse, also zeig es mir schon!«

»*Himmelherrgott noch mal, Weib.*« Ehe sie noch blinzeln konnte, drückte er sie erneut gegen die Wand und presste ihre Lippen auf seine. Wo sie ihn blutig gebissen hatte, brannte es, doch er schwelgte in dem Schmerz, die Endorphine fluteten seinen Blutkreislauf wie eine Droge.

Sein Verstand schrie, er solle sie loslassen, sich im Trainingsraum einschließen und dort verharren, bis er sich am nächsten Morgen absetzen konnte. Doch dann fuhr Olivia mit den Nägeln über seinen Rücken, und er verspürte ein leichtes Brennen, das sich in acht parallelen Linien von seinen Trapezmuskeln bis zum Hintern hinab fortsetzte. Das Brennen erdete ihn im Hier und Jetzt, erinnerte ihn daran, dass er lebte und noch etwas *fühlte*. Mehr brauchte es nicht, damit sein Schwanz das Ruder übernahm.

Er riss seinen Mund von ihr los. Beugte sich vor und legte leckend und kratzend eine Spur seitlich ihren Hals hinauf. Ihr heißer Atem und ihr lüsternes Wimmern waren Musik in seinen Ohren und trieben ihn an den Rand des Wahnsinns.

Erik hatte sich im ganzen Leben noch nicht so schwach gefühlt wie in diesem Moment, als er sich bewusst dazu entschloss, seinen inneren Dämonen und Olivia nachzugeben. Dem Versprechen auf Befreiung und vorübergehenden Frieden zu vertrauen.

»Ich hoffe bei Gott, dass wir das nicht bereuen, Livvie«, knurrte er. Er streifte den letzten Rest Menschlichkeit ab, öffnete seine inneren Schleusentore und ließ die Finsternis über sich hereinbrechen. »Wappne dich, Schatz, und mach dich bereit, deine Krallen zu schärfen. Jetzt lernst du den großen, bösen Wolf kennen.«

17

Erik griff in den Ausschnitt ihres dünnen Tanktops und riss es entzwei. Dann machte er auf dieselbe Weise kurzen Prozess mit ihrem BH. Er bückte sich, nahm eine Brust in den Mund, während er die andere packte und knetete, die Brustwarze zwischen den Fingern zwirbelte und an dem BH zerrte, bis er ihn abgerissen hatte, dann wechselte er die Seiten.

Sie seufzte und wölbte sich ihm entgegen, grub die Fingernägel in seine Kopfhaut und zog ihn an ihre Brust, um ihn zu ermutigen. Als er sich schließlich aufrichtete, stöhnte sie, was er jedoch mit einem alles verzehrenden Kuss unterband, indem er seine Zunge eintauchte, um sie bis auf den letzten Tropfen zu kosten.

Mit den Händen flogen sie über ihre Körper, griffen und rafften, während ihre Nägel kratzten und zustießen. Eriks innerer Schmerz ließ mit jedem neuen Brennen körperlichen Schmerzes, das sie ihm zufügte, ein wenig mehr nach. Er brauchte es, verletzt und gezeichnet und daran erinnert zu werden, dass er die Arena nicht unversehrt verließ. Dass sein Leib die Wunden seines Herzens, die Narben auf seiner Seele widerspiegelte.

Eine Faust grub er dicht an der Kopfhaut in ihr Haar und zog, um ihren Hals vollständig zu entblößen, während er mit der Nase von der Schulter bis zur Kinnlinie über die glatte Säule strich und ihren Duft tief in seine Lunge sog. Sie griff nach seinen Boxershorts und zog sie ihm über den Hintern hinunter, bis sie zu Boden fiel. Erik trat die Shorts weg und machte kurzen Prozess mit ihrer kurzen Jeans und dem Höschen.

Er drückte die Stirn gegen ihre, hielt ihren Blick fest und führte eine Hand von innen an ihrem Oberschenkel hinauf, bis er sie umfasste. Seine Finger schoben sich zwischen die geschwollenen Schamlippen, prüften sie, bis er die mittleren Finger krümmte und in die feuchte Öffnung schob. Ein bedürftiger Laut kam ihr über die Lippen, als er die Finger so tief hineinstieß, dass er sie auf die Zehenspitzen hob.

»Ja«, sagte sie ausatmend.

Er musste weder ihren Gesichtsausdruck sehen, noch ihre lustvollen Geräusche hören, um zu wissen, wie erregt sie war. Als Beweis genügte ihm ihre Feuchtigkeit.

Himmel, sein Schwanz war in seinem ganzen Leben noch nicht so hart gewesen, und jedes Mal, wenn die Eichel über ihre Hüfte strich oder gegen seinen Bauch wippte, glaubte er auf der Stelle explodieren zu müssen. Er musste in sie hinein, und zwar sofort!

Erik trat dicht an sie heran, packte ihren Hintern und hob sie hoch. Als sie die Beine um seine Taille schlang, packte er seinen Schwanz und zog ihn durch ihre geschwollenen Falten. Er spürte, wie seine Eichel von ihrer heißen Feuchte empfangen wurde, und war dankbar dafür, dass sie das nötige Gespräch über Geburtenkontrolle und Krankengeschichten schon letzte Woche absolviert und die verfluchten Kondome wegzulassen beschlossen hatten. Er hatte vor Livvie mit noch keiner Frau »ohne« geschlafen, und hätte sie ihn nicht längst für alle übrigen Frauen verdorben, so wäre es spätestens jetzt so weit gewesen.

»Bitte, Erik«, bettelte sie süß, und er stieß so tief in sie hinein, dass er Sterne zu sehen glaubte. Sonst hielt er immer einen Moment inne, nachdem er in sie eingedrungen war, um zu genießen, wie eng sie ihn umfing und wie perfekt sie zu ihm passte. Um den Moment zu verinnerlichen und alles so lange wie möglich hinauszuzögern.

Aber nicht dieses Mal.

Nicht mit all der Qual, die ihn zu ertränken drohte, dem Bedürfnis zu strafen und gleichzeitig bestraft zu werden. Damit er in jeder Empfindung, die seine toten Brüder nie wieder spüren würden, eine schmerzliche Erleichterung finden konnte. Erfüllt von dem brennenden Bedürfnis, in ihr zu kommen.

Nein, das war kein Marathon, sondern ein verdammter Kurzstreckenlauf. Und wenn sie über die Ziellinie kamen, würden sich ihre Knochen verflüssigt haben und sie würden schweißüberströmt nach Luft schnappen.

Erik legte los, seine Hüften stießen im Rhythmus des in seinen Ohren galoppierenden Pulsschlags zu. Er hasste jeden Rückzug und genoss jeden neuerlichen Vorstoß. Ihr Gesicht war der Inbegriff der Verzückung, ihre Augen verschwanden fast unter schweren Lidern, die Pupillen explodierten, ihr Mund stand offen, als wartete sie darauf, dass er ihn mit seinem Schwanz ausfüllte. Ihr unter ihr Stöhnen gemischtes unablässiges *Bitte* und *Oh Gott, ja* bewies ihm hörbar, dass sie ebenso den Boden unter den Füßen verlor wie er.

Er spürte es kaum, als ihre Nägel sich in seine Oberarmmuskeln gruben. Er wollte mehr, wollte es härter, doch er fürchtete, ihr Angst zu machen oder zu viel von ihr zu verlangen. Der Sex würde genügen. Musste genügen.

Kaum hatte er sein Mantra beendet, senkte sie den Kopf, nahm sich die Sehne vor, die seinen Hals mit der Schulter verband und grub ihre Zähne fest hinein. Erik schnappte durch zusammengebissene Zähne zischend nach Luft und atmete knurrend aus, als die inständig ersehnten Endorphine endlich seine Blutbahn überschwemmten.

Wenn er geglaubt hatte, sie mit seinem Bedürfnis, hart angefasst zu werden, schocken zu können, hatte er sich gründlich getäuscht. Nein, sie schreckte nicht nur nicht zurück, sie hielt auch jederzeit mit ihm Schritt. Sie ließ ihn los und schenkte ihm ein ungebändigtes Lächeln, ehe sie ihn an sich zog und ihre Lippen auf seine presste.

Verdammt perfekt. Das war es, was seine Livvie war.

Er löste sich von der Wand, ohne ihren ungestümen Kuss zu unterbrechen, und bewegte sich mit ihr zur Anrichte. Dort setzte er sie auf die Kante, nahm ihr Gesicht in die Hände und stieß seine Zunge im Rhythmus seines Schwanzes in ihren Mund. Nach ein paar Minuten – oder, fuck, war es eine Stunde? – rissen sie sich voneinander los, um nach Luft zu schnappen, und was er da sah, ließ ihn wie angewurzelt innehalten.

Ihre Lippen rot geschwollen, die Haselnussaugen lustvoll leuchtend, die Wangen rosig. Das Gesicht war schweißfeucht, die Wimperntusche verlaufen. Während er sie anstarrte, verschmierte er mit den Daumenballen noch mehr schwarze Schminke über ihre Alabasterhaut. Sie verschlug ihm den Atem, ein gepeinigter Engel, der seine Qualen genoss. Vielleicht sogar die seines Gegenübers.

»So verdammt perfekt«, sagte er, als er ihr das lange Haar aus dem Gesicht schob.

Ihre Augen wurden ganz sanft, und sie schmiegte sich mit einem langen Seufzer an ihn. In diesem Augenblick fügte sich für ihn alles zusammen. Er liebte Olivia. Er war in sie *verliebt*. Mit Haut und Haar, mit Herz, Verstand, Körper und Seele. Er sah seine Liebe in ihren Augen gespiegelt, in ihrem Blick, dem Blick, mit dem sie ihn ansah, als wäre er ihr ein und alles. Und er wollte, dass sie ihn sah.

Er biss die Zähne zusammen, zog sich zurück und half ihr hinunter, damit er sie zu dem großen Spiegel über der Anrichte umdrehen konnte. Eine Hand spreizte sich über ihren Bauch, während die andere sich schützend und besitzergreifend um ihre Kehle legte. »Sieh nur, wie schön du bist, Schatz«, sagte er rau an ihrem Ohr. »Du bist mein, Livvie. Du gehörst mir.«

»Ja«, hauchte sie. Dann strich sie mit der Rechten über seinen Hinterkopf, zog ihn noch weiter hinunter und gab ihm wie ein Opferlamm ihren Hals preis. Er attackierte stattdessen ihre Schulter, legte eine Spur aus Küssen und Bissen den Hals hinauf und wieder hinunter.

Unfähig, sich noch eine weitere Sekunde zurückzuhalten, trat er ihre Füße auseinander, ging in Stellung und drang mit einem einzigen Stoß von hinten tief in sie ein.

Zuhause.

Seit Langem schon war der Ort, den er als ein Zuhause ansah, die Feuerwache von Roxbury gewesen, wo er und seine Brüder lebten und arbeiteten. Doch das hier … mit dieser Frau vereinigt zu sein … zum Teufel, fühlte sich mehr wie ein Zuhause an als alles, das er bisher im Leben gekannt hatte. Hier gehörte er her. Hier wollte er bleiben. Jetzt und in alle Ewigkeit.

Erik beobachtete ihr Gesicht im Spiegel, als er zu einem gleichmäßigen Rhythmus überging und sah, wie das Gefühl, von ihm ausgefüllt und gedehnt zu werden, in ihren Augen brannte. Er grub eine Faust in ihr Haar, schloss den freien Arm um ihre Mitte und zog sie an sich. Er vögelte sie vor dem Spiegel und prägte sich jede Einzelheit in seinem Gedächtnis ein. Er war größer, dunkler, sie kleiner, heller. Der Schweiß ließ ihre Haut im grellen Licht der Deckenlampe feucht glänzen. Ihre Brüste klatschten bei jedem Stoß gegen seinen Unterarm, seine Hoden gegen ihre geschwollenen Schamlippen. Sinnlichkeit vom Besten, vom Feinsten.

»*Ja, ja, ja!*« Ihre Schreie spornten ihn an. Schneller, schneller. Ihre Geräusche vermischten sich mit der weiter dröhnenden Musik, ein Soundtrack aus Grunzen, Japsen, Stöhnen und dem Stakkato feuchten, aufeinanderklatschenden Fleisches.

Als sie nach hinten langte, fühlte er ihre Nägel in die empfindliche Haut auf der Rückseite seiner Oberschenkel unmittelbar unter dem Hintern schneiden. »Fuck!« Erik konnte sich nicht länger zusammenreißen. Das Feuer raste sein Rückgrat hinab, seine Hoden zogen sich zusammen. Mit den Fingern einer Hand kniff und zwirbelte er ihre Brustwarze, darauf bedacht, den Druck aufrechtzuerhalten. Die andere Hand wanderte zu ihrem Hügel, der Handballen drückte über dem Schambein gegen ihren Bauch, um die Reibung an ihrem G-Punkt zu verstärken, während er gleichzeitig ihren Kitzler rieb und schlug, um sie an die rasiermesserscharfe Grenze zwischen Schmerz und vollkommener Seligkeit zu treiben.

»*Oh Gott – oh Gott – oh –*«

Er zog so fest an ihrem Ohrläppchen, dass sie nach Luft schnappte. »Der falsche Name«, knurrte er. »Wer nimmt dich?«

»Erik.«

Er rieb ihre Klitoris schneller, fester. »Wem gehörst du?« Um seine Frage zu unterstreichen, versetzte er ihrer Muschi einen Schlag, sodass sie auf seinem Schwanz einen Satz machte. *Jesus, fuck!*

»Erik!«

»Verdammt richtig. Und jetzt komm für mich, Livvie, Schatz!«

Damit ließ Erik ihre Brustwarze los, das Blut schoss in die aufgetriebene Knospe zurück, dann kniff er in ihren Kitzler, um ihr den finalen Stoß zu versetzen. Sie warf den Kopf gegen seine Schulter und schrie, als ihr Körper von einem Beben erfasst wurde, ihre Muskeln umspannten seinen Schwanz, zuckten und zogen ihn über die Klippe. Noch einmal vergrub er sich bis zum Anschlag in ihr und stürzte sich dann in den Orgasmus, der aus ihm herausschoss wie eine Mörsergranate aus einer Panzerkanone.

Als sie allmählich in die Wirklichkeit zurückkehrten, wünschte sich Erik, dass sie im Bett gelandet wären. Nach der Strapaze, ihre geringere Körpergröße durch seine leicht gebeugten Knie auszugleichen, taten ihm die Beinmuskeln weh, daher hätte er sich jetzt am liebsten einfach herumgewälzt und sie in den Armen gehalten, während sie zusammen einschliefen. Aber dazu musste er sie erst mal dorthin bringen. Sich aus ihr zurückzuziehen war eine besondere Tortur, doch er zwang sich zurückzutreten, sodass sein bereits halb schlaffes Glied aus ihrer Hitze glitt. »Komm her, Süße«, sagte er leise und drückte ihr einen Kuss auf die Schläfe, bevor er sie hochhob und an seine Brust drückte.

Sie schlang die Arme um ihn und barg das Gesicht an seiner Halsbeuge. Er legte sie aufs Bett und deckte sie zu. Auf dem Weg zum Badezimmer, wo er sich waschen wollte, machte er die Musik und das Licht aus.

Er warf einen Blick in den Frisierspiegel und verschaffte sich einen Überblick über seine Blessuren. Er entdeckte zahlreiche Kratzer sowie Dutzende halbmondförmiger winziger Einschnitte von ihren Fingernägeln, doch nichts davon machte so großen Eindruck auf ihn wie der Zahnabdruck an der Schulter. Er hob die Hand und folgte dem Muster mit einem Finger, der Anblick ihres Zeichens war Balsam auf einer Wunde, die nur sie zu heilen vermochte. Nur seine Livvie.

Als er mit einem feuchten Waschlappen zu ihr ging, wollte ihm schier das Herz zerspringen, als er sie sah, wie sie auf dem Bauch lag und mit schläfrigem Lächeln ein Kissen im Arm hielt und auf ihn wartete. Und das würde sie, jetzt und immer, das wusste er so sicher, wie er den eigenen Namen kannte. Er würde sie nie irgendeiner Gefahr aussetzen und alles in seiner Macht Stehende unternehmen, damit sie sich geliebt und umsorgt fühlte.

Doch nachdem er sie behutsam gesäubert hatte, musste er sich davon überzeugen, dass mit ihr alles in Ordnung war. Also legte er den Waschlappen weg und begann: »Hey, Schönste.«

»Hm?«

»Bedauerst du auch nicht, was wir gemacht haben? War irgendwas davon zu viel für dich?«

Olivias Züge wurden weich, eine Miene, die er inzwischen gut kannte. Eine Frau, die ein so großes Herz hatte wie sie, die einen Fehler mitfühlte, konnte diese Miene unmöglich weniger als einmal am Tag aufsetzen. Ihr Mitgefühl gehörte zu den vielen Gründen, warum er sie liebte.

»Komm her«, sagte sie jetzt und rückte ein Stück, um ihm neben ihr unter der Decke Platz zu machen.

Begierig darauf, sie in die Arme zu schließen, streckte er sich aus und zog sie an sich. Ihr Kopf ruhte an seiner Schulter, doch dann blickte sie zu ihm auf. Sie wirkte zerzaust, wie eine Frau, die eben Sex gehabt hatte, und wäre er nicht so erschöpft gewesen, hätte allein ihr Anblick ihn zur nächsten Runde angestachelt.

»Hör genau zu, was ich dir jetzt sage, Erik.« Sie wiegte sein Gesicht in einer Hand, wegen des Verbands eine ebenso beruhigende wie verstörende Geste. »Hörst du mir zu?«

Er hob seinen Blick zu ihren Augen, während er ihr nickend über die Haare strich und es vermied, irgendein Wort an dem Kloß in seinem Hals vorbeipressen zu wollen, aus Angst, seine Stimme könnte brechen.

»Gut«, sagte sie warm. »Ich bedaure *keinen einzigen Moment*. Du hast dich mir ebenso vollkommen hingegeben, wie ich mich dir hingegeben habe. Etwas Schöneres als das gibt es nicht! Und solange wir einander geben, was wir brauchen, ist daran auch nichts verkehrt. Das hat mich ein sehr aufregender Mann gelehrt.«

Die Stahlspulen aus Schmerz und Schuld, die sich in sein Fleisch gebohrt, ihn zerdrückt und erstickt hatten, ließen endlich von ihm ab und gestatteten ihm, tief durchzuatmen, während sie sich langsam ins Dunkel zurückschraubten und immer kleiner wurden. Als er ausatmete, fühlte er Nässe hinter den Augen brennen und seine Kehle sich aus einem ganz anderen Grund zusammenziehen.

Diese Frau war ein Wunder, von Gott gesandt, ihn zu erlösen. Vielleicht war es Karma, oder das Universum belohnte ihn auf diese Weise für die Menschen, denen er, als Ranger und Feuerwehrmann, im Laufe der Jahre das Leben gerettet hatte, er wusste es nicht, und es war ihm, offen gestanden, auch gleichgültig. Das Einzige, worauf es verdammt noch mal ankam, war, dass sie ihm gehörte.

»Livvie, ich –« *Liebe dich.* Erik kämpfte innerlich mit sich. *Sage es ihr … Sage es ihr nicht …* Er wollte es. Scheiße, er wollte es so sehr. Die Worte lagen ihm schwer auf der Seele, auf der Zunge sogar, er wollte nichts mehr, als sie über seine Lippen entweichen lassen, um ihr mitzuteilen, wie viel sie ihm bedeutete. Aber er konnte es nicht. Noch nicht. »Ich danke dir.«

Sie zeigte kurz ein schelmisches Lächeln. »Ich danke *Ihnen*, Lieutenant.« Dann gab sie ihm einen so süßen wie sinnlichen Kuss, süß und sinnlich wie sie, kuschelte sich wieder an ihn und war binnen Sekunden eingeschlafen.

Er schmiegte das Kinn an ihre Stirn und hielt sie fest, streichelte die weiche Haut an ihrem Arm und versuchte sich einzureden, dass es richtig war, es ihr nicht gesagt zu haben. Es war ja nicht so, dass er ihr nicht sagen wollte, wie viel sie ihm bedeutete, aber das konnte er ihr jetzt unmöglich zumuten. Es wäre einfach nicht fair. Wenn er erst mal wieder einen klaren Kopf hatte, konnte er ihr seine Liebe immer noch gestehen, als der Mann, den sie verdiente. Dann wäre er frei und könnte ihr seine bedingungslose Liebe jeden Tag ihres gemeinsamen Lebens beweisen.

Denn ungeachtet des unglaublichen Geschenks, das sie ihm heute gemacht hatte – und ungeachtet der Tatsache, dass sie ihm ohne jeden Zweifel gezeigt hatte, dass sie damit umgehen konnte, wenn ihn die Finsternis verschlang –, war er noch immer fix und fertig, weil er ihr während des Flashbacks wehgetan hatte. Er konnte nicht umhin zu befürchten, dass sich so etwas wiederholte. Sein Hirn, seine Handlungen – alles viel zu unberechenbar.

Erik wollte morgen mit Dr. Marion darüber sprechen. Er musste wissen, wie wahrscheinlich sich ein solcher Zwischenfall wiederholte und ob er Olivia durch seine bloße Gegenwart einer Gefahr aussetzte.

Doch fürs Erste gönnte er sich diese Nacht, in der er sie in seinen Armen halten wollte, für den Fall, dass er sie morgen würde loslassen müssen. Und falls das geschah, betete er zu Gott, dass sie ihn noch wollen würde, wenn er schließlich zu ihr zurückkam. Denn wenn nicht, würde er einen vollkommen neuen Höllenkreis durchschreiten müssen, von dem er nicht sicher sagen konnte, ob er ihn überleben würde.

Olivia erwachte mitten in der Nacht, als sie kräftig durchgerüttelt wurde. Das Bett bebte regelrecht. Noch während ihre Augen sich auf die Dunkelheit einstellten, drehte sie sich rasch zu Erik um, denn eine tiefe Besorgnis griff mit scharfen Krallen nach ihrem Herzen, auch wenn sie durchaus damit gerechnet hatte, dass heute Nacht etwas Derartiges passieren würde.

Er durchlitt offenbar einen Albtraum. Er lag auf dem Rücken, die Bettdecke hatte sich um seine Beine verwickelt, sein Körper war schweißgebadet, und er zuckte und wand sich und murmelte Unverständliches, während er innerlich mit einem unsichtbaren Feind rang.

Olivia stützte sich auf einen Ellenbogen, blickte auf ihn hinunter, sorgfältig darauf bedacht, keine unnötige Bewegung zu machen. »Erik, wach auf, es ist nur ein Traum«, sagte sie mit fester Stimme, in der Hoffnung, den dichten Nebel seines Albdrucks so zu durchdringen. Sie versuchte es noch ein paarmal mit seinem Namen. Ohne Erfolg. Entschlossen, zu ihm durchzukommen, stützte sie sich auf eine Hand und legte ihm die andere auf die Brust.

Dann brach binnen eines Herzschlags die Hölle los.

Erik setzte sich, wie ein Ertrinkender, der durch die Wasseroberfläche stößt, nach Luft schnappend, im Bett auf. Seine Augen sprangen auf. Doch er starrte durch sie hindurch, knurrend, den Mund zähnefletschend verzogen, blickte hinter den Schleier der lebendigen Gegenwart. Olivia durchzuckte blitzartig ein Moment der Panik, als er sie unter sich begrub, sie mit seinem riesigen Leib in die Matratze presste, die Handgelenke links und rechts über ihrem Kopf fixiert.

»Erik!«

Sie hatte seinen Namen noch nicht ganz ausgesprochen, da sah sie, dass er wach wurde. Nun starrte er sie an, seine Augen blickten verwirrt, dann kehrte er endlich auf den Boden der Tatsachen zurück. »Livvie?« Seine Stimme klang rau, ängstlich und unsicher. »Was ist passiert?«

»Nichts«, antwortete sie, da sie wollte, dass er ihre Kraft, ihre Zuversicht mitempfand, dass alles wieder gut werden würde. »Du hattest bloß einen Albtraum. Alles gut.« Er runzelte die Stirn und sah sich um – sah, wo er neben ihr geruht hatte, die verhedderte Bettdecke, erkannte ihre Lage, dass er noch immer ihre Handgelenkte festhielt.

Dann verriet sein Gesicht, dass er verstand. »Oh mein Gott,

Livvie. In meinem Traum, da habe ich … Und dann … Oh, fuck.« Erik schoss aus dem Bett und fuhr sich mit beiden Händen über das Gesicht. Dann lief er zu der Stelle, wo seine Kleider auf einem Haufen auf dem Boden lagen, und begann mit den Beinen in seine Boxershorts zu steigen.

Olivia schaltete die Nachttischlampe ein, wickelte das Laken um ihren Leib und schlurfte rasch zu ihm hinüber. »Wo willst du denn hin?«

Er zog die kurze Cargohose bis zur Hüfte und antwortete, ohne sie anzuschauen: »Ich muss los. Ich schicke Preacher morgen her, damit er dich abholt.«

»Es ist nicht nötig, dass Preacher mich fährt. Ich will, dass du hier bei mir bleibst.«

Als er den Gürtel zugeschnallt hatte, blickte er sie endlich an. »Nein, das ist verdammt noch mal das Letzte, was du brauchst.«

»Da irrst du dich.« Sie legte ihm beruhigend die Hand auf die Brust, doch sein rasender Herzschlag verriet ihr, dass ihn das ganz und gar nicht beruhigte. »Jeder hat mal einen Albtraum, Erik, und es war ziemlich wahrscheinlich, dass du nach dem Flashback von gestern diese Nacht einen haben würdest. Das ist vollkommen normal.«

»Himmelherrgott, Livvie, ich habe dir *wehgetan*.«

»Nein, hast du nicht«, versetzte sie, indem sie das Bettlaken fester um sich raffte, als könne sie ihn so ebenfalls hier bei ihr festhalten. »Du hast dich über mich geworfen – was du, wie ich feststellen möchte, häufiger mit mir gemacht hast, als ich zählen kann –, und dann bist du, noch bevor ich ganz auf dem Rücken lag, aufgewacht.« Olivia trat vor ihn hin und nahm sein Gesicht in die Hände. »Ich verspreche dir, dass ich mich nicht wissentlich in Gefahr begeben werde, Erik. Und sollte ich jemals das Gefühl haben, dass etwas zwischen uns eskaliert, schlafen wir einfach getrennt, bis sich alles wieder beruhigt hat.«

Er schüttelte den Kopf und wich einen Schritt zurück, um ihrer Berührung zu entfliehen, was sie sich nicht zu Herzen nehmen sollte, obwohl es ihr einen Stich versetzte.

»Und jetzt?«, fragte er mit weit ausgebreiteten Armen. »Abwarten und hoffen, dass ich dir beim nächsten Mal nicht den Hals umdrehe? Scheiße, von wegen!« Als er seine Schuhe an den Füßen hatte, hob er sein T-Shirt vom Boden auf und zog es an. »Ich bin offensichtlich viel weniger stabil, als ich mir in den letzten paar Monaten habe einreden wollen. Wir können erst wieder zusammenkommen, wenn ich den ganzen Mist unter Kontrolle habe. Ende der Durchsage.«

Erik durchquerte das Zimmer, seine langen Schritte durchmaßen die Entfernung bis zur Schlafzimmertür.

»Erik, halt«, rief sie und lief ihm nach, während die Angst, ihn zu verlieren, ihr die Kehle zuschnürte. »Wir können es schaffen, du musst mir nur vertrauen.«

Er öffnete die Tür, drehte sich noch einmal um und blickte auf sie hinunter. Seine Augen spiegelten die Verzweiflung wider, als er den Kampf um seine restliche Selbstbeherrschung sichtlich verlor. Seine Stimme wurde noch lauter, während sie die Tränen, die ihr brennend heiß in die Augen traten, zurückzudrängen versuchte.

»Himmel, Livvie, was verstehst du daran eigentlich nicht? Ich bin eine beschissene Landmine, auf die jemand getreten ist. Es ist keine Frage mehr, *ob* ich hochgehe, sondern nur noch *wann*. Und ich will verflucht sein, wenn ich dich auch nur in die Nähe der Druckwelle lasse.«

Als sie den Kopf schüttelte, lösten sich die Tränen und liefen ungebremst über ihre Wangen. »Bitte, mach das nicht«, flüsterte sie. »Ich liebe dich.«

Eriks Miene entspannte sich ein wenig, in seinen Augen glänzte feucht ihr geteilter Schmerz. Er nahm ihr Gesicht in seine Hände, seine rauen Daumenballen wischten behutsam die Tränen weg. »Ich weiß«, krächzte er.

Dann senkte er den Kopf, gab ihren Lippen den sanftesten, herzzerreißendsten Abschiedskuss, und wandte sich ab, um aus ihrem Leben zu verschwinden.

18

»Hi, ich bin Lieutenant Grady.«

Die Empfangsdame hinter dem Schalter hielt sich nicht damit auf, von ihrem Computerbildschirm aufzublicken, und tippte stattdessen weiter ununterbrochen auf die Tastatur. »A-ha«, sagte sie gedehnt, was so viel heißen sollte wie: *Und*?

»Ich habe um zwei Uhr eine Verabredung mit Mr Adams.«

»Okay, Sir, Nachname, die letzten vier?«

Offenbar hatte sie, als er sich das erste Mal vorstellte, nicht aufgepasst, und »die letzten vier« bezog sich auf die Endziffern seiner Sozialversicherungsnummer. Sein Besuch hier war nicht mal vierzig Sekunden alt, und schon fühlte er sich vom Gestank nach Gleichgültigkeit eingehüllt. »Grady«, schnappte er. »Acht-sechs-eins-sieben.«

»Gut, Mr Grady, nehmen Sie im Empfangsbereich Platz. Mr Adams wird Sie dann aufrufen.«

Es heißt Lieutenant *Grady, nicht Mr.* Er hatte sich nicht über tausend Stunden den Arsch aufgerissen und gebüffelt, über Lehrbüchern und Schulungshandbüchern gebrütet, um jetzt *Mister* genannt zu werden. Andererseits bestand aber auch die geringe Möglichkeit, dass er empfindlicher reagierte als sonst, weil er nicht die geringste Lust verspürte, hier zu sein. Aber egal.

Mit der Gesamtsituation unzufrieden, winkte er die unaufmerksame Empfangsdame innerlich durch. Sein Instinkt zog ihn zu einem Stuhl auf der anderen Seite des Raumes, von wo aus er die Einrichtung vollständig im Blick hatte. Er ließ sich nieder, rieb sich die verschwitzten Handflächen an seiner Jeans ab und versuchte, seine Nerven mit einem tiefen Atemzug zu beruhigen.

Er war komplett durch den Wind. Seit er sich von Olivia fernhielt, hatte er nicht mehr vernünftig geschlafen. Ohne sie war er echt ein armes Schwein. Er vermisste ihr Lächeln, ihr Lachen, wie sie ihn aufzog, ihre formelle Sprechweise, wenn sie etwas aufregte … ach, er vermisste sie einfach. Und da sein Kopf noch übler dran war als sonst, brachte er die meiste Zeit damit zu, sich im Übungsraum zu verausgaben und unter dem Getöse von Death Metal jeden klaren Gedanken abzuwürgen.

Doch dann reichten wenige Augenblicke, und die Finsternis kehrte flüsternd in seine Gedanken zurück und pflanzte ihm die Zweifel und Ängste schneller wieder ein, als er sie auszumerzen vermochte.

Nachdem er Olivias Party zum vierten Juli ein ebenso plötzliches wie peinliches Ende bereitet hatte, hatte Erik sich Mühe gegeben, den Zwischenfall jedem gegenüber herunterzuspielen, der das Pech gehabt hatte, dabei gewesen zu sein. Nicht dass ihm irgendwer seinen Blödsinn abgenommen hätte. Entweder war er ein echt mieser Schauspieler, oder was die Gäste an dem Abend mitbekommen hatten, war dermaßen abgründig, dass jedem mit funktionierenden Gehirnzellen klar war, dass es sich um ein Riesenproblem handelte. Warum auch immer, die mitleidigen Blicke, die er – sogar von seinen Leuten – erntete, drehten ihm den Magen um und ließen seine Adern vor Mordlust schwellen.

Was er mehr als alles andere hasste, war seine eigene Schwäche. Er war dazu erzogen worden, immer stark zu sein – körperlich, mental, emotional –, und die Army und später die Special Forces hatten diese Stärken maximal ausgereizt. Daher war es nun das Übelste aller Gefühle, zu wissen, dass die Männer, die er am meisten respektierte, und die Frau, die ihm mehr bedeutete, als er es jemals für möglich gehalten hätte, ihn mental unzurechnungsfähig erlebt hatten. Und wenn Halluzinationen keine Schwäche waren – na, dann wusste er es auch nicht.

Die Sitzung mit Dr. Marion nach dem »Schub« war die bisher schwierigste. Erik war die ganze Stunde überdreht gewesen und hatte hinreichend geschimpft und wissen wollen, warum zum Teufel es ihm auf einmal schlechter ging statt besser. Wieso er diesen verdammten Flashback gehabt hatte.

Marion gab darauf diverse Fakten und Statistiken über den Heilungsprozess und mögliche Nebenwirkungen einer kognitiven Verhaltenstherapie zum Besten. Irgendwas über temporäre Regressionen, durch die die ursprünglichen Symptome neu ausbrechen oder sogar neue entstehen konnten, während der Klient oder die Klientin – Himmel, wie er das Wort hasste – den Ursprung seiner oder ihrer Probleme aufarbeitete.

Übersetzung: Alles wird erst mal so richtig beschissen, bevor es besser wird.

Aber der Höhepunkt der Stunde kam erst, als der Major wissen wollte, wie Erik seitdem mit Olivia klargekommen war.

Oh, Sie wissen schon, wie man das eben so handhabt: Ich habe ihr gesagt, dass wir uns vorläufig besser nicht sehen sollten, doch sie war damit nicht einverstanden und meinte, dass ich meine Aggressionen ja beim Sex an ihr auslassen könnte, und weil ich ein selbstsüchtiger Arsch bin, habe ich ihr fast den Verstand rausgevögelt und dabei jede verfluchte Sekunde genossen.

Klar, das war etwas, das er so bald nicht mit jemandem teilen würde, und schon gar nicht mit *ihrem Onkel*.

Erik hatte stattdessen im Wesentlichen von dem Streit berichtet, den sie vor und nach dem Sex gehabt hatten. Darüber, dass er, kaputt, wie er war, nicht für sie taugte und er es für das

Beste hielt, wenn er sich von ihr fernhielt, bis er sich hundertprozentig sicher sein konnte, dass es nie wieder zu einem Zwischenfall kommen würde, bei dem sie Schaden nehmen könnte.

Da hatte ihm Dr. Marion diesen Besuch beim Boston Vet Center verschrieben. Wo invalide Veteranen hingingen, um an Gruppentherapien, Maßnahmen zur Wiedereingliederung ins Berufsleben oder meditativem Yoga teilzunehmen.

Wo Erik schweißnasse Hände bekam und seine Muskeln sich bis zum Zerreißen anspannten. Hier zu sein machte ihn höllisch nervös, und er kam sich wie ein komplettes Arschloch vor. Erik mochte mit keinem der Männer hier gedient haben, trotzdem gehörten sie alle zu derselben Bruderschaft, was bedeutete, dass er sich für jeden von ihnen, ohne zu zögern, eine Kugel einfangen würde. Warum also hatte er seine liebe Not damit, ihnen hier zu begegnen?

Weil du Angst davor hast, ihnen in die Augen zu schauen und dich selbst darin zu erkennen. Einen gebrochenen, verlebten Soldaten, der niemandem mehr etwas nutzte.

»Lieutenant Grady?«

Erik stand auf und nahm die ausgestreckte Hand des Mannes entgegen, bei dem es sich um Cody Adams handeln musste. »Die Förmlichkeit ist unnötig. Meine Mutter besteht darauf, dass ich gelegentlich noch auf Erik höre.«

»Dann haben unsere Mütter sich wahrscheinlich gekannt«, sagte Cody mit einem strahlenden Lächeln. »Seit ich zur Army gegangen bin, legt sie gesteigerten Wert darauf, mich in mindestens jedem zweiten Satz ›Cody‹ zu nennen. Sie sagt, damit ich bescheiden bleibe und mich daran erinnere, dass unter dem harten Hund immer noch ihr kleiner Junge steckt.«

Erik spürte, wie seine Muskeln sich ein wenig entspannten, als er das Lächeln erwiderte. »Und, funktioniert es?«

»Zum Teufel ja, aber wenn sie das wüsste, würde sie mich

wohl dazu bringen, Kissen mit meinem Namen zu besticken. Dann wäre es vorbei mit dem harten Hund und seinen Eiern aus Stahl.« Cody zuckte dramatisch die Achseln.

Erik sagte amüsiert: »Ja, ich weiß, wie das läuft. Also, ich bleibe bei Cody, in der Hoffnung, dass Sie Ihre Eier behalten.«

»Das weiß ich zu schätzen, mein Freund. Aber«, sagte Cody dann und klopfte ihm auf die Schulter, »was halten Sie davon, wenn wir uns nun zu den anderen gesellen, die heute hier sind, und ein paar neue beste Freunde treffen?«

Cody hatte Sinn für Humor und einen scharfen Verstand, was Erik auf der Stelle gut gefiel. Seine entspannte Art half ihm, wenigstens ein bisschen runterzukommen. So wie der Kerl aussah, konnte er keinen Tag älter als fünfundzwanzig sein, was ihn in Eriks Augen mehr oder weniger zu einem Kind machte. Und der Umstand, dass er leicht einen Nebenjob als Model für Abercrombie & Fitch hätte finden können, erweckte den Eindruck, dass er selbst noch kein echtes Kampfgeschehen miterlebt hatte. Er war mehr der heitere, aufgeweckte Typ als ein Rambo, aber Erik nahm an, dass Kampferfahrung nicht zur Stellenbeschreibung gehörte, wenn man es mit Menschen zu tun hatte, die solche Erfahrungen am eigenen Leib gemacht hatten.

Erik holte tief Luft, die er in einem langen, stetigen Strom wieder entließ. »Gehen Sie vor.«

In den darauf folgenden Stunden stellte Cody Erik fast einem Dutzend Männern und Frauen vor, die auf irgendeine Art versehrt aus dem Einsatz gekommen waren. Ein paar hatten Gliedmaßen verloren, einer sogar beidseitig, die meisten jedoch litten an Schädel-Hirn-Traumata, ausgelöst durch Sprengfallen. Aber fast alle hatten auf die eine oder andere Weise eine Form von PTBS.

Hätte man sie gefragt, die meisten hätten wohl geantwortet,

ziemlich am Arsch zu sein. Sie hatten im Bruchteil einer Sekunde eine Entscheidung treffen müssen und sich falsch entschieden, und einen Augenblick später war ihnen alles um die Ohren geflogen und hatte ihr Universum auf eine einzige hässliche Wahrheit zusammenschrumpfen lassen: Sie hatten verloren.

Sie hatten die Möglichkeit verloren, ihre Kinder auf den Arm zu nehmen. Oder sogar die Fähigkeit eingebüßt, ohne eine verdammte Panikattacke etwas so Fundamentales wie einen Ausflug zum Lebensmittelgeschäft zu überstehen. (Denn was zum Henker spielte es für eine Rolle, ob sie sich für Lucky Charms oder Frosted Flakes entschieden, wo sie sowieso böse waren und anscheinend töten mussten?)

Von einer Sekunde auf die andere hatten sie sich von Elitesoldaten in problembeladene Zivilisten verwandelt. Ihre neue Realität bedeutete zu akzeptieren – genau genommen es wenigstens zu *versuchen* –, dass sie nie wieder so gut sein würden, wie sie es mal waren. Während sie früher täglich stundenlang den Kampf Mann gegen Mann oder auf dem Schießstand trainiert hatten, brachten sie ihre Zeit jetzt damit zu, sich mit dem Psychoscheiß nach dem Kampfeinsatz herumzuschlagen und die neuen Herausforderungen ihrer körperlichen Misere zu meistern.

Den Nachmittag mit den tapferen Veteranen im Zentrum zu verbringen, hatte Erik mit Demut erfüllt. Alle dort waren aus ihrem Leben gerissen worden, als sie in irgendeinem Höllenpfuhl kämpften, und hatten sich danach an ihren eigenen Haaren wieder herausgezogen, während sie lernen mussten, sich mit ihrem neuen Dasein abzufinden und als neue Menschen mit Behinderungen weiterzuleben. Und da stand er, mit sämtlichen Gliedmaßen ausgestattet, und antwortete auf ihr »Wieso bist du denn am Arsch?« mit seiner erbärmlichen Geschichte, wie er sich wegen eines Feuerwerks fast in die Hose gepisst hätte, um anschließend eine Solowiederaufführung seines letzten Gefechts im Irak hinzulegen. Er war sich im Vergleich zu den anderen wie ein Baby vorgekommen und hatte sich gefragt, warum zum Teufel er sich solche Sorgen wegen Olivia machte.

Aber dann erinnerte er sich daran, wie verdammt real ihm sein Flashback vorgekommen war. Dass er nicht die geringste Ahnung gehabt hatte, in Wahrheit im Haus der Eltern seiner Freundin auf dem Küchenfußboden zu kauern, wo die einzige echte Bedrohung die überall verstreuten Glasscherben und der verschüttete Wein waren. Dass er die Wirklichkeit sogar noch drastischer hätte verkennen und Olivia für einen Feind hätte halten und ihr ernsthaft hätte wehtun können. Oder Schlimmeres.

Ja, er war echt am Arsch, vielen Dank auch.

»Und wie ist es so, Feuerwehrmann zu sein?«, wollte Cody auf dem Weg zu seinem Büro wissen.

»Im Grunde so ähnlich wie beim Militär«, antwortete er wegwerfend. »Man arbeitet ständig unter Hochdruck. Entweder man ist mitten im Getümmel, bereitet sich im Training darauf vor oder sitzt rum und wartet auf den nächsten Einsatz.«

Cody grinste. »Dann geht es also gar nicht nur um Katzen auf Bäumen oder Fotoshootings für Kalender?«

Erik lachte. »Ich bin tatsächlich schon ein paarmal wegen einer Katze rausgerufen worden, aber bevor ich für so einen Kalender unterschreibe, gibt es einen Temperatursturz in der Hölle.«

»Vorsicht, am Ende zwingt der Bürgermeister Sie noch dazu, um das Image der Feuerwehr aufzupolieren. Wie der Typ in Chicago. Haben Sie davon gehört?«

»Luke Almeida? Ja, die Story hat sich verbreitet wie ein Lauffeuer. Der Chef hat sie uns als schlechtes Beispiel vorgehalten, falls wir den BFD jemals in ein schlechtes Licht rücken sollten. Wie ich gehört habe, hat sein Bruder jeden Augenblick genossen, aber Luke hat es gehasst. Armes Schwein.«

Cody blieb vor einem Getränkeautomaten stehen und fischte ein paar Münzen aus seiner Brieftasche. Kurz darauf gingen sie beide mit einer Flasche Wasser in der Hand weiter. »Ja, nach dem, was ich gehört habe«, nahm Cody den Gesprächsfaden wieder auf, »hat das *arme Schwein* am Ende seine Traumfrau abgekriegt und damit bewiesen, dass die Liebe wirklich alles überwindet.«

Der Junge sagte das mit einem Anflug von Humor, doch ein Blick in seine Richtung genügte Erik, um festzustellen, dass er nicht im Mindesten sarkastisch war. »Sprechen Sie aus persönlicher Erfahrung?«

»Absolut«, gab Cody, ohne zu zögern, zurück. »Die Liebe ist die einzige Macht, die die Kriegsdämonen, mit denen Sie und ich leben, überwinden kann. Na ja, die Liebe und regelmäßige Ausflüge zum Schießstand, oder?«

Erik stolperte über Codys erste Bemerkung und blieb stehen. »Sie waren im Einsatz?«

Erik sah sich den Mann noch einmal genauer an. Das blaue Oxfordhemd mit den aufgerollten Ärmeln hatte er ordentlich in die dunkle Jeanshose gesteckt, die an den Oberschenkeln nicht von jahrelangem Gebrauch, sondern von einem Motorrad abgewetzt war, dazu trug er ein permanentes Grinsen zur Schau. Wenn er wirklich im Übersee-Einsatz gewesen war, dann vermutlich als Fobbit – ein Soldat, der das Schlachtfeld jenseits des Stacheldrahts der Forward Operating Base nie zu sehen bekam. Was nicht heißen sollte, dass Erik sich Soldaten, die nicht mit der Infanterie kämpften, überlegen fühlte, aber außerhalb der sicheren Etappe der FOB flog einem doch eine ganz andere Art von Scheiße um die Ohren.

»Verstehen Sie mich nicht falsch, Cody, aber so am Arsch wirken Sie gar nicht.«

»Das liegt bloß daran, dass Sie die Hardware noch nicht gesehen haben«, sagte er und bückte sich, um seine Hosenbeine hochzuschieben. »Die reichen bis zur Mitte der Oberschenkel oder jedenfalls bis dahin, wo mal meine Oberschenkel waren.«

Himmel und Hölle. Cody fehlten beide Beine, ersetzt waren sie durch Prothesen, die in seinen Stiefeln verschwanden. »Was ist passiert?«

»Afghanistan 2011. Wir waren auf dem Weg zur FOB Joyce in Kunar, als unser Vogel mit einer Panzerfaust und leichteren Waffen beschossen wurde. Als der Chinook im Zickzack runterging, bin ich rausgefallen und drei Stockwerke abgestürzt, ein Toyota voller Hadschis war so freundlich, meinen Sturz abzufangen. Unglücklicherweise hat mir das auch die Beine und das Rückgrat gebrochen. Daran kann ich mich noch erinnern, an die Granate, die mich zerfetzt hat, als man mich da rausgeholt hat, allerdings nicht mehr. Da danach nicht mehr viel von meinen Beinen übrig war, hatte sich das Problem mit den Beinbrüchen damit erledigt.«

Erik rieb sich den vor Scham brennenden Nacken. »Jesus, Mann, ich hatte ja keine Ahnung. Dass ich gesagt habe, Sie wären gar nicht so im Arsch, war echt beschissen von mir. Es tut mir leid.«

Cody öffnete lächelnd die Tür, ließ Erik ein und schloss sie hinter sich. »Machen Sie sich deshalb keinen Kopf. Mache ich selbst ja auch nicht mehr.«

»Wie?« Die Frage war kaum heraus, da hätte er sie am liebsten zurückgenommen. Plötzlich kam er sich bei jedem weiteren Wort noch mehr wie ein Arsch vor.

»Verstehen Sie mich nicht falsch, ich war nicht immer so ausgeglichen und gut aussehend. Obwohl, das stimmt so nicht«, sagte er, als er auf einem der zwei Gästestühle vor dem Schreibtisch Platz nahm, »ich habe schon immer so gut ausgesehen.«

Dankbar für den Anstand und den Humor des Mannes, ließ sich Erik glucksend auf dem anderen Stuhl nieder. »Ich müsste Sie mit meinem Kumpel Smoke bekannt machen. Ihr beide könnt euch dann über eure angeborene Bescheidenheit austauschen und miteinander wetteifern, wer an einem Abend den meisten Damen ihre Telefonnummern abschwatzt.«

»Hört sich an, als wäre er mein Mann, aber die Zeit des Nummernsammelns ist für mich vorbei.«

Erik warf einen Blick auf Codys linke Hand. »Noch kein Ring?«

»Das wird sich bald ändern.« Cody drehte ein gerahmtes Bild auf seinem Schreibtisch um, bei dem es sich um das Verlobungsfoto des glücklichen Paares zu handeln schien, auf dem die Frau ihren Ring deutlich sichtbar in die Kamera hielt. »Wir heiraten in ein paar Monaten.«

»Herzlichen Glückwunsch, Mann, das ist ja fantastisch.«

»Danke«, sagte er und stellte das Bild an seinen Platz zurück. »Und Sie?«

»Was ist mit mir?«

»Gibt es jemand Besonderen? Ich meine, in Ihrem Alter haben Sie Ihre besten Jahre ja schon hinter sich, da sollten Sie nicht zu lange warten, um irgendwas unter Dach und Fach zu bringen, wenn Sie wissen, was ich meine?«

Erik versuchte, sein Lächeln hinter der Hand zu verbergen, mit der er sich durch den Bartwuchs am Kinn fuhr, aber es hatte keinen Sinn. Der Junge hatte nicht vor, ihn ernst zu nehmen, nicht mal dann, wenn es ihm gelänge, verschnupft zu wirken.

»Ja, schon gut, Sie Klugscheißer. Das habe ich wohl verdient.« Als ihr einträchtiges Lachen verklang, zog Cody erwartungsvoll eine Augenbraue hoch. Fuck, an Olivia zu denken brachte ihn echt um. Erik räusperte sich, rutschte auf seinem Stuhl herum und sagte schließlich: »Ja, es gibt jemanden, aber wir können momentan nicht zusammen sein, und ich weiß nicht, ob sie noch für mich da ist, wenn – *falls* – es mal so weit kommt.«

»Was hindert Sie denn?«

Erik zog ungläubig die Stirn kraus. »Ich habe Ihnen und den anderen doch von meinem Ausraster erzählt. Das ist bei den Eltern meiner *Freundin* passiert, Alter.« Cody schaute weiter unbeeindruckt. Kein Aha-Erlebnis dämmerte am Horizont, worauf Erik spürte, dass sein Blut in Wallung geriet. »Ich habe sie verdammt noch mal in den Flashback mit hineingezogen. *Buchstäblich*. Und in der Nacht darauf hatte ich einen Albtraum und wurde erst wach, als ich schon auf sie losgehen wollte.«

»Und?« Endlich trat Verständnis in Codys Blick. »Ah, ja, Mist, sie hat Sie verlassen.«

»Was? Nein, Mann, Sie verstehen nicht«, knirschte Erik durch zusammengebissene Zähne, als er aufsprang und wie ein im Zoo gefangenes Tier auf und ab zu tigern begann. »Sie war gegen die Trennung, aber ich war vollkommen neben der Spur. Sie ist bei mir nicht sicher, solange ich keinen klaren Kopf habe und nicht dafür garantieren kann, keine Bedrohung für sie zu sein.«

»Langsam, Mann«, sagte Cody und hob beschwichtigend die Hände.

Da ihm das Hin und Her auch nichts brachte, blieb Erik stehen und sah den Mann an, der sich ebenfalls erhoben hatte. Er stieß einen Schwall Luft aus, fuhr sich ein paarmal mit der Hand über die Augen und sank auf den Stuhl zurück. Erik fühlte sich geistig erschöpft und körperlich überreizt. Keine gute Kombi. Am liebsten wäre er zu Olivia gefahren und hätte sich in ihren Armen verloren. Sie über seine blöden Witze lachen hören und sie löffelweise mit Eiscreme zu füttern, während sie sich ihre kitschige Superheldenserie ansahen, deren Hauptfigur mit nacktem Oberkörper trainierte, als wollte er sich für die Olympiade qualifizieren.

Stattdessen stand ihm eine weitere einsame Nacht in seiner Wohnung bevor. Einfach fantastisch.

Cody setzte sich wieder und beugte sich mit auf die Stuhllehnen gestützten Armen vor. »Schauen Sie, Erik«, sagte er entschieden ernster, »Scherz beiseite, ich weiß, wovon Sie reden. Ich habe nach dem Absturz dasselbe gedacht. Sie wollen darüber reden, wie es ist, sich total im Arsch zu fühlen? Stellen Sie sich vor, Sie wachen auf und Ihre Beine tun Ihnen dermaßen weh, dass Sie sich am liebsten übergeben würden, doch dann stellen Sie fest, dass Sie gar keine Beine mehr haben. Und statt in Ihrem Zelt in einem Feldlazarett wach geworden sind.« Codys Worte trafen Erik wie .30-Millimeter-Allzweckgranaten eine Schutzweste. Er konnte nur erahnen, was es hieß, in so einem Lazarett wieder zu sich zu kommen. Zwei seiner Männer, seiner Waffenbrüder, hatten ihr Leben in jenem Gefecht gelassen, das schneller aus dem Ruder gelaufen war, als er blinzeln konnte. Er kannte auch Soldaten aus anderen Einheiten, die nicht zurückgekommen waren. Aber, kaum zu glauben, er war bisher niemandem begegnet, der durch im Kampf erlittene Verletzungen verkrüppelt worden war – wenigstens nicht so gravierend wie Cody oder die anderen Veteranen, die er hier im Zentrum getroffen hatte.

»Zusätzlich zu den offensichtlichen körperlichen Problemen, habe ich den üblichen Psychokram wie Angstzustände, Albträume und den ganzen Scheiß durchgemacht. Als ich in den Staaten ankam, hatte ich längst beschlossen, dass Jenna und ich uns trennen würden. Ich wollte sie nicht für den Rest ihres Lebens an einen halben Mann ketten. Dafür liebte ich sie viel zu sehr.«

Erik wurde ungehalten, als er das hörte. Es kotzte ihn an, dass ein Mann, der seinem Land gedient und in Ausübung seines Dienstes verwundet worden war – ein Mann, den Erik achtete und, obwohl er ihn erst seit ein paar Stunden kannte, sehr mochte – sich für *unvollständig* hielt, bloß weil er seine Beine verloren und danach einen verständlichen Knacks weghatte.

»Das ist doch Blödsinn, Adams, sehen Sie sich an«, sagte Erik und deutete auf den Jungen. »Sie sind besser beieinander als eine Menge Zivilisten, die ich kenne.«

Cody lächelte. »Ja, weil Sie das Ergebnis von Jennas harter Arbeit vor sich sehen. Ohne ihre Liebe und ihre Unterstützung hätte ich es im Leben nicht so weit gebracht – wenigstens nicht in so kurzer Zeit.« Er lehnte sich zurück, drehte das Foto in seine Richtung und betrachtete die zweidimensionale Abbildung seiner Verlobten mit einer Ehrerbietung, die Erik bei kampferprobten Soldaten nur selten erlebt hatte. »Sie wollte mich nicht verlassen, Bro. Obwohl ich ein elender Bastard war und alles darangesetzt habe, um sie wegzustoßen. Doch sie tauchte einfach weiter im Krankenhaus auf und half mir bei der Physiotherapie. Sie sagte, da sie mich sowieso heiraten würde, ob es mir gefalle oder nicht, könnte ich auch gleich aufhören, mich so ekelhaft aufzuführen.«

»Hört sich an, als hätten Sie eine echt tolle Frau.«

»Als ob ich das nicht wüsste. Sie müssen sie kennenlernen. Sie kommt oft hierher, schaut einfach rein und steht jedem, der sich hängen lässt, als emotionaler Drill Sergeant zur Verfügung. Und wenn Sie Ihren Kopf nicht aus dem Arsch ziehen, hetze ich sie Ihnen auch mal auf den Hals.«

»Mein Kopf steckt nicht in meinem Arsch.« Das war eine Lüge. Daran hatte Cody nicht den geringsten Zweifel gelassen. Erik war bloß noch nicht bereit, das auch zuzugeben.

»Schauen Sie, alles cool. Sie brauchen einfach Zeit, um alles zu verarbeiten und so«, sagte der Junge und stand auf. »Lassen Sie sich nur nicht zu viel Zeit. Wie Sie schon sagten, vielleicht ist sie, bis Sie sich über alles klar geworden sind, nicht mehr da. Und da sie damals noch nicht abgehauen ist, als Sie sie in ihrer Küche in Ihr Kriegsspiel mit hineingezogen haben, ist sie es bestimmt wert, an ihr festzuhalten.«

Cody hielt ihm die Tür auf, und sie kamen überein, sich in ein paar Tagen wieder zu treffen, dann schüttelte Erik ihm die Hand und trat auf den Flur hinaus. Ehe er in den Gang zur Empfangshalle einbog, rief Cody ihm von seiner Tür aus noch einen letzten guten Rat hinterher: »Ich verstehe, dass Sie befürchten, alles noch schlimmer zu machen, aber, glauben Sie mir, sie ist um einiges stärker, als Sie es ihr zutrauen.«

Erik nickte ihm dankbar zu, bog um die Ecke und fragte sich, wie ein Junge es schaffte, ihn besser zu verstehen als er sich selbst. Es war höchste Zeit, daran etwas zu ändern.

19

Du schuldest mir noch eine dritte Verabredung, Schönste.

Damit hatte die SMS-Konversation begonnen, in deren Verlauf Erik sie gefragt hatte, ob sie etwas mit ihm trinken gehen wollte. Seitdem er darauf beharrt hatte, dass sie nicht zusammen sein konnten, waren zwei Monate vergangen. Damit sie ihm nicht begegnete, hatte sie an den Tagen, an denen er in die Sprechstunde ihres Onkels kam, von zu Hause aus gearbeitet. Es hatte nur vier Wochen gedauert, ehe sie nicht mehr herauszubekommen versuchte, wie es ihm ging, und nicht lange danach hatte sie endlich ins Bett gehen können, ohne stundenlang zu heulen oder wach zu liegen und an ihn zu denken. Ein Hoch auf den Fortschritt.

Seine SMS jedoch hatte sie emotional wieder abstürzen lassen. Dabei hatte sie geglaubt, ihre Gefühle für ihn unter Kontrolle zu haben, doch die acht kargen Worte auf ihrem Handy machten ihr klar, wie sehr sie ihn immer noch vermisste. Seinen Sarkasmus, seine Neckereien, seine Fürsorglichkeit, seine Intensität.

Alles an Lieutenant Erik »Wolf« Grady – sein Aussehen, sein Verhalten, seine Loyalität, selbst seine Liebe – vibrierte mit einer Intensität, die sie von innen heraus mit Energie versorgte. Bevor sie ihm begegnet war, hatte sie ihr Leben für absolut okay gehalten, sogar für besser als durchschnittlich und überaus erfreulich. Doch inzwischen wusste sie, dass sie stattdessen auch langweilig, nichtssagend, unzulänglich hätte sagen oder einen ganzen Schwung gleichbedeutender Attribute hätte verwenden können, wenn ihr ein Thesaurus zur Verfügung gestanden hätte.

In Anbetracht der jüngsten Offenbarungen war es kein Wunder, dass Olivia die Gelegenheit zu einer weiteren Verabredung mit Erik am liebsten sofort beim Schopf ergriffen hätte, auch wenn er kein Wort darüber verloren hatte, wie genau diese »Verabredung« beschaffen sein sollte. Streng platonisch? Vielleicht fühlte er sich wegen des Endes schuldig und wollte deshalb mit ihr nur befreundet sein. Oder er wollte irgendwelche zwölf Schritte durchlaufen und sich bei jedem um Wiedergutmachung bemühen, dem er mal Unrecht getan hatte.

Olivia seufzte. Vielleicht dachte sie zu viel nach und sollte die Dinge besser so nehmen, wie sie kamen. Immerhin würde die Möglichkeit, ein paar Stunden in seiner Gesellschaft zuzubringen, wohl ein wenig den permanenten Schmerz lindern, der sich in ihrer Brust eingegraben hatte. Andererseits müsste sie am Ende des Abends zurück auf Los und würde ihn erneut derart verzweifelt vermissen, dass es jeder Vernunft widersprach. Aber egal. Sie hatte nicht die Kraft, sich von ihm fernzuhalten, sobald er ihr einen Wink gab.

Die Frage war vielmehr, ob sie die Kraft hatte, zum richtigen Zeitpunkt zu gehen. Denn sie mochte sich noch so sehr danach sehnen, mit Erik zusammen zu sein – zu einer Beziehung, die er jedes Mal aufgeben wollte, sobald es mal holprig wurde, war sie andererseits auch nicht bereit. Dazu liebte sie ihn viel zu sehr.

»Wir sind da«, riss der Fahrer Olivia aus ihren Gedanken. Erik hatte sie angewiesen, sich was Schönes anzuziehen, und sie von einem Mietwagen abholen lassen. Sie hatte angenommen, ihr Fahrziel wäre ein nettes Restaurant oder eine exklusive Bar – vielleicht sogar der Phoenix Club, wo sie sich zum ersten Mal begegnet waren. Aber sie hatte ganz sicher nicht damit gerechnet, vor Eriks Wohnung abgesetzt zu werden.

»Steigen Sie jetzt aus oder nicht, junge Frau? Ich hab nicht den ganzen Tag Zeit.«

Sie zwang ihre widerstrebenden Muskeln, die notwendigen Bewegungen auszuführen, dankte ihm stammelnd und stieg aus dem Wagen. Als er losfuhr, gab es einen Luftzug, der den hauchdünnen Rock ihres knielangen hellblauen Kleides hob. Sie fröstelte plötzlich, obwohl die Spätnachmittagssonne ihre nackten Schultern wärmte.

Olivia starrte noch verzagt auf die Tür, als sie auch schon aufging und Erik herauskam. Erik Grady war immer schon der attraktivste Mann gewesen, der ihr jemals über den Weg gelaufen war. Doch der dunkelgraue Anzug, den er heute trug, betonte seine Attraktivität ungemein. Sie hatte keine Ahnung von Männermode – ob der Anzug von der Stange kam oder von einem schicken Modedesigner –, aber er wirkte, als wäre er Erik auf den athletischen Leib geschneidert worden. Der Stoff lag an den kräftigen Schultern und der breiten Brust eng an und verjüngte sich dann um die schlanke Taille.

Als Olivia den frischen Stoppelschnitt erkannte, juckte es sie in den Fingern, über die Borsten zu streichen, um ihn zufrieden schnurren zu hören und seine Augenlider auf Halbmast senken zu sehen. Der Bartschatten, der sein Kinn bereits verdunkelte, verriet das wilde Tier, das dicht unter der Oberfläche des stoischen Gentleman lauerte. Das wilde Tier, das einen Appetit und eine Leidenschaft in ihr weckte, die sie nie zuvor erlebt hatte.

Olivia schluckte hilflos gegen ihre trockene Kehle an. Ein paar Sekunden genügten, und er verschlug ihr den Atem. Sein freundliches Lächeln erstarb bereits im Ansatz, als sein Blick langsam und sinnlich über ihren Körper strich.

Sie spürte, wie Röte ihre Wangen färbte, die bestimmt auch ihren Hals und ihre Brust erfasste, als er sich ihr näherte und den letzten Rest der Distanz aufzehrte, die er Wochen zuvor zwischen ihnen geschaffen hatte. So wie sie ihn kannte, hatte sie halb damit gerechnet, dass er sie packen und um den Verstand küssen würde, ob sie nun noch zusammen waren oder nicht. Und tatsächlich sah er sie an, als wollte er sie auf der Stelle verschlingen, doch dann bewies er Zurückhaltung, blieb einen ganzen Schritt vor ihr stehen und ließ die Fäuste tatenlos an den Seiten herabhängen.

»Olivia …« Ihr Name klang rau, als habe man ihn seinen Lippen unter Folter entrissen, und traf sie auf eine Weise, für die ihr die Worte fehlten. »Himmel, du bist ja noch schöner, als ich dich in Erinnerung hatte.«

Er hob eine Hand, als wolle er ihr Gesicht berühren oder ihr, wie er es so oft getan hatte, eine Haarsträhne hinters Ohr schieben – ihr stockte angesichts der fast elektrischen emotionalen Spannung zwischen ihnen der Atem –, doch dann stutzte er und ließ die Hand wieder sinken. Sie konnte sich nicht erinnern, Erik jemals so zögerlich und unsicher erlebt zu haben. Was ihr vermutlich ebenso fremd anmutete, wie es sich für ihn anfühlte.

Dann räusperte er sich und schenkte ihr ein freundliches, wenngleich ein wenig gezwungenes Grinsen. »Ich freue mich so, dich zu sehen. Dann komm, ich denke, wir können beide etwas zu trinken vertragen.«

Erik hatte sich so sehr zusammenreißen müssen, Olivia nicht in dem Moment, als er sie wiedersah, in seine Arme zu schließen. Sich ihrer weichen Lippen zu bemächtigen und sie mit Küssen zu bestürmen, bis ihre Lungen nach Luft japsten.

Aber er konnte nicht. Noch nicht.

Fuck. Unsicherheit war nicht gerade vertrautes Terrain für ihn. Man konnte ihn jeden Tag mit schwerbewaffneten Aufständischen oder einem in Flammen stehenden Gebäude konfrontieren. Doch als er sie nun in seine Wohnung bat, vernichtete der Gedanke, er könnte von der Frau, ohne die er nicht mehr leben konnte, ein für alle Mal zurückgewiesen werden, sein Nervenkostüm schneller als ein Funkenüberschlag bei einem Einsatz der Kategorie fünf.

»Möchtest du ein Glas Wein?«, fragte er, als er die Schlüssel auf die Anrichte warf. Als sie auf dem Weg ins Wohnzimmer an ihm vorbeiging, hüllte ihn ihr Duft ein. Er musste sich auf das Äußerste beherrschen, um sie nicht einfach hochzuheben, sein Gesicht in ihrer Halsbeuge zu bergen und seine Lungen für den Fall, dass der Abend nicht so lief, wie er hoffte, auf Vorrat vollzupumpen.

»Ja, das wäre lieb, danke«, antwortete sie nervös lächelnd.

Gott, wie er diese unbehagliche Spannung zwischen ihnen hasste, die durch den Umstand, dass alles seine Schuld war, nur noch unangenehmer wurde. Doch nun wollte er alles in seiner Macht Stehende tun, um seinen Fehler wiedergutzumachen. Seit dem Besuch im Veteranenzentrum vor ein paar Wochen hatte er sich gründlich selbst erforscht. Von Cody zu hören, wie sehr ihm seine Verlobte geholfen hatte, wieder gesund zu werden, – und mehr noch, dass er ihr in keinster Weise schadete –, hatte ihn in der Hoffnung bestärkt, dass er und Olivia als Paar ebenso erfolgreich sein könnten.

Als sie beide ein Getränk in der Hand hatten, geleitete Erik sie auf den Balkon hinaus. Die Luft war mild, die Nacht still und friedlich. Er hoffte, das blieb auch so. Olivia trat ans Geländer und trank einen Schluck Wein, dann richtete sie einen Blick auf ihn, in dem mehr Fragen als Antworten lagen. Nun war sein Moment gekommen.

»Zuerst einmal will ich mich bei dir entschuldigen.« Olivia, ganz die mitfühlende, fürsorgliche Frau, blickte sanfter. »Ich hätte natürlich bleiben und mich mit dir aussprechen müssen. Oder doch wenigstens erst mal abwarten, was der Major dazu zu sagen haben würde, anstatt voreilige Schlüsse zu ziehen.«

»Aber dir ist schon klar, dass ich, wenn es um Rat und Tat bei PTBS geht, genauso qualifiziert bin wie mein Onkel, oder?«

Er nickte. »Sicher, aber nach meinem Verständnis warst du einfach zu nah dran. Dein Verstand wäre wahrscheinlich von deinen Gefühlen für mich vernebelt gewesen. Aber selbst wenn nicht, war ich *vollkommen davon überzeugt*, dass es lediglich eine Frage der Zeit wäre, bis ich dir ernstlich wehtun würde.« Sie senkte den Blick, anscheinend interessierte sie sich plötzlich ausgiebig für ihren Wein. »Ich habe allerdings nicht bedacht«, fuhr er mit leiser Stimme fort, »dass es womöglich genauso schlimm, wenn nicht schlimmer sein könnte, deine Gefühle zu verletzen.«

Sie hob den Blick und fragte: »Und was hat sich geändert?«

»Ich«, lautete die schlichte Antwort. »Mir war klar, ich würde tief in mich gehen und hart daran arbeiten müssen, wie ich die Dinge sehe und wie ich dann darauf reagiere. In der Nacht habe ich echt armselig reagiert, und ich kann dir nicht sagen, wie verdammt leid mir das tut, aber an der Vergangenheit kann ich nichts mehr ändern, ich kann nur versuchen, es in Zukunft besser zu machen.«

Tränen traten ihr in die Augen, doch sie blinzelte erfolgreich dagegen an. Seine Livvie war so stark, und das war es, was er, verdammt noch mal, mehr als alles andere an ihr bewunderte. »Und woher soll ich wissen, dass du nicht wieder ganz genauso reagierst, wenn dich wieder irgendwas auf die Palme bringt? Denn ich werde das nicht noch einmal durchmachen«, sagte sie geradeheraus. »Ich bin schon mal durch die Hölle gegangen, einen geliebten Mann zu verlieren. Aber dafür konnte niemand etwas, keiner von uns hätte irgendwas daran ändern können. Aber du hast mich absichtlich zurückgewiesen, was umso mehr wehgetan hat.«

Jesus, hätte er ein noch größeres Arschloch sein können? An den Tod ihres Mannes hatte er keinen Augenblick gedacht. Er war so auf sich selbst und darauf fixiert gewesen, zu ihrem vermeintlich Besten zu handeln, dass er überhaupt nicht auf die Idee gekommen war, auch mal daran zu denken, was es für sie bedeutete, von einem weiteren Mann verlassen zu werden.

Außerdem war er ein verdammter Feuerwehrmann. Ein Mann, dessen Risiko, nach einem Einsatz nicht mehr lebend nach Hause zu kommen, außerordentlich hoch war. Und wenn er erst mal wieder diensttauglich war, würde die Wahrscheinlichkeit, sie zur Witwe zu machen, sich noch mal verdoppeln. Zu behaupten, dass diese Vorstellung ihn beunruhigte, war die Untertreibung des Jahrhunderts. Aber damit musste er sich ein anderes Mal befassen. Denn wenn er sie jetzt nicht dazu bewegte, alles auf Anfang zu setzen, wäre das nur mehr eine müßige Überlegung.

Erik trat näher, überwand die drei Schritte zwischen ihnen, die ihm eher drei Meilen zu sein schienen, und ließ die Hüllen fallen. Er blickte in ihre unsagbar tiefen haselnussbraunen Augen und entledigte sich der letzten Barriere, die der Soldat in ihm wie eine Schutzweste für sein Herz zwischen ihnen errichtet hatte. In seinem Leben war nun kein Platz mehr dafür. Nicht, wenn er Olivia wollte. Und er hatte noch nichts so verzweifelt gewollt wie sie und ihre Liebe.

»Ich habe jahrelang trainiert, anderen nur meine Stärke zu zeigen und Schwächen, die mich verwundbar machen und meine Leute an meinen Führungsqualitäten zweifeln lassen würden, zu verbergen«, begann er. »Dabei war es der größte Fehler, den ich machen konnte, *deine* Stärke zu unterschätzen.

Es tut mir so leid, aber ich schwöre dir, das ist ein Fehler, den ich niemals wieder machen werde.«

Sie zog ihre Unterlippe zwischen die Zähne und neigte den Kopf ein wenig zur Seite. »Dann reden wir von jetzt an miteinander? Und legen unsere Vergangenheit, Gegenwart sowie sämtliche zukünftigen Sorgen und Pläne voreinander offen?«

»Voll und ganz. Bitte, Livvie«, sagte er, indem er mit dem Daumen über ihre Wange strich, »hör auf dein Herz, und vertrau mir noch einmal.«

Olivia hielt seine Hand und drückte ihm einen Kuss in die Handfläche. »Ich vertraue dir.«

Es kam einem Wunder gleich, dass Eriks Knie nicht nachgaben, so rapide fühlte er sich von Erleichterung durchströmt. Er stellte ihre Gläser ab, hob sie hoch und trug sie in sein Schlafzimmer, wo er jede Faser seines Herzens mit ihrem vereinte, bis es fast an der Zeit war, dass die Sonne aufging.

20

»Erzählst du mir von dem Tag?«, fragte sie mit schlaftrunken rauer Stimme.

Erik starrte an die Decke, während er mit den Fingerspitzen durch ihr langes Haar fuhr und sie sich an ihn schmiegte. Er hatte keine Ahnung, wie spät es war, tippte aber auf ungefähr neun. Sie hatten sich fast die ganze Nacht geliebt, langsam, leidenschaftlich, waren sich dabei auf eine Weise nähergekommen, wie er nicht zu hoffen gewagt hätte, und schließlich eng umschlungen eingeschlafen. Jetzt war er schon ein paar Stunden wach, lag da und dachte über sein Leben nach und was es bedeutete, es mit dieser unglaublichen Frau zu teilen.

Vor dem gestrigen Tag hatte er geglaubt, das Universum habe ihm Olivia gerade mal so lange geschenkt, dass nun sein Lebensglück von ihr abhing, um sie ihm dann wie einen großen, karmischen Scherz wieder wegzunehmen. Und er hätte nicht mal Einwände dagegen erhoben, dass er diese Art von Leid verdiente. Stattdessen hätte er sich gezwungen, sie loszulassen, denn ganz gleich, wie sehr er sie brauchte, ihre Sicherheit und ihr Wohlergehen kamen stets an erster Stelle.

Nun jedoch sah er das Universum in einem ganz anderen Licht. Das Unmögliche schien plötzlich verdammt möglich, sogar *wahrscheinlich*, und das war einfach wundervoll. Er wusste inzwischen ohne jeden Zweifel, dass sie die *Richtige* für ihn war, was bedeutete, dass er sich vor ihr entblößen musste und ihr den Scheiß nicht länger vorenthalten durfte, den er ihr lieber erspart hätte.

»Wir steckten seit zwei Tagen in einer Sechs-Stunden-Operation fest, die Jungs und ich standen in der Nähe von Basra vor dem Zugriff auf einen hochrangigen Extremisten. Der Bastard ging uns immer wieder durch die Lappen, doch dann hatten wir Glück und konnten einer einheimischen Quelle wichtige Informationen über den Aufenthaltsort entlocken, also rückten wir aus. Als wir das Kraftwerk erreichten, setzten wir einen Funkspruch ab, um unsere Position durchzugeben, doch die Funkgeräte funktionierten nicht, weil es durch die Elektrizität dort zu Interferenzen kam. Normalerweise hätten wir abgebrochen, ohne Meldung machen zu können, andererseits konnte das die einzige Chance sein, den Kerl zu kriegen, die einzige Chance, das Chaos und den Horror zu beenden, den er über sein eigenes und mein Volk gebracht hatte.«

Erik machte eine kurze Pause und atmete einmal tief durch, bevor er fortfuhr. »Also gab ich grünes Licht, und wir stürmten die Anlage. Einmal hart anklopfen genügte, und wir fanden verflucht schnell raus, was Schmerz bedeutete. Der Eingang war mit Sprengstoff versiegelt. Die Tür flog auf, und das Vorauskommando verschwand in einem Orkan aus Feuer, Qualm und Stahl. Scheiße, Smoke kann von Glück sagen, dass sein Nachtsichtgerät kurz vor der Detonation ausfiel und er ein Stück zurückgefallen war, um den Schaden zu beheben. Wenn nicht, müsste er heute Schlimmeres verstecken als seine Brandnarben.

Aber wir sind Army Rangers, und Rangers geben nicht so schnell auf, also ließen wir uns durch das Debakel des Vorauskommandos nicht davon abhalten, mit aller Macht weiter vorzupreschen. Wir drangen also in das Drecksloch vor. Und was meinst du wohl, was wir gefunden haben? Rein gar nichts.«

»Willst du damit sagen«, fragte sie vorsichtig, »dass der Typ nicht da war?«

Erik schüttelte den Kopf, auch jetzt noch immer fassungslos. »Der Tipp war scheiße. Die Info war fehlgeleitet. Die Quelle fingiert. Ich habe wegen einer Fehlinformation und einer noch falscheren Entscheidung zwei Männer – zwei *Brüder* – verloren. Ich bin schuld daran, dass Smoke so ist, wie er ist, und es ist auch meine Schuld, dass Harley und Jazz an dem Tag ihr Leben verloren und ihre Familien zurückgelassen haben. Ich hab den Sprengsatz vielleicht nicht selbst gezündet, trotzdem sind sie nach einem direkten Befehl von mir gestorben, was genauso übel ist, wenn nicht sogar noch übler«, sagte er.

»Deshalb habe ich nach der Explosion in dem Kraftwerk mein Urteilsvermögen angezweifelt. Ich musste daran denken, dass ich meine Leute als ihr Lieutenant, Anführer und Freund im Stich gelassen hatte. Ich musste die Entscheidung treffen, und ich traf sie, und obwohl die Lage ein paar Männern nicht ganz geheuer war, sind sie mir gefolgt. Meine Entscheidung hatte den Tod zweier meiner Männer zur Folge, weitere wurden verwundet, und Smoke – tja, du hast ja mit eigenen Augen gesehen, womit er sich den Rest seines Lebens herumschlagen muss. Und das ist meine Schuld.«

»Gibt er dir denn die Schuld?«, fragte sie.

»Scheiße, nein, und manchmal denke ich, das ist schlimmer, als wenn er es täte.«

»Und würdest du ihm die Schuld daran geben, wenn die Rollen andersherum verteilt gewesen wären und du in Erfüllung deiner Pflicht verwundet worden wärst, als du deinem Freund und Vorgesetzten gefolgt bist?«

»Ich weiß, worauf du hinauswillst, aber das ist nicht dasselbe.«

Olivia stützte sich auf den Ellbogen und blickte auf ihn hinunter, ihre goldblonden Haare ergossen sich über ihre und seine Schulter. Er wartete darauf, dass sie ihm widersprach oder irgendetwas sagte, doch sie blickte ihn nur unverwandt an. Nicht anklagend, enttäuscht oder auch nur frustriert, sondern mit einem Ausdruck von Akzeptanz und Liebe … und sie sagte weiterhin kein Wort.

Ah, verdammt, sie wendete seine eigene Technik auf ihn an. Andererseits dachte er, dass Verhörspezialisten und Seelenklempner aus dem gleichen Holz geschnitzt waren. Beide brachten Menschen dazu, Dinge zu sagen, die sie nicht sagen wollten. Und er wollte verflucht sein, wenn sie diese Kunst nicht bestens beherrschte.

Er seufzte und sagte: »Okay, es ist dasselbe, aber deshalb kann ich es auch nicht leichter verdauen.«

»Vielleicht *noch* nicht. Lass dir Zeit.«

»Das ist jetzt schon Jahre her, aber ich bin trotzdem noch nicht sehr weit gekommen.«

»Weil du jetzt erst anfängst, dich damit auseinanderzusetzen. So wie du seit deiner Rückkehr mit deiner Schuld umgegangen bist, hätte es ebenso gut erst vor ein paar Monaten passiert sein können.« Olivia berührte sanft seine Wange und blickte ihm tief in die Augen. »Du bist ein starker, ehrbarer Mann. Es gibt nichts, das du für dein Land, deine Stadt oder deine Brüder nicht tun würdest. Weil du all das kennst und darauf vertraust. Das Einzige, worauf du momentan nicht vertraust, das sind deine Führungsqualitäten. Dabei hast du deine Leute seit Jahren ohne irgendeinen Zwischenfall geführt. Das sind buchstäblich Tausende von Einsätzen, aus denen du dich und deine Leute wohlbehalten zurückgebracht hast, oder wenigstens ohne tödliche Verletzungen. Das ist schon für sich alleine fantastisch, geschweige denn aus einem anderen Blickwinkel betrachtet: Meinst du, Dozer, Smoke, Bowie und Preacher sind irgendwie unterbelichtet oder lebensmüde?«

»Was? Ganz sicher nicht. Diese Jungs sind alle blitzgescheit.

Kann sein, sie sind Adrenalin-Junkies, aber das gilt ein Stück weit für jeden von uns, sonst hätten wir uns bestimmt nicht für diesen Beruf entschieden. Aber das heißt nicht, dass wir lebensmüde sind. Mal abgesehen von Bowie.« Als sie besorgt die Stirn krauszog, strich er die Falten, die dadurch auf ihren makellosen Zügen entstanden, mit dem Daumen wieder glatt. Dann sagte er kopfschüttelnd: »Entspann dich, Süße.«

Sie lächelte ihn matt an. »Entschuldige, die Macht der Gewohnheit. Okay, du stimmst mir also zu, dass deine Jungs sich niemals im Leben verpflichtet hätten, unter deiner Führung zu arbeiten, wenn sie die geringsten Zweifel an deinen Führungsqualitäten oder deiner Fähigkeit gehabt hätten, die richtigen Entscheidungen zu treffen. Dabei waren sie alle an dem Tag dabei, und wie du eben festgestellt hast, hat Smoke sogar bleibende Narben davongetragen. Wenn also irgendwer einen Grund gehabt hätte, an dir zu zweifeln, dann doch wohl sie. Doch trotzdem folgen sie dir immer und immer wieder, ohne zu zögern, in brennende Gebäude. Man beurteilt ein Herz nicht danach, wie sehr man liebt, sondern danach, wie sehr man von anderen geliebt wird.«

Mist. Er liebte und hasste gleichermaßen, wie überzeugend sie in diesem Moment sprach. Höchste Zeit, das Thema zu wechseln. »Cooler Spruch. Hast du dir den für deine Klienten ausgedacht?«

»Nee. Das ist ein Zitat aus *Der Zauberer von Oz*.«

»Hübsch.«

»Ja, aber treffend. Daran gemessen hast du ein echt gigantisches Herz.« Da er nicht wusste, was er noch sagen sollte, knurrte er lediglich. Er fühlte sich plötzlich unbehaglich und verletzlich. Woran er durchaus nicht gewöhnt war. »Du wirst wieder gesund, Lieutenant Erik Nathanial Grady. Versprochen.«

Nun sah Erik sich überraschenderweise von einem seltsamen Gefühl des Friedens und der Wahrhaftigkeit erfasst. Er hätte geschworen, dass sie bis in seine Seele mit all ihren Fehlern und Narben zu schauen vermochte, trotzdem sah er ehrfürchtig, wie die Andeutung eines Lächelns ihre Lippen schmückte. Sie hatte seine schlimmsten Seiten gesehen und wollte ihn trotzdem noch. Sie war ein Geschenk, ein Schatz, an dem er bis zu seinem letzten Atemzug festhalten wollte.

Er rollte sich über sie und sah ihr in die Augen. »Ich weiß nicht, womit ich dich verdient habe, aber ich habe vor, dich von nun an jeden Tag zu verdienen«, versprach er leise. »Ich liebe dich, Livvie. Verdammt, ich *liebe* dich mit allem, was ich habe und bin.«

Ihre Augen glänzten durch Tränen, die nun aus den Augenwinkeln über ihre Schläfen zu rinnen begannen. Nach einigen qualvollen Sekunden breitete sich auf ihrem Gesicht ein herrliches Lächeln aus. »Ich bin so verliebt in dich, dass ich manchmal denke, es verschlägt mir den Atem.«

Erik wollte es fast das Herz zerreißen. »Dann werde ich eben für uns beide atmen.«

Damit senkte er seinen Mund auf ihren und legte seine ganze leidenschaftliche Liebe in diesen Kuss. Heute fingen sie beide ganz von vorne an. Zu wissen, dass sie ihn liebte, ließ ihn über sich hinauswachsen. Es gab nichts, das er nicht hätte tun, nichts, das er nicht hätte vollbringen können, solange er diese Frau hatte.

Seine Livvie.

Epilog

»Wie kommt es eigentlich, dass Preacher, während ich weg war, ein noch schlechterer Koch geworden ist?«

Der fragliche Koch richtete einen Löffel voll Chili in seine Richtung, während er Erik mit der anderen Hand beiläufig den Stinkefinger zeigte. »Es zwingt dich ja keiner, es zu essen, Wolf. Du kannst dir auch gerne selbst was kochen.«

»Und mir den einzigen Grund entgehen lassen, dich zu verarschen?« Erik riss sich ein Stück Baguette ab und sprach mit vollem Mund weiter. »Keine Chance.«

Das Dutzend junger Kerle an dem langen Tisch stimmte in die auf Preacher gemünzten Beschwerden und Sticheleien ein, die unvermeidlich in allgemeines, wechselseitiges Frotzeln mündete.

Verflucht, wie hatte er das vermisst. Die Bruderschaft, der Esprit de Corps, ohne den er nicht mehr leben konnte, seit er zur Army gegangen war und erfahren hatte, was es bedeutete, zuverlässige Männer an seiner Seite und als Rückendeckung zu haben, die ihr Leben ebenso bereitwillig opfern würden wie er seines.

Etwas rührte sich warm hinter Eriks Augen, und er musste mehrmals heftig dagegen anblinzeln, während er in die rotbraune Pampe blickte, die Preacher Chili nannte. Marion hatte vor einer Woche endlich die Papiere unterzeichnet, die es ihm erlaubten, nach sechzehn langen Wochen in den aktiven Dienst zurückzukehren. Ohne Olivia wäre er schon nach einem Monat durchgedreht – wenn er überhaupt so lange durchgehalten hätte. Doch sie hatte den Großteil seiner Gedanken bei Tag beherrscht und ihn auf Trab gehalten, wann immer sie nicht im Büro war. Und damit war sie die beste Ablenkung gewesen, die er sich hätte wünschen können.

Doch diese Arbeit verlieh seinem Leben Sinn und Zweck. Hier gehörte er hin, zu den Brüdern und Schwestern des Löschzugs 42 und dem Rettungswagen 2, allzeit bereit, augenblicklich loszuziehen, um für die Menschen von Boston zu tun, was er konnte.

Da übertönte Preacher die Meute mit einem extrabreiten Grinsen im Gesicht: »Hey, ist euch schon mal der Gedanke gekommen, dass ich *sehr gut* kochen kann, aber viel mehr Bock drauf habe, eurem Gejammer zuzuhören?«

Ein paar der Männer schauten drein, als würden sie ihm glauben, glotzten in ihre Schüsseln und sahen dann wieder den Mann mit der Milchkaffeehaut und den kristallblauen Augen an. Tylers Mutter war eine wunderschöne, schwarzhaarige Irin und sein Dad ein Afroamerikaner. Was ihm das exotischste Aussehen verlieh, das Erik jemals bei einem Mann gesehen hatte. Der Junge hätte leicht eine Karriere als Model starten können – und war auch tatsächlich ein paarmal darauf angesprochen worden –, aber Preacher hatte das nie ernsthaft erwogen. Was zum Teil an seiner angeborenen Bescheidenheit lag. Er sah zwar sehr gut aus, hatte aber keinen Funken Eitelkeit im Leib. Außerdem unternahm Preacher alles, um keinen Streit mit seinem Vater, einem Geistlichen, vom Zaun zu brechen. Erik hätte darauf gewettet, dass Preacher der friedfertigste Soldat war, der jemals bei den Streitkräften Dienst geschoben hatte.

Dozer wedelte mit seinem Löffel herum. »Nie im Leben, Mann. Ich hab mal in deinen Kühlschrank geguckt, und da war außer angeschimmeltem Imbissfraß und Fertigkost nichts drin.«

»Vielleicht sollten wir zusammenlegen und Connelly zu einem Kochkurs auf die Abendschule schicken«, ergänzte Smoke. »Es wäre die Kohle schon wert, wenn wir nicht mehr reihum in der Küche schuften müssten.«

Preacher lachte schnaubend. »Ja klar, weil ich neben meinen beiden Vollzeitjobs noch ausreichend Freizeit habe, um zu lernen, wie ich diese Rasselbande beim Essen glücklich machen kann.«

Alle lachten und neckten Preacher noch eine Zeit lang mit seinen Kochkünsten, bis Bowie das Thema wechselte. »Und du willst wirklich mit der Doktorin Vater-Mutter-Kind spielen, Erik?«

Erik sah Bowie über den Tisch hinweg an. Bowie benutzte gerade sein fünfzehn Zentimeter langes gezacktes Jagdmesser, um eine dicke Scheibe Brot mit Butter zu bestreichen. Keiner schenkte dem ständig präsenten tödlichen Werkzeug des Mannes Beachtung. Er stand nun mal auf alles, was eine Klinge besaß. Und jeder wusste daher, dass er ständig, sichtbar oder unsichtbar, Messer am Körper trug.

»Was genau soll das heißen, Bowie?«

Bowie wischte die polierte Klinge ab, drehte das Messer in der Hand und stieß es in die hölzerne Tischplatte. »Du weißt schon«, sagte er mit einem boshaften Grinsen, während er mit seiner Stulle hantierte. »Zusammen Filme gucken, kalt duschen, weil sie das heiße Wasser aufgebraucht hat, über den Frühstückstisch Zeitungsseiten tauschen, mit ihrer Katze spielen. Was man so macht, wenn man seinen Junggesellenstatus aufgibt und sich in Ketten legen lässt.«

Bowie und ein paar andere lachten und warfen typische Sprüche wie »Dann stehst du unter dem Pantoffel« oder »Die dressiert dich, bis dir die Eier schrumpfen« in die Runde. Erik fiel auf, dass die verheirateten oder fest liierten Männer sich heraushielten, den Kopf schüttelten oder über solchen Schwachsinn nur lachten. Früher hätte Erik angenommen, dass sie nur deshalb so still blieben, weil sie so unter dem Pantoffel standen wie der jüngst Beklagte und sich deshalb nicht über andere äußern konnten. Inzwischen wusste er es jedoch besser. Sie sagten deshalb nichts, weil sie etwas besaßen, das die ewigen Junggesellen nicht verstanden und auch niemals verstehen würden, bis sie einen Menschen fanden, den sie mehr liebten als sich selbst.

Die ganze Mannschaft amüsierte sich, doch die eine Hälfte kapierte nicht, dass die andere *über sie* und nicht *mit ihr* lachte. Erik spülte die Chilipampe mit seinem Rest Eistee hinunter und strahlte Bowie an. »Wir sind noch nicht zusammengezogen, aber ich verbringe mehr Zeit bei ihr als in meiner Wohnung. Und was die Ketten angeht, verstehst du nicht ganz, wovon du redest. Wir haben nämlich bisher von keinem Film mehr als die ersten fünf Minuten gesehen, weil sie dazu neigt, sich mir auf den Schoß zu setzen, sobald wir uns auf dem Sofa niederlassen. Und zwar nackt. Und Wecker benötigen wir auch keine mehr, weil unsere Körper sich daran gewöhnt haben, einander mit einem schönen, langen Morgenfick zu wecken, sobald die Sonne auf das Bett scheint.«

Neues Gelächter, so mancher anerkennende Fluch und andere, deftigere Kommentare. Erik ließ Bowie nicht aus den Augen und genoss den Anblick seines mit jedem weiteren Wort dünner werdenden großspurigen Grinsens. Aber da noch nicht alles gesagt war, fuhr er fort: »Ach ja, und das Duschen, das du angesprochen hast, Bowie, na ja, aus drei Gründen dusche ich niemals kalt.«

Erik hob eine Hand vom Tisch und zählte an den Fingern ab. »Ich lasse sie nicht alleine duschen, weil ich keine zehn Meter von ihrem nassen, eingeseiften nackten Body entfernt sein kann, ohne mitmischen zu wollen. Zweitens sind wir viel zu sehr abgelenkt, um überhaupt mitzubekommen, dass das Wasser kalt wird, wenn wir doch mal so lange unter der Dusche gestanden haben. Aber das Beste ist, dass ich mich nie zwischen einer eiskalten Dusche oder guter, alter Handarbeit entscheiden muss, wenn mein Ding so hart wird wie eine Brechstange, weil ich eine verdammt geile Frau habe, die mehr als heiß darauf ist, sich meiner zu bedienen, wann immer ihr danach ist.« Erik grinste und fuhr die drei ausgestreckten Finger ein, bis nur noch der Mittelfinger stehen blieb. »Du kannst dir deinen Junggesellenstatus sonst wohin stecken, Kumpel. Ich lass mich gerne jeden verdammten Wochentag in Ketten legen.«

Der Raum explodierte, Rufe ertönten, einige klatschten einander ab, und von den Mitgliedern des Ketten-Clubs erklang erneutes Gelächter, während die Singles ihr bevorzugtes Leben alleine bei freier Frauenwahl verteidigten. Eriks Brüder, die Angehörigen seiner Einheit, richteten ihre Hänseleien nun gegen Bowie, dem Eriks Antwort jedoch ebenso gut gefiel wie den anderen. Bowie streckte seinem Vorgesetzten die Faust hin, grinste breit und rief: »Ich freu mich ja für dich, Bruder.«

Erik stieß die Knöchel gegen die des anderen und nickte ihm dankbar zu, da streckte Bill Marshall den Kopf in die Küche. »Grady, sie ist hier!«

»Scheiße, zu früh. Halten Sie sie hin, Chief, ja?«

»Sehe ich etwa wie Ihre verdammte Mutter aus?«, maulte der störrische Alte.

Doch ein Chor lautstarker Klagen ließ den Chief einknicken. »Schon gut, schon gut, aber Beeilung.«

Sie hatten beide Fahrzeuge zuerst gewaschen, das Tier und den Löschzug 42 dann in der Sonne geparkt und schließlich ihren Plan skizziert. Olivia sollte Erik um sieben auf der Wache treffen, wo er mit sämtlichen Teamkollegen auf ihren Auftritt warten wollte. Doch nun sahen sie alle wie eine Bande verdächtiger Idioten aus, die sich im Gänsemarsch um die Geräte versammelten, aber daran ließ sich jetzt wohl nichts mehr ändern.

Bill hielt jedenfalls Wort, verwickelte sie draußen in ein Gespräch und ließ sie nicht durch. Und Erik lief zu ihr, während Dozer, Bowie, Smoke und Preacher sich neben den Türen zum Rettungswagen 2 und Löschzug 42 postierten und auf ihr Zeichen warteten.

»Hey, Schönste«, sagte Erik und küsste sie auf die Wange. Bill wich mit den anderen zurück, um ihm freie Hand zu lassen.

»Hey«, gab sie zurück und blickte sich zaghaft um. »Was ist los? Warum sind alle hier draußen?«

Erik schenkte ihr ein breites Lächeln, in der Hoffnung, damit davon abzulenken, wie sehr sein Magen sich gerade verknotete. Er konnte nicht fassen, wie nervös er in dieser Situation war. »Weil sie höllisch neugierig sind, aber da sie zur Familie gehören, haben sie wohl ein Recht dazu. Aber eigentlich wollen dir die Jungs etwas zeigen.« Damit trat er zur Seite und deutete auf die Feuerwehrfahrzeuge. Jetzt oder nie! »Okay, Jungs, aufmachen!«

Olivia sah nervös und fasziniert zu, wie Eriks Männer einer nach dem anderen die Türen der Trucks öffneten, die von innen mit großen weißen Papptafeln beklebt waren, auf denen in dicken, fetten schwarzen Buchstaben je ein Wort gepinselt war: WILLST. DU. MICH. HEIRATEN?

Olivia klappte die Kinnlade runter, und ihr Magen machte einen Satz. *Oh mein Gott! Er … er ist …* Sie hatte sich so auf die Ablenkung konzentriert, ihr war gar nicht aufgefallen, dass Erik sich bewegt hatte, bis sie sich umdrehte und sah, dass er sich auf ein Knie hatte fallen lassen und ihr einen Solitär-Ring mit einem Diamanten im Brillantschliff präsentierte.

Sie schlug die zitternden Hände vor Mund und Nase, und auf der Stelle traten ihr Tränen in die Augen vor … Großer Gott, sie wusste nicht mal genau, warum. Angst? Aufregung? Schreck? Oder waren es nur Glückstränen einer Frau, die erkannte, dass sie den Mann gefunden hatte, mit dem sie eine Seele, ein Herz, eine Liebe teilte.

»Livvie«, begann er leise und nahm ihre Hände, um sie festzuhalten. »Lass mich dir erst mal sagen, was ich vorbereitet habe, bevor du anfängst, dir deinen hübschen Kopf zu zerbrechen, okay?«

Sie kaute auf ihrer Unterlippe, nickte aber leicht und fühlte sich von einem Gefühl der Gewissheit durchflutet, als er ihr Nicken zurückgab.

»Livvie«, setzte er neu an, diesmal lauter, damit ihn, wie sie annahm, alle hören konnten. »Ich komme aus einer guten Familie, meine Eltern sind noch zusammen und lieben sich sehr, aber ich hätte nie gedacht, dass ich für etwas Festes geeignet sein könnte. Meine Karriere als Soldat und später als Feuerwehrmann standen auf jeden Fall an erster Stelle, und ich hätte nicht gedacht, dass sich daran mal was ändern würde. Doch dann bist du in mein Leben getreten und hast meine Welt auf den Kopf gestellt. Ich habe dir ja mal gesagt, dass ich nicht an Zufälle glaube, und ich würde gerne glauben, dass du das ebenso wenig tust wie ich. Du bist mein Licht in der Finsternis, und ich kann nicht ohne dich leben.«

Nun konnte sie die Sturzflut überwältigender Gefühle nicht länger eindämmen. Die Tränen flossen schneller, als sie sie wegwischen konnte, und es schnürte ihr die Kehle zu, bis das Schlucken wehtat. Selbst wenn sie es wollte, würde sie jetzt kein Wort herausbringen, was ihr aber nichts ausmachte, da sie ohnehin keine Worte hatte für das, was gerade geschah.

»Du musst wissen«, fuhr Erik fort, »dass du *immer* an erster

Stelle stehen wirst. Wenn ich mich zwischen dir und etwas anderem entscheiden muss, werde ich mich immer für dich entscheiden. Ich brauche dich zum Leben, und nichts und niemand ist wichtiger als du. *Nichts*.« Erik schien Luft zu holen, um den Faden nicht zu verlieren oder als müsse er sich für einen bevorstehenden Schlag wappnen. »Deshalb habe ich beschlossen, aus dem aktiven Dienst bei der Feuerwehr auszuscheiden.«

Olivia riss die Augen auf. »Was? Erik, nein.«

»Doch. Ich wechsele in die Verwaltung der Abteilung und übernehme einen Schreibtischjob. Da kann mir nichts Schlimmeres zustoßen, als dass ich mich an einem Blatt Papier schneide, aber ich verspreche, dass ich immer eine Packung Wundpflaster in der Schublade haben werde.«

Sein Mund verzog sich zu seinem typischen Grinsen, das ihm jedoch nicht ganz gelang, etwas fehlte, und es erlosch bereits wieder, während Olivia versuchte, ihre Verblüffung hinter sich zu lassen und zu etwas Umfassenderen durchzudringen. »Erik, du darfst nicht aufhören, Feuerwehrmann zu sein«, sagte sie unnachgiebig. »Du *liebst* deinen Job. Das ist es, was du *kannst*.«

»Dann werde ich auch meinen neuen Job lieben und zusehen, dass ich den ebenso gut hinkriege«, entgegnete er. »Und selbst, wenn nicht, macht das auch nichts, weil der einzige Job, der mir wirklich was bedeutet, der ist, dich zu lieben und *das* gut hinzukriegen.«

»Nein«, widersprach sie kopfschüttelnd. »Die Stadt braucht dich. Deine Brüder brauchen dich.«

»Nicht halb so sehr wie du.«

Olivia wusste nicht, was sie noch sagen sollte. Der Mann, den sie liebte, war drauf und dran, alles wegzuwerfen, was mal seine ganze Welt gewesen war, weil er glaubte, sein Job, bei dem er ständig Kopf und Kragen riskierte, könnte ihr eines Tages zu viel sein.

Brett hatte so einen sicheren Schreibtischjob gehabt, der den Autounfall, der ihn schließlich das Leben kostete, jedoch auch nicht hatte verhindern können. Und, klar, die Arbeit jedes Ersthelfers war gefährlich, und er oder sie riskierte jedes Mal, wenn ein Notruf einging, verletzt zu werden, oder Schlimmeres. Andererseits waren sie ja entsprechend ausgebildet und auf jede nur denkbare Notlage vorbereitet.

Sie schüttelte den Kopf, während ein neuer Tränenstrom sich seinen Weg bahnte. »Du taugst nicht zum Schreibtischhengst, Erik, das hast du mir selbst dutzendfach gesagt.«

»Solange ich dich bei mir habe, werde ich der glücklichste Schreibtischhengst in ganz New England sein, das verspreche ich dir.« Er warf nun einen Blick auf jemanden hinter ihr und gab ihm ein Zeichen mit dem Kinn. Sie hörte das Geräusch schlurfender Schritte, als die Männer in die Feuerwache zurückkehrten, um ihnen Gelegenheit zu geben, seinen Antrag unter vier Augen zu besprechen. »Soweit ich etwas dazu tun kann, weigere ich mich, dich noch einmal zur Witwe zu machen. Sag einfach Ja, Livvie, bitte, heirate mich. Verbringe den Rest meines sehr langen Lebens mit mir, während ich dich mit allem, was ich bin, lieben werde.«

Ihr Herz ging ihr, falls das überhaupt möglich war, noch mehr über. Sie hatte vor, Ja zu diesem Verrückten zu sagen, aber zuerst musste sie sicherstellen, dass er sich mit ein paar Bedingungen einverstanden erklärte. Und wie hätte sie besser neu anfangen können als so, wie sie beim ersten Mal angefangen hatten? »Ich stelle allerdings drei nicht verhandelbare Bedingungen.«

Eriks strahlend lächelndes Gesicht zeigte ihr, dass er kapierte, dass sie das Gleiche mit ihm anstellte, was er an ihrem ersten Abend im Phoenix Club mit ihr gemacht hatte, bevor er damit einverstanden gewesen war, mit ihr ins Hotel zu fahren. »Ich bin ganz Ohr, Schönste.«

»Erstens, wo ich hingehe, gehen auch meine Katzen hin. Wir sind ein Gesamtpaket.«

»Keine Frage. Ich werde Ben und Jerrys behandeln, als wären sie mein.«

Obwohl sie es lieber vermieden hätte, stahl sich die Andeutung eines Lächelns auf ihr Gesicht. »Zweitens, im Kühlschrank muss immer genug Platz für mindestens fünf Halbliterpackungen verschiedener Sorten Ben & Jerry's Eiscreme sein.«

»Süße, ich kaufe dir einen eigenen Kühlschrank für dein ganzes Eis. Solange die Armleuchter nicht bankrottgehen, wirst du immer genug Eis im Haus haben.« Sein Lächeln verwandelte sich in sein übermütiges Grinsen. Dieselbe Sorte Grinsen, bei der sie schon dahingeschmolzen war, als sie ihn das erste Mal gesehen hatte. Mit dem er sagen wollte *Ich hab's geschnallt*, ob *es* sich nun um eine dumme Bedingung oder eine unausgesprochene Forderung handelte. »Mach schon, Livvie, nenn mir deine letzte Bedingung, damit ich dich endlich küssen kann.«

Das Lächeln wankte. Die beiden ersten Bedingungen waren leicht und kein Thema. Sie wusste, dass Erik ihre Katzen mochte und ihre Sucht nach Eiscreme für eine liebenswerte Schrulle hielt. Aber die dritte konnte leicht einen Streit darüber auslösen, wer am Ende seinen Willen durchsetzen würde. Etwas, woran sie sich gewöhnen mussten, weil sie beide so verflucht stur waren.

»Die dritte und wichtigste von allen Bedingungen ist, dass du weiterhin Feuerwehrmann bleibst.«

Eriks dunkle Augenbrauen zogen sich sofort zusammen, und er reckte standhaft das Kinn. »Nein. Der Beruf ist gefährlich. Es war ein Geschenk des Himmels, als ich die Army verlassen habe. Aber ich brauche das alles nicht mehr so, wie ich es früher gebraucht habe. Was ich aber brauche, bist du, und ungefähr achtzig Jahre Zeit für die Liebe zu dir. Also lautet meine Antwort: Nein!«

»Erik, ich kann dir nicht sagen, wie sehr es mich berührt, dass du *das* für mich tun würdest – ich liebe dich dafür umso mehr, falls das überhaupt möglich ist –, aber vor allem liebe ich dich für das, was und wer du bist: tapfer, loyal, selbstlos, ein Schirmherr der Unschuldigen. Wenn ich also schon heiraten soll, dann ist *das* der Kerl, den ich heiraten will. Und keinen anderen. Basta. Wenn du mir also schwörst, dass du Lieutenant beim Rettungsdienst bleibst, kriegst du dein Ja.«

»Olivia –«

»Das ist nicht verhandelbar, Lieutenant. Ich habe nämlich keine Lust, einen Schreibtischhengst zu heiraten. Also, wofür entscheidest du dich?«

Er antwortete, indem er aufsprang, ihr Gesicht in die Hände nahm und sie küsste, bis sie keine Luft mehr bekam. Er hielt nur einmal kurz inne, um ihr den Ring auf den Finger zu stecken, dann zog er sie an sich, um den Kuss fortzusetzen, der ausdrückte, was sein Herz ihrem Herzen mitteilen wollte.

Doch dann, er bemühte sich gerade, sie ihren Namen vergessen zu lassen, schlossen sich ihnen die Feuerwehrleute des Rettungswagens 2 und des Löschzugs 42 wieder an und verteilten johlend alkoholfreies Bier – vermutlich als Platzhalter, bis ihre Schicht vorbei war und sie alle ausgehen und richtig einen draufmachen würden. Olivia lachte und ließ sich von Eriks Kollegen, seinen Brüdern und Schwestern der Feuerwache Roxbury umarmen. Seiner im Feuer gehärteten Familie, zu der auch sie von nun an gehörte.

Sie konnte es kaum glauben, doch sie war wahrhaftig mit dem Mann verlobt, den sie anfangs nur als Wolf gekannt hatte.

Der nichts über sie gewusst hatte, dem sein Instinkt aber trotzdem verraten hatte, was sie in jener Nacht brauchte. Der ihr beharrlich gefolgt war und eine dämliche Wette gewonnen hatte, die ihm drei Dates mit ihr eintrug. Der ihr gezeigt hatte, wie sie mit mehr Spontaneität und etwas weniger Selbstkontrolle durchs Leben kam, und es ihr so ganz nebenbei leicht gemacht hatte, sich in ihn zu verlieben.

Ein Mann, der zu ihr gekommen war, damit sie ihm half, mit seiner Vergangenheit abzuschließen und nach vorne schauen zu können, und der am Ende genau dasselbe für sie getan hatte.

Mein Held.